但闻风流蕴籍

明清章回小说中的性情

王永健 著

苏州大学出版社

图书在版编目(CIP)数据

但闻风流蕴藉:明清章回小说中的性情 / 王永健著
. —苏州:苏州大学出版社,2011.10
ISBN 978-7-81137-819-1

Ⅰ.①但… Ⅱ.①王… Ⅲ.①章回小说—古典小说评论—中国—明清时代—文集 Ⅳ.①I207.41-53

中国版本图书馆 CIP 数据核字(2011)第 213294 号

但闻风流蕴藉:明清章回小说中的性情
王永健 著
责任编辑 倪浩文

苏州大学出版社出版发行
(地址:苏州市十梓街 1 号 邮编:215006)
苏州大元印务有限公司印装
(地址:苏州市三香路 998 号 邮编:215000)

开本 700 mm×1 000 mm 1/16 印张 18 字数 28.5 千
2011 年 10 月第 1 版 2011 年 10 月第 1 次印刷
ISBN 978-7-81137-819-1 定价:35.00 元

苏州大学版图书若有印装错误,本社负责调换
苏州大学出版社营销部 电话:0512—65225020
苏州大学出版社网址 http://www.sudapress.com

◆自序◆

20世纪50年代末60年代初,我负笈南京大学中文系,师从陈中凡先生,在极其艰苦的物质条件下,度过了三年的研究生生涯。当时报考的专业是宋元明清文学史。由于中凡师的研究方向,早在50年代初已由传统的古代文学和哲学转向近世的小说和戏曲,因此我的专业学习也偏重于明清小说和戏曲,自1963年秋分配到江苏师范学院(苏州大学前身)中文系工作以后,一直从事元明清文学史和元明清小说、戏曲选的教学工作,而我的科研工作则始终主治明清戏曲和小说,兼顾明清诗文。

20世纪80年代初,江苏省《红楼梦》学会和江苏省明清小说研究会先后成立。承蒙会员们的信任,我荣幸地被推选为这两个学术团体的理事和副会长,直到新世纪初,才因年逾古稀而退出理事会,辞去副会长职务。江苏省《红楼梦》学会和明清小说研究会,会员众多,研究成果丰硕,在江苏和全国皆有相当的影响。在学术研究上,这两个学术团体始终坚持百家争鸣,前期十多年定期举行的学术年会,是会员们切磋、交流学术成果,开展学术争鸣的场所,每次与会均得益匪浅。忝为理事和副会长,每次学术年会,我都会提交论文,会后论文都发表于《江海学刊》《红楼梦学刊》《水浒争鸣》《明清小说研究》等专业刊物以及《东南大学学报》《苏州大学学报》等高校学报。收集在这本集子中的论文,就包括其中有关《红楼梦》与明清章回小说的文章。

《红楼梦》的内容博大精深,在艺术上又有开拓创新的特点,公认为明清章回小说的艺术最高峰;而有关作者和版本,以及两百多年来"红学"演变情况又极为复杂。因此,研治《红楼梦》的人,对各种问题的看法颇多分歧,且争鸣不断,这是很自然的事。本书有关《红楼梦》研究的论文,有最早1982年发表的《"意淫"新探》,也有2005年发表的《〈红楼梦〉与〈姑妄言〉》。笔者曾多年为苏大中文系四年级学生开设《〈红楼梦〉一家言》的选修课。虽名为一家言,并非自诩为"红学"的一家,只是参与《红楼梦》问题的百家争鸣而已。收

入此集中的十三篇论文，同样仅是个人的一得之见，难免偏颇，结集出版，目的还是继续参与争鸣。

本书的另一大部分，是有关明清章回小说的综合论说和个案研究。其中有对《水浒传》《儒林外史》《金瓶梅》等经典作品的重新认识和评价，也有对近年新发现的名著《姑妄言》的探索；有集中论述某部名著（如《蜃楼志全传》《镜花缘》），也有对多部名著的综合研究和比较分析（如《论才子佳人小说》《〈如意君传〉·〈金瓶梅〉·〈肉蒲团〉——兼论古代小说性描写的评价问题》）；有涉及小说理论的（如《明清小说"读法"刍论》），也有探讨小说与地域关系的（如《明清小说与江苏论纲》）；有明清小说与戏曲的比较研究（如《"同源而异派"——试论古典小说与戏曲的相互关系》），也有专论章回小说形式的民族特点及其成因的（《独特的审美魅力　深厚的文化内涵——试论明清章回小说形式的中国作风和中国气派》）。虽然自以为这些论文并不俯仰随人，不无独到之见，但才疏学浅，思虑不周，仍然聊充一家之言，参与百家争鸣而已。拙书诸文可以商榷之处肯定不少，诚恳地欢迎海内外的方家和读者不吝指教。

明清章回小说是中国的国粹之一，其艺术形式和经典名著是经得起历史检验的，对它们的研究是永无止境的。冯其庸先生尝谓："大哉《红楼梦》，再论一千年！"诚哉斯言。我虽垂垂老矣，仍将继续研究《红楼梦》和明清章回小说。本书的出版，我将看作为前阶段研究工作的小结，新阶段研究工作的开始。

本书原拟名《说部探骊：〈红楼梦〉与明清章回小说论稿》，责编倪浩文先生建议易名为《但闻风流蕴藉：明清章回小说中的性情》，笔者赞赏并欣然接受了他的建议。性与情乃明清章回小说研究中的一个重要课题，正确地认识和评价明清章回小说的性与情，既有历史的美学的意义，也能与读者的期待相契合。因此，笔者收入此书中的不少论文，对明清章回小说的性与情也作了多方面和多角度的探索和论述。当然，要想对明清章回小说的性与情进行有深度、有分量和有创见的论述，还得作专门深入的研究，笔者只是对这个问题略述管见，抛砖引玉而已。

需要说明的是，本书均依照论文内容分类编排；为保留历史真面目，除改正明显的文字讹误之外，内容未作修改，只删除了《〈红楼梦〉与吴文化》与《〈红楼梦〉与〈玉燕堂四种曲〉》和《〈好了歌〉及其"解注"探原——兼与〈红楼梦〉与〈悦心集〉商榷》中重复的部分；对原有的注解作了统一处理：删除原作中的脚注，原有脚注、文末注和参考文献，或保留为文末注，或移至正文中作夹注，或删除，读者如有需要，请查原载书刊上的拙文。

本书由苏州大学“211”工程建设经费资助出版。在此我要向关心和支持本书出版的苏州大学文学院和苏州大学出版社的领导深表谢意，向责任编辑深表敬意。

庚寅隆冬于吴门葑溪轩

◆目录◆

独特的审美魅力　深厚的文化内涵

——试论明清章回小说形式的中国作风和中国气派

英国的艾伦·梅西在评论20世纪80年代先锋派对传统英国小说的冲击时提出:“尽管人们崇尚时髦,愚昧无知,还有学术评论家的抨击,传统小说仍然保持它的活力。”明清章回小说作为中国的传统小说,虽然并不是当代小说家采用的主要文学样式,但“仍然保持它的活力”,其叙事模式和艺术表现是西方现代主义所无法取代的,对当代中国长篇小说的创作仍然有着借鉴作用。

明清章回小说可谓中国之国粹,是中国小说家的一大发明创造,在世界小说之林独树一帜,具有鲜明的中国作风和中国气派,为明清两代的广大读者所喜闻乐见,今天的广大读者也仍然把它视为珍宝。

明清章回小说在内容方面的中国作风和中国气派是容易理解和把握的,因为它艺术地反映了中国人的历史、生活、心理、情感和理想。至于明清章回小说形式方面的中国作风和中国气派,学术界尚无一致的看法,很值得深入探究。本文仅就这方面的问题,略述管见,抛砖引玉,以就正于海内外的专家和同好。

一

1. 章回体式

明清章回小说在形式方面最突出的特点,乃是采用章回体式来叙说故事、展开情节和塑造人物。每部小说分若干回,每回均有醒目的回目,结尾常有“欲知后事如何,且听下回分解”的套话,承上启下,吸引读者续看下回。综观明清章回小说,一部作品少则几回(如《太虚幻境》四回、《水月灯》四回、《天足引》八回),十几回(明末清初的才子佳人小说,大多在十六回到二十回之间);多则几十回,一百多回(常见的是一百二十回),也有二三百回的(如《于公案奇闻》二百九十二回,《闽都别纪双峰梦》三百三十五回);个别作品多至一千余回,如无名氏的《济公传续集》一千二百回。

明清章回小说的章回体式，有一个逐步成熟的演变过程，大致到明中叶已基本趋于定型。但是，在明末清初和晚清，章回体式又有了新的变化。从分卷、分节、分则到分回；回目则从单句到双句，再到工整的对句。这是明清章回小说章回体式发展的总趋势，但也有不少例外。明弘治本《三国志通俗演义》二十四卷，二百四十则，单句回目。明万历本《新刻金瓶梅词话》十卷，一百回，回目基本上是七字对句，也有一些九字对句。崇祯本《新刻绣像批评金瓶梅》二十卷，一百回，回目基本上是七字对句和八字对句，也有六字对句。清初康熙年间的《皋鹤堂批评第一奇书金瓶梅》一百回，不分卷，回目均为二字对句（不讲究工整）。作者曹去晶序于雍正八年的《姑妄言》，二十四卷，二十四回。每回篇幅长达三四万字，这是明清章回小说中前无古人、后无来者的独创，此其一。其二，《姑妄言》各回既有一般章回小说的以一对句为回目，作为正题；又有另一对句为回目，作为副题。其三，各回的正题回目和副题回目，尚有正目简略，附目复杂；正目复杂，附目简略；正目和附目均较复杂，以及正目和附目比较匀称四种情况。窃以为《姑妄言》的回目创新是由其每回的较长篇幅和故事的复杂内容所造成的，当是受了《照世杯》等小说的影响。康熙年间酌亭主人的《照世杯》，全书四卷，每卷一回，有单句回目；每回又分为若干段，每段皆有联语的回目。例如，卷一《七松园弄假成真》，共有七段，其第一段回目为《真才子酷慕死西施　蠢佳人羞辱生潘岳》，第二段回目为《返吴门座中逢恶友　赴扬州园内遇名姝》……

晚清，章回小说受西方小说技法的影响，为适应新的内容，在章回体式上的新变也很明显。有分章的，如宣统二年单镇的《苏空头》，"专述苏州各界之怪现状"（《例言》），全书共分五章：第一章《眼目司堂之香伙》；第二章《玄妙观之犯人》；第三章《城隍庙之热闹》；第四章《学生之忙碌》；第五章《妓女之出风头》。也有分卷分段的，如同光年间怜香惜玉生华卿吴氏的《两缘合记》，两卷十六段，全书按"奇遇良缘"和"诡遇恶缘"两个中心，各成八段，一段叙一故事。也有分章分节的，如宣统年间彭春俞的《闺中剑》，共六章，每章有标目；每章又各分五节，每节亦有标目。如第一章《教育为振兴主义》，五节分别标目为：溯源、遭侮、劝学、课女、改题。

明清两代的长篇小说，为何采用章回体式，这很值得研究。窃以为这既与宋元"说话"伎艺有渊源关系，也受了南曲戏文和北曲杂剧的影响。南戏分段演唱，首段前有"题目"，北杂剧则分折演唱，末折尾有"题目正名"，它们对章回小说的分回叙说和每回皆有回目显然是有影响的。另外，明清章回小说的回目，与唐代以来律诗的三四句和五六句讲究对仗亦不无关系。还有研究者认为，明清章回小说的标目之法，虽与“说话”艺术有关，但也从传统的类书编纂体例中借鉴了经验。（刘天振《明代通俗文学类书研究》，南京大学中文系2002届博士学位论文）

2. 结构艺术

明清章回小说的结构，形式多样，且都富有中国作风和中国气派。不管哪种结构样式，都十分讲究有头有尾，脉络清楚，上下连接，前后呼应，组成统一的艺术整体。众所周知，明代“四大奇书”在明清章回小说发展史上，既是高峰，又是楷模，在章回小说艺术的各个方面都产生了巨大的影响。就结构而言，明代“四大奇书”各有特点和妙处。

历史演义的杰作《三国演义》以历史为结构的形式，陈寿的《三国志》已为它奠定了基本框架。作者叙说三国故事，你中有我，我中有你，一国故事总与其他两国有内在的联系。诚如毛宗岗《读三国志法》所说的“《三国》一书，有首尾大照应，中间大关锁处”；“自首至尾，无一处可断”。这种结构形式在西方的历史小说中是罕见的，研究者称之为绳辫式结构。

英雄传奇的典范《水浒传》，其结构形式，用金圣叹的术语，叫做“鸾胶续弦法”，即描写一个人物的经历时，使其与互不相识的另一个人物在特定的场合相遇，从而引出另一个人物的故事。例如，鲁智深倒拔杨柳树引出林冲，宋江于柴荣家中一绊引出武松。此种结构的关键，在于精心构思一个特定的场合，使一个人物故事过渡到另一个人物故事，必须自然而巧妙。用今人的概括，《水浒传》乃是扣环式结构：一个或两三个好汉的故事叙说完毕，自然地引出另一个或两三个好汉的故事，环环相扣，最后一百零八个好汉聚义梁山。金圣叹《读第五才子书法》总结得好：“《水浒传》一个人出来，分明便是一篇列传。至于中间事迹，又逐段自成文字。”

神魔鬼怪小说的翘楚《西游记》，其故事情节由三个部分组成：孙悟空的出世、学艺和造反；取经缘由和唐僧来历；唐僧师徒四人的西天取经历程。由于受原来唐僧西天取经故事题材的限制，《西游记》采用了单线发展的纵式结构。但作者凭其高超的艺术手腕，把错综复杂、光怪陆离的内容有机地组织在一个统一、完整的巨大结构中，人们称之为珠链式结构。

人情世态小说的首创者《金瓶梅》，其结构特点是透过家庭看社会、人生和时代。诚如张竹坡《金瓶梅读法》所指出的：“《金瓶梅》因西门庆一份人家，写好几份人家，如武大一家、花子虚一家、乔大户一家、陈洪一家、吴大舅一

家、张大户一家、王招宣一家、应伯爵一家、周守备一家、何千户一家、夏提刑一家……这几家,大约清河县官员、大户屈指已遍,而因一人写及全县。”百回巨著的情节主线,则是西门庆家的兴衰史和罪恶史,以及一群女子的悲剧命运。

再看清初的三部奇书。西周生辑著的《醒世姻缘传》,其结构由“前世姻缘”(一至二十二回作为引子)和“后世姻缘”(二十三至一百回是正文)组成,叙写了“悍妻恶妾”闹得一个家庭“家反宅乱”的故事。它走的是《金瓶梅》的路子,但亦有其创新之处。随缘下士编辑的《林兰香》,在结构上同样借鉴了《金瓶梅》,而又有所创新。全书六十四回,虽有不少触及时政的情节和人物,但以耿府两代(耿朗、耿顺)的兴衰际遇为背景和线索,其主要笔墨放在记述闺友闺情上,着重刻画了耿朗及其六妻妾的性格和命运,突出地描绘了燕梦卿的悲剧。与《金瓶梅》一样,《林兰香》亦因耿朗一份人家,写了好几份人家,并概括了社会、人生和时代。至于曹去晶的《姑妄言》,作为世情讽刺小说,在结构上,既不同于《金瓶梅》,又与《醒世姻缘传》和《林兰香》大异其趣;与后来的《红楼梦》亦各有巧妙,在明清章回小说史上可谓别具一格。《姑妄言》有三条线索贯穿全书:一是竹思宽这个篾片、赌棍兼龟子的浪史,以及由他引出的市井风俗的丑史;二是正人君子钟情与瞽妓钱贵的悲剧性情史;三是宦(萼)、贾(文物)、童(自大)三人从依仗财势胡作非为,到弃恶从善、大做好事的转变史。这三条色彩迥异的线索,涉及五个形态各不相同的家庭。由于关系错综复杂,这三条情节线索和五个家庭,互相联系和作用,组成了一张上联朝廷重臣、京官大佬,中接地方官吏、土豪劣绅,下结地痞流氓、平民百姓的巨大网络,把特定社会(晚明和清初)的方方面面都涵盖其中。

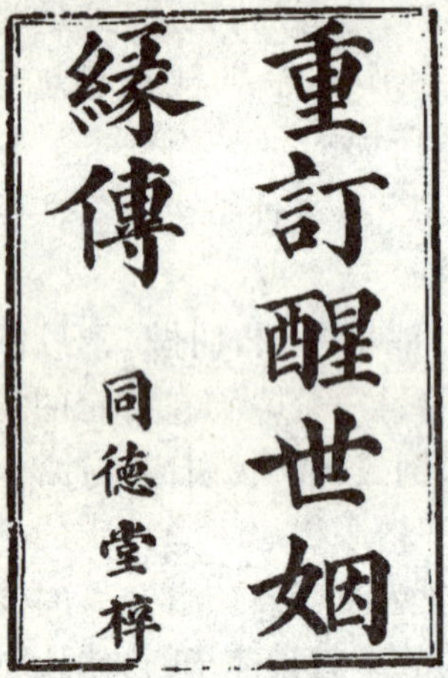

《醒世姻缘传》书影

乾隆年间问世的《儒林外史》《红楼梦》和《歧路灯》,在结构上也各有千秋。对《儒林外史》结构的评价,虽至今尚有分歧①,但对其结构特点的认识则并无二致。在这方面,鲁迅《中国小说史略》的概括最为全面:“虽云长篇,颇同短制”;“全书无主干,仅驱使各种人物,行行而来,事与其来俱起,亦与其去俱讫”;“如集诸碎锦,合为贴子,虽非巨幅,而时见珍异”。《歧路灯》的结构可说是李绿园的一大独创，朱自清先生对此曾赞扬备至："单就结构，不独《儒林外史》不能和本书相比，就是《红楼梦》也还较逊一筹，我们可以说，在结构上，它是中国旧来唯一的真正长篇小说。"（《朱自清古典文学论文集·歧路灯》）《歧路灯》全书一百零八回，始终围绕着主人公谭绍闻的失足堕落——倾家荡产——败子回头——家道复初来叙说。它以主人公的命运为线索贯穿全书，写出了他的性格发展的历史。如此一人一事，大起大落，针线细密，首尾相应的长篇结构，在明清章回小说中确实罕见。至于《红楼梦》的结构，既有对明代"四大奇书"和清代前期诸章回佳作，尤其是世情小说结构艺术的借鉴和吸收，更有与其丰富、奇特的内容相适应的创新，研究者誉之为"《红楼梦》式"的圆形网状结构。它有一人一事（宝玉的故事）贯穿全书，又叙"群钗"的悲剧；它写四大家族，但突出的是贾家荣宁二府的兴衰际遇；它情节复杂，包括了现实故事和神话故事；它运用倒叙的手法，以神话方式从结局写起，以虚带实地倒叙了"石头"在红尘中的经历。

再看晚清的四大"谴责小说"，在结构上它们无不深受《儒林外史》的影响，但又各有特色。《官场现形记》，"其体裁仿《儒林外史》，每一个人演述完竣，即递入他人，全书以此蝉联而下，盖章回小说之变体也"（孔另镜《中国小说史料·潭瀛室随笔》）。《二十年目睹之怪现状》，诚如鲁迅《中国小说史略》所说，它"以自号九死一生者为线索，历记二十年中所遇、所见、所闻天地间惊听之事，缀成一书"，其结构方式又与《西游记》的珠链式有相似之处。《老残游记》，通过老残的游历，主要把两个封建酷吏的暴政贯穿起来，故有人目之为"串字式"结构。虽然只写了三十五回，未完成原定计划，但鲁迅《中国小说史略》认为，"结构工巧，文采斐然"。至于《孽海花》，则以金雯青和傅彩云的故事为线索，反映了十年间的社会生活。曾朴《修改后要说的几句话》自谓："《孽海花》和《儒林外史》虽同是连缀多数短篇成长篇的方式，然组织法彼此截然不同。比如穿珠，《儒林外史》等是直穿，拿着一根线穿一颗算一颗，一直穿到底，是一根珠链；我是蟠曲回旋着穿的，时收时放，东西交错，不离中心，是朵珠花。"

明清章回小说的丰富多彩的结构形式，大而言之，不出以下四种类型：一是以历史为结构，如《三国演义》等历史演义小说。二是连环短篇结构，最典型的作品是《儒林外史》，《水浒传》和《西游记》为此种结构形式开了先河。茅盾《谈〈水浒〉的人物和结构》评得好："《水浒传》的结构不是有机的结构，我们可以把若干主要人物的故事分别编为各自独立的短篇，而无割裂之感。"

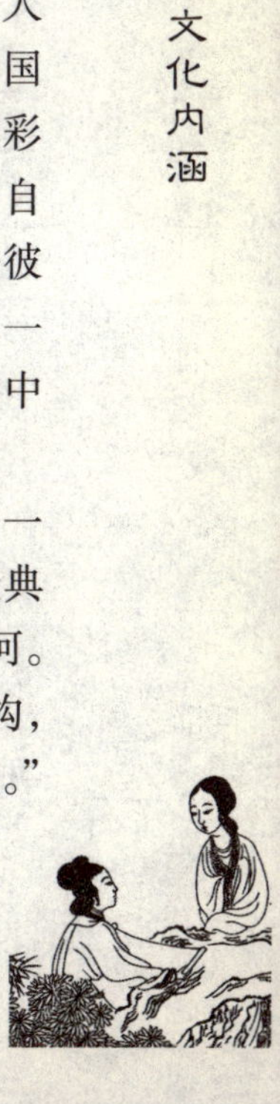

三是《金瓶梅》式的结构，它以一个家庭的兴衰反映一个社会和一个时代。《醒世姻缘传》《林兰香》均属此类，《歧路灯》则是其变体。四是《红楼梦》式的结构，《姑妄言》开了此种结构形式的先河。

3. 故事情节

在故事情节方面，明清章回小说具有丰富性、生动性和完整性的特点。明清传奇具有“无奇不传，无传不奇”（倪倬《二奇缘传奇·小引》）的美学追求，明清小说同样十分重视故事的传奇性，所谓“稗家小说，非奇不传”（烟水散人《赛金铃·题辞》）。“拍案惊奇”，可说是明清章回小说承继宋元“说话”伎艺的优良传统。如何把故事讲好，娓娓乎有令人听之忘倦的魅力，乃是明清章回小说家积极探索的小说美学课题，这既有题材和结构问题，更有情节问题。

明清章回小说故事情节的丰富性和生动性，与“非奇不传”“拍案惊奇”的意识大有关系。但是，优秀的作品，并不因追求“非奇不传”“拍案惊奇”而不顾人情物理。它们并不“狠求奇怪”，而是尽力在日常生活和凡人琐事中发掘奇人和奇事，能够用“极近之笔”，写出“极骇之事”，力求做到“无奇之奇”。同时，优秀的作品，既十分讲究情节之奇，又非常重视故事之真和全。这就是说，明清章回小说的故事情节，必须合乎人情物理，必须有头有尾，一切人与事的来龙去脉必须交代清楚，给读者一个相当完整、十分有趣又令人信服的故事。金圣叹在批语中认为《水浒传》“二千余纸，只是一篇文字，中间许多事体，便是起承转合之法”，强调的就是故事情节的完整性。

明清章回小说的情节发展，其特点在于“欲知后事如何，且听下回分解”。换言之，下一回的情节，一般地说，一定是衔接着上一回的结尾继续发展的。所以西方意识流技法（老百姓谓之“跳来跳去”，实质是倒叙和插叙过多），与明清章回小说的情节组织法，显然大异其趣。而现今有些小说和影视作品，有意识地“淡化故事”，窃以为亦不符合中国人的审美习惯。中国人从宋元“说话”和杂剧开始，就已习惯于听讲、阅读和观看小说、戏曲中的离奇曲折、有头有尾、扣人心弦的故事了。今天，故事不精彩和不吸引人的小说和影视作品，仍然不为广大人民群众所喜闻乐见，这是耐人寻味的。

4. 人物塑造

在人物形象的塑造方面，明清章回小说的显著特点是，人物与故事一起出来：故事一开始，人物就出来了；人物一出场，作者就在行动和冲突中刻画其性格。人物性格总是在动态中加以刻画的；同时，人物性格的最突出之点

（性格核心，个性特点），总是随着情节的发展，冲突的深化，不断地予以强化和渲染。明清章回小说刻画人物形象的这种特点，在《三国演义》和《水浒传》中表现得最为明显，对后来为数众多的历史演义和英雄传奇小说影响深远。《金瓶梅》以后的世情小说，在人物形象塑造上，除了保持传统技法之外，更重视如实描写，所谓“按迹循踪，不敢稍加穿凿”，“特犯不犯”②之法运用自如。（如《金瓶梅》和《姑妄言》中的众多淫荡妇女，《红楼梦》中众多贵族小姐，等等。）故而人物形象更真实，更典型，更富个性色彩，也更有艺术深度和魅力。

明清章回小说既重视人物的外貌描写，更讲究人物神情意态的刻画，强调“绘形”（指身体、面目、妍媸、声音笑貌、表情举止等可以外视的形象）与“传神”（指风韵意态、精神气质等内在特点）的结合，要求“形神毕肖”。在人物的肖像和心理描写方面，明清章回小说也有区别于西方小说的中国作风和中国气派：动态描写多于静态描写，写意笔法多于工笔刻画。

抓住特征，用言简意赅的白描手法为人物造型，使人物一亮相就给人以深刻印象，这是明清章回小说肖像描写的中国作风和中国气派。比如，《水浒传》写李逵的出场：“不多时，（戴宗）引着一个黑凛凛大汉上楼来。宋江看见，吃了一惊。”李卓吾对“黑凛凛大汉”作眉批曰：“只三字，神形俱现。”金圣叹则评曰：“画李逵只五字，已画得出相。”“‘黑凛凛’三字，不惟画出李逵形状，兼画出李逵顾盼、李逵性格、李逵心地来。”《水浒传》对九纹龙史进和青面兽杨志的肖像描写，也是颊上添毛，令人神往：

> ……只见空地上一个后生脱膊着，刺着一身青龙，银盘也似一个面皮，约十八九岁，拿条棒在那里使。

> 只见那汉子……生得七尺五六身材，面皮上老大一搭青记，腮边微露些少赤须，把毡笠子掀在脊梁上，坦开胸脯，带着抓角儿头巾，挺手中朴刀……

《水浒传》的人物肖像描写，常采用静态和动态相结构的描写手法。比如，吴用是在刘唐和雷横厮杀中亮相的：

> 看那人时，似秀才打扮，戴一顶桶子样抹眉梁头巾，穿一领皂沿边麻布宽衫，腰系一条茶褐銮带，下面丝鞋净袜，生得眉清目秀，面白须长，这人乃是智多星吴用。

妙在如此描写之外，作者又补了一笔：“只见侧首篱门开处，一个人掣两手铜练，叫道：‘你们两个好汉且不要斗……’便把铜练就中一隔。”秀才打扮，又能

手提铜练隔开两把格斗正酣的朴刀，这才是吴用的英雄本色。

《红楼梦》擅长从一个人物的眼中描写另一个（或几个）人物的肖像。比如，第三回从“黛玉眼中写三人”：

> 不一时，只见三个奶妈并五六个丫环拥着三位姑娘来了：第一个肌肤微丰，身材合中，腮凝新荔，鼻腻鹅脂，温柔沉默，观之可亲；第二个削肩细腰，长挑身材，鸭蛋脸儿，俊眼修眉，顾盼神飞，文采精华，见之忘俗；第三个身量未足，形容尚小。其钗环裙袄，三人皆是一样的妆束。

虽然三言两语，但诚如陈其泰桐花凤阁评本所批，确实“各肖其人”。又如，从甄家丫环眼中白描贾雨村的肖像：

> 即甄家丫环……见窗内有人，敝巾旧服，虽是贫窘，然生得腰圆背厚，面阔口方，更兼剑眉星眼，直鼻方腮。这丫环忙转身回避，心下乃想：这人生的这样雄壮，却又这样褴褛，想他定是我家主人常说的是什么贾雨村了……

明清章回小说对于首次亮相的人物，不只有独具中国作风和中国气派的肖像描写，也十分讲究人物出场的方式方法。常用的先声夺人写法和于无人处写法，就颇有艺术魅力。《水浒传》写大闹野猪林的鲁智深就采用了未见其人，先闻其声的写法。金圣叹第八回回评曰：

> 今观其叙述之法，又何其诡谲变幻，一至于是乎！第一段先飞出禅仗，第二段方跳出胖大和尚，第三段再详其皂布直裰与禅仗戒刀，第四段始知其为智深。……先言胖大而后言直掇者，惊心骇目之中，但见其为胖大，未及详其脚色也。先写装束而后出姓名者，公人惊骇稍定，见其如此打扮，却不认为何人，而又不敢问也。盖如是手笔，实惟史迁有之，而《水浒传》乃独与之并驱也。

金氏在这里所总结的借情节叙述变化的手法，是以情节取胜的明清章回小说刻画人物常用的技法。《红楼梦》写王熙凤的出场亦用此法，同样极有艺术魅力，令人难忘。

至于于无人处写法，是指本该正面描写某一人物，但作者故意作侧面描写，使此人物处于呼之欲出的情势。典型的例子是《三国演义》写刘关张的三顾茅庐，先写元直和水镜先生的介绍孔明之才，接着刘关张见崔州平、石广元和孟公威，以为是孔明，见诸葛均和黄承彦又以为是孔明，如此烘云托月，孔明虽尚未出场，但其才、其奇凸显无遗，已呼之欲出，读者的兴趣也由此而倍增。毛宗岗在第三十七回回批中总结这种写法说："此卷极写孔明，而篇中却无孔明。盖善写妙人者，不如(于)有处写，正于无处写。"

明清章回小说对人物心理的描写，其角度重点和手法，也与西方小说大异其趣，中国作风和中国气派十分明显，这是文化传统和审美意识的不同所造成的。西方小说家习惯于从宗教角度描写人物的心理(比如忏悔意识、赎罪意识)，明清章回小说则多从儒家的政治、道德角度描写人物的心理(比如忠义观念、正统观念)；西方小说家又喜欢从生物学角度描写人物的心理，明清章回小说则绝少这方面的解剖，性心理描写也较简单；西方小说家更擅长于长篇大论式的"纯心理描写"，明清章回小说则善于融人物心理于举止言行和音容笑貌之中，言简意赅，含蓄委婉，更多地要求读者去体验和领悟特定情境中的人物内心世界。

明清章回小说的人物心理描写，明代著名小说评点家叶昼称之为"画心上"，他在《水浒传》第二十一回的一则批语中指出：

> 摩写宋江、阎婆惜并阎婆处，不惟能画眼前，且画心上；不惟能画心上，且并画意外。

比如，《水浒传》第五十一回，写宋江带领人马攻打高廉，林冲跃马出阵，对高廉喝道："你这个害民的强盗，我早晚杀到京师，把你那欺君贼臣高俅碎尸万段，方是愿足。"林冲被高俅迫害得只能上梁山，故一见高俅的堂兄高廉，怒上心头，大骂高俅，以发泄内心之怨恨和愤怒。而当时林冲的心理活动，则留给了读者去体会和领悟。这种极富中国作风和中国气派的人物心理描写，金圣叹大为欣赏，他批道：

> 对高廉骂高俅，各人心中自有怨毒，妙极！此等意思又确是林武师，宋江不尔，武松不尔，鲁达不尔，李逵不尔，石秀近之矣，而犹不尔。

当然，如此用动态、写意的笔法描写人物的心理，与中国山水画一样，"简淡中包具无穷境界"，"无画处皆成妙境"(宗白华《美学与意境·论文艺的空灵与充实》)，自有其长处，但也有它的不足。因此，《金瓶梅》以后的世情小说，随着人物性格的日趋复杂化，作者对人物心里的描写，除了动态、写意的传统笔法之外，也开始采用静态、工笔的刻画；到晚清，章回小说在人物心理描写方面，也更多地借鉴了西方小说的技法。《姑妄言》在人物性心理的描写方面，就已经比《金瓶梅》前进了一步；而《红楼梦》在人物心理的静态描写和分析方面，更比明代"四大奇书"有了长足的发展。《红楼梦》的人物心理描

写，可以作为专题来研究，这里仅举数例，以窥一斑。

《红楼梦》第三十四回，写宝玉挨打后，在怡红院养病，黛玉去探望后回到潇湘馆，晴雯奉宝玉之命送来两条“半新不旧的绢子”。小说写道：

> 这黛玉体贴出绢子的意思来，不觉神痴心醉，想到宝玉能领会我这一番苦意，又令我喜。我这番苦意，不知将来可能如意不能，又令我悲。要不是这个意思，忽然好好的送两块帕子来，竟又令我笑了。再想到私相传递，又觉可惧。他既如此，我却每每烦恼伤心，反觉可愧。……如此左思右想，一时五内沸然，由不得余意缠绵，便命掌灯，也想不起嫌疑避讳等事，研墨蘸笔，便向那两块旧帕上写道……

收到宝玉所赠绢帕，黛玉是又喜，又悲，又笑，又惧，又愧，这是典型的富有中国作风和中国气派的心理描写。又如，第三十二回，宝玉在史湘云面前，称赞黛玉从来不说“混账话”，恰巧被黛玉听到。于是作者便对此时黛玉的心理作了细致的描写：

> 黛玉听了这话，不觉又喜又惊，又悲又叹。所喜者，果然自己眼力不错，素日认他是个知己，果然是个知己；所惊者，他在人前一片私心称扬于我，其亲热厚密，竟不避嫌疑；所叹者，你既为我的知己，自然我亦可为你的知己，既你我为知己，又何必有“金玉”之论呢？既有“金玉”之论，也该你我有之，又何必来一宝钗呢？所悲者，父母早逝，虽有铭心刻骨之言，无人为我主张，况近日每觉神思恍惚，病已渐成，医者更云：“气弱血亏，恐致劳怯之症。”我虽为你的知己，但恐不能久待；你纵为我的知己，奈我薄命何！——想到此间，不禁泪又下来。待要进去相见，自觉无味，便一面拭泪，一面抽身回去了。

这里的所喜、所惊和所叹、所悲，皆是黛玉此时此刻之所“想”的内容，亦即她复杂的心理活动。作者的描写应该说是细致、深刻的，但仍然是简洁、含蓄的，这正是中国作风和中国气派！③

尚须提及的是，喜欢给人物提绰号（突出的作品如《水浒传》《姑妄言》，等等），也是明清章回小说在人物塑造上的中国作风和中国气派。为小说人物提绰号，也是源于生活之法，因为实际生活存在着人物有绰号的现象。明清章回小说中的人物绰号，有雅俗之分，恰到好处，自有其妙处；用得太滥太俗，也令人厌烦。

5. 环境描写

明清章回小说是很重视环境描写的。张竹坡《杂录小引》中,有一段专论房屋环境描写与整篇小说的情节、结构、人物性格发展的关系,他说:

写其房屋,是其间架处,犹欲耍狮子,先立一场;而唱戏,先设一台。恐看官混混看过,故为之明白开出,使看官如身入其中,然后好看书内有名人数进进出出,穿穿走走,做这些故事也。

卧闲草堂本《儒林外史》第二十回回评指出:

书中如扬州,如西湖,如南京,皆名胜之最,定当用特笔提出描写。作者用意已囊括《荆楚岁时》《东京梦华》诸笔法,故令阅者读之飘然神往,不知其何以移我情也。

在第二十九回回评中,评者又点到了特定的环境描写与刻画人物的关系。

写雨花台正是写杜慎卿,尔许风光必不从腐头巾胸流出。

明清章回小说在环境描写方面,也有浓郁的中国作风和中国气派。西方的长篇小说大多通过人际关系描写社会环境,喜欢描写物化的环境,并擅长于将环境象征化和神秘化。明清章回小说中罕有将环境象征化和神秘化的环境描写。至于通过人际关系描写社会环境,亦是明清章回小说描写环境的基本方法,但它与西方的技法也有明显的不同;而描写物化的环境在个别作品(如《姑妄言》)中也有,但仍具中国作风和中国气派。

人物在画图中,环境靠人物来表现,这是明清章回小说在环境描写方面的一大特色。《红楼梦》第十七回,作者对大观园的介绍,不用静态的客观的描写,却巧妙地用人物的"游园题对额"代替了"演说"(如"冷子兴演说荣国府"。"演说",即叙说、介绍也)。此回脂本回目为《大观园试才题对额　怡红院迷路探深幽》。前半部分写贾政携宝玉,在贾珍导引和众清客簇拥下,一路游览了新落成的大观园。通过题写"对额",既细致、生动地介绍了大观园的各个风景点,测试了宝玉之才,又艺术地反映了贾政、宝玉父子在人生观和审美观等方面的严重分歧。作者如此介绍大观园,不只是在描写大观园的环境,更是在写人物,尤其是宝玉。故脂批认为,如此写法,"却是宝玉正传"。

《红楼梦》大观园内众多小姐的住所景物和房间摆设,皆因人而异,各具风采,起到了衬托人物性格和气质,渲染氛围的作用。为人所称道的宝黛的蘅芜院和潇湘馆,以及探春的秋爽斋,就是突出的例子。其实,贾母的院落、房间和摆设,亦很能表现出这位老祖宗的崇高地位和不凡气派。请看第四十回中刘姥姥眼中的贾母住房及房中摆设:

人人都说大家子住大房。昨儿见了老太太正房，配上大箱大柜大桌子大床，果然威武。那柜子比我们那一间房子还大还高。怪道后院里有个梯子。我想并不上房晒东西，预备个梯子作什么？后来我想起来，定是为开顶柜收放东西，若离了那梯子，怎么得上去呢？

问世于《红楼梦》之前的《姑妄言》，有不少静态的环境描写，也有些近乎西方小说中对物化的环境的描写。比如，第三回为写火氏与竹思宽在书房内幽会，作者先对铁化家的房屋作了不厌其烦的描写。又如，第九回，小说通过邬合之眼，对童自大家从大门外到大厅上的细致描写，就有力地衬托出了这位财主、监生以“效官样”的人物的个性特色，耐人寻味，引人发笑。

6. 语言艺术

在语言艺术方面，明清章回小说有三个显著的特点，其中国作风和中国气派自不待言。

一是以通俗的白话为主，历史演义小说常用浅显文言（所谓“文不甚深，言不甚俗”），少数作品用骈文，弹词体小说则用韵文。

二是散韵结合，以散文为主，诗词曲歌等韵文常被巧妙地穿插在散文中间，用以描写环境，烘托气氛；人物亦常以诗言志，以词抒情，以曲表意。

三是在通用白话语言中，喜夹杂方言俗语，不少作品带有浓郁的地方色彩。比如，《水浒传》中多用陕西方言，《西游记》中常有淮安方言，《金瓶梅》和《醒世姻缘传》中颇多鲁南方言，《歧路灯》中又多豫东方言。即使文学语言最为纯净的作品，亦复如此。如《姑妄言》中夹杂有下江官话和吴侬软语，《红楼梦》中颇多北京话和吴语，《儒林外史》中亦多下江官话。这些情况都与作者的籍贯和生活经历有关。晚清的《海上花列传》，其人物对话全用苏白（苏州方言），则是别开生面之创造。

7. 插图、评点

小说中附有插图和评点，这也是明清章回小说在形式方面的中国作风和中国气派。西方小说也有插图，但明清章回小说的插图数量多，甚至半图半文。插图或在正文之前，或插入各回之间，或半页图半页文。至于评点则是西方小说所没有的中国特色，它们已成为明清章回小说的有机组成部分。④

托名李贽的《忠义水浒全书发凡》曰：

书尚评点，以能通作者之意，开览者之心也。得则如着毛点睛，毕露神采；失则如批颊涂面，污辱本来，非可苟而已也。

明清小说（还有戏曲）采用评点对作品进行批评和赏析，源于诗文的评注。从汉代开始，历代学者常以评注方式诠释典籍，比如《诗经》的郑玄笺、《史记》的三家评、《楚辞》的王逸注、《四书》的朱熹注等等，皆影响深远。宋元以前，这种方式尚未被用之于小说，南宋刘辰翁的评点《世说新语》，实是绝无仅有之例。明代的批评家将小说和戏曲与儒家的“六经”相提并论，于是借鉴评注方式评点小说、戏曲作品便蔚然成风。

明清章回小说的“评点”，“评”是指批评、评论；“点”，则指圈点，精彩之处加圈加点。一部作品的评点，通常有回前评（或称批，下同）、回末评、回中评（又有眉评、侧评、夹评），卷首还有凡例、总评、读法、序跋等。明清章回小说（还有戏曲）的评点，是极富中国作风和中国气派的理论批评形式，为明清两代各阶层的读者所喜闻乐见。评点的特点，一是灵活机动，长短不拘；二是紧密结合具体情节和人物；三是寓鉴赏于批评。好的评点本，诚如《忠义水浒传·发凡》所指出的：“于一部之旨趣，一回之警策，一句一字之精神，无不拈出。”

二

明清章回小说在形式方面的中国作风和中国气派，上述七个方面能否概括，当然尚可研讨。至于明清章回小说在形式方面为什么形成这样的民族特色，则更须作深入的研讨。这是明清小说研究中的薄弱环节，笔者也只有一些不成熟的想法，现在不揣浅陋，提出来聊供同好作深入研究的参考。

1.“说话”技艺的影响

明清章回小说与话本和拟话本小说一样，皆起源于宋元的“说话”技艺，尤其是“讲史”和“小说”家数，它们与“说话”有着血缘关系，其形式上的许多特点皆与此有关。明清小说有个独特的名称——“说部”，即由此而来。明清章回小说中常见的“看官听说”，则是“说话”遗留的痕迹。

王国维《大唐三藏取经诗话跋》指出：

此书与《五代平话》、《京本小说》及《宣和遗事》体例略同。三卷之书，共分十七节，亦后世小说章回之祖。……

《取经诗话》目录和正文有《行程遇猴行者处第二》《入大梵天王宫第三》《入香山诗第四》，等等，王氏认为章回体式源于“话本”之分节，此说良是。“话本”之分节，又源于“说话”，这是不言而喻的。当然，诚如前文已指出的，分章回的体式溯其源，当与古代经书、子书有关。[5]与宋元诸宫调的体式亦有关。[6]

除章回体式外，明清章回小说在情节、结构、人物和环境描写等方面的中国作风和中国气派，皆与“说话”有一定的血缘关系。不少前辈学者，对于明清章回小说与说话的血缘关系，皆有精辟之论。如郑振铎撰于20世纪30年代的《水浒传的演化》《三国志演义的演化》和《西游记的演化》；赵景深有关元刊全相平话与明代历史演义关系的诸论文。笔者以为，要探究明清章回小说与宋元“说话”技艺的关系，首先必须注意以下两个事实。其一，明清章回小说中有一类作品，是在“话本”基础上整理加工而成的，如康熙年间钱彩、金丰合作整理加工的《说岳全传》（其全称为《新镌精忠演义说本岳王全传》）。此类章回小说在形式上当然更多受到“说话”的影响。其二，在“说话”（短篇的“小说”，长篇的“讲史”）的基础上发展起来的章回小说，同样在形式上更明显地受到“说话”的多方面影响。《三国演义》《水浒传》和《西游记》皆有个复杂的成书过程，故研究者把它们归入“说话”型章回体小说，以区别于主要由文人独创的章回体小说。

2. 历史与历史著作的影响

艺术形式与民族的历史文化和审美心理密切相关。明清章回小说形式下的中国作风和中国气派，与中华民族的历史文化和审美心理密切相关。中华民族的历史观念根深蒂固，大于文学观念。其审美心理可说源于历史，而不是源于文学。明清章回小说形式上的诸多中国作风和中国气派，溯其源，与此亦大有关系：比如，明清章回小说喜用“传记体”的结构和叙事法，故事情节求真求全，等等。

在小说理论批评的萌芽时期，学者探讨小说与历史关系，无不认为：(1)小说乃史家所作。小说家采用《史记》所开创的传记体结构方式，创作“鬼物奇怪之事”，“染以虚诞怪妄之说”，“推其本原，盖亦史官之末事也”。（长孙无忌《隋书·杂传类序》）(2) 小说乃正史所遗。从班固《汉书·艺文志》所列“小说家”，记载小说篇目十五家千三百八十篇，已可看出小说包含了“史”的因素。唐代刘知几《史通·杂述》论十类小说则认为，“史氏流别，殊途并骛”，小说内容属正史所缺漏、遗逸、或不采用的人事，前史所遗，后人所记，便有了小说这一家。(3) 小说与正史可参订。南朝梁朝的萧绮早在《拾遗记序》中指出，小说“推详往迹，则影彻经史”，故与经史有互补作用。刘知几《史通·杂述》则确认小说“自成一家，而能与正史参行”。明清章回小说从内容到形式与历史难解难分，小说家的创作无不深受《史记》等著作的影响，与上述小说理论显然有着直接的关系。

《史记》中的列传，有一人之传、二人合传和三人合传等形式，这对明清章回小说的结构是有影响的[7]。《史记》在人物塑造上取得了极高的成就，诚如梁启超的《要籍解题及其读法》所指出的："举世诸史之列传，多藉史以传人；《史记》之列传，唯藉人以明史。"关于历史人物的塑造，司马迁提出了不少富有创见的看法，这对明清章回小说的作者也是极有启示的。比如，史传的任务在于"述故事，整齐其世传"。要求对历史人物的塑造做到"原始察终，见盛观衰"，对人物的全貌有一个全面的认识。《史记》本纪、列传中的史传文学作品，可以看作为明清章回小说中的历史演义、英雄传奇，以及侠义小说、讽刺小说的源头。比如，《项羽本纪》和《高祖本纪》写巨鹿之战、鸿门之宴和垓下之围，对明清历史演义小说的影响是显而易见的；《李将军列传》《陈涉世家》等作品，对明清英雄传奇的创作影响亦不可忽视；至于《游侠列传》和《滑稽列传》对明清侠义小说和讽刺小说也不能说没有影响。

关于历史著作，尤其是《史记》对明清章回小说的影响，金圣叹和王无生均曾有过很好的论述。金圣叹《水浒传》第三十三回回评曰：

> 稗官固效古史氏法也，虽一部，前后必有数篇，一篇之中，凡有数事；然但有一人，必为立传，史氏之例也。

近代王无生（无谬生）在《中国历史小说史论》中，则指出明清章回小说，"其源于太史公诸传"。

3．读者的影响

明清章回小说在形式方面极富中国作风和中国气派，与它的接受者——读者也大有关系。明清章回小说的读者，除士大夫和中下层人士之外，主要是粗通文墨的市民和农民。宋元时代的"说话人"和明清两代的小说家，无不牢记着这样一句格言式的俗话："话须通俗方传远，语必关风始动人。"他们可谓目中有人，在"通俗"二字上下了不少工夫。明清章回小说在形式上的不少特点，显然与"通俗"颇有关系。

庸愚子《三国志通俗演义序》，肯定《三国演义》"文不甚深，言不甚俗，事纪其实，亦庶几乎史。盖欲诵读者，人人得而知之，若《诗》所谓里巷歌谣之义也"。

酉阳野史《新刻续编三国志引》则谓：

> 夫小说者，乃坊间通俗之说，固非国史正纲，无过消遣于长夜永昼，或解颐于烦剧忧愁，以豁一时之情怀耳。

陈继儒《唐书志传序》亦曰：

演义，以通俗为义者也。演义固喻俗书哉，义意远矣！

袁宏道《东西汉通俗演义序》，赞赏《水浒传》之“明白晓畅，语语家常”，使人“捧玩不能释手”。

甄伟《西汉通俗演》自序，主张小说要“言虽俗而不失其正，义虽浅而不乖于理”。

冯梦龙编撰《古今小说》，之所以分别以《喻世明言》《警世通俗》和《醒世恒言》命名，诚如《古今小说序》所指出的，其原因就在于：“明者，取其可以导愚也；通者，取其可以适俗也；恒则习之而不厌，传之而可久。”由此可见，与正史和诗文词赋相比较，“通俗”（并不止是语言易懂），乃是明清章回小说的突出特点，其形式上的中国作风和中国气派皆与此息息相关。

4. 佛教的影响

佛教（包括佛学思想、佛教仪式、佛教文学等）自两汉之际传入中国，并逐步中国化之后，对中国文学有深远的影响。中国的小说，自魏晋的志人志怪，经唐宋传奇和宋元话本，以迄明清的章回小说和其他小说（拟话本、文言小说等），同样深受佛教的影响。仅就明清章回小说而言，佛教不仅与某些作品的故事情节、思想内容有着密切的关系，如《西游记》等；佛教徒的“俗讲”，对明清章回小说的情节、结构和语言也有一定的影响。至于因果报应、色空观念等佛教思想，不只影响章回小说的内容，也影响到明清章回小说的布局结构和人物塑造。比如，《红楼梦》，第一回关于石头的来历，甄士隐的《好了歌》解；终局宝玉的“悬崖撒手”；贯穿始终的一僧一道，虚幻的“太虚幻境”与现实的荣宁二府；神话故事与现实故事的有机结合；色空观念的笼罩全书；等等，无不与佛教的影响有关。

5. 传统诗文的影响

中国是个诗国，诗歌对中国文学的各种形式均有深远的影响。小说和戏曲都与诗歌关系密切，皆有诗化的倾向，讲究诗情画意，追求神韵和意境。明清章回小说中的韵文部分比重不小，作用巨大，且形式多样（诗、词、曲、民歌等）。因此，深入研究明清章回小说形式方面的中国作风和中国气派，不能忽视诗歌的影响。同样，中国的散文历史悠久，艺术精湛，富有优良的民族传统。明清章回小说是叙事文学，其主体是用通俗的散文写作的，它的语言（无论是白话和方言，还是“文不甚深，言不甚俗”的文言），无不深受散文的影响。

6. 戏曲艺术的影响

明末孟称舜《古今名剧合选》评元杂剧《老生儿》曰：“盖曲体似诗似词，而白则与小说演义同观。”清初的李渔则认为，小说与戏曲是“同源而异派”。他把自己的拟话本集称之为《无声戏》，并在《窥词管见》中指出，小说是“纸上之忧乐笑啼”，戏曲则是“场上之悲欢离合”，有其共同的特点。近代黄人《中国文学史》同样认为，小说是“工细白描之院本”，而戏曲乃是“设色押韵之小说”。

明清两代，小说和戏曲同步发展，它们互相影响和渗透，故戏曲对章回小说形式的某些特点的形成，不能不起作用。这在李渔的戏曲和小说作品中表现得最为明显，戏曲小说化和小说戏曲化，乃是李渔的戏曲和小说作品的一大特色。仅就明清章回小说而言，其戏曲化既反映在故事情节方面（如题材的相互移植，讲究“无奇不传”等），也表现在人物形象的塑造方面（如戏曲的脸谱运用，分行当，虚拟化和程式化的表演）。明清章回小说人物一出场的亮相，忠奸人物性格对比强烈等，更是戏曲化的突出表现。

《红楼梦》有些情节的处理，就深受戏曲艺术的影响。比如，第二十一回，写贾琏追逐平儿求欢，一个在屋外，一个在屋内，两人隔窗调笑。庚辰本有条脂批指出：“此等章法是在戏场上得来。”第四十三回，宝玉在水仙庵祭奠金钏儿，茗烟代宝玉祝词，庚辰本亦有脂批道：“此一祝，亦如《西厢记》中双文降香第三炷，则不语，红娘则待（代）祝数语，直将双文心事道破。”《红楼梦》作者酷爱昆曲艺术，《红楼梦》从“戏场上得来”的章法很多，且运用自如，很有艺术性，可作专题研究。

---

① 三部有代表性的《中国文学史》对《儒林外史》结构的评价就大相径庭。刘大杰《中国文学发展史》认为不严密、不完整；游国恩等《中国文学史》说有独创性，但也有松散的缺点；中科院《中国文学史》则赞扬备至。溯其源，三书的观点皆有前贤的评论为依据：卧闲草堂本评者，誉之为“是国手布子，步步照应”；“其布局之妙，莫与言矣”；“文章交互回环，极尽罗络钩连之妙”。胡适则贬之为“没有一个鸟瞰式的布局”，“坏处在于体裁结构太不紧严，全篇是杂凑起来的”。别士（夏曾佑）在胡适之前早已指出《儒林外史》“有枝而无干”，“布局松懈”。鲁迅则主要揭示了《儒林外史》结构上的特点。近二十多年来，海内外的研究者，对《儒林外史》结构的评论，似有一味美化的倾向。美国学者林顺夫在《〈儒林外史〉的礼及其叙事结构》（载《文献》第十二辑）一文中，批驳胡适的看法，认为《儒林外史》的结构，其“条理性和完整性，决不比非常出色的西方小说作者逊色”，就

是一例。

② 明叶昼评《水浒传》最早指出："同而不同处有辨"，强调在同类人物对比描写中突出各个形象的不同个性，写出其同中之异。后金圣叹评《水浒传》提出"犯之而后避之"，即故意在同类人物的描写中突出其个性差异。张竹坡《金瓶梅读法》则指出："《金瓶梅》妙在善用犯笔而不犯也。"脂砚斋评《红楼梦》始总结出"特犯不犯"之法。

③ 与明清章回小说同步发展的明清传奇，相当重视心理描写，如汤显祖的《牡丹亭》，因对杜丽娘的心理作了精细、生动、准确的刻画，被研究者誉之为心理剧。明清文言小说，比之章回小说也更注重人物的心理描写。这也是个值得研究的有趣问题。

④ 许多明清章回小说，从题目已能看出其附有插图和评点。如《新镌绣像批评金瓶梅》《新刻绣像批评金瓶梅》《新评绣像红楼梦全传》《增评补图石头记》等。

⑤ 如《孝经》，有《开宗明义章第一》《天子章第二》《诸侯章第三》，等等，《墨子》有《亲士第一》《修身第二》，等等；《晏子春秋》，有《庄公矜勇力不顾行义晏子谏第一》《景公饮酒愿诸大夫无为礼晏子谏第二》，等等。

⑥ 金代流传的残本《刘知远诸宫调》，存有《知远走慕家庄沙陀村入舍第一》《知远别三娘太原投事第二》《知远从军三娘剪发生少主第三》《知远探三娘与洪义厮打第十一》《君臣兄弟夫妇团圆第十二》。

⑦ 比如，《范雎蔡泽列传》前半部分主要写范雎逃难秦国以报杀父之仇，后半部分则重点写蔡泽之事，虽仍有范雎其人的存在，但他已作为蔡泽的陪衬。《魏其武安侯列传》是窦婴、田蚡和灌夫的合传，先写灌夫之事，再重点写田蚡之事，最后写窦婴之事，而此三人之事有一定的内在联系。

2003年，原载《东南大学学报》

明清小说“读法”刍论

古人读书，极注重读法。明清小说评论家认为，同一部作品，善读和不善读，其效果大不一样。刘廷玑在《在园杂志》中一一评论了明代的“四大奇书”之后，深有感慨地说：

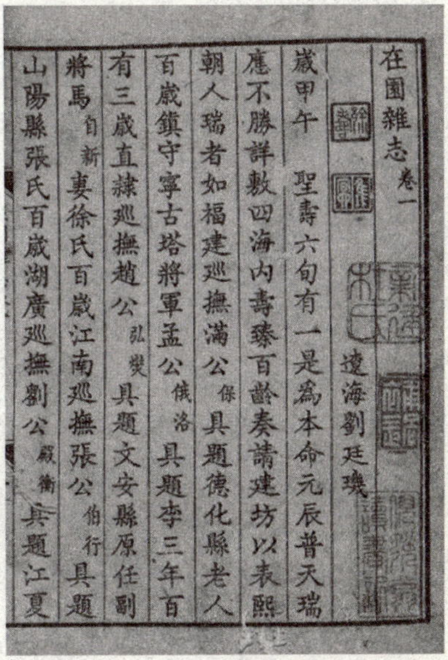
在園雜志卷一
遼海劉廷璣
歲甲午　聖壽六旬有一是爲本命元辰普天瑞
應不勝詳數四海內壽臻百齡奏請建坊以表熙
朝人瑞者如福建巡撫滿公保具題德化縣老人
百歲鎮守寧古塔將軍孟公俄洛具題李三年百
有三歲直隸巡撫趙公弘燮具題文安縣原任副
將馬自新妻徐氏百歲江南巡撫張公伯行具題
山陽縣張氏百歲湖廣巡撫劉公殿衡具題江夏

《在园杂志》书影

> 嗟乎！四书也，以言文字，诚哉奇观，然亦在乎人之善读与不善读耳。不善读《水浒》者，狠戾悖逆之心生矣；不善读《三国》者，权谋狙诈之心生矣；不善读《西游》者，诡怪幻妄之心生矣。欲读《金瓶梅》，先须体认前序内云：“读此书而生怜悯心者，菩萨也；读此书而生效法心者，禽兽也。”然今读者多肯读七十九回以前，少肯读七十九回以后，岂非禽兽哉！……然而作者本寓劝惩，读者每至流荡，岂非不善读书之过哉？天下不善读书者，百倍于善读书者。读而不善，不如不读；欲人不读，不如不存。

这里，刘氏对这几部著名小说的评论，以及针对“不善读者”的主张，当然不无偏颇。但是，读书有“善”与“不善读”之分，却是客观存在。明清时代有此问题，今人亦复如此。

正由于“天下不善读书者，百倍于善读书者”，所以明清两代的小说评论家，在评点著名作品时，往往在序、跋、总评、眉批、夹批等形式之外，特列“读法”冠于卷首，开宗明义地给读者以指点：如何读法，方能入此书之堂奥，明确其旨意，掌握其精髓，玩味其笔法，享受其艺术之美。

“读法”的写法，一般采用条目式，少则十余条，多达五六十条；每条字数

不拘，短则十多字，长达几百字。当然也有序、跋式的“读法”。从内容来考察，“读法”大体上包括四个方面：提纲挈领的读书指导，别具一格的作品评论，独具只眼的艺术鉴赏，深有体味的读书经验。纵观几部名著的“读法”，不止短小精悍，活泼有趣，言简意赅，发人深思，而且往往集中地体现了评论者的政治思想、美学观点、社会阅历和艺术素养。

提纲挈领地揭示作品的主旨和特点，进行有的放矢的读书指导，这是“读法”的首要任务。古代的小说评论家对此极为重视，这方面的条文总是精心撰写的。

《聊斋志异》，“其事则鬼狐仙怪；其文则庄、列、马、班；而其义则窃取《春秋》微显志晦之旨，笔削予夺之权”。针对这个特点，冯镇峦在《读聊斋杂说》中说：

> 署清令阳湖张安溪曰：“《聊斋》一书，善读之令人胆壮，不善读之令人入魔。”予谓：泥其事则魔，领其气则壮。识其文章之妙，窥其用意之微，得其性情之正，服其议论之公，此变化气质、淘成心术第一书也。多言鬼狐，款款多情；间及孝悌，俱见血性，较之《水浒》《西厢》，体大思精，文奇义正，为当世不易见之笔墨，深足宝贵。

冯氏所提出的四条“读法”，即以读《左传》《庄子》《史记》和程朱语录之法来读《聊斋志异》，虽着重在文章的作法方面，并非卓见，但是，他强调读这部“多言鬼狐”的文言小说，一不能“但作故事看”，二不能“泥其事”而必须“领其气”，这种见解还是颇有启示性的。

张竹坡《批评第一奇书金瓶梅读法》正确地指出，《金瓶梅》的作者，必定经历过“患难穷愁，人情世故”，故而“入世最深”。并说：“作者无感慨亦必不著书，一言尽之矣。其所欲说之人，即现在其书内”；“做文章不过是‘情理’二字，今做此一篇百回长文，亦只是‘情理’二字”。基于这样的认识，张氏作读法指导曰：

> 《金瓶梅》不可零星看，如零星看，便止看其淫处也。故必尽数日之间一气看完，方知作者起伏层次贯通气脉为一线穿下来也。

张氏既看到作者的有为而作这一面，又切中了《金瓶梅》肆意渲染男女淫秽生活（所谓“淫处”）的严重缺陷。像这样的“读法”，对读者正确评价《金瓶梅》无疑是大有裨益的。

《东周列国志》，虽与《三国志通俗演义》同属历史演义类的小说，可是，它的“历史”成分远远超过了“小说”的成分。这部流传颇广的小说，其主要成就在于普及了有关东周列国的兴废争战故事，艺术上的价值是不太高的。针对这个特点，蔡元放在《东周列国志读法》中，强调指出：

《列国志》是一部记事之书，却不是叙事之书。《列国志》一书，大率是靠《左传》作底本，而以《国语》《战国策》《吴越春秋》等书足之，又将司马氏《史记》杂采补入，故其文字笔气，不甚一样，读者勿以文字求之。

读《列国志》，全要把作正史看，莫作小说一例看了。

这样的“读法”，对于读者理解《东周列国志》这类历史演义小说的思想和艺术特点，还是有一定的指导意义的。

提纲挈领的读书指导，只能起个引子作用。要深入阐明正确的读法，还须对作品作精辟的评论，这就得靠序、跋与各种形式的批语和专论了。不过，写得有水平的“读法”，实际上也是一种别具一格的作品评论。且看金圣叹的《读第五才子书法》：

或问：施耐庵寻题目写出自家锦心绣口，题目尽有，何苦定要写此一事？答曰：只是贪他三十六个人，便有三十六样出身，三十六样面孔，三十六样性格，中间便结撰得来。题目是作书第一件事，只要题目好，便书也作得好。

《水浒传》不说鬼神怪异之事，是他气力过人处。《西游记》每到弄不来时，便是南海观音救了。

《水浒传》并无之乎者也等字，一样人便还他一样说话，真是绝奇本事。

《水浒传》只是写人粗卤处，便有许多写法。如鲁达粗卤是性急，史进粗卤是少年任气，李逵粗卤是蛮，武松粗卤是豪杰不受羁靮，阮小七粗卤是悲愤无处说，焦挺粗卤是气质不好。

金氏对《水浒传》的思想和艺术的评论，虽寥寥几条，却皆中肯綮，颇能启发人思。

毛宗岗的《读三国志法》，对《三国志通俗演义》的评论亦有极精当之见。比如，他说：“吾以为《三国》有三奇，可称三绝：诸葛孔明一绝也，关云长一绝也，曹操亦一绝也。”毛氏还认为，孔明“是古今来贤相中第一奇人”，关羽“是古今来名将中第一奇人”，而曹操“是古今来奸雄中第一奇人”。“有此三奇，乃前后史之所绝无者。故读遍诸史而愈不得不喜读《三国志演义》也。”从《三国志通俗演义》的艺术描写实际和社会效果来作考察，孔明、关羽和曹操确是

这部小说中塑造得最成功也最有艺术魅力的三个典型人物。

在"读法"中，许多评论家喜欢采用比较法进行评论。一般有两种比较法：一种是和同类作品作对比的赏析；另一种则是将某部小说与先秦、两汉的著名史学著作进行比较评论。

比如，毛宗岗的《读三国志法》指出：

《三国》叙事之佳，直与《史记》仿佛；而其叙事之难，则有倍难于《史记》者。《史记》各国分书，各人分载，于是有本纪、世家、列传之别。今《三国》则不然，殆合本纪、世家、列传而总成一篇。分则文短而易工，合则文长而难好也。

他又把《三国》与《西游》和《水浒》作了比较，评论不无偏颇，但也足资参考：

读《三国》胜读《西游记》。《西游》捏造妖魔之事，诞而不经，不若《三国》实叙帝王之事，真而可考也。……读《三国》胜读《水浒传》，《水浒》文字之真，虽较胜《西游》之幻，然无中生有，任意起灭，其匠心不难。终不若《三国》叙一定之事，无容改易，而卒能匠心之为难也。且《三国》人才之盛，写来各各出色，又有高出于吴用、公孙胜等万万者。吾谓才子书之目，宜以《三国演义》为第一。

陈忱的《水浒后传》，是清初的一部有成就和影响的《水浒传》续书。作者曾指出"《水浒》，愤书也"，"《后传》为泄愤之书"，认为这两部小说既有共同之处，亦有相异的地方。因为"《后传》有难于《前传》处"，"有高于《前传》处"，"并有胜《前传》处"。对于这样一部小说，该如何读法呢？阅读《水浒后传》时，人们会自然地联系到《水浒传》。因此，蔡元放的《水浒后传读法》，列举具体事例，对前后两传在人物、情节、结构和语言等方面一一作了比较。比如，他指出：

本传虽是承接前传而作，然煞有胜似前传处。……本传凡写一人起事，一人上山，必皆有其必不得已之故，无可奈何之情。则较之前传，更为正当，更为光明，使读者更无异议也。

蔡氏还对比分析了《水浒传》和《水浒后传》在思想和艺术构思方面的不同点，并解答了《后传》为什么要"将前传中中下之材，都要写作最上一等"，又为什么全书结局要"作美满大团圆以大快人心"的原因。

有比较才有鉴别。"读法"中的这类比较评论，对于打开读者的思路，从比较中鉴别作品在思想和艺术上的高下和优劣，不失为一种富有启发性的好办法。

重视艺术鉴赏，在各类批语中对作品的艺术构思、创作方法和技巧手法进行细致的分析，往往是明清小说评论家别具慧眼之处，这部分内容是今天仍有借鉴意义的优秀遗产之一。“读法”中的这类内容，尽管要言不烦，亦足以窥见评论家的艺术修养和功力。认真研究这类“读法”，既有助于提高对小说的艺术鉴赏能力，亦可以使人得到一种艺术上的满足。

描摹世态人情巧尽其妙，乃是《金瓶梅》在艺术上的一大成就。张竹坡对此相当注意，在《批评第一奇书金瓶梅读法》中，他有不少精辟之论。比如，他说：

> 其书凡有描写，莫不各尽人情。然则真千百化身，现各色人等，为之说法者也。
>
> 其各尽人情，莫不各得天道，即千古算来，天之祸淫福善，颠倒权奸处，确乎如此。读之似有一人亲曾执笔在清河县前西门家里，大大小小，前前后后，碟儿碗儿，一一记之，似真有其事，不敢谓为操笔伸纸做出来的，吾故曰：得天道也。
>
> 读《金瓶》当看其白描处，子弟能看其白描处，必能自做出异样省力巧妙文字来也。

诸如此类的“读法”，对于读者认识这部“人情小说”的艺术特色和成就，当然会有莫大的帮助。

蒙古族红学家哈斯宝，对《红楼梦》的评论别具一格，他的《新译红楼梦读法》也很有新意。比如，他说：

> 读此书，若探求文章的神妙细腻，便愈读愈得味，愈是入神；若追求热闹骚噪，便愈读愈乏味，愈是生厌。寻求热闹故事的人自不愿看我译的书。圣叹先生批《西厢记》，说“发愿只与后世锦绣才子共读，曾不许贩夫皂隶也来读”。而我不这样。我批的这部书，即使牧人农夫读也不妨。他如果读而不解，自会厌倦。

《三国志通俗演义》作为历史演义的开山祖，对后世同类小说是很有影响的。这部杰作在艺术结构、战争描写、人物塑造等方面，有着不少成功的经验。毛宗岗的《读三国志法》，在这方面是下了工夫的。他曾指出，“《三国》一书有巧收幻结之妙。……幻既出人意外，巧复在人意中”；“《三国》一书有同树异枝、同枝异叶、同叶异花、同花异果之妙”；“《三国》一书有星移斗移、雨覆风翻之妙”；“《三国》一书有隔年下种、先时伏着之妙”，等等。概括得似乎有些空灵，但这些手法和技巧都有具体事例作印证，还是可以捉摸到的。读者

如能对这种种“妙”处有所领悟，定会更好地理解《三国志通俗演义》高超的艺术手腕。

蔡元放在《水浒后传读法》中，对《水浒传》和《水浒后传》多样化的“章法”和“文法”亦作了认真的总结。关于“章法”，他说：

本传章法有与前传相同者：如每一人入伙上山，必使立功；每一番大征战后，必写一番派发安顿大发放；每一件大事，一段大文，或前或后，必有一件小事、一段小文以间之，如此之类，则与前传如出一手也。详见各回总评。

正在叙事时，忽然将身跳出书外，自着一段议论。前传亦有数处，然俱不过略略点缀；本传则皆将天理人情，明目张胆畅说一番，使读者豁然眼醒，则较之前传为更胜也。

至于“文法”，蔡氏总结出了“相间成文法”“跳身书外法”“犯而不犯法”“明点法”“暗照法”“忙里偷闲法”“借树开花法”“烘云托月法”“加一倍写法”“火里生莲法”“水中吐焰法”“欲擒故纵法”“移花接木法”，等等。名目虽多，但都有实例援引，并不空泛玄虚，对于理解小说的艺术技巧尚有一定的参考价值，对于后世的小说理论批评，亦不无积极影响。

读书，既要有一个良好的环境，又要选择适当的方式方法，才能收到事半功倍的效果。明清小说评论家，在“读法”中，对读书的环境、气氛和读者的心境、情绪，是相当重视的；对于采用何种方式方法，得益最大，也是非常讲究的。在这方面，嘉道年间的红学家孙崧甫关于《红楼梦》的“读法”，是很有代表性和参考价值的。

孙崧甫在他的钞评本《红楼梦》中，有篇《弁言总论》。这篇《总论》不仅对《红楼梦》作了全面的颇有独到见解的评论，在结尾部分还列举了四条《红楼梦》的“读法”：

读《红楼》宜一人静读。合观全书不下八十万言，若非息心静气，何由得其三昧？

读《红楼》宜众人共读。他书一览而尽，至《红楼》一书，有我之所弃未必非人之所取，有人之所弃未必非我之所取，必须取二三知己，置酒围坐，一篇一段，一字一句，逐层细究，方能曲尽其妙。

读《红楼》宜急读。必须尽数日之力，从首至尾，畅读一遍，然后知其何处是起，何处是结，何处是正文，何处是闲笔，不似他书，偶拈一本，便可作故事读也。

> 读《红楼》宜缓读。未开卷时,先要有一宝玉在意中,既开卷后,又要有一我在书中。必须尽数月之功,看到缠绵旖旎之处,便要想出我若当此境地,更复如何,如此方能我即是书,书即是我。昔人云:“读孔孟书,便当思身为孔孟。”旨哉是言。吾于《红楼》亦云:“今人书只是书,我只是我,无怪掩卷辄忘也。”

这四条《红楼》“读法”,既谈到了读《红楼梦》应有的环境和气氛,以及读者的心境和情绪,又涉及方式方法的问题,颇有些朴素的辩证法思想。

“宜一人静读”条,强调一个“静”字,主张要保持环境的安静,排除各种干扰,还是不无道理的。读书时,不能平心静气,全神贯注,而是频遭内心和外界的纷扰,是无法读好书的。

“宜众人共读”条,说的是读《红楼梦》这样内容博大精深的杰作,单凭一个人的生活阅历和文艺修养,是很难“曲尽其妙”的。

至于“宜急读”和“宜缓读”的结合运用,即既要“尽数日之力”通读一遍,又须“尽数月之功”,设身处地的深刻体会,确是行之有效的读书好方法。特别值得指出的是,孙氏抓住了男主人公宝玉,提出“未开卷时,先要有一宝玉在意中,既开卷后,又要有一我在书中”的见解,可说独具慧眼。曹雪芹笔下的“千红一哭,万艳同悲”的社会大悲剧是通过贾宝玉的眼珠看出来的,是从贾宝玉的角度描绘的,而贾宝玉自己也是个悲剧人物。抓住了贾宝玉来读《红楼梦》,肯定不会仅知其故事梗概,而不识此书思想和艺术之三昧。

由于时代和阶级的局限,明清评论家有关小说名著的“读法”,当然也是精华和糟粕并存,无聊之笔亦比比皆是。比如,在《读三国志法》中,毛宗岗认为“读《三国志》者,当知有正统、闰运、僭国之别。正统者何?蜀汉是也。僭国者何?吴、魏是也。闰运者何?晋是也。”这种宣扬封建正统观念的读法指导,当然不足为法。尽管如此,古人所作“读法”,乃是一种别开生面、引人入胜而富有启发性的文学理论批评形式,作为古代文论的一宗宝贵遗产,我们应该加以深入的研究。

1985 年,原载《明清小说研究》

论才子佳人小说

一

从《金瓶梅》到《红楼梦》这个历史阶段，中国白话长篇小说为数众多。它们多取材于现实生活，由文人独创而成。其中，脱胎于《金瓶梅》，继承了《金瓶梅》真实描绘“世情”的积极面，却避免了其“亵淫”的消极面的是才子佳人小说。

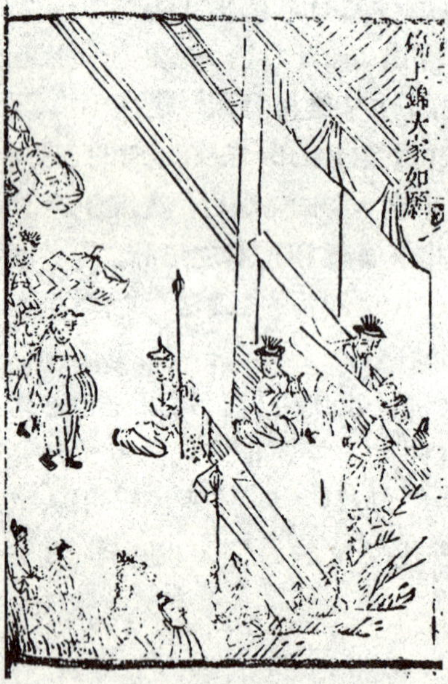

《平山冷燕》插图

诚如许多研究者所指出的，最初的才子佳人小说模仿《金瓶梅》的痕迹是十分明显的。这从《玉娇梨》《平山冷燕》《金云翘》《春柳莺》等作品的书名，都以书中主角的名字联属而成，已可窥见个中消息。可是，发人深思的是，《金瓶梅》根本不能称之为才子佳人小说。书中有名有姓的重要人物虽数以百计，但男性中既无“才子”，妇女中的主要角色，更非“佳人”，均属“乖人、不是人、狂人、蠢人、奸险好人、痴人”（张竹坡《金瓶梅读法》三十二）。那么，应该如何理解才子佳人小说脱胎于《金瓶梅》呢？难道说它们只是模仿了《金瓶梅》的书名吗？当然不是。我们说才子佳人小说脱胎于《金瓶梅》，是因为它们在创作上走的是《金瓶梅》所开创的小说新路子。具体地说，首先，才子佳人小说亦是文人独创的作品，在运用白话与白描方面，“深得《金瓶梅》壸奥”，这是显而易见的。其次，才子佳人小说像《金瓶梅》一样，取材于现实生活。虽然它写的是才子佳人的悲欢离合，这与《金瓶梅》大异其趣，可是就写作自己最熟悉的平凡的生活和普通的人物而言，两者仍是一脉相承的。最后，从才子佳人小说揭露封建末世社会光怪陆离的人情世态方面，更可看到它与《金瓶梅》在思想倾向上的一致性。

谈到才子佳人小说，人们总会引用曹雪芹在《红楼梦》第一回中对于才子佳人小说的批评，以及鲁迅的有关论述。这当然无可非议，但遗憾的是，在以往的研究工作中，存在着片面地理解这两位文学大师的论述，并援引其片言只语作为立论的依据的情况。为了深入研究和科学评价才子佳人小说，全面、准确地把握曹雪芹和鲁迅的原意，显然是非常必要的。

《红楼梦》第一回，曹雪芹借“石头”之口，阐述自己对小说创作的看法时，谈到了对才子佳人小说的评价。对于这段话，脂砚斋有则批语云：“开卷一篇立意，真打破历来小说窠臼。阅其笔，则是《庄子》《离骚》之亚，斯亦太过。”在这段话的结尾，脂砚斋又有夹批曰：“余代空空道人答曰：不独破闷醒盹，且有大益。”

“打破历来小说窠臼”，当然也包括打破才子佳人小说的窠臼。不过，要“打破历来小说窠臼”，首先就得对“历来小说”、包括才子佳人小说进行深入独到的研究，不屑一顾，不阅读和不研究是无法打破其窠臼的。雪芹博览群书，他对“历来小说”、包括才子佳人小说当是谙熟的。《红楼梦》之所以能够打破“传统的思想与写法”，不止是由于曹雪芹具有独特的生活经历和先进的初步民主主义思想，与他对“历来小说”、包括才子佳人小说的正反两方面经验的认真总结和吸收，并在创作中“打破历来小说窠臼”，也是分不开的。如能立足于这样的高度，我们就可以比较完整地准确地领会曹雪芹对才子佳人小说的批评了。

“石头”的答话，谈到了四种小说：

第一种是“历代野史”，亦即笔记之类的小说。这种小说虽“拘于朝代年纪”，但在艺术上“皆蹈一辙”，在思想内容上则“或讪谤君相，或贬人妻女，奸淫凶恶”。不言而喻，在这里，曹雪芹并非泛指一切“野史”，只是指出“历代野史”中的下流之作而已。

第二种是“风月笔墨”。对这种小说，曹雪芹没有具体说明其内容和形式方面的特点，强调的是它们“淫秽污臭，涂毒笔墨，坏人子弟”的社会效果。从这样的社会效果，当然可以想见其内容和形式之大概。

“历代野史”是文言作品，而“风月笔墨”乃白话小说，是《金瓶梅》这棵新树上长出来的毒瘤。

第三种是“佳人才子等书”,亦即才子佳人小说。对这种小说,曹雪芹作了详细的评论。他先指出了才子佳人小说在思想和艺术上的通病:“千部共出一套,且其中终不能不涉于淫滥。”再通过情节、结构、语言和人物等方面的评析,总结了才子佳人小说特有的格局:故事往往“胡牵乱扯,忽离忽遇”;情节离不开“满纸潘安、子建、西子、文君”;作者为了“写出自己的那两首情诗艳赋”,构思不外“假拟出男女二人名姓,又必傍出一小人其间拨乱,亦如剧中之小丑然”;在语言上,连“环婢开口即‘者也之乎’,非文即理,故逐一看去,悉皆自相矛盾,大不近情理之话”。在这里,曹雪芹对“佳人才子等书”,虽只有指摘批评,一无肯定,但这是着眼于总倾向的评论。

在评析了上述三种小说的基础上,曹雪芹采用比较的方法,从正面提出了自己对于小说创作的主张。《红楼梦》就是他这种主张的实践,这是从思想内容到艺术形式迥异于上述三种小说的第四种小说。这种小说“新奇别致”,能“令世人换新眼目”。其突出的特点,在于“打破历来小说窠臼”,既没有“历代野史”中下流作品的弊病,更无“风月笔墨”的“淫秽污臭”。它也写佳人才子的离合悲欢,却避免了“通共熟套之旧稿”,并做到“不涉淫滥”。

从“石头”的这段话,人们可以清楚地看出,曹雪芹尊重优良传统和历史经验,他创作《红楼梦》,既走《金瓶梅》所开创、才子佳人等小说所发扬光大的小说新路子,又不停留在这路上,更不亦步亦趋,而是适应时代的需要,从自己所熟悉的现实生活出发,推陈出新,扬长避短。因此,《红楼梦》一方面保存了《金瓶梅》以来小说在内容和形式上的长处,又避免了《金瓶梅》和才子佳人等小说所存在的弊病,把我国白话长篇小说推上了现实主义的最高峰。

鲁迅先生的《中国小说史略》,称才子佳人小说为“人情小说”,并把它与《金瓶梅》紧相联系起来探讨,这是极有眼力的。在《明之人情小说(上)》中,鲁迅重点论述了《金瓶梅》。他指出,“作者之于世情,盖诚极洞达,凡所形容,或条畅,或曲折,或刻露而尽相,或幽伏而含讥,或一时并写两面,使之相形,变幻之情,随在显见,同时说部,无以上之”。在鲁迅看来,《金瓶梅》是明代“描摹世态”的“世情书”中最出色的作品。在《明之人情小说(下)》中,鲁迅集中地论述了才子佳人小说。他说:

> 《金瓶梅》《玉娇李》等既为世所艳称,学步者纷起,而一面又生异流,人物事状皆不同,惟书名尚多蹈袭,如《玉娇梨》《平山冷燕》等皆是也。至所叙述,则大率才子佳人之事,而以文雅风流缀其间,功名遇合为之主,始或乖违,终多如意,故当时或亦称为“佳话”。察其

意旨,每有与唐人传奇近似者,而又不相关。盖缘所述人物,多为才人,故时代虽殊,事迹辄类,因而偶合,非必出于仿效矣。

《玉娇梨》插图

在这里,鲁迅既指出了才子佳人小说与《金瓶梅》《玉娇李》等的关系,又概括了它那独特的风貌和格局。同时,还从主题上,对才子佳人小说与唐人传奇中的类似作品作了比较。对于几部有影响的才子佳人小说,如《玉娇梨》和《平山冷燕》,鲁迅的评价非常中肯,他说:“二书大旨,皆显扬女子,颂其异能,又颇薄制艺而尚词华,重俊髦而嗤俗士。然所谓才者,惟在能诗,所举佳篇,复多鄙俗,如乡曲学究之为;又凡求偶必经考试,成婚待于诏旨,则当时科举思想之所牢笼,倘作者无不羁之才,固不能冲决而高翥矣。”

总之,鲁迅从小说发展的角度,既把才子佳人小说与《金瓶梅》紧相联系,又把它与《玉娇李》之类淫秽小说严加区别;对几部才子佳人小说的代表作的评论又极允当。从以上的简析可见,那种简单化地摘引曹雪芹和鲁迅的片言只语来全盘否定、彻底批判明末清初才子佳人小说的研究论著,其实并没有把握这两位文学巨匠评论才子佳人小说的精神实质。

二

才子佳人小说的出现,以及它在明末清初的风靡一时,有其复杂的社会根源和文学渊源。

明末遗民诗人杜濬,曾用钟离睿水的别号为李渔的短篇小说集《十二楼》写序,他感慨地说:

> 诗文之名诚美矣,顾今之为诗文者,岂诗文哉!是曾不若吹箎蹴鞠,而可以傲入神之艺乎?吾谓与其以诗文造业,何如以稗史造福;与其以诗文贻笑,何如以稗史名家。

康熙年间的刘廷玑亦说:“小说至今日滥觞极矣,几与六经、史函相埒,但鄙秽不堪寓目者居多。”

明末清初,小说、戏曲大受欢迎,拥有诗文无法匹敌的读者群和观众群,这是不以人们意志为转移的客观存在。就小说而言,这种形势的出现,是与明代的“四大奇书”和“三言”“二拍”等名著的广为流传和脍炙人口分不开的。才子佳人小说的繁荣兴盛就是在这样的背景下产生的,而“才子佳人小说热”的形成又推动了白话小说的继续前进。

自《金瓶梅》问世并广为流传之后,大多数小说作者便将视野投向了现实社会和普遍人的琐屑生活。从此直到《红楼梦》诞生,虽仍有作家取材于历代兴废和民间传说,创作历史演义、英雄传奇和神魔小说,但是,反映现实生活的世情小说和时事小说已成了小说界的主流。杜濬在李渔的小说集《连城璧》第十二回的回末有则批语曰:

> 《无声戏》之妙,妙在回回都在说人,再不肯说神说鬼;更妙在忽而说神,忽而说鬼,看到后来,依旧说的是人,并不肯说神说鬼。幻而能真,无而能有,真从来仅见之书也。

“回回都在说人”,这不仅是《连城璧》(内中亦有才子佳人小说)的长处,也是《金瓶梅》,以及在它影响之下出现的明末清初各类世情小说的共同特色。

在明末清初的各类世情小说中,才子佳人小说尤为风行。不仅出现了像天花藏主人(徐震)这样的才子佳人小说专家,他曾主编过才子佳人丛书,所谓“天花藏合刻七才子书”,影响颇大;也有专门刊印才子佳人小说的书肆,如聚锦堂等。至于作品数量之多,流传之广,是明代章回小说诞生以来所罕见的。这种情况的形成,当然不是偶然的,自有其多方面的原因。

章回小说是供人案头阅读的,读者的好恶往往是小说能否风行的重要原因。在《金瓶梅》问世之前,广大读者所喜闻乐见的,是传奇色彩浓郁的英雄传奇、历史演义和神魔小说,《三国演义》《水浒传》和《西游记》等名著,“农工商贩,钞写绘画,家畜而人有之”(明叶盛《水东日记》卷二十一“小说戏文”)。但是,《金瓶梅》的问世,不仅开辟了小说创作的新路子,也打开了广大读者欣赏小说的视野。“喜读闲书,畏听庄论”,这本来是戏曲、小说兴盛之后出现的新世情。才子佳人小说,取材于当时的现实生活中常见的人物和故事,这远比往代的帝王将相和绿林好汉,以及虚幻的神魔鬼怪来得亲近;这类小说的白话文字通俗清顺,叙述亦较有条理,篇幅又不太长,阅读起来比之百回巨著要轻松自如得多。它们既可供人们消愁破闷,又能满足各阶层读者同情才子佳人的不幸遭遇、向往富贵团圆的审美心理。因此,才子佳人小说不胫而走,风靡一时,乃是势所必然的事。

在明清两代,小说是文人创作的。而热衷于创作才子佳人小说的文人,与元代的“书会才人”不属于一种类型,与罗贯中、施耐庵和吴承恩等人亦大不相同。才子佳人小说的作者,大多是封建社会中下层的失意文人。他们有文化,既受传统的儒教浸染,又比较接近中下层的各色人物;他们在读书、做官的人生道路上不甚得志,故而胸怀不平,对科举考试既有不满,又存在着幻想;他们对于那些在爱情、婚姻上惨遭不幸的妇女是同情的,对女子的才情是赞美的,但又鼓吹封建女德,欣赏一夫多妻的陋习。他们梦寐以求的是“金榜题名日,洞房花烛夜”,既有功名,又得佳人。天花藏主人的自白,比较典型地说明了才子佳人小说作者的思想,以及他们的创作缘起。他在《题新订玉娇梨全传》中这样说:

> 若夫两眼浮六合之间,一心在千秋之上,落笔时惊风雨,开口秀夺山川。每当春花秋月之时,不禁淋漓感慨!此其才为何如!徒以贫而在下,无一人知己之怜;不幸憔悴以死,抱九原埋没之痛,岂不悲哉!予虽非其人,亦尝窃执雕虫之役矣,顾时命不伦;即间掷金声,时裁五色,而过者若罔闻罔见,淹忽老矣。欲人致其身而既不能,欲自短其气而又不忍,计无所之,不得已而借乌有先生以发泄其黄粱事业。有时色香援引,儿女相怜;有时针芥关投,友朋爱敬;有时影动龙蛇而大臣变色,有时气冲斗牛而天子改容。凡纸上之可喜可惊,皆胸中之欲歌欲哭。吾思人纵好忌,或不与淡墨为仇,世多慕名,往往于空言乐道。

“坎壈何极”的烟水散人,在“晤对圣贤,朝呻夕讽,则已壮心灰冷,谋食方艰”的情况下,便从创作才子佳人小说中寻找慰藉。在《女才子书叙》中,他曾作了生动的描述,他说:

> 当夫绘写幽芳,如游姑射而观神女;敷扬姝丽,似登金屋而觏阿娇。或假绮情而结想,或因怨态以传神。燕子楼头,不失惊鸿之致;

芒萝村畔，何存倾国之容？而使凄其蓬巷之产，烂成金谷；萧然楮墨之上，掩映娥眉。予乃得为风月主人、烟花总管，检点金钗，品题罗袖。虽无异乎游仙之虚梦，跻显之浮思而已。泼墨成涛，挥毫落锦，飘飘然若置身于凌云台榭，亦可以变啼为笑，破恨成欢矣。

古代的白话小说是与戏曲同步发展起来的，两者互相渗透，互相影响，用李渔的话来说，它们是“同源而异派”。李渔曾称小说为“无声戏”，同时，李渔又正确地指出了戏曲与小说是“似同而实别”。在《窥词管见》中，他指出小说是“纸上之忧乐笑啼”，而戏曲则是“场上之悲欢离合”。明清戏曲和小说的内在联系，说明才子佳人小说的出现和风行，与才子佳人戏在各地舞台上盛演不衰有着一定的关系。以才子佳人为男女主角的戏曲作品，历来是雅俗共赏的剧目之一。元杂剧的“四大爱情戏”——《拜月亭》(关汉卿)、《西厢记》(王实甫)、《墙头马上》(白朴)和《倩女离魂》(郑光祖)，可说是才子佳人戏的先声。从元代直到明末清初，用杂剧、戏文，以及属于昆山腔新声系统的传奇和南杂剧形式创作的才子佳人戏，还是层出不穷，以致形成了“传奇十部九相思”的局面。为数众多的才子佳人戏，除了若干杰作之外，在思想和艺术上也存在着类似才子佳人小说的局限和缺陷。不过，它们既有“有奇可传”的故事和人物，又有反对封建礼教和封建婚姻制度的积极面。因此，在明清两代，才子佳人戏具有强大的舞台生命力，为广大的才子佳人和市井小民所激赏。

才子佳人戏对才子佳人小说的创作和风行有着不可低估的影响，这是毋庸置疑的。把才子佳人戏改编为才子佳人小说，或把才子佳人小说改编成才子佳人戏的现象，在明末清初也是不乏其例的。李渔的《笠翁十种曲》，与他的《十二楼》和《无声戏》，就是这方面最好的例证。另外，才子佳人小说的构思格局、艺术技巧和喜剧风格，也与才子佳人戏有惊人的相似之处，大团圆收场就是最明显的共同特点。

才子佳人小说的出现和风行，与一种新的观念也有着一定的联系。《醒风流奇传》封面左行镌有六十八个字，全文如下：

道义之书难明，淫艳之词有损，取其易明而有益者，此小说之所由作也。阅者分明听一段白话，借彼诫此，实在于是。然则非徒悦耳目，亦足正心术，识者勿等作稗乘野史观也。

明末清初有一部分文人，既不满“道义之书”(因为人民不愿意读这类书)，又反对“淫艳之词”(因为不符合扬善惩恶的目的)，于是希望出现一种介于两者之间的“易明而有益”之作。才子佳人小说正好符合这个要求，便应运而产生，很快就兴盛起来。

其实，欣赏介于“道义之书”和“淫艳之词”之间的作品在当时的戏曲领域同样是存在的，这是一种新的观念。李渔的传奇就是在“风流道学”“兼二有，戒双无”的思想指导下创作出来的。在《笠翁十种曲》中，李渔反复阐明了这种新观念：

> 读尽人间两样书，风流道学久殊途。风流未必称端正，道学谁能不腐儒。兼二有，戒双无，今当串作演连珠。细观此曲无他善，一字批评妙在都。（《慎鸾交》末出《全终》下场诗）
>
> 尔来节义颇荒唐，尽把宣淫罪戏场。思借戏场维节义，系铃人援解铃方。（《比目鱼》末出《骇聚》下场诗）
>
> 倩谁潜挽世风偷，旋作新词付小伶。欲扮宋儒谈理学，先妆晋客渲风流。由邪引入周行路，借筏权为浪荡舟。莫道词人无小补，也将弱管助皇猷。（《风求凰》末出《让封》下场诗）

在这三首下场诗中，李渔对这种新观念阐说得再清楚不过了。才子佳人悲欢离合，风流道学殊途同归，正是李渔喜剧的一大特色。在这种新观念的影响下，才子佳人小说借助才子佳人的遭遇，抨击了世俗的丑恶；通过风流韵事的渲染，又宣扬了封建礼教。在作者看来，这岂非两全其美。正由于此，才子佳人小说往往“劝善惩淫，隐阳秋于皮底；驾空设幻，揣世故于笔端”（风月盟主《赛花铃题辞》）。需要指出的是，“风流道学”“兼二有，戒双无”，在明末清初虽是一种新的观念，却并非先进的思想。才子佳人小说和才子佳人戏思想内容上的局限，以及艺术形式上的弊端，与此殊有关系。

三

才子佳人小说风行于明末清初，可是当时的几位著名小说理论批评家，如金圣叹、张竹坡、毛宗岗等人，却没有一个人评点过一本才子佳人小说。这种现象应该如何解释呢？我以为关键还在于作品的思想和艺术。从中国小说史的角度来考察，才子佳人小说是有价值的；其中的佼佼者，在思想和艺术上亦不无成就。但是，就总体而论，应该承认，才子佳人小说无论是思想内容还是艺术成就，无法与明代的“四大奇书”相提并论，亦远不及《醒世姻缘传》和《歧路灯》，更不能与《儒林外史》相媲美。金圣叹等人，他们评点“四大奇书”，不止是单纯评论这四部巨著，更重要的还在于通过一部有思想深度和艺术高度的名著的评点，总结两百多年来章回小说的创作经验，阐述个人对于

中国小说美学的一些基本问题的观点。显而易见，评点家借助才子佳人小说，即使是其中最优秀的作品，亦无法完成这样的理论研究课题。

明末清初的才子佳人小说，由于作者生活于反理学新思潮狂飙突起的时代，尽管受到封建传统思想的束缚，但与汤显祖、冯梦龙、孟称舜、洪昇等人所坚持并鼓吹的“情至”观念，仍有某种相通之处。因此，在对它们的思想和艺术作评价时，既要看到其历史的和阶级的局限性，也要看到它们的特点和长处。

在形式方面，才子佳人小说绝大部分用白话写作（个别作品，如《女才子书》，用的是浅显文言），一般是分回的，回数以十回到二十几回者居多，十六回的作品特别多。亦有一卷写一佳人的小说，如《女才子书》十二卷，共写了十二位“女才子”的悲欢离合故事。还有一卷三回，演一故事，六卷合为一书的，如《珍珠舶》。回目则多种多样，有单行的，如《平山冷燕》；更多的是双行对仗的。回目的字数多少不拘，少则七字，多达十三字。诸如此类的形式特点，在考察章回体小说的发展时亦是值得重视的。

在思想内容上，才子佳人小说突出一个“情”字，当时的评论者早就指出说“才子佳人事奇而情亦奇者”（烟水散人《赛花铃题辞》），“风花雪月，其情最真”（《鼓掌绝尘叙》）。在他们看来，“情之一字，能使人死；既不死，亦使人痴，大都闺阁尤甚”（《女才子书》卷七《卢云卿》篇末花裀上人评语）。这样的评论应该说是比较符合实际的。

才子佳人小说与《金瓶梅》以及专门描写男女淫秽事的“风月笔墨”根本的区别，就在于它着重写的是才子佳人之情，世事人情之态，而绝不肆意渲染男女皮肤滥淫。拚饮潜夫在《春柳莺序》中指出，要“使天下之人，知男女相访，不因淫行，实有一段不可移之情”。比如，《定情人》中的江蕊珠和双星私下幽会，山盟海誓，却不去做那“夫妻所不免之事”，他们追求的是“终身为图，以正节自守”。《贯华堂批评金云翘》第三回有段评语，亦很能说明问题，评语曰：

从来男女爱慕，不过贪其色美，作淫媾想耳。至所谓才，所谓情，多未梦见。即有知爱慕才情，亦不过穷才情之名，而高作声价，仍不出淫媾窠臼。究竟才情之所以为才情者，亦未梦见。徒令真正才子佳人一段才情埋没千古，而不知作何意志。唯此一书，先揭过苟合以存名教，然后去去来来播弄其百般眷恋之深情，死死生生叮嘱其终身常交之密约。三星一盟，何其真至！胡琴一曲，何其风流！

至于星眼朦胧，何尝不横生姿态；熟视不语，何尝不愿窃芳香。他如拒绝而又投怀，着魔复思解脱，婉转低徊，幽幽悄悄，方令人想见荐佳人恩情美满有如此，未复以不可正言作曲终奏雅。始知男女之爱慕淫媾，自禽兽堕落为禽兽耳，实与佳人才子无关。读者识此意，吾意为作者下拜。

在这里，评者把“风月笔墨”的“不出淫媾窠臼”，与才子佳人小说的“恩情美满”，作了很好的区分。

思想平庸，内容单薄，特别是艺术上的公式化，这是才子佳人小说突出的弊病。认真探讨一下才子佳人小说为什么产生公式化的弊病，是很有必要的。

才子佳人的悲欢离合，最后总是大团圆结局，不能一概否定其真实性。因为在明末清初，科举制度还在正常推行，封建婚姻制度和追求婚姻自主的矛盾斗争也是客观存在，才子佳人的巧遇相爱终成眷属既有可能，恶人坏蛋的拨乱破坏亦在所难免，这就是“小说、传奇不外悲欢离合，而娱一时观鉴之心”(《五虎平西前传序》)的社会原因。当然，无可否认，在相当多的作品中，才子佳人的相识和离合，纯属人为的捏合；有些情节，故弄玄虚，不合情理，缺乏逻辑的必然性，诚如《金石缘序》所指出的：

如《情梦析》《玉楼春》《玉娇梨》《平山冷燕》诸小说，脍炙人口，由来已久。谁知其中破绽甚多，难以枚举。试即一二言之：堂堂男子乔扮女妆，卖人为婢，天下有是理乎？龆龀闺媛诗篇字法，压倒朝臣，天下又有是理乎？且当朝宰辅、方正名卿为女择配，不由正道，将闺中诗词索人倡和，成何体统？此皆理之所必无，宁为情之所宜有？若夫鬼怪矜奇者，又不足论。

才子佳人小说艺术上的公式化，与“有奇可传”的创作思想有直接的关系。在许多作者看来，“可悲者，颠沛也，而孰知颠沛者正天心之作合其团圆也。最苦者，流离也，而孰知流离者正造物之婉转其相逢也”。有人对公式化的情节、结构表示怀疑，他们说：“大道既欲同归，何不直行，乃迂回于旁蹊曲径，致令车殆马倾而后达，此何意也？无乃多事乎？”对此诘问，天花藏主人辩解道：“噫！非多事也。金不炼不知其坚，檀不焚不知其香，才子佳人不经一番磨折，何以知其才之愈出愈奇，而情之至死不变耶？”(以上引文均见天花藏主人《飞花咏小传序》)

才子佳人小说的作者，往往是爬行的现实主义者。

话说人生七尺躯，虽不可儿女情长，英雄气短。然晋人有云：

> “情之所钟，正在我辈。”故才子必须佳人为匹。假使有了雕龙绣虎之才，乃琴瑟乖合，不能觅如花似玉知音咏絮之妇，则才子之情不见，而才子之名亦虚。是以相如三弄求凤之曲，元稹待月西厢之下，千古以来但闻其风流蕴藉，啧啧人口，未尝以其情深儿女置而不谈。

《合浦珠》作者的这段自白，清楚地告诉我们，爬行的现实主义导致才子佳人小说在艺术上的框框。虽然才子佳人改名易姓，故事情节变化多端，但大同小异，似曾相识，终于形成了“千人一面，千部一腔”的公式化弊病。

《女才子书》首卷所列举的“一之容”“二之韵”“三之技”“四之事”“五之居”“六之候”“七之饰”“八之助”“九之馔”“十之趣”，相当全面地概括了才子佳人小说在描绘佳人的音容笑貌、神情动作、爱好情趣、饮食起居等方面的公式化弊病。比如，“一之容”：“螓首、杏唇、犀齿、酥乳、远山眉、秋波、芙蓉脸、云鬓、玉笋、荑指、杨柳腰、步步莲，不肥不瘦，长短适宜”；“二之韵”：“帘内影，苍苔履迹，倚栏待月，斜抱云和临去秋波一转，嫣然巧笑，歌余舞倦时”。在才子佳人小说中，我们不是常常可以看到类似的描绘吗？

才子佳人小说的公式化弊病，与作者独立创作而又才力不够，似亦不无关系。有些作者曾坦率地谈到过这个问题，《驻春园小史》开卷诗云：

> 传奇关目总言情，离合悲欢阅变更。礼在自分奔与聘，盟存何论死和生。蝇将骥附还驰远，叶衬花妍亦向荣。窠臼固知难逃俗，凭空撰出乞真评。

明末清初，产生了不少专业的才子佳人小说作家，他们创作小说，显然已经带有商品化的倾向。大量的作者，为适应“贾利争奇”的形势，在生活和才力有限的情况下“凭空撰出”，粗制滥造，这更助长了才子佳人小说的公式化弊病。

公式化可以说是才子佳人小说的不治之症。当时亦有些作者想另辟蹊径，突破公式化的樊篱，可是仍然落入了公式化的窠臼。康熙六十一年刻本《赛花铃》封页题词曾指出：“近今小说家不下数十种，皆效颦剽窃，文不雅驯。非失之荒诞，即失之鄙俗，使观者索然无味，奚足充骚人之游笈，娱雅士之闲着者哉！”可是，《赛花铃》描写的，仍是苏州宦家才子江文畹，与佳人方素云、媚娘和琼英一男三女的悲欢离合韵事，从旨趣、格局到手法，都没有能超越才子佳人小说传统的框框。又如《春柳莺》的作者，在《凡例》中指责“多以男女钻穴之辈，妄称风流”的小说。但《春柳莺》也跳不出才子（石池斋）“拥双艳”（梅凌春和毕临莺）的老套。《铁花仙史》的作者，同样看到了才子佳人小说的弊病：“传奇家摹绘才子佳人之悲欢离合，以供人娱耳悦目也旧矣。”为此，他

“故意翻新出奇”，创作了“双管齐下，虚实并列”的《铁花仙史》。但是，他的创作思想还是“风流道学”“兼二有，戒双无”，又摆脱不了传统的束缚，这部才子佳人小说，仅仅做到了“其所叙为儒珍、若兰等才子佳人之事，而其名则曰铁曰花曰仙，无与才子佳人也。……令人以为铁为花为仙者读之，而才子佳人之事掩映乎其间”。

四

20 世纪 80 年代之前，我国学术界对才子佳人小说持不屑一顾的态度，甚至认为，才子佳人小说从思想到艺术都没有什么价值，它只是小说史上的一股逆流。这种既不从中国文学史和小说史的发展角度，深入探讨才子佳人小说的历史地位和历史作用，又不从现存的几十种作品的实际出发，进行科学的评价，不作分析，全盘否定的做法，正是“左”倾思想的一种表现。

党的十一届三中全会以来，随着古典文学研究领域的拨乱反正，才子佳人小说的研究出现了崭新的面貌。春风文艺出版社陆续出版一套《明末清初小说选刊》和《明清小说序跋选》。有关才子佳人小说的论文和资料也多起来了，对才子佳人小说的历史地位的估价，以及重要作品的评论和有影响的作家的考证等方面，都取得了可喜的成绩，提出了不少可供深入研究的新的见解和新的材料。

明末清初小说、包括才子佳人小说的研究方兴未艾。我们深信只要坚持实事求是的原则和百家争鸣的方针，这方面的研究工作一定会开创一个新局面。

1986 年，原载《明清小说研究》

明清小说与江苏论纲

研究明清两代的文学艺术，离开了江苏是不可想象的。不止是明清小说，明清戏曲、明清诗文、明清绘画等等，无不如此。其实整个文化亦然。探究明清文学艺术、明清文化与江苏的关系，总结历史经验，无疑是题中应有之义。本文仅从明清小说与江苏这个视角，谈谈个人的一得之见，尚祈方家批评匡正。

一

中国小说发展到明清两代，无论长篇章回，还是短篇拟话本；无论文言体，还是白话体；无论是理论和批评，还是出版和市场，均已臻于成熟而步入繁荣昌盛的时期。小说创作和理论批评的大家名作，著名书社、书商和版本，就其数量、质量和影响而言，江苏皆占有举足轻重的地位。

元末明初，《三国演义》和《水浒传》的先后集结成书，标志着章回小说的成熟，它们还分别开创了历史演义和英雄传奇小说的创作路子。《水浒传》的作者，虽尚有异议，但大多数学者均确认是元末江苏白驹场（现属大丰市）人施耐庵。近二十多年来，江苏的学者对施耐庵的研究花了大量的功夫，也取得了可喜的成果。《三国演义》作者罗贯中，虽是太原人，但与江苏也颇有些瓜葛。传说这位“有志图王者”的小说家曾与元末义军领袖张士诚（白驹场人）有过接触，此其一；其二，传说罗贯中乃施耐庵门人，而明刻本《水浒传》作者大多署施、罗二人。诞生于明嘉靖、万历年间的《西游记》和《金瓶梅》，前者既是历来“西游故事”的集大成者，又是江苏作家吴承恩（淮安人）的天才创作，这是一部浪漫主义的神魔鬼怪小说，它开创了明清小说神魔鬼怪的创作路子。至于《金瓶梅》，这是由作家独立创作的作品，它使章回小说在题材、写法和人物的塑造上，更贴近现实生活和芸芸众生，并开创了人情世事小说的新路子，在中国小说发展史上具有里程碑的意义。关于《金瓶梅》的作者，从明代起即众说纷纭，迄今尚无定论。出于嘉靖大名士王世贞（太仓人）及其门客之手，也是其中颇有影响的一说，故与江苏也不能说毫无关系。在中国小说史上可以炫耀百代的明代“四大奇书”，两部出于江苏小说家之手，另两部作者亦与江苏结有不解之缘，由此已足见明代小说与江苏关系之密切了。

除了“四大奇书”之外，明代效法“四大奇书”所开创的章回小说路子所创作的为数众多的历史演义、英雄传奇、神魔鬼怪和人情世事小说，出于江苏作家之手的作品，真可谓不胜枚举。著名的就有《封神演义》（钟山逸叟许仲琳）、《杨家府世代忠勇演义志传》（秦淮墨客纪振伦）、《西汉演义》（钟山居士建业甄伟）、《隋史遗文》（吴县袁于令）、《新列国志》（长洲冯梦龙）、《孙庞斗志演义》（吴门啸客）、《南北两宋志传》（云间陈继儒）等。

明末清初，在“四大奇书”之后，章回小说从内容到形式开始发生新变，出现了受《金瓶梅》或直接、或间接影响的三类作品，即才子佳人小说（一般在十六回到二十回左右）、风月淫秽小说（一般在二十回到四十回左右）和《金瓶梅》式小说。其中才子佳人小说和风月淫秽小说，总数不下几百种，今尚存六七十种。这两类小说内容和格调虽有雅俗之分，在小说史上的地位和影响也不可同日而语，然而都真实地反映了明末清初近百年间的人情世事，只是才子佳人小说是《金瓶梅》的雅化和变种，而风月淫秽小说则是西门庆与妻妾娼妓荒淫糜烂性生活的恶性发展，可谓《金瓶梅》的“丑化”。这两类为数巨大且畅销一时的章回小说，作者留下真名实姓者寥寥无几；但从小说所提供的内证（如深受吴越文化影响）看，绝大部分作者当是江苏和浙江人。至于《金瓶梅》式的小说，如《续金瓶梅》《醒世姻缘传》《林兰香》等等，数量不多，皆非江苏作家所作。

明末清初，在小说和戏曲领域出现了创作时事纪实类作品的热潮。兴化李清的《梼杌闲评》是一部揭露和声讨魏阉罪恶的小说，与同时出现的众多同题材戏曲作品，如李玉的《清忠谱》，交相辉映。青浦陆应旸的《樵史通俗演义》，不仅描述了阉党和东林党的斗争，还反映了李自成义军攻入北京，清兵入关，以及南明福王政权的覆亡等历史巨变。常熟七峰道人所纂《七峰类编》，则反映了顺治二年（1645）清兵南下，福王小朝廷的覆亡，突出了清兵在常熟的暴行，也记述了江南人民的抗清斗争。据作者序文可知，此编止记常熟福山自四月至九月半载实事，皆据见闻最著者敷演成回。至于金坛于华玉新编的《岳武穆尽忠报国传》，虽敷演岳飞抗金故事，但同样着眼于时事。其《凡例》指出：面对“今日时事之危”，“有志于御外靖内者，当有意于斯编”，这与冯梦龙改编《精忠记》为《精忠旗》一样，其借古喻今之意是十分清楚的。

清代中叶，先后诞生了《儒林外史》和《红楼梦》，这两部雄视千古的巨著，皆打破了历来小说之窠臼，把明清章回小说推上了思想和艺术的最高峰。它们的作者，虽非江苏人，却与江苏关系极为密切。吴敬梓，安徽全椒人，原是江苏近邻；又长期寓居南京，并在南京完成了《儒林外史》的创作；晚年又流寓仪真（今仪征）、淮安，并死于扬州。另外，《儒林外史》与吴氏在江苏的生活经历也殊有关系，小说所描写的南京和扬州等地的历史风云和风土人情也特别动人。曹雪芹则出生于南京，苏州和扬州等地的名胜古迹，皆留有他童年和少年时代的游踪。“秦淮风月”和“扬州旧梦”，则一直萦绕于曹雪芹的心头。在曹家于雍正六年（1728）抄家而北迁之后，传说曹雪芹于乾隆年间曾南归过金陵。曹家虽是正白旗包衣出身，江苏既非曹家祖籍之地，亦不是曹家发迹之地，但曹家的鼎盛时期却在南京，从曹雪芹曾祖曹玺到祖父曹寅再到父辈曹颙、曹頫，先后任江宁织造，风光了六十余年。曹家若无南京鼎盛时期的富贵风流，曹雪芹若无“秦淮风月”和“扬州旧梦”的生活经历和体验，《红楼梦》是难以创作出来的。另外，《红楼梦》写的就是石头城中的故事（《石头记》的另一层意思则是说，此书乃“石头”的故事），小说中涉及江苏许多地方以及人与事，这是众所周知的。

在《儒林外史》和《红楼梦》问世的前后，江苏作家创作的各类章回小说，同样数不胜数。著名的有《隋唐演义》（长洲褚人获）、《女仙外史》（昆山吕熊）、《野叟曝言》（江阴夏敬渠）、《龙图刚峰公案合编》（金陵云崖主人），等等。另外，像《绿野仙踪》的作者李百川，虽非江苏人，却长期寓居盐城和扬州；《镜花缘》的作者李汝珍，虽是直隶大兴人，也长期生活于连云港；《合锦回文传》（一说非李渔所撰）和《肉蒲团》的作者李渔，虽是浙江兰溪籍，但生于江苏如皋，又长期寓居南京。他们皆可视为半个江苏人。

晚清，是章回小说的终结阶段。受时代洗礼和域外影响，这个阶段后期的小说又发生了新变。其一，小说创作由面向传统，转而面向世界，出现了中西小说技法融合的趋势；其二，由古典小说转向现代小说，呈现出一种过渡的趋势。鲁迅《中国小说史略》曾将晚清小说分为狭邪小说、侠义小说和谴责小说。前两类大多产生于庚子事变（光绪二十六年，1900 年）以前；谴责小说则主要盛行于庚子事变之后，它比较真实地反映了近代社会的面貌，具有较明显的近代性质，历来被认为是晚清小说的主流。晚清著名的四大谴责小说，除《二十年目睹之怪现状》的作者吴沃尧是广东南海人外，其他均为江苏人：《官场现形记》作者李伯元是武进人，《老残游记》作者刘鹗是丹徒人，《孽海花》作者曾朴是常熟人。晚清的狭邪小说，出于江苏作家之手的名著也不少。如成书于道光年间的《品花宝鉴》（又名《燕京评花录》《恬情佚事》），作者陈森是常州人；成书于光绪初年的《青楼梦》，作者俞达是长洲人。最早连载于《上海奇书》（创刊于光绪十八年，1892 年）的《海上花列传》（又名《青楼宝鉴》《海上青楼奇像海上花》），作者韩邦庆，松江人，此书在艺术上有新的追求，作者自谓“从《儒林外史》脱化出来”，是一种“合传”体小说（参见《例言》）；在人物刻画上，《海上花列传》“平淡而近自然”（鲁迅《中国小说史略》）；另外，这部小说叙述用普通话，对白则用苏州话，也比较别致。《九尾龟》和《海上繁华梦》（初、二、后集共一百回），也是流传较广的狭邪小说，作者张春帆和孙家振均为江苏籍，前者常州人，后者上海人。至于侠义小说，也有江苏小说家创作的作品。如姑苏桃花馆主人唐芸洲编次的《七剑十三侠》、海上剑痴所作《仙侠五花剑》，等等。

《海上花列传》插图

晚清小说，还有三种值得注意的现象。其一是出现了袭用明代和清代前期章回名著的书名和人名，叙写新的故事，反映新的生活，鼓吹社会和政治改革的作品，如《新三国》《新水浒》《新封神》《新西游》《新野叟曝言》《新石头记》和《新镜花缘》等，这些作品大多出于江苏作家之手，前三部皆为青浦陆士谔所戏撰；《新封神》和《新西游》乃沪上无悔生所著；《新镜花缘》的作者则是寓居沪上之蛰庵。这类小说，阿英《晚清文学史》贬为“拟旧小说”，说它们是“当时新小说的一种反动，也是谴责小说的没落”。此类作品到底是“新小说的反动”，还是“小说界革命”的产物之一，看来尚可商榷研究。

其二，产生于清末、泛滥于民初，延续至 20 世纪 30 年代的鸳鸯蝴蝶派小说，前期多文言体，后期多白话体，是近代一种独具风采的小说。就其总体而言，思想内容虽无甚可取，但亦非全是封建性糟粕；艺术上却多采用西洋小说的结构和技法。这派小说以上海为根据地，作家亦以苏州和上海籍为主，如徐枕亚、包天笑、周瘦鹃、钝根(王永甲),等等。鸳蝴派小说与吴文化血肉相连,与明末清初的才子佳人小说,以及晚清的狭邪小说也有渊源关系,可以说是极富地域色彩的江苏土特产。

其三,起源于明代的苏州评弹,至晚清而盛极一时。因此用“弹词”(七字句或十字句韵文)敷演的章回小说也很有影响。但是,弹词体小说的名作多诞生于清代前期,如《天雨花》《再生缘》《笔生花》和《珍珠塔》,等等。这类弹词体小说名著,虽非江苏作家所创作,但均由苏州艺人演唱,而弹词体小说只有通过舞台演唱,才能放射出艺术的光芒。另据文献记载,第一部弹词体小说《二十一史弹词》的作者,乃明代中叶的昆山人梁辰鱼,他是昆曲名家,其《浣纱记》是早期最著名的昆曲传奇。

明清两代的白话短篇小说,习惯上称为拟话本。拟话本的第一功臣,无疑是冯梦龙。冯氏兼治小说和戏曲,擅长创作又精通理论,对民歌、笑话等民间文学也颇有造诣,是明、清两代杰出的通俗文学大家。明末天启年间,冯梦龙在广泛收集宋、元、明三代短篇话本小说的基础上,经过精心的整理加工,连同个人创作的作品,先后编撰成《古今小说》(又名《喻世名言》《警世通言》和《醒世恒言》)。“三言”的诞生,把拟话本小说推上了艺术的最高峰。在“三言”的启示和影响下,崇祯年间,吴兴凌濛初(他也长期寓居南京)创作了“二拍”(《初刻拍案惊奇》和《二刻拍案惊奇》)、钱塘陆人龙创作了《型世言》(原载韩国汉城大学奎章阁,北京中华书局已出版覃君的点校本)。在“三言”以及“二拍”和“一型”的带动下,明末清初出现了拟话本的创作、出版热潮,流传至今的尚有几十种。其中不少就出于江苏作家之手。如苏州杜纲的《娱目醒心编》、古吴墨浪子的《西湖佳话》、古吴娥川主人的《生花梦》《炎凉梦》和《世无匹传》等。清初流行最广、影响最大的“三言”和“二拍”选集《今古奇观》,其编辑者抱瓮老人,是冯梦龙的同乡,且与冯氏有交往(参见芥子园刊本《今古奇观》)。

明清两代,白话小说是主流,但源远流长的文言小说仍然相当繁荣,且有所创新。清初的《聊斋志异》更把古代文言小说推上了艺术的最高峰。冯梦龙编纂的《情史》(又名《情天宝鉴》《情史类略》)把天下之情分为二十四类(大而言之有善情和恶情之别),共收文言小说八百七十余篇。冯氏通过《情史》的编纂和刊刻,通过序言和“情史氏”之评,歌颂善情,批判恶情,倡立“情教”,矛头直指“尊天理,灭人欲”的程朱理学。这与汤显祖通过“临川四梦”,鼓吹“情至”,呼唤人性的解放,可谓一脉相通,先后辉映于晚明的思想界和文坛曲苑，影响极为深远，窃以为这是江苏作家对明清文言小说的最大贡献。此外，不能不提到苏州的沈起凤和沈复，他们所创作的《谐铎》和《浮生六记》，是清代各具特色又颇有影响的文言小说佳作。《谐铎》是一部笔记小说集，作者有意效法《聊斋志异》，谐、铎结合，幽默风趣，文笔清新，引人入胜，既有蒲氏风韵，又有个人风格。《浮生六记》则是一部韵味隽永的自传性小说，作者以抒情散文的笔触，真实、细腻、大胆地描绘了自己与妻子陈芸的闺房之乐和家庭变故。这种自传性作品在晚清小说史上可说是创举。在明代和清代前期，自传性小说比较罕见。历来被视为淫秽小说的《痴婆子传》，倒是名副其实的自传性小说。但因其内容淫秽，文笔拙劣，无法归入雅文学范畴。由于《浮生六记》的问世及其影响，加上西方小说技法的借鉴，晚清自传性小说就比较多了。

综观明清小说的作者实际，江苏不仅数量多，且分布极广。其中以苏南各府（应天、常州、苏州和松江四府）为主，但也有苏北扬州、淮阴、通州等地的作者。苏州府的作者数量最多，且各县皆有，这是一个相当突出的现象。

二

从小说理论批评的历史发展来考察，小说理论批评经过漫长的岁月，到明代终于从诗文理论批评体系中独立而出。清代前期，在明代的基础上有了进一步的发展；晚清，尤其是最后二十年，则是古代小说理论批评的终结，也是繁荣时期。明清两代，有成就、有影响的小说理论批评大家不算少，其中江苏占了一大半，同样功莫大焉！

云间（今上海松江）陈继儒，通过评论《唐书志传通俗演义》《列国志传》和《东西两晋演义》等作品，指出："演义，以通俗为义者也"；"演义固喻俗书哉，义意远矣"（《唐书志传序》），正确地划清了演义与正史的界限。在《叙列国志序》中，陈氏还把演义小说看作为"世宙间一大帐簿"，倡导如实记叙。甄伟《西汉通俗演义》自序，则强调演义的特点是通俗，"俗不可通，则义不必演矣"，并指出演义小说具有"爱乐以遣兴"，"缘史以求义"，"博物以道志"的社会功能。冯梦龙在"三言"序文中，不止论述了通俗小说的"醒世""警世""喻世"的作用，以及通俗感人和"传之可久"的特点，还阐明了小说的历史变迁，正确地指出，《三国》《水浒》是由话本发展而来。其友笑花主人则从小说语言之变化，论说了由唐宋传奇经宋元话本再到《三国》《水浒》等明代章回小说的演变轨迹（参见《今生奇观序》）。更难能可贵的是，冯梦龙还揭櫫了"《六经》

皆以情教也”的启蒙主义旗帜，反对“欲人鳏旷”的程朱理学，充分肯定“事专男女”，鼓吹人性，渲染爱情的小说（参见《情史叙》及各篇“情史氏曰”）。

肇始于《三遂平妖传》，经《西游记》达到高峰的神魔鬼怪小说的出现，促进了“极幻”小说理论的形成。吴承恩指出，志怪可以“寓鉴戒”（参见《禹鼎志》自序）。袁于令考察了明代中叶以来小说和戏曲中“极幻”之作的创作实际，在《西游记题词》中精辟地论说了幻与真的辩证关系，阐明了“天下极幻之事，乃极真之事；极幻之理，乃极真之理”。尽管袁氏的“极幻”小说理论，认为“言真不如言幻”，有矫枉过正之弊，但还是极有价值的。

“书尚评点，以能通作者之意，开览者之心也。得则如着毛点睛，毕露神采；失则如批颊涂面，污辱本来，非可苟而已也。”（袁无涯刻本《忠义水浒全传发凡》）评点是明清通俗文学的主要理论批评样式，极富中国作风和中国气派。明清两代第一流的小说，少则有一二名家的评点，多则评点者达五六家以上。明清小说理论批评的精华均蕴藏于名家对名著的评点之中。明清两代重要的小说评点家，江苏人也占有很大的比重。

明万历三十八年（1610）容与堂刊一百回本《李卓吾先生批评忠义水浒传》，其评点者并非李贽，而是无锡人叶昼，这已成为大多数研治小说者的共识。叶昼对《水浒传》《琵琶记》等作品的评点，不仅有巨大的理论价值，对明清小说和戏曲的评点也有深远的影响。清初金圣叹、张竹坡和毛伦、毛宗岗父子对《水浒传》《金瓶梅》和《三国演义》的评点（包括序跋、附文、读法以及各类批语），无疑都是在李贽、尤其是叶昼等人所开辟的道路上前进的。吴县金圣叹对《水浒传》的评点，继承和发展了叶昼之说，青出于蓝而胜于蓝；铜山张竹坡对《金瓶梅》的评点，认真总结了世情小说的创作经验，对清前期的世情小说以及《红楼梦》的诞生和“红学”的发展，均有积极的影响。毛宗岗乃金圣叹同乡，承父毛伦（声山）之业，评点《三国演义》，曾假托金圣叹之名撰《三国演义序》（今存最早的毛评本《三国演义》，为康熙刊本，目录前题“圣叹外书，茂苑毛宗岗序始氏评，声山别集，吴门杭永年资能氏定”）。毛氏过分强调演义小说的历史真实性，在理论上又无新见，实难与金圣叹和张竹坡相提并论。但毛评本《三国演义》流传极广，影响不可低估。稍后，南京蔡元放对《东周列国志》和《水浒后传》的评点，既与毛宗岗持同一观点，又深受金批《水浒传》的启迪，也有一定的影响。乾隆五十六年（1791）冬和次年春，《新镌全部绣像红楼梦》的两种本子（程甲本、程乙本）问世后，嘉、道以降评点百二十回本《红楼梦》蔚然成风，它有力地促进了“红学”的发展。（道光三十年，张新之

《妙复轩石头记》行世时，铭东屏在给他的信中已说到：“《红楼梦》批点，向来不下数十家。”）在众多的《红楼梦》评点本中，吴县王雪香（护花主人）的评点本，不仅刊刻时间较早，也很有特色和价值；后来张新之（太平闲人）和姚燮（大某山民）的评点本，皆须依附王评本才得以畅销，三家合评本显以王评本为主。而南通孙崧甫的评点，常州狄葆贤首次出版戚本《红楼梦》，溧水王伯沆的五色评点等等，对“红学”也都作出了贡献。另外，据李葆恂《旧学庵笔记》谓，乾隆时期的常州著名古文家恽敬尝撰《红楼梦论文》；传说常熟翁同龢相国藏有《红楼梦》批本。

晚清掀起了“小说界革命”，小说理论批评存在着两种倾向：一种倾向是不恰当地论说了小说的作用，在小说的本质、功能等问题上明显表现出功利主义倾向，把“小说革命”（实际是改良）看作为包医社会百病之良药，其代表人物是梁启超、夏曾佑；另一种倾向则运用西方美学观点，偏重从审美角度记述小说的理论，其代表人物是王国维、黄人（摩西）和徐念慈。黄、徐二氏均为常熟人，当时他们所主编的《小说林》杂志，曾风靡一时，影响极大。徐念慈曾将《水浒》《野叟曝言》《花月痕》《三国》和《岳传》与《福尔摩斯侦探案》《茶花女》《天方夜谭》《希腊之神话》进行比较研究（参见《小说林缘起》）。黄人则是中国小说史的拓荒者之一，他的《小说小话》以及《中国文学史》（这是中国学者所撰著的首部《中国文学史》，始撰于 1904 年）中有关历代小说的论述，皆撰于本世纪初，早于鲁迅的《中国小说史略》。

三

以上所举有关明清小说创作和理论批评与江苏的事例，肯定挂一漏万，但也足以窥一斑而知全豹。这“全豹”一言以蔽之：明清两代江苏小说繁荣昌盛，取得了全方位的丰收，当时的江苏可谓名副其实的小说大省。那么，为什么明清两代江苏在小说方面能取得全方位的丰收呢？

首先，经济是基础，文化是温床。

明清江苏小说的繁荣昌盛，取得了全方位的丰收，离不开其时江苏处于全国领先地位的经济作基础，以及包括吴文化（苏南）、楚文化（苏北）和中原文化（苏北）的悠久历史和优良传统的孕育。

魏晋以后，随着中原士族和人民的避乱南迁，江苏经济和文化开始缩短了与中原的距离；隋唐以降，特别是宋室南渡之后，全国经济和文化的重心南移，江南、尤其是太湖流域，经元代而进入明清两代，终于成为全国经济和文

化重心之所在。由于明代中叶资本主义经济因素的萌芽和成长，作为全国经济和文化重心之一的江苏，其经济和文化不仅具有鲜明的地域特色，也带有强烈的时代气息。诚如梁启超所指出的，“浙江与江南——江苏、安徽同为近代中心点”；“实近代人文渊薮，无论何派之学术艺术，殆将以兹域为光焰发射之中枢焉”（《近代学风之地理分布》）。江苏的经济和文化，自明代中叶起，已开始了近代化的历程，这是明清两代江苏的文化、学术、艺术全面繁荣，走在全国前列的根本原因，也是江苏明清小说取得全方位丰收的根本原因。

其次，人才是关键，思想是前提。

明清两代江苏小说的全方位丰收，与前赴后继的一代又一代小说作家和理论批评家的辛勤工作是分不开的；而江苏的“代有才人出”，又与物华天宝、人杰地灵的社会环境和人文渊源紧相联系。难能可贵的是，明清两代江苏有影响的小说作家和理论批评家，皆能站在时代的前列，运用当时先进的思想，与封建主义进行针锋相对的斗争。叶昼、冯梦龙、金圣叹和张竹坡等人，皆不愧为第一流的“异端”思想家，他们的小说创作和理论批评都具有鲜明的时代特色和创新精神。

第三，读者是“上帝”，市场是动力。

如果说，站在时代前列的小说作家和理论批评家是关键，那么，广大的读者无疑是“上帝”，他们是明清江苏小说取得全方位丰收的不可或缺的重要方面。越来越庞大的读者群（以中下层士子和市民阶层为主），这是明清小说赖以生存和发展的基础，没有这位“上帝”的青睐，江苏小说不可能取得丰硕的成果；而江苏之所以能保持庞大的小说读者群，当然与其雄厚的经济实力和浓郁的文化氛围大有关系。

明胡应麟尝谓：“吴会、金陵擅名文献，刻本至多，巨帙类书咸荟萃焉。海内商贾所资二方十七，闽中十三，燕、赵勿与也。然自本坊所梓外，他省至者绝寡，虽连楹丽栋，搜其奇秘，百不二三，盖书之所出，而非所聚也。”（《少室山房笔丛·甲部经籍会通四》）明代南京可考的书坊就多达九十三家，是当时全国书坊刻书的中心之一（参见张秀民《印刷史》）。当时南京，还有苏州的书坊，所刻书籍皆以小说、戏曲等通俗文学作品为主，因为它们拥有广大的读者（据周弘祖《古今书刻》明代万历以前，苏州府刻书多至一百七十七种）。明万历十九年（1596）金陵周日校刊本《新刻校正古本大字音释三国志通俗演义》，内封上方有周日校识语曰：“是书也刻已数种，悉皆讹舛。辄购求古本，敦请名士按鉴参考，再三雠校，俾句读有圈点，难字有音注，地理有释义，典故有参证，缺略有增补，节目有全像。”书商如此精心筹划，出版《三国演义》新校本，可谓目中有读者（当然也是为了更好地销售以牟利），这对小说的发展是大有好处的。苏州书坊主袁无涯于万历四十年（1612）刻成一百二十回本《忠义水浒全传》，由于是“全传”，加上评点出自李贽之手（对此尚有不同看法），故此书问世后影响极大，以致袁无涯这位书商也成了《水浒》研究者所熟知的名人。看来明清两代江苏的书坊老板，他们的选题，主要依据市场信息，亦即读者的喜好。像周日校出版的《新刻校正古本大字音释三国志通俗演义》，袁无涯刊刻的《忠义水浒全传》，不止是他们的志趣所在和牟利手段，也是当时市场导向的结果。为了吸引更多精通文墨而又酷爱小说、戏曲的市民读者，明清两代南京、苏州等地的书坊所刊刻的小说、戏曲作品，不仅配有精美的插图，特聘名家评点，还附上句逗、音注、释义，以及典故的考证，并常常以“古（本）、新（新发现的本子）、大（句逗、音注、释义、插图、评点等齐全）、全（全帙本）”相号召，甚至还刊刻了《三国演义》和《水浒传》两大奇书的合集——《英雄谱》。另外，在书籍的版式、字体、装帧等方面，书坊也能充分注意时尚，以及广大读者的喜好，书坊如此目中有读者，它们所刊刻的图书焉能不畅销？

四

在明清学者和肇始于20世纪初黄人等前贤研究的基础上，近二十多年来，江苏明清小说研究在小说史论、作家作品、理论批评和比较文学等方面皆硕果累累，为全国同好所关注和称道。毋庸置疑，江苏已成为当今海内外明清小说研究的中心之一。江苏的明清小说研究，有专门的阵地（《明清小说研究》），有自己的组织（“江苏明清小说研究会”），有学术的争鸣，有丰硕的成果（几十种专著，数百篇论文），是当今海内外明清小说研究的一支举足轻重的方面军。这些当然值得江苏研究明清小说者自豪的。但成绩只能说明过去，要百尺竿头更进一步，尚须加倍努力。

综观目前的江苏明清小说研究，窃以为存在着这样的“四多四少”：多一流作家作品的重复之论，少二三流作家作品的惊人之见；多作家作品的一般性评述，少小说发展史的深入探索；多众所周知的泛泛之论，少只眼独具的创新之见；多思想内容和艺术特色的熟套评析，少艺术形式的深层研究。特别要强调的，一是有关明清小说发展史上的重要问题，很少有人作深入的研究。例如，章回小说的形式特点及其形成的原因；明清小说与戏曲在同步发展中的相互渗透、影响和促进；吴文化与明清小说的特殊关系；章回小说在《儒林

外史》和《红楼梦》之前，为什么作者的妇女观大多落后于时代和同时期的戏曲家；明末清初为什么才子佳人小说、《金瓶梅》式小说和风月淫秽小说畸形繁荣，盛极一时，诸如此类的问题，目前的小说论著，或一笔带过，或避而不谈，或浅尝辄止，或人云亦云，或似是而非，皆有待下工夫作深入的研究。二是有关明清小说的创作规律，更须提到研究的日程上来，不能停留于心领神会，必须作出理论阐说。例如，为什么明代"四大奇书"能各自开创一条小说的创作路子，但后来众多的历史演义、英雄传奇和神魔鬼怪小说却无法超越《三国》《水浒》和《西游》，唯有人情世事类的《红楼梦》，既"深得《金瓶》壶奥"，又蝉脱于秽，青出于蓝？又如，明清白话、文言小说，既同步又平行发展，它们之间是否相互渗透和影响，具体表现如何，是否也有规律可循？

江苏明清小说研究要在已有的基础上开创新局面，窃以为必须克服"四多四少"的缺憾，不知专家同好以为然否？

附记

本文定稿之后，笔者才看完近年新发现的清初章回小说《姑妄言》。该书作者和内容与江苏殊有关系，故在此略作介绍。笔者另有长文评论《姑妄言》及其作者。

《姑妄言》成书于清初，作者自序撰于雍正八年(1730)。全书二十四回，每回长达三四万字。正文超过九十万言，批语(夹批和回前批)不下五万字。此书原藏于俄罗斯列宁格勒图书馆，1964 年，俄罗斯科学院通讯院士李福清发现了这部手抄本；1993 年，俄罗斯国家图书馆馆长到台湾参加"中央图书馆"馆庆时，与台湾有关方面商定好在台湾出版校刊本。1994 年 11 月台湾大英百科股份有限公司与法国科学研究中心中国文史研究组联合出版的"明清艳情小说丛书"《思无邪汇宝》(主编陈庆浩、王秋桂)，收入了《姑妄言》的校刊本。

《姑妄言》作者曹去晶，虽系辽东人，但长期生活于南京，对南京及扬州、苏州等地的地理、历史和风土人情非常熟悉。《姑妄言》中的故事和人物，又以南京为中心。因此，这部介于《金瓶梅》和《红楼梦》之间的独具特色的世情小说，与江苏同样有着难分难解的关系。

2000 年，原载《苏州大学学报》

“同源而异派”

——试论古典小说与戏曲的相互关系

古典小说与戏曲，是中国作风和中国气派非常鲜明的艺术形式。它们在元、明、清三代同步发展，其对象和社会功能也是相同的，在艺术特点和表现方法方面亦有不少惊人的相似之处。对于古典小说与戏曲的这种内在联系、共同特点及其相互影响作一番认真的探讨，无疑是颇有意义的。

一

古代和近代的有识之士，早已注意到古典小说与戏曲的“同源而异派”这个美学特色了。明末的孟称舜在元杂剧《老生儿》的总评中曾说：

> 盖曲体似诗似词，而白则可与小说演义同观。

在这里，孟氏还只看到戏曲的宾白与“小说演义”有其共同性，显然还是皮相之见。

李渔，作为一个慧眼独具的戏曲理论家，他从各种艺术形式“同源而异派”的观点出发，来看待小说与戏曲的内在联系和共同特点，认识就比较深刻。

李渔认为“填词非末技，乃与史传诗文同源而异派者也”(《闲情偶寄·词曲部》)。戏曲与史传诗文是“同源而异派”，不言而喻，戏曲与小说也是“同源而异派”。李渔既深谙此理，又兼擅戏曲和小说的创作。因此，他把自己的第一部小说集命名为《无声戏》；在另一部小说集《十二楼》中的《拂云楼》第四回结尾，他还说过这样一句颇有启示的话：

> 各洗尊眸，看演这出无声戏。

同时，李渔也正确地指出了小说、戏曲“似同而实别”的另一面。在《窥词管见》中，他指出：戏曲与小说的同中之异，主要在于戏曲是“场上之悲欢离合”，而小说则是“纸上之忧乐笑啼”。

近代的黄人(摩西)，同样看到了古典小说与戏曲的内在联系和共同特

点。他在《中国文学史》中称古典戏曲是“设色押韵之小说”，而称小说为“工细白描之院本”。黄人并且指出：“独曲之一体，其内容则括历史、小说、词章、音乐而尽有之，庄谐互见，雅俚相成；又多长篇巨制，极变化曲折隐现离合之妙，非寻常诗歌寥寥易尽。自院本盛行，科白一体，亦文质相宜，各擅胜场，足以补曲文之不逮。”

明清两代的评论家，在品评作家作品、探讨创作理论时，往往小说、戏曲相提并论，互为印证。比如，笑花主人《今古奇观序》云：

> 《水浒》《三国》，奇奇正正，河汉无极。论者以二集配伯喈、《西厢》传奇，号四大书，厥观伟矣。

张无咎则把小说“辟诸传奇”，他在《批评北宋三遂平妖传叙》中说：

> 《水浒》，《西厢》也；《三国志》，《琵琶》也；《西游》，则近《牡丹亭》之类矣。

在这里，张氏对这六部小说和戏曲名著虽未进行具体的比较研究，但对我们理解两者的共同特点，还是不无启发的。

有的评论者在探讨通俗文学深入人心的原因时，自然地把小说和戏曲紧相联系在一起论述。《女仙外史》第一百回，香泉有则评语曰：

> 古今忠孝节义有编入传奇、演义者，儿童妇女皆能记其姓名，何者？以小说与戏文为里巷人所乐观也。

在论说到艺术虚构这一叙事文学创作中的重要问题时，评论家也总会把小说、戏曲相提并论。

酉阳野史在《新刻续编三国志引》中认为，“夫小说者，乃坊间通俗之说，固非国史正纲。无过消遣于长夜永昼，或解闷于烦剧忧愁，以豁一时之情怀耳”。当有人提出诘问说：“(《新刻续编三国志》)固可快一时，但事迹欠实，不无虚诳渺茫之议乎？”酉阳野史回答曰：

> 世不见传奇戏剧乎？人间日演而不厌，内百无一真，何人悦而众艳也？但不过取悦一时，结尾有成，终始有就尔。诚所谓乌有先生之乌有者哉。

关于小说、戏曲的艺术虚构问题，谢肇淛提出了“虚实相半”的美学命题，论述更有见地。在《五杂俎》卷十五中，他说：

> 凡为小说及杂剧、戏文，须是虚实相半，方为游戏三昧之笔。亦要情景造极而止，不必问其有无也。古今小说家，如《西京杂记》《飞燕外传》《天宝遗事》诸书，《虬髯》《红线》《隐娘》《白猿》诸传；杂剧

家如《琵琶》《西厢》《荆钗》《蒙正》等词，岂必真有是事哉？近来作小说，稍涉怪诞，人便笑其不经；而新出杂剧，若《浣纱》《青衫》《义乳》《孤儿》等作，必事事考之正史，年月不合，姓字不同，不敢作也。如此，则看史传足矣，何名为戏？

小说以“通俗”著称，戏曲则贵在“当行”。带有市民文艺色彩的小说和戏曲，具有通俗化和群众化的特点，在元、明、清三代盛极一时，深受各个阶层的读者和观众的喜爱。尽管在封建正统派看来，“自来小说，从无言及大道”（刘廷玑《在园品题》），而“南北曲非文章之正轨”（《钦定四库全书简明目录》），可是，对文学持发展观点的文学家，无不对小说、戏曲另眼相看。他们或专心致志于戏曲艺术，或毕生从事于小说创作；或在戏曲理论批评上造诣极深，或在小说理论批评上卓有成就。其中的佼佼者，如冯梦龙、金圣叹、李渔等人，有的小说和戏曲创作兼擅，有的则在小说和戏曲理论批评方面均有杰出的贡献。

比如，罗贯中是著名的小说家，曾编纂过《三国志通俗演义》《隋唐两朝志传》《残唐五代史演义》和《三遂平妖传》等历史演义，也创作过《宋太祖龙虎风云会》（其中的《访普》是昆曲的传统折子戏）、《忠正孝子连环谏》和《三平章死哭蜚虎子》杂剧。

袁于令是明末清初的传奇名家，他的《西楼记》当日名闻天下。但他又是一位小说作家兼评论家，创作有历史演义小说《隋史遗文》，撰写过《西游记题词》这样极有美学见解的小说评论文。

《聊斋志异》插图

《聊斋志异》的作者蒲松龄，曾择《珊瑚》《张诚》和《江城》等小说编为小曲；还作有以俗曲构成的牌子戏《禳妒咒》《磨难曲》《墙头记》等剧。

《长生殿》作者洪昇，虽未创作过小说，从他所作《女仙外史》的几则评语，可知他同样深谙小说艺术之三昧。比如，他指出，“看书者须睹全局，方识得作者通身手眼”，就是别具只眼之评。更发人深思的是，洪昇曾有撷取《女仙外史》中练公子和松娘的故事创作一本传奇的打算。《女仙外史》第五十八回《待嫁女感梦识郎君　假铺卒空文谒开府》，洪昇有评云：

> 练公子与松娘为婚，是前回配合忠臣之子女余波也。松娘感梦而得佳偶，即铁柔娘梦与刘炎订姻之余波也。从来文之余波是强弩之末，断不能如初发。此则益加后劲，更有胜乎前茅，洵为妙才子。将以公子、松娘别作传奇，为千秋佳话。（着重号为引者所加）

“龙子在多闻”（《望湖亭》）。冯梦龙是拟话本小说集“三言”和文言小说集《情史》的编撰者，所作长篇历史演义也有六种之多。在戏曲方面，作有传奇《双雄记》和《万事足》，经他改订、加工的剧作则有十数种。另外，他所写的小说序跋和戏曲评语，也很有理论价值。

金圣叹既有文学修养，又有理论批评的才能。他对于《水浒传》和《西厢记》的评点，不只是在思想内容上善于发挥“异端”之见，亦精于艺术赏析，并能把一些问题提到小说美学或戏曲美学的高度来给以阐说。

兼擅小说和戏曲的创作，精通戏曲和小说的理论，并都取得了突出成就的文学家，当推李渔。他的《闲情偶寄》（“词曲部”和“演习部”）是自成体系而富有民族特色的戏曲美学专著。但是，这部专著所论说的关于戏曲的“词曲”（即戏曲文学）的许多观点和主观，同样适用于古典小说的创作。对于金圣叹的《水浒传》评点，李渔在《闲情偶寄》中亦作了精辟的评说；另外，他还把“《水浒传》之叙事，吴道子之写生”，作为戏曲作品塑造人物形象的典范。正由于对小说与戏曲的“同源而异派”有透彻的理解，在为数众多的明清小说家和戏曲家中，李渔是有意识地互用小说、戏曲的艺术表现方法，并取得了显著成就的一位作家。读他的《无声戏》和《十二楼》，我们似乎身处剧场，在观赏一本又一本富有戏剧性的剧作的演出；而欣赏他的《笠翁十种曲》，我们又能充分领略到小说的韵味。小说的戏曲化，戏曲的小说化，可以说是李渔的小说和戏曲作品在艺术上最鲜明的个性特征。

“书尚评点，以能通作者之意，开览者之心也。得则如着毛点睛，毕露神采；失则如批颊涂面，污辱本来，非可苟而已也。”（《忠义水浒全传发凡》）评点，是古典小说、戏曲理论批评别具一格的方法，也是极富中国作风和中国气派的。自明代中叶以迄晚清，评点小说和戏曲作品蔚然成风。中国小说史和戏曲史上的名作杰构，几乎都有大家或名人的评点。像李贽、汤显祖、冯梦龙、金圣叹等人，无不既批小说，又评戏曲。更耐人寻味的是，在戏曲评点中，往往会涉及小说的创作；而对小说的评点，也常常联系到戏曲作品甚至舞台演唱的情况(脂砚斋对《石头记》的评点是最明显的例证)。这种现象决非偶然,它说明小说和戏曲在艺术上确有其共同特点,而明、清时代的评点家对此亦已有充分的认识。

从题材这个角度来考察,古典小说与戏曲之间的相互关系和影响就更密切了,简直到了难解难分的程度。

“说话”型小说的演变发展,与同题材的戏曲存在着血缘关系。这就是说,同题材的戏曲作品是“说话”型长篇巨制漫长而复杂的成书过程中不可或缺的一个环节。《三国志通俗演义》《水浒传》和《西游记》在作家集结加工成书之前,已出现了一批“三国戏”“水浒戏”和“西游戏”;而当这三部章回体杰作诞生之后,又有许多戏曲家从这些小说中取材,创作了一批新的“三国戏”“水浒戏”和“西游戏”。类似的现象,还有《中兴名将传》《大宋中兴通俗演义》《岳武穆尽忠报国传》《说岳全传》等小说和“岳飞戏”《杨家将世代忠良通俗演义》《北宋志传》等小说和“杨家将戏”,《隋史遗文》《隋唐演义》等小说和“隋末群雄戏”,《龙图公案》《三侠五义》等小说和“包公戏”,等等。这是古典小说与戏曲之间的相互关系和影响在题材方面的一种情况。另一种情况是,各种体制的小说,为样式不同的戏曲提供了丰富的创作素材。就长篇小说而言,明清两代的那么多“奇书”,除《儒林外史》等少数作品,几乎都有若干部以它们为题材的戏曲作品。至于宋元戏文、金元杂剧、明清传奇和南杂剧,以及晚清的众多地方戏,取材于唐宋传奇、宋元话本、明清拟话本和文言小说的作品,简直汗牛充栋。其中最为突出的事例,当推根据唐元稹《莺莺传》创作的“西厢戏”,数量将近三十种。

在《聊斋志异》问世之后,出现了“《聊斋》热”;在《红楼梦》诞生后,更形成了“红学”。因此,“聊斋戏”和“红楼戏”受到人们的喜闻乐见也是非常自然的。根据《聊斋志异》中的小说再创作的传奇和杂剧,流传至今的有十七种(参见车锡伦《清人改编〈聊斋志异〉故事戏曲叙录》,载《曲苑》第一辑);根据程高本《红楼梦》改编的《红楼》曲本,将近二十种。《聊斋志异》绝大部分系文言短篇小说,《红楼梦》则是白话长篇巨著。因此,从小说与戏曲在艺术上的共同特点和不同体制来看,“聊斋戏”和“红楼戏”在改编小说名著方面的经验教训,是很值得总结、借鉴的。

另外,才子佳人小说与才子佳人戏的相互关系和影响,也很能说明古典小说与戏曲的不解之缘。

自《金瓶梅》诞生到《红楼梦》问世之前,将近一个半世纪中,从思想到艺

术独具风采的才子佳人小说风靡一时,在文坛上形成了一股强大的潮流,作品总数当有几百种,迄今尚能见到的也有四五十种。众所周知,宋元明三代的戏文、杂剧和传奇中,描写“才子佳人,前以密约偷期,后皆成秦晋”的才子佳人戏,为数众多,佳作不少。它们备受群众的喜爱,社会影响也较大。明末清初,创作和阅读才子佳人小说的形成热潮,与才子佳人戏的长期风行殊有关系;两者在思想和艺术上的共同特点也是显而易见的。(比如,兼顾“风流道学”的创作思想,多用才子佳人的互相错认的“误会法”,“拥双艳”的大团圆结局等。)同时,为数惊人的才子佳人小说,既为清代的才子佳人戏提供了丰富的素材,在艺术表现上对这类戏曲亦有一定的影响。

二

我国古典文言小说,源于远古神话传说和先秦诸子百家的著述;白话小说则与唐、宋的“说话”技艺有着血缘关系。至于熔歌、舞、戏于一炉,由曲、白、科三要素组成的古典戏曲,则与我国民族风格异常鲜明的音乐、舞蹈、文学、绘画,以至杂技、武术等艺术形式均有其内在联系,具有高度的综合性。它的若干艺术因素,可追溯到远古的民间祭神和周秦时代的俳优活动。综观小说、戏曲的发展历史,特别是它们在元、明、清三代同步发展过程中,有这样一些情况是很耐人探究的。

小说与戏曲同样源远流长,但小说成熟较早,而戏曲成熟相当晚,个中原因是值得研究的。小说与戏曲的成熟期虽有先后的不同,不过,两宋却是它们趋于同步发展的转折点。当时,小说与戏曲皆盛行于瓦舍勾栏和农村集市,是广大市民和农民喜闻乐见的通俗文艺。随着文人的参与创作,小说与戏曲在艺术上日臻完美,到元、明、清三代,它们便同步发展,出现了空前繁荣兴盛的新局面。这种新局面的产生,其原因是多方面的。小说与戏曲“同源而异派”,它们之间在艺术上存在着内在联系和共同特点,彼此不断相互渗透和影响,也是其中的一个重要原因。

小说与戏曲是在同一种美学观点指导之下,又在同一块土壤上成长起来的艺术样式,它们具有共同的特点和艺术美。这种共同的特点和艺术美,在同步发展的元、明、清三代表现得尤为突出。

小说与戏曲对历史(包括正史和野史)题材特别感兴趣,演义小说和历史剧数量之多是惊人的,其中在中国文学史上有地位和影响的杰作也不少。它们在普及历史知识,进行忠奸善恶的道德教育,以及总结历史经验等方面,发挥了巨大的作用,其美学价值和社会影响是不可低估的。这是小说与戏曲共同的特点和艺术美的第一个表现。

其次,小说与戏曲,既强调不奇不传,以奇取胜,诚如李渔所说,“填词之家,务解‘传奇’二字”;又要求故事有头有尾,脉络清楚,所谓“有始有卒,气足神完”(《桃花扇凡例》)。因此,一般的作品既有较强的传奇性,又有其完整性。名篇佳作的传奇性还能与“机趣”(或称“意趣”),即哲理性和喜剧性有机结合,浑然一体。这是古典小说和戏曲引人入胜又耐咀嚼的一个重要原因,也是小说与戏曲共同的特点和艺术美的又一个重要表现。

古典小说和戏曲在艺术上离不开一个“奇”字,亦摆脱不了诗歌的影响。由于中国是个历史悠久的诗国,小说和戏曲的作者又有相当的诗歌素养,其中不少人还是著名的诗人。同时,古典戏曲历来以曲为主,可说是诗剧;而文言小说离不开诗词歌赋的穿插,白话小说又深受说唱文学的影响。因此,无论是小说还是戏曲,总洋溢着浓郁的诗情画意,令人赏心悦目。王实甫的《西厢记》、汤显祖的《牡丹亭》、蒲松龄的《聊斋志异》、“南洪北孔”的《长生殿》和《桃花扇》以及曹雪芹的《红楼梦》、沈复的《浮生六记》,等等,之所以令人爱不释手,百看不厌,与这些作品具有浓郁的诗情画意也是分不开的。

再次,小说与戏曲往往“大团圆结局”,追求一种“团圆之趣”。这种情况,既反映了中国人民的审美理想,也表达了他们的是非善恶观念。“大团圆结局”,是小说与戏曲在构思和结构上的一种总的规律,具体情况因作家作品而异,尚有诸种形态。对“大团圆结局”作何历史的和美学的评价,学术界尚有分歧,可以通过争鸣作进一步的研究。但是,作为古典小说与戏曲的一种共同特点,则是无可争议的。即使像《桃花扇》《红楼梦》这样以悲剧结局的名著,仍然有人把它们改写成“大团圆的结局”的作品。顾彩曾把《桃花扇》“引而申之,改为《南桃花扇》。令生、旦当场团圆,以快观者之目”(《桃花扇本末》)。使贾宝玉与林黛玉当场团圆的《红楼梦》续书,为数就更多了。有人曾指出,明末清初的“人情世故,总以翻案见奇”(《闲情偶寄·结构第一·戒荒唐》王安节批语)。其实,在“以翻案见奇”的美学思想指导下,大作翻案小说和戏曲作品,也是古典小说与戏曲的一大共同特点。这方面的例子实在不胜枚举。

善用梦境来反映现实,展开情节和刻画人物,这是小说与戏曲的又一个共同特点。

《梧桐雨》和《汉宫秋》的第四折,《牡丹亭·惊梦》和《烂柯山·痴梦》等,

都是戏曲中借梦抒情的脍炙人口之作。汤显祖的《南柯记》和《邯郸记》，艺术结构比较别致，皆由入梦前、梦境中和梦悟后三部分组成。这是三个有机不可分割的部分，其主体无疑是梦境部分。借幻梦批判恶情（晚明政治之黑暗，尤其是宦场和科场之丑恶世情），乃是《南柯》《邯郸》“二梦”民主性精华之所在。

小说写梦境之作，以《红楼梦》最有成就。庚辰本第四十八回，脂砚斋有则双行夹批曰：

> 一部大书起是梦；宝玉情是梦；贾瑞淫又是梦；秦之家计长策是梦；今作诗也是梦，一并风月鉴亦从梦中所有，故《红楼梦》也。余今批评，亦在梦中，为梦中之人特作此一大梦也。

在这里，脂砚斋对《红楼梦》旨意的理解虽不正确，但他指出《红楼梦》在写梦境方面有它的特色和成就，这是符合小说艺术描写的实际的。

在梦境描写方面，古典小说与戏曲的相互影响也是十分清楚的。王圻《稗史汇编》尝谓：“今读罗《水浒传》，从空中放出许出罡煞，又从梦里收拾一场怪诞，其与王实甫《西厢记》始以蒲东遘会，终以草桥扬灵，是二梦语，殆同机局。总之，惟虚故活耳。”又如，《西厢记·惊梦》和《牡丹亭·惊梦》等作，对《红楼梦》通过梦境刻画人物（如林黛玉）的心理活动，亦是颇有启发的。《儒林外史》第五十三回的结尾处，妓女聘娘的梦，可能受到《烂柯山·痴梦》的启发；而《海上花列传》末回，写二宝的梦，则显然受到《儒林外史》聘娘之梦的影响。

最后，古典小说和戏曲在语言上虽各有其特殊的风采，也存在着共同特点。这个共同特点，总的说来是“语俚而显”（陈继儒《叙列国传》）。个中原因如庸愚子《三国志通俗演义序》所说在于“盖欲读诵者，人人得而知之，若《诗》所谓里巷歌谣之义也”。

元、明、清三代小说语言，有一个比较明显的演变、提高过程。明代的“四大奇书”，《三国演义》“文不甚深，言不甚俗”；其余三部作品都是当日比较通用的口语，但也夹杂了不少方言和文言的成分。清代的《醒世姻缘传》和《歧路灯》的语言，也仍具有这种特色。《儒林外史》，特别是《红楼梦》的语言水平，又提高了一步。它们熔文言、方言和口语于一炉，形成了纯净的文学语言。至于元、明、清的戏曲语言，既大量使用方言俗语，又因喜用典故，并化用诗文词赋中的名言佳句，故文言成分亦较浓重。

古典小说与戏曲在语言方面的相互影响，同样是相当明显的。演义小说和历史剧，才子佳人小说和才子佳人戏，神魔小说和神话剧，英雄传奇小说和“绿林杂剧”，清官、公案小说和清官、公案戏等等，由于题材相同，格局相仿，人物相似，在语言上也是相近的。明清两代属于昆山腔系统的传奇和杂剧，有许多作品的宾白采用吴语，晚清则出现了全用吴语写作的小说，如韩子云的《海上花列传》。

古典小说与戏曲互相影响的现象，突出地表现在艺术形式和艺术表现方面。

戏曲的某些已成定型的艺术形式，如杂剧的“楔子”，戏文的“题目”，传奇的“家门”，以及人物的“冲场”“吊场”等等，与话本小说的“入话”，章回小说的“楔子”“引子”，以及小说人物的出场描写，颇有相似之处。还有传奇剧尾的下场诗，常反映了作者的某种观点。这与“情史氏曰”“异史氏曰”之类的小说评论，亦有异曲同工之妙。诸如此类的古典小说和戏曲特有的形式特点，可以说是小说和戏曲在同步发展中相互影响的产物。至于熟练地运用戏曲的艺术表现方法，来展开情节，塑造人物，处理场面，更是小说艺术臻于完美的标志之一。明清小说受戏曲影响最早最显著的作品是《金瓶梅》，但运用戏曲的艺术表现方法来写小说最有成就的，则是李渔和曹雪芹。

李渔论曲，强调情节奇，关目新，既要引人入胜，又须符合情理，他的小说也具有这样的艺术特点；李渔十分重视戏曲结构，曾指出了“立主脑”“减头绪”“密针线”等极有价值的美学主张，而这种美学思想同样指导着他的小说创作。李渔的小说有很强的戏剧性和动作性，最易于改编成为戏曲作品。《无声戏》中的《谭楚玉戏里传情　刘藐姑曲终死节》，《十二楼》中的《拂云楼》六回书，是集中地体现了小说戏曲化的代表作。

曹寅酷爱戏曲艺术，创作过传奇作品；曹家的“家乐”有很高的水平。生活在这样的家庭，耳濡目染，曹雪芹从小喜爱和熟悉戏曲艺术，这是很自然的。乾隆时有人记载，曹雪芹还曾粉墨登场。因此，他创作《红楼梦》时借鉴并化用戏曲的艺术表现方法，也是不奇怪的。《红楼梦》第二十回，写贾琏追逐平儿求欢，一个在屋外，一个在屋内，隔窗调笑。庚辰本脂砚斋有批云：“此等章法是在戏场上得来。”确实，从“戏场上得来”的“章法”，在《红楼梦》中运用自如，它对这部小说打破传统的写法是起了作用的。

1988 年，原载《明清小说研究》

《红楼梦》导读

《红楼梦》具有丰富的思想内容、卓越的艺术成就和深邃的文化意蕴，是中国文学史上最杰出的章回小说，也是中华文化的瑰宝。自从它在18世纪中叶问世以来，在我国的社会生活中一直产生着广泛的影响。早在清朝嘉庆年间，北京就流行着"开谈不说《红楼梦》，读尽诗书也枉然"的民歌俗谚。研究《红楼梦》及其作者，甚至成了专门的学问，称为"红学"，迄今已有两百多年的历史。近二十年来，"红学"已经成了一门世界性的显学。海外学者不仅用华语中文研讨《红楼梦》，而且还有完全用外文的研讨，前些年在德国就举行过一次完全用德文研讨《红楼梦》的学术会议。如此不朽巨著，作为一名大学生，不认真阅读实在说不过去。《红楼梦》和曹雪芹，与江苏及苏州关系至密：苏州有曹家的遗迹，不少名胜古迹和园林都留有曹雪芹的足迹；《红楼梦》也写到了许多苏州的人与事。作为苏州大学的学生，更应该阅读和研讨《红楼梦》。

一、曹雪芹与《石头记》前八十回[①]

曹霑，字芹圃，号梦阮，又号雪芹、芹溪。清康熙五十年（1711）十一月初，诞生于江宁织造府（今南京市大行宫）。[②]他的远祖曹锡远，原籍襄平（今辽宁辽阳）人，曾任明朝沈阳中卫指挥使；明末被努尔哈赤的后金军队俘虏，沦为满洲贵族的家奴（包衣）。清王朝建都北京以后，曹家"从龙入关"，成了专为宫廷服务的内务府人员。[③]雪芹的高祖曹振彦，隶属于摄政王多尔衮统率的满洲正白旗，任佐领军职，[④]随多尔衮征战山西，立有军功，做到从三品的浙江盐法参议使。曾祖曹玺，"少好学，沉深有大志；及壮，随王师征山右有功"（《康熙上元县志·曹玺传》）。任御前二等侍卫，后升任内务府工部郎中。从康熙二年（1663），直到二十三年（1684），任江宁织造二十二年之久。由于政绩卓著，康熙帝特加提拔，赏给曹玺正一品的工部尚书衔，其待遇相当于内阁大学士。雪芹的祖父曹寅（字子清，号荔轩，又号楝亭），由于母亲孙氏曾是玄烨的乳母，从小当玄烨的“伴读”。曹家到南京后，十六岁那年曹寅又被选进宫内任御前侍卫。康熙二十九年(1690)，曹寅由内务府郎中出任苏州织造；三十一年(1692)，正式继承父职为江宁织造；自四十三年(1704)起，又兼任两淮巡盐监察御史。康熙五十一年(1712)，曹寅病逝于扬州。曹寅任江宁织造期间，是曹家的鼎盛时期，这与康熙帝对曹寅的特殊恩宠，以及康熙帝的南巡殊有关系。康熙帝六下江南，后四次(三十八年四月，四十二年二月，四十四年三月，四十六年三月)，正是曹寅任江宁织造期间，皆以织造府为行宫。

曹寅病逝后，康熙帝特命其子曹颙继承江宁织造，曹颙就是雪芹的父亲[5]，他接任两年多，不幸于康熙五十四年(1715)正月病逝。康熙帝痛惜之余，特命李煦(曹寅内兄)选定曹荃[6]的第四子曹頫，过继给曹寅孀妻李氏为次子，由他接任江宁织造，并奉养曹颙之母，曹頫任职江宁共十三年，在康熙朝仍一如既往，颇受恩宠，但到雍正帝上台，情况就大变了。

皇四子胤禛，是在皇室内部激烈的政治斗争中登上皇帝宝座的。他登基后，立即严惩与他争夺皇位的兄弟，皇八子允禩、皇九子允禟首当其冲，先是圈禁，后加杀害。凡他俩的党羽，亦皆遭到严惩。李煦曾送五个苏州女子给允禩，定为“大逆极恶”的奸党，于雍正五年二月二十三日由刑部判处死刑，后改为流放。雍正帝怀疑曹頫与“奸党”有关系，且认为他“原不成器”，对他的“行为不端，织造款项亏空甚多”，态度严厉，命他三年内赔补亏空，并将此事交由怡亲王允祥办理，这是雍正二年(1724)的事。雍正五年(1727)十二月初四日，山东巡抚塞楞额告发；曹頫“运送龙衣”，“骚扰驿站”。于是，曹頫到京后即被扣留，并枷号示众。十二月十五日和二十四日，雍正帝连发二道“上谕”，曹頫被革去江宁织造职务，家产查封抄没。雍正六年(1728)七月初三，新任江宁织造隋赫德向雍正帝奏报，在江宁织造府左侧的万寿庵内，查出曹頫替允禟寄存的镀金狮子一对，雍正帝的怀疑有了物证，曹頫的问题也就更为严重了。由于“审案未结”，曹頫一直待罪北京。曹寅孀妻则携雪芹及其母亲、婶娘从金陵来到北京，经雍正帝恩准，隋赫德将曹家在北京崇文门外蒜市口的房屋十七间半，家仆三对，留给曹家度日。

雍正十三年(1735)八月，胤禛逝世，皇四子弘历继位，他就是乾隆皇帝。新帝登基，曹頫被免除了三百零二两二钱的罚款。曹雪芹的叔祖曹宜，以及曹家的几位近亲(如雪芹姑祖傅鼐、表兄福彭等)，皆升了官。已经败落的曹家，似乎又有了一线希望。可是，好景不常，随着乾隆十三年(1748)福彭的病逝，傅鼐家的一蹶不振，曹家又一次遭到了祸变，从此便彻底败落。曹頫等人情况

不明，雪芹则于乾隆十九年(1754)左右，不得不从北京城内迁居到西山脚下的正白旗旗地。

根据现有的文献资料，曹雪芹的一生，大致可分为三个时期：

从康熙五十年(1711)到雍正五年(1727)，这是雪芹的童年和少年时期，可称为“金陵时期”，用其友人敦敏的诗句，则可谓“秦淮风月”时期。

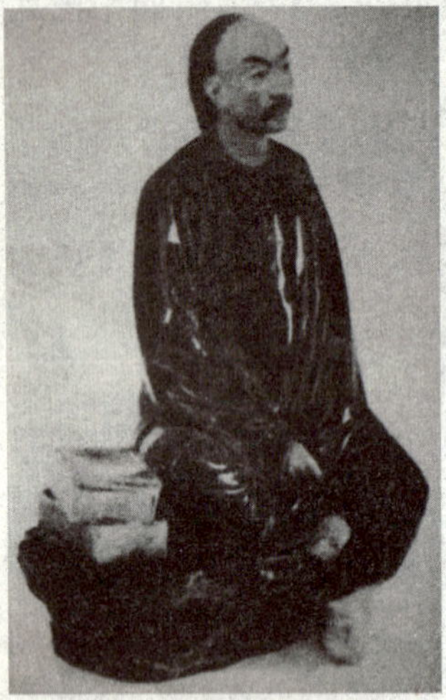

曹雪芹瓷像

雪芹出生的次年，祖父曹寅逝世于扬州，但父亲曹颙和叔父曹頫又相继任江宁织造，亦长达十六年之久。当时曹家的鼎盛时期虽已过去，但还是有权有势的贵族世家。作为贵族公子，雪芹当然有过风流倜傥的生活，这就是敦敏、敦诚兄弟赠雪芹诗中所说的“秦淮风月”“秦淮旧梦”“扬州旧梦”。金陵时期，使雪芹对封建贵族世家的物质生活和精神面貌，均有深切的观察和体验，这对他后来创作《红楼梦》当然殊有影响。

从雍正六年(1728)到乾隆十九年(1754)左右，是雪芹的青年时期，可以称之为北京时期，用其友人敦敏的诗句，则可谓“燕市哭歌”时期。

雪芹十八岁到北京后，曾在内务府主办的“景山官学”读书，官学规定的学龄是到二十三岁为止。雪芹学满后一直在家，没有资料证明他曾去应科举考试。据善因楼版《批评新大奇书红楼梦》第一回过录乾隆间人的批语云：“(雪芹)不得志，遂放浪形骸，杂优伶中，时演剧以为乐。”又有记载说，雪芹因与优伶结交，被曹頫禁闭了三年，命他读经、写八股文，但他却写起了小说。大约在乾隆十四年(1749)，雪芹在“右翼宗学”当了一名笔贴式(抄写文书工作)，在这里结识了敦敏、敦诚兄弟，从此成为至交；乾隆十九年(1754)，“右翼宗学”改组，搬了新址，大约就在此时，雪芹离开了“右翼宗学”。

曹雪芹的北京时期，长达二十多年，从金陵到北京，从“秦淮风月”到“燕市哭歌”，随着曹家的历经磨难，彻底败落，雪芹也从贵族公子跌落到了“无衣食，寄食亲友家”(潘德舆《金壶浪墨·读〈红楼梦〉题后》)的境地。也就在“秦淮旧梦人犹在，燕市悲歌酒易醺”(敦敏《芹圃曹君霑别来已一载余矣……》)的境况、心态之下，雪芹从乾隆九年(1744)左右，开始了《石头记》的创作。

从乾隆十九年(1754)左右,直到二十七年(1763)逝世,是雪芹的"庐结西郊"时期。

从北京城内被迫迁到西山脚下,雪芹已沦入社会的低层,靠旗营和友人的救济以及卖画为生,经常是"举家食粥酒常赊"。世态炎凉,人情冷暖,使雪芹对人生之况味有了更为深切的体验。这从敦诚《寄怀曹雪芹》一诗中可见一斑:"劝君莫弹食客铗,劝君莫叩富儿门。残杯冷炙有德色,不如著书黄叶村。"潜心修改《石头记》的旧稿,继续创作新篇,这就是雪芹一生最后几年的主要工作。乾隆二十七年中秋,雪芹唯一的爱子夭折,"因伤感成疾"(参见敦诚《挽曹雪芹》),"除夕,书未成,芹为泪尽而逝"(甲戌本第一回脂砚斋批语)。这就是说,公元 1763 年 2 月 12 日,曹雪芹逝世之时,《石头记》只定稿了前八十回,"后卅回"仅有一些零散的初稿。

以上有关曹雪芹的家世和生平的简略介绍,足以说明《石头记》的题材与曹家的家世、雪芹的身世有着密切的关系。因此,以下若干情况值得重视:

第一,曹家是一个与皇室、皇帝特别是康熙帝有着特殊关系的家庭,既是包衣,又是贵族,从顺治到康熙朝,曾经赫赫扬扬兴盛了六十余年,最后又因与皇帝夺嫡有牵连,在统治阶级内部矛盾斗争中彻底败落。曹雪芹经历过"锦衣玉食、饫甘餍肥"的贵公子生活,最后又沦入社会底层,尝到了"蓬牖茅椽、绳床瓦灶"的赤贫滋味。因此,他对 18 世纪上半期我国封建贵族队级的腐败、罪恶和内部争斗,观察细致,体验深刻,对当时城乡被压迫被剥削者的生活和思想,也有相当的了解。

第二,曹家长期生活和活动的江南,是我国资本主义生产关系萌芽最早也最发达的地区,自明代中叶以业,新的社会思潮与旧的传统思想的斗争十分激烈。曹雪芹出身于这个地区的一个与新的经济因素有联系的贵族家庭,耳濡目染,对新的社会思潮和民主思想,当然也会有较多的呼吸和领略。《红楼梦》不只是封建末世和贵族阶级的挽歌,也透露出了新时代的曙光;不只暴露黑暗,也写得有点希望;不只悲剧重重,也极富诗意画意。其多样的内涵与此颇有关系。

第三,江南历来是人文荟萃之地。曹寅又是当时著名的旗下才人,有很高的文化艺术素养。他能诗善书,有《楝亭集》传世。他"险韵新诗,如爬痒疥。墨法瑰琦,冻毫飞洒"(张云章《祭曹荔轩通政文》)。曹寅与当时江南各界名流广为结交,家中经常高朋满座。现存《楝亭图咏》四卷,作画、题咏者共计四十五家。曹寅藏书十万余卷,曾手自校雠,刊善本行世。他还奉旨搜辑

编印了《全唐诗》和《佩文韵府》。曹寅不仅蓄有"家乐"(家庭戏班),还创作有《北红拂记》《表忠记》《太平乐事》和《续琵琶》等剧。虽然曹寅在曹雪芹出世次年就死了,但是家学渊源,特别是乃祖的文才艺事,对雪芹的影响是不可低估的。

第四,金陵时期的曹雪芹,可以肯定不止一次到过苏州游览。苏州的秀丽山水和名胜古迹,还有优美、典雅的园林艺术和昆曲艺术,在他的记忆中皆留有深刻而美好的印象,这对他的《红楼梦》创作亦殊有影响。

关于曹雪芹创作《石头记》的过程,根据现有资料,只能略述大概。

现存最早的《脂砚斋重评石头记》(过录于乾隆十九年,1754),其《凡例》后的七律已有"字字看来皆是血,十年辛苦不寻常"之叹;第一回正文,亦有"曹雪芹于悼红轩中披阅十载,增删五次"的叙述。可见,雪芹开始从事《石头记》的创作,当在乾隆九年(1744)之前。这就是说,雪芹是在他家被抄,从金陵迁居北京十多年之后,才开始创作《石头记》的。

甲戌本《石头记》第一回脂砚斋有批语云:"雪芹旧有《风月宝鉴》之书",正文中亦说《石头记》曾取名为《风月宝鉴》。据此推测,《石头记》是在旧稿《风月宝鉴》的基础上扩充改写而成的。从"戒妄动风月之情"的《风月宝鉴》,到"大旨谈情"的《石头记》,这是一大飞跃。乾隆十九年(1754)左右,雪芹来到西山脚下,"庐结西郊"的这一时期,他潜心修改旧稿并继续创作新稿,大约到乾隆二十五年(1760),《石头记》前八十回已基本写成。[7]以后又开始写"后卅回"("后数十回"),脂砚斋等人曾看到过零星手稿。据脂砚斋等人的有关批语,联系前八十回所提供的线索和暗示,可以勾画出"后卅回"的故事轮廓。其中的人与事,有与程高本后四十回相同或相似之处,也有迥然不同的地方。

作者在第一回中曾设问道:"书中所记何事?又因何而撰是书哉?"从回答中可知,雪芹是在"愧则有余,悔则无益之大无可奈何之日",创作其《石头记》的;其动机、激情和目的,主要来自"当日所有之女子"。她们之"行止见识",皆在"堂堂须眉"之上,可是她们的身世凄惨,都以悲剧结局。雪芹忘不了"当日所有之女子",要把她们的才德、智慧,以及悲惨遭遇如实地写出来,以"使闺阁昭传"。刘鹗尝谓,曹雪芹"寄哭泣于《红楼梦》"(参见《老残游记序》);朱凤森借《十二钗》剧中人之口,说《红楼梦》写不尽"兴衰怨";郑传靖则认为"《红楼梦》为记恨书"(参见《续红楼梦序》),他们皆从一个侧面道出了雪芹创作《石头记》的动机、激情和目的。

二、程伟元、高鹗与后四十回

从乾隆十九年(1754)到五十六年(1791)程甲本问世之前,《石头记》前八十回手抄本(一般都附有脂砚斋等人的批语,故后人称为脂批本、脂评本[8],开始仅在雪芹的少数亲友间流传,后来稍有扩大,故巨家富室、文人学士亦间有之。"好事者每传抄一部,置庙市中,昂其值得数千金"。价格如此昂贵,一般人当然买不起,读不到,此其一。其二,看到手抄本《石头记》的读者,又因其"无全璧""无定本"而深感遗憾。正是在这样的背景下,程伟元、高鹗收集、修辑和补遗订误的一百二十回《新镌全部绣像红楼梦》于乾隆五十六年辛亥(1791)冬,用木活字排印出版,后人称为程甲本。次年二月,程、高二氏又"复聚集各原本,详加校阅,改订无误"(改动的文字多达二万一千字),仍用木活字排印出版,后人称为程乙本。

程伟元,字小泉,自云"古吴"(今苏州)人,约生于乾隆十年(1745),卒于嘉庆二十三年(1818)。出身书香门第,能诗,善画,工书。宗室盛京将军晋昌称誉他说:"君是风流潇洒客,放怀古今已忘骸。"程氏淡泊功名,而沉溺于诗文书画和《红楼梦》,友人称他为"高士""隐士"和"冷士",决非一般书贾。乾隆五十五年(1790)左右,程伟元曾在北京等待会试。他与高鹗一起整理、修补和出版《红楼梦》就在此时,具体情况可参见他和高鹗的《红楼梦序》和《红楼梦引言》。

高鹗,字兰墅,一字兰史,世居辽阳铁岭,内务府镶黄旗汉军人。约生于乾隆二十八年(1763),卒于嘉庆二十一年(1816)。"天才明敏",通晓经史,工于制艺和诗词。乾隆五十三年(1788)中顺天乡试举人,六十年(1795)进士及第。他应程伟元之邀,从事《红楼梦》的整理、修辑和补遗订误工作,当在中举之后、成进士之前这段时间。高鹗很早就喜爱《红楼梦》,别号红楼外史。其内兄、诗人张问陶《赠高兰墅同年》诗有"侠气君能空紫塞,艳情人自说《红楼》"句,亦透露了此中消息。全璧本《红楼梦》完成之时,高鹗曾赋绝句一首,题为《重订〈红楼梦〉小说既竣题》,诗云:"老去风情减昔年,万花丛里日高眠。昨宵偶抱嫦娥月,悟得光明自在禅。"

程高本的问世,使得《红楼梦》有了全璧本,后四十回也便成了《红楼梦》的有机组成部分,为广大读者所认可。平心而论,程高本流传之广泛,影响之深远,远远超过了手抄本的八十回《石头记》。可是,自程高本诞生之日起,直到今天,红学界总有人对程高本看不上眼,不能实事求是地给予评价。

程高本《红楼梦》为曹雪芹及其《石头记》做了三件事：

一是依据曹雪芹《石头记》八十回后的零星稿子，修辑、续补了后四十回。由于程、高二氏的经历、思想和艺术功力，与雪芹差别颇大；而《石头记》八十回以后的原作残稿，不仅“漶漫不可收拾”，“系就历年所得，集腋成裘，更无他本可考。惟按其前后关照者，略为修辑，使其有应接而无矛盾”（参见《红楼梦引言》，载程甲本卷首）。因此，后四十回的思想和艺术水平显得参差不齐，与前八十回相比较，则更有高下之别。

二是根据他们所能搜集到的各种《石头记》抄本，对各家互异的前八十回做了“细加厘剔，截长补短”的工作，亦即《红楼梦引言》所说的“广集核勘，准情酌理，补遗订讹”，对“繁简歧出，前后错见”，则“择其情理较协者，取为定本”。

三是将全璧本《红楼梦》用木活字印刷出版，公诸同好。

鲁迅《中国小说史略》指出：“后四十回虽数量只初本之半，而大故迭起，破败死亡相继，与所谓‘食尽鸟飞独存白地’者颇符，惟结末又稍振。”此论最为允当，笔者以为，从《红楼梦》的普及和“红学”的发展来审视，程高本是《红楼梦》和“红学”的功臣。

三、“大旨谈情”

甲戌本《脂砚斋重评石头记》的《凡例》[⑨]末条指出，《红楼梦》中“虽一时有涉于世态”，“但非其本旨耳”。那么，《红楼梦》的本旨是什么呢？在第一回中，作者借空空道人之“思忖”道：“虽其中大旨谈情，亦不过实录其事，又非假拟妄称，一味淫邀艳约、私订偷盟之可比。”这就是说，《红楼梦》“大旨谈情”，而所谈之“情”，又“非假拟妄称”的低级庸俗的儿女私情。

清代有不少红学家，也确认《红楼梦》“大旨谈情”。比如，花月痴人有感于《红楼梦》未尽而继作《红楼幻梦》，在自序中，他认为“《红楼梦》情书也……其情之中，欢洽之情太少，愁绪之情苦多”。他还诠释说：“作是书者，盖生于情，发于情，钟于情，笃于情，深于情，恋于情，纵于情，囿于情，癖于情，痴于情，乐于情，苦于情，失于情，断于情，至极乎情，终不忘乎情。惟不忘乎情，凡一言一事，一举一动，在在而无不用其情，此之谓情书。”陈其泰《桐花凤阁评红楼梦》，于第一回“从此空空道人因空见色，由色生情，传情入色，由色悟空”处作眉批曰：“一部《红楼梦》读法，尽此十六字，即尽此一情字。”孙崧甫《红楼梦弁言总论》则指出，“作者殆取开辟以来至混沌以后，一段固结不解之情，汇成此书，使知天地间生于膏粱之家，长于纨绔之族，确有如宝玉、黛玉其人者”。

说《红楼梦》“大旨谈情”，是“情书”，并非说它是部一般的言情小说，说“一部《红楼梦》读法”，“尽此一情字”，亦不是说，只要抓住儿女之情，就能读懂《红楼梦》。因为《红楼梦》所谈之“情”，虽包括儿女之情，却不等同于儿女之情，其历史内涵和文化意蕴，比儿女之情要丰富、深刻得多。

首先，明代中叶以来，进步的思想家和文学家无不鼓吹“情”，以此对抗封建主义的性理和礼法。这是资本主义生产关系萌芽产生之后，在意识形态领域中出现的社会新思潮。其代表人物，当推汤显祖和冯梦龙。

汤氏认为“人生而有情”，“世总为情”；他向往“有情之天下”，一生“为情作使”。他用其传奇创作，热烈鼓吹和歌颂“情至”新观念。他的“临川四梦”，“前二梦”即《紫钗记》和《牡丹亭》，主要从正面歌颂了“情至”，可谓“善情”（“美情”）的赞歌；尤其是代表作《牡丹亭》，“生生死死为情多”的女主人公杜丽娘，她所执著之情，不止是冲击封建礼教束缚之儿女真情，也包含着个性解放的追求。“后二梦”即《邯郸记》和《南柯记》，则主要从反面批判了不合“情至”的人与事，亦即“恶情”（“矫情”），诸如不择手段地追逐功名利禄、贪婪、纵欲，等等。

冯梦龙尝编辑《情史类略》（又称《情天宝鉴》），分天下之情为二十四类，在他的“情史氏”评语中，同样歌颂“善情”，批判“恶情”；在《情史·龙子犹序》的《情偈》中，冯氏认为“天地若无情，不生一切物”，并高呼：“我欲立情教，教诲诸众生。”冯氏在传统的儒释道三教之外，倡立“情教”，其反封建的人文主义思想显而易见。

清初，洪昇的《长生殿》，不止歌颂“真心到底”的“儿女情缘”，还指出：“看臣忠子孝，总由情至。”在剧作中，他把郭子仪、雷海青、李龟年等人的忠于李唐王朝、反对安禄山叛乱的行为，也归之于“情至”的范畴。不言而喻，《长生殿》借李、杨“钗盒情缘”所鼓吹的“情至”，是汤显祖的“情至”和冯梦龙的“情教”新观念的继承和发展。

《红楼梦》“大旨谈情”，此“情”与晚明汤、冯二氏和清初洪昇所鼓吹之“情”，完全是一脉相通的。当然，由于时代不同，它已经有了新的发展。

其次，《红楼梦》“大旨谈情”，这就是说，作者重墨浓彩描写的是贾宝玉与“千红一哭”、“万艳同悲”的悲剧性情史[10]，亦即贾宝玉与“群钗”的悲剧性情史。“千红”“万艳”，即“群钗”，指生活于贾家荣、宁二府的众多女儿的形形

色色的悲剧。由于她们的悲剧皆因“情”而起，又与贾家荣、宁二府（扩大一点是贾、史、王、薛四大家族）的腐败作恶和兴衰际遇，以及末世封建社会的黑暗息息相关，故作者要为之“一哭”和“同悲”。

诚如脂批所指出的，贾宝玉是个“异样孩子”，又是“诸艳之冠”，“通部情案，皆必从石兄挂号”，是宝玉“将通部女子一总”。这就是说，贾家的罪恶腐败及其兴衰际遇，与宝玉的“异样”思想性格（鄙弃功名利禄，轻视封建纲常和秩序，百般体贴女儿，追求自由恋爱和自主婚姻，执著于“意淫”等）的形成，有着密切的关系，此其一；其二，“群钗”的悲剧性情史，亦都与宝玉有着直接或间接的联系；其三，是“群钗”的悲剧震撼了宝玉的灵魂，促使了他的觉醒，最后悟破人生，“悬崖撒手，弃家为僧”。因此，宝玉的悲剧，可谓叛逆的悲剧、爱情婚姻的悲剧和探求新生活的悲剧。

“金陵十二钗”的悲剧，或为叛逆旧制度、旧思想和旧秩序，追求自由恋爱，探求新的生活（林黛玉）；或执著于“风月情浓”（秦可卿）；或热衷于权势和金钱（王熙凤）；或生活在贵族之家，却看破了红尘（贾惜春）；或身已入空门，而六根未尽（妙玉）；或心怀补天之志，而生不逢时（贾探春）；或恪守礼教，而甘愿陪葬（薛宝钗、李纨）；或贵为皇妃，郁闷而死（贾元春）；或因父母之命，嫁于匪人，被戕害而亡（贾迎春）；或嫁了个“才貌仙郎”，但好景不常（史湘云）；或“家败人亡”之日，被“狠舅奸兄”骗卖（巧姐）。

荣、宁二府和薛家女奴的悲剧，则有晴雯、鸳鸯、金钏、瑞珠等人的叛逆性悲剧；有司棋的爱情、叛逆双重悲剧（以上这些女奴，皆为作者所崇敬，誉之为“身为下贱，心比天高”）；有香菱（谐相怜），即甄英莲（谐真应怜）的悲剧（雪芹原来的构思是被薛蟠之妻夏金桂虐待而死，程高本则改为夏金桂死后扶正为大奶奶）；也有平儿、袭人、宝珠等补天不成的悲剧。

“红楼二尤”，身为平民，只因是贾珍妻尤氏面上的亲戚，于是被卷入了宁国府这个罪恶的渊薮。结果，在受尽了贾珍、贾琏和贾蓉的调戏之后，“痴心意软”的尤二姐，被贾琏“偷娶”，又被凤姐赚入荣国府活活害死（连她腹中的胎儿），她的悲剧是寄人篱下的平民女子的婚姻悲剧；“烈性儿”尤三姐，则看中了柳湘莲，但柳湘莲鉴于宁国府“除了那两个石狮子干净，只怕连猫儿、狗儿都不干净”，婉言谢绝，尤三姐为情自刎而死，可谓叛逆、爱情双重悲剧。

至于“红楼十二官”，是荣国府为接待元妃省亲，特地从苏州买来的唱戏的十二个女孩子（后组成了梨香院昆曲家班）。赵姨娘曾斥骂芳官说：“你是我家银子钱买来唱戏的，不过娼妇粉头之流，我家里下三等奴也比你高贵些。”芳官当即反唇相讥：“梅香拜把子——都是奴才罢咧！”不过，在贵族世家的正统派眼里，唱戏的女孩子确实“不过娼妇粉头之流”。这些被迫卖身为童伶的良家女儿，由于寄身于贾府，贾府的正统派主子和贾府的兴衰际遇决定了她们的命运。她们随着贾府的兴盛而来，又因贾府的衰败，或因敢于反抗而被逐（如芳官），或对现实百不如意而自愿离开（如龄官），或被迫入空门（如蕊官、药官）……她们的悲剧皆具有叛逆性。

由此可见，《红楼梦》通过描写贾宝玉和“群钗”的一系列悲剧性情史，塑造各种类型的悲剧形象，从各个角度、各个侧面鼓吹了“情至”观念（歌颂“善情”，批判“恶情”），抨击了封建主义（制度和思想）。

尚须指出的是，《红楼梦》“大旨谈情”，着重描写贾宝玉和“群钗”的悲剧性情史，是通过三组交织在一起又互相影响的矛盾斗争的线索展开的。这就是：封建叛逆者（包括贵族青年男女，如贾宝玉、林黛玉；平民男女，如柳湘莲、尤三姐）与封建卫道者（以贾母、贾政、王夫人为代表）的矛盾斗争；贾府女奴与封建主子（以贾赦、贾珍、贾琏、邢夫人、王夫人、王熙凤为代表）的矛盾斗争；封建统治阶级内部的矛盾斗争（包括探春所揭示的“家里自杀自灭”，以及忠顺亲王府与贾府，贾雨村的落井下石等）。同时，《红楼梦》写“千红一哭”和“万艳同悲”，又是通过三个世界，即“太虚幻境”（“情天”）——“女仙”世界；大观园（“女儿园”）——“群钗”世界；荣宁二府（“黑暗王国”）——“国贼禄蠹”世界来展开的。“太虚幻境”，只有美，没有丑，只有“善情”，没有“恶情”，这是宝玉和“群钗”（也是作者）向往的理想世界。但是，它虚无缥缈，可望而不可即，只能供宝玉“梦游”而已。大观园，可谓“太虚幻境”在人间的投影，它是宝玉和“群钗”活动的场所，是他们的乐土。但是，大观园是荣国府的一部分，不可能如“太虚幻境”那样不受人世现实的制约，必然会受到“恶情”的干扰。至于荣宁二府，却是各类“国贼禄蠹”（有贾政辈的正统派，也有贾赦、贾珍、贾琏、贾蓉之流的败家不肖子）活动、肆虐的场所，是“恶情”的滋生地。

从上述的简略分析可见，《红楼梦》“大旨谈情”，一方面其所谈之“情”内涵丰富深刻，具有初步人文主义的时代精神；另一方面，又由“情”而联系到“政”，真实地反映了我国18世纪封建末世社会生活的方方面面，提示了贵族阶级的罪恶及其必然灭亡的历史命运，是一部百科全书式的巨著。

四、《红楼梦》打破了“历来小说窠臼”

甲戌本第一回有段正文曰：“至若离合悲欢，兴衰际遇，则又追踪蹑迹，不

敢稍加穿凿，徒为供人之目，反失其真传者。”在此处，脂砚斋有两则眉批云：

事则实事，然亦叙得有间架，有曲折，有顺逆，有映带，有隐有见，有正有闰，以至草蛇灰线，空谷传声，一击两鸣，明修栈道，暗渡陈仓，云龙雾雨，两山对峙，烘云托月，背面傅粉，千皴万染诸奇。书中之秘法，亦不复少。余亦于逐回中搜剔刳剖，明白注释，以待高明，再批示谬误。

开卷一篇立意，真打破历来小说窠臼。阅其笔则是《庄子》《离骚》之亚。

在这里，脂批慧眼别具，揭示了《红楼梦》的审美追求和艺术成就。“打破历来小说窠臼”，这是《红楼梦》的审美追求；而在“实事”的基础上借鉴《庄子》《离骚》等传统文学，重视笔法的变化多端，则是《红楼梦》突出的艺术成就。

脂砚斋的卓识高见，经鲁迅的概括，就成了“总之自有《红楼梦》出来以后，传统的思想和写法都打破了”（参见《中国小说的历史的变迁》）的精辟论断。那么，《红楼梦》到底在哪些方面打破了“历来小说窠臼”，即“传统的思想和写法”呢？

首先，诚如鲁迅所指出的，《红楼梦》“敢于如实描写，并无讳饰，和从前的小说叙好人完全是好，坏人完全是坏，大不相同，所以其中所叙人物，都是真的人物”。《红楼梦》塑造人物形象，一反“志怪”“传奇”的传统手法，不仅完全“人化”了，且写出了思想性格的复杂性。己卯本第十九回有则脂批云：

按此书中写一宝玉，其宝玉之为人，是我辈于书中见而知有此人，实未目曾亲睹者。又此书中写一宝玉，每每令人不解；宝玉之生性，件件令人可笑；不独于世上亲见这样的人不曾，即阅今古所有之小说传奇中，亦未见这样的文字。于颦儿处更甚，其囫囵不解之中实可解，可解之中又说不出理路。合目思之，却如真见一宝玉，真闻此言者，移之第二人万不可，亦不成文字矣。

不仅宝玉为“今古所有之小说传奇中”，未曾出现过的典型人物，《红楼梦》写“群钗”亦打破了“历来小说窠臼”：“有一百个女子皆是如花似玉一副脸面。”比如，第三回中写迎春、探春和惜春出场，作者对其外貌身段和精神气质的介绍，于迎春和探春皆具体而生动，于惜春则点到即了。甲戌本脂批评云：“深写一笔更妙！必个个写去则板矣。可笑近之小说中，有一百个女子皆是如花似玉一副脸面。”

贾雨村在《红楼梦》中是个“奸雄”式的贪官，他坏事做尽，又忘恩负义。

可是，第一回出场，作者写他“敝巾旧服，虽是贫窘，然生得腰圆背厚，面阔口方，更兼剑眉星眼，直鼻权腮”。甲戌本脂批有感而发曰：“是(王)莽、(曹)操容。”“最可笑世之小说中，凡写奸人则用鼠耳鹰腮等语。”

其次，我国宋、元以来的小说，在题材选取上，有两个突出的现象：多取材于历史(正史和野史)上的人与事，喜互相因袭。《红楼梦》则直接取材于作者所处时代的生活，没有相同的题材可资借鉴，完全是在作者耳闻目睹亲身经历的生活基础上创作而成的。无论是写贵族世家的“兴衰际遇”，还是写生活于贵族世家的众多女子的“离合悲欢”，皆能做到对现实生活的“追踪蹑迹”，抒发真情，写出“真传”。

与小说题材紧相关联的是，《红楼梦》不只摆脱了《三国演义》《水浒传》等偏重离奇曲折的故事情节的倾向，又一反《金瓶梅》的一味暴露生活中的丑恶，写家庭生活则津津乐道低级趣味的床笫之欢的弊病，既写出了社会生活中的种种罪恶和丑恶，也写出了美的(人与事)被毁灭，“善情”的被戕害的悲剧，故事情节虽平凡而丰富多彩，虽琐碎而引人入胜。兹举一例，以见一斑。

第十七回，写王夫人下令抄检大观园之后，又亲自来到怡红院，去撵走晴雯、芳官及所有唱戏的女孩子，又对袭人、麝月道：“你们小心，往后再有一点分外之事，我一概不饶。因叫人查看了，今年不宜迁挪，暂且挨过今年，明年一并给我仍旧搬出去才心净。”庚辰本于此处有双行夹批分析得极好：

> 一段神奇鬼讶之文，不知从何想来。王夫人从来未理家务，岂不一木偶哉？且前文隐隐约约已有无限口舌，浸润之谮，原非一日矣。若无此一番更变，不独终无散场之局，且亦不近乎情理。况此亦是余旧日目睹亲闻、作者身历之现存文字，非搜造而成者，故迥不与小说之离合悲欢窠臼相对。想遭零落之大族儿子见此，虽事有各殊，然其情理似亦有默契于心者焉。此一段不独批此，真从抄检大观园及贾母对兴尽生悲，皆可附者也。

第三，《红楼梦》由于在题材和情节上打破了“历来小说窠臼”，故其结构也在继承前代章回小说和戏曲的基础上有所创新。明代“四大奇书”的结构各有特色，《三国演义》是绳辫式结构，讲三国故事，你中有我，我中有你，错综交叉发展；《水浒传》是连环短篇的有机组合，着重叙说一百零八个英雄被逼上梁山的过程(也是主要人物思想性格的成长历史)；《西游记》是珠链式结构，在介绍了孙悟空和唐僧的来历后，便以唐僧师徒四人西天取经为线索，将一系列神魔斗法故事联成一贯(深化了孙悟空和唐僧的性格)；《金瓶梅》则通

过西门庆及其成群妻妾的家庭兴衰际遇，广泛地描写了社会的方方面面。清代《红楼梦》问世之前的几部章回名著，《醒世姻缘传》和《林兰香》，是《金瓶梅》式结构；《歧路灯》以一人一事（世家子弟谭绍文的误入歧途和浪子回头）贯穿全书；《儒林外史》则“虽云长篇，颇同短制”。《红楼梦》的结构，比之上述各书，更复杂，更谨严，也更宏伟。它以贾家为代表的封建贵族的兴衰际遇为经线，联结社会的上下左右；以宝玉、黛玉的叛逆、爱情和探求新生活的三重悲剧，以及宝玉、宝钗的婚姻悲剧为纬线，联结大观园内外“群钗”的种种悲剧，经纬交错，构成了圆形网状结构，全方位地反映了一个历史时代的社会面貌。尚须指出的是，《红楼梦》是由写实故事和神话故事相辅相成，而且是从神话故事的结局写起，采用了以虚带实的方法。

第四，在爱情婚姻问题上，《红楼梦》既突破了明末清初才子佳人小说“郎才女貌”“怜才爱色”的爱情俗套，也纠正了《金瓶梅》和《金瓶梅》式小说或渲染因果报应，或迷恋男女的变态性爱的不良倾向。通过贾宝玉与“群钗”的悲剧性情史，《红楼梦》提出了男女相恋，必须志同道合，相互尊重，完全出自个人的意愿，不考虑家世的利益的新观念。不言而喻，这是带有近代色彩的爱情婚姻观念。

在爱情描写上，《红楼梦》一反“偷香窃玉，暗约私奔”的窠臼，写出了“儿女之真情”。仅就宝黛爱情而言，宝玉倾心黛玉，选择“木石前盟”，既不是出于门当户对（就门第而言，宝钗比黛玉更理想），也不是因为才貌双全（从才貌来看，钗黛难分高下），只是由于黛玉从来不和他说那些“仕途经济”的“混账话”。同样，黛玉之钟情于宝玉，引他为知已，并非为了当宝二奶奶，只因为宝玉尊重、体贴女子，不愿走封建主义的人生道路。正由于宝黛的爱情是建立在共同的叛逆的思想性格基础之上的，才为封建家长和封建婚姻所不容，只能以悲剧结局。尚须指出的是，宝黛爱情的产生和发展有个曲折的痛苦的过程；作者对他们爱情的描写，重在“意淫”，从不涉足“皮肤淫滥”，格调情趣很高。

最后，《红楼梦》打破了历来小说的“大团圆”结局模式，写出了在18世纪具有典型意义的贾家荣宁二府的彻底败落，以及生活于这个家庭的贾宝玉和“群钗”的一系列震撼人心的悲剧。

二知道人《红楼说梦》（嘉庆十七年刊刻）云：

> 《红楼梦》四时气象：前数卷铺叙王谢门庭，安常处顺，梦之春也。省亲一事，备极奢华，如树之秀而繁阴，葱茏可悦，梦之夏也。

及通灵玉失，两府查抄，如一夜严霜，万木摧落，秋之为梦，岂不悲哉！贾媪终养，宝玉逃禅，其家之瑟缩愁惨，直如冬暮光景，是红楼之残梦耳！

在这里，二知道人用“春夏秋冬”的“四时气象”来形容贾家的兴衰际遇，以及贾宝玉和“群钗”的悲欢离合，恰恰说明了其悲剧结局的历史必然性。曹雪芹原来以贾家彻底败落，宝玉“悬崖撒手”，“好一似食尽鸟投林，落了片白茫茫大地真干净”结束全书，如此构思和描写，足见作者识见之卓越，《红楼梦》思想内容的不同凡响。程高本以宝玉中举后出家，且留有遗腹子，以示贾府将来“兰桂齐芳，家道复初”，仍是变相的大团圆结局，这明显地违背了曹雪芹的本意。

《红楼梦》的艺术成就，当然不止上述这些，尚表现在诸多方面，比如，细节描写的丰富性、生动性和深刻性；在环境描写和心理刻画方面对“说话”传统的突破；逆笔和曲笔，对比和映衬，“特犯不犯”，以及纯净文学语言（尤其是人物对话）的娴熟运用等等，皆可窥见其作为古典小说集大成者的艺术魅力。

说《红楼梦》“打破了历来窠臼”，当然不是说它与我国历史悠久的文化传统和文学传统没有关系。恰恰相反，《红楼梦》之所以能登上古代小说艺术的最高峰，是与它对文化传统和文学传统的继承和革新分不开的。不继承优秀的传统，怎能打破窠臼，有所创新？仅就小说的继承和革新而言，没有明代的“四大奇书”和“三言”、“二拍”、“一型”（《型世言》），也就没有《红楼梦》。张新之尝谓：“《石头记》脱胎在《西游记》，借经在《金瓶梅》，摄神在《水浒传》。”脂砚斋亦曾指出，《红楼梦》“深得《金瓶》壶奥”。毛泽东则云：“《金瓶梅》是《红楼梦》的祖宗，没有《金瓶梅》就写不出《红楼梦》。”这些皆是言之成理的精当之见。至于《红楼梦》如何从诗文词赋、文言小说、散曲、戏曲中汲取了艺术养分，并深受历史悠久而地域特色鲜明的吴文化的熏陶和滋养，限于篇幅，恕不赘述。

五、《红楼梦》读法提示

明清两代小说名著的评点本，常列“读法”一项，虽无聊之说不少，亦颇多允当之见。读书自然有个读法问题，读法得当，事半功倍。《红楼梦》该如何读？提几点看法，仅供参考。

首先，要选一个适合的本子。《红楼梦》版本复杂，要研究“红学”，当然须从脂批八十回本入手。一般读者，选一种有较好校对、注释的百二十回本就可以

了。比如,1957 年人民文学出版社初版的《红楼梦》(周汝昌、周绍良、李易校订标点,启功注释),该本以程乙本为底本。又如,中国艺术研究院《红楼梦》研究所校注本,该本前八十回以庚辰本为底本,后四十回以程甲本为底本。

其次,读《红楼梦》之前,先要大致了解一下作者的家世和生评,以及《红楼梦》的成书过程;但不必深究,深究是红学家的事。对于清代前期的历史,当然也应当有所了解。

再次,要认真阅读《红楼梦》的开头五回书。晚清梦知学人《梦痴说梦》尝谓:“若将前五回打透,其全部之义自显。”此言不无道理,宜玩味琢磨。

最后,曹雪芹的时代,是“方外亦惧文字狱”的时代,曹家又是曾被抄过家的没落贵族。因此,曹雪芹创作《红楼梦》,有意识地“将真事隐去”,“用假语村言敷演出来”,使用了许多“狡猾之笔”。由于运用了这种特殊的艺术手法,《红楼梦》所展示的艺术世界,常常是真真假假,真假交错(比如,大观园是真,太虚幻境是假;甄士隐遭难出家是真,成仙是假;贾宝玉是真,甄宝玉是假;宝黛的俗情是真,仙缘是假;“风月宝鉴”是假,贾瑞沉迷女色而死是真;等等),人与事皆蒙上了一层神秘的面纱,扑朔迷离,令人难以把握。为此,阅读时必须充分注意这个特点。诚如王希廉《红楼梦总评》所指出的:

> 《红楼梦》一书,全部最要关键是“真假”二字。读者须知,真即是假,假即是真;真中有假,假中有真;真不是假,假不是真。明此数意,则甄宝玉、贾宝玉是一是二,便心目了然;不为作者齿冷,亦知作者匠心。

---

① 曹雪芹创作时,开始用《石头记》作书名,但据己卯本可推知,他生前已使用过《红楼梦》的书名。后人一般均称之为《红楼梦》。

② 曹氏的生年,红学界众说纷纭:或曰康熙五十四年(乙未,1715),或曰雍正二年(甲辰 1724)。查敦诚《四松堂集 · 寄怀曹雪芹》“扬州旧梦久已觉”后有注云:“雪芹曾随其先祖寅织造之任。”按曹寅逝世于康熙五十一年(1712)七月二十三日,故笔者赞同雪芹生于康熙辛卯之说。

③ 内务府是清朝定都北京后设立的皇家事务机构,专门管理皇室的财物、食用及其他生活琐事。《大清会典》规定,内务府人员均由上三旗(由皇帝直辖的镶黄旗、正白旗、正黄旗)的包衣充任。

④ 八旗:明代满族人民的户籍、生产和军事合一的社会组织形式。明神宗万

历二十九年以后，努尔哈赤和皇太极把自黑龙江流域到山海关以北的满、汉和蒙古等各族人民，以八种云龙图和不同色彩的军旗作为标志（正黄旗、正白旗、正红旗、正蓝旗、镶黄旗、镶白旗、镶红旗、镶蓝旗），陆续编成了满洲八旗、汉军八旗和蒙古八旗。

⑤ 曹雪芹是谁之子，红学界有多种看法，这是一种看法。

⑥ 曹荃，曹寅胞弟，原名宣，字子犹，号筠石，曾任内务府库，卒于康熙四十四年，他留下的四个儿子，由曹寅带到南京抚养。

⑦ 今存甲戌本，仅有十六回；己卯本（乾隆二十四年，1759 年过录），共存四十一回，又两个半回；庚辰本（乾隆二十五年，1760 年过录），共存七十八回。

⑧ 这些脂批本均非曹雪芹的原稿，亦不是脂砚斋等人抄录加批的原本，而是从脂砚斋等抄录加批本过录来的本子。现已发现的脂批本有十一种，另有靖本，有批而无书。批者以署名脂砚斋、畸笏叟者为最多，共有各种批语三千余则。

⑨ 此《凡例》及其后七律，或云脂砚斋所撰，或云作者所撰；或作为《凡例》，或作为正文。

⑩ "千红一哭"、"万艳同悲"见诸第五回，原指警幻仙姑请宝玉饮用的仙茶"千红一窟"（甲戌本脂批：隐哭字）和仙酒"万艳同杯"（甲戌本脂批：与"千红一哭"一对，隐悲字）。王希廉评本云："花名'千红一窟'，酒名'万艳同杯'，言目前虽有千红万艳，日后总归抔土一穴，同是点化语，不是赞仙家茶酒。"此评从"千红""万艳"的悲剧遭遇悟出了祸福无常，人生如梦的悲观结论，不无道理。

1997 年，原载《苏州大学学生必读书导读手册》

20 世纪的江苏红学研究

曹玺、曹寅父子曾先后任苏州织造，曹玺、曹寅和曹颙、曹頫祖孙三代又连续任江宁织造（康熙二年至雍正六年）达六十年之久。江苏虽非曹家的祖籍之地和发迹之地，但是，在江苏的半个多世纪，却是曹家赫赫扬扬的黄金时代。曹雪芹出生于金陵，其童年和少年时代曾漫游江苏各大名城，对苏州，特别是它的园林艺术和昆曲艺术情有独钟，其《红楼梦》的创作深受吴文化的影响，现存的十余种珍贵的脂批本《石头记》，己卯本的收藏者董康、陶洙是武进（今常州市）人；庚辰本的收藏者徐陏、徐祯祥父子是嘉定（原属江苏松江府，今属上海市）人；戚蓼生序本是溧阳人狄葆贤于清末首先影印问世的；南京图书馆还藏有与戚序本出于同一祖本的《石头记》，人们称之为脂宁本；扬州靖氏所藏的靖本虽已迷失，但其一百五十条脂批尚存。乾隆末年，随着程高本《红楼梦》的诞生和流传，嘉道以降，《红楼梦》的评点，以及续书和戏曲创作蔚然成风。吴县王希廉的《新刻绣像红楼梦全传》（有道光二十年双清仙馆刻本）是当时流行最广、质量最高、影响最大的《红楼梦》评点本，南通孙崧甫（1785？—1866）的《红楼梦弁言总论》和他的五万字评语，也有许多真知灼见。现存《红楼梦》续书，也有出于江苏作家之手的，如武进人张曜的《续红楼梦》；现存的《红楼梦》戏曲，江苏戏曲家创作的就更多了，其中吴州（今泰州市）仲振奎的《红楼梦传奇》，南京石玉卿的《醒石缘》，太仓吴镐

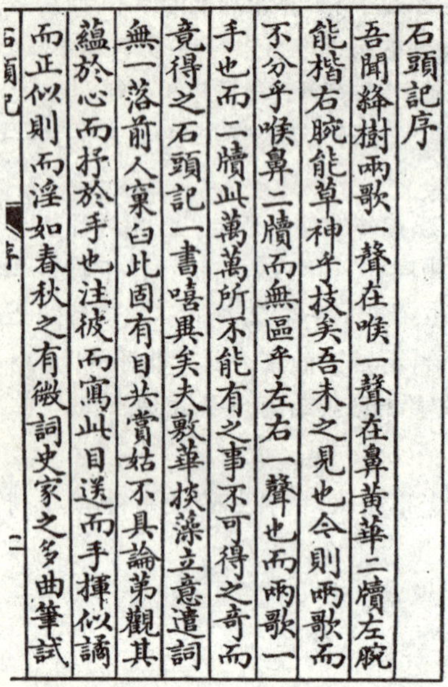
石頭記序
吾聞絳樹兩歌一聲在喉一聲在鼻黄華二牘左腕能楷右腕能草神乎技矣吾未之見也今則兩歌而不分乎喉鼻二牘而無區乎左右一聲也而兩歌一手也而二牘此萬萬所不能有之事不可得之奇而竟得之石頭記一書嘻異矣夫敷華掞藻立意遣詞無一落前人窠臼此固有目共賞姑不具論第觀其蘊於心而抒於手也注彼而寓此目送而手揮似譎而正似則而淫如春秋之有微詞史家之多曲筆試

戚蓼生序本《石头记》书影

的《红楼梦散套》，吴县石韫玉的《红楼梦传奇》和陈钟陵的《红楼梦传奇》，都是颇有艺术个性之作。尚须提及的是，如今已掷地有声的“红学”这个术语，最早是光绪末年由华亭（原江苏松江，今属上海市）朱子美提出来的，而青浦（原属江苏松江府，今属上海市）明斋主人诸联的《红楼评梦》（有道光元年刻本），也是一部有较大影响的早期红学论著。以上种种无不说明江苏和曹家关系特殊，江苏与红学结有不解之缘；江苏的红学研究在旧红学时期（乾隆至“五四”之前）已取得了可喜的成绩。进入 20 世纪之后，江苏的红学研究经历了三个时期，在最后的二十多年里突飞猛进，取得了全面的丰收，在全国红学界举足轻重。鉴于世纪之交对江苏的红学研究进行认真的回顾和总结，对新世纪江苏红学的发展将大有裨益，笔者不揣谫陋，特撰拙文向同好请教。

一

20 世纪的江苏红学研究，大致可以划分为三个时期：从 20 世纪开始到 1949 年 10 月为第一个时期；从 1949 年 10 月到“文革”结束为第二个时期；从 1976 年 10 月至今为第三个时期。比较而言，第一个时期，江苏的红学研究对全国红学的研究有开创新局面之功；第三个时期，江苏的红学研究发展迅速，硕果累累，成为全国红学研究的中心之一；至于第二个时期，江苏红学研究稍显沉寂，但也作出了自己的贡献。

运用西方的哲学、美学和文艺学的观点和方法研究《红楼梦》，肇始于王国维的《红楼梦评论》（1904）；紧接着王氏之作，江苏昭文（今常熟市）的黄人（摩西，1866—1913）在他与同乡徐念慈主编的《小说林》上连载《小说小话》①，也对《红楼梦》进行了评论，时间是在 1907—1908 年。

《小说小话》关于《红楼梦》的评论，涉及三个问题，首先是《红楼梦》的作者、成书、版本、原作和续作。《小说小话》有一则夹注曰：

> 《石头记》原书，抄行者终于林黛玉之死，后编因触忌太多，未敢流布。曹雪芹者，织造某之子。本一失学纨绔，从都门购得前编，以重金延文士续成之，即今通行之《石头记》也。无论书中前后优劣判然，即续成之意旨，亦表显于书中，世俗不察，漫指此书为曹氏作。而作《后红楼梦》者，且横加蛇足，尤可笑焉！

此则小注，曾被周汝昌《〈红楼梦〉“全璧”的背后》一文所引用。周先生也不知道蛮即大名鼎鼎的黄摩西，但他把这条夹注作为其乾隆、和珅指使高鹗炮制大毒草《红楼梦》的“一条重要线索”作了解读。黄摩西在《小说小话》

中评点过的明清小说，今天已失传的也有几十种，他当年所看到的《石头记》抄本，以及有关《石头记》作者、续作者等的记载，肯定要比今天多得多。因此，笔者以为上文所引夹注，也是一则值得重视和研究的红学资料。

其次，黄氏赞赏《红楼梦》之描写人物，做到了“如镜中取影，妍媸好丑，令观者自知”，决不“搀入作者论断”；指出“《红楼》之写艳”，与“《金瓶梅》之写淫”“《儒林外史》之写社会中种种人物”一样，并不下一前提语，而其人之性质和身份，“若优若劣，虽妇孺亦能辨之”。

再次，黄氏评论《红楼梦》的思想内容，抓住了贾宝玉做文章。他先是提出论点：“古来无真正完全之人格，小说虽属理想，亦自有分际。若过求完善，便属拙笔。《水浒记》之宋江，《石头记》之贾宝玉，虽不纯，自能生观者崇拜之心。”接着，通过两首〔西江月〕的诠释，黄氏对贾宝玉其人和“全书宗旨”，作了别具只眼的评论，指出“贾宝玉之人格，亦小说中第一流，盖抱信陵君、汉惠帝之隐衷也”。

在黄摩西来看，“全书人物皆无小说旧套出场诗词，独宝玉有之，非特重其为主人翁，全书宗旨及推崇宝玉之意，悉寓于此”。在逐句分析了两首〔西江月〕之后，黄氏感慨地说：“然宝玉平生亦有潇湘一人知己，亦世所谤为偏僻乖张者。滔滔者皆贾天祥之徒，又恶足以知宝玉，又恶足以读《红楼梦》。”

最后黄氏以《水浒记》《石头记》《儒林外史》和《儿女英雄传》为例证，注意到明清章回小说创作中的一种特殊现象，即名著的结尾往往残缺不全，或原作未完，或经他人修改，或由他人续作；而修改和续作，又常常与原作的旨意不相符合，甚至大异其趣，从而提出了原作虽“不完全”，存在着“残缺”，但自有特殊的艺术魅力这样一个小说美学命题。黄摩西指出：“语云：神龙见首不见尾。龙非无尾，一使人见，则失其神矣！此作文之秘法也。我国小说名家，能通此旨者，如《水浒记》，如《石头记》，如《金瓶梅》，如《儒林外史》《儿女英雄传》，皆不完全。非残缺也，残缺其章回，正以完全其精神也。”值得指出的是，黄氏的这种美学见解，是与其欣赏《王西厢》②和《桃花扇》的悲剧结局，而不满“千篇一律之英雄封拜、儿女团圆”之喜剧收场有着内在的联系。

由于黄摩西的巨著《中国文学史》写到明代为止，他关于《红楼梦》的评论，只在《小说小话》中略有论及。虽然黄氏关于《红楼梦》的评论，不及王国维论文的系统和深刻，但在本世纪初，其红学见解之不同凡响，已可略见一斑。

评点是明清戏曲、小说理论批评的主要形式，也是旧红学中影响至深的一大流派。民国初江苏的红学评点大家，当推溧水王瀣（伯沆，1884—1944）。

王氏从 1914 年起开始用五色笔（朱、黄、绿、墨、紫）评点《红楼梦》（以王希廉评点本为底本），直至 1938 年止。据赵国璋、谈凤梁先生《王伯沆红楼梦批语汇录·前言》（江苏古籍出版社 1985 年 1 月版）统计，王氏五色批语总计为一万二千三百八十七条，是 20 世纪用功最深、成就最大的《红楼梦》评点本。诚如赵、谈二氏《前言》所指出的：“王瀣的批语面广量大，细致深入。批语有对作品内容的评论，有人物褒贬，艺术鉴赏，事典、词语考释，版本校勘，文字摘误等等。其中有不少精辟见解，具有参考价值。”

众所周知，“新红学”是由顾颉刚在俞平伯《红楼梦辨》的序中首先提出来，序曰：

> “红学”研究了近一百年，没有什么成绩；适之先生做了《红楼梦考证》之后，不过一年，就有这部系统完备的著作。……我希望大家看着这“旧红学”的打倒，“新红学”的成立，从此悟出一个研究学问的方法，知道从前人做学问，所谓方法，实不成方法，所以根基不坚，为之百年而不足者，毁之一旦而有余。现在既有正确的科学方法可以应用了，比之古人真不知便宜了多少。

“新红学”是在胡适、俞平伯和顾颉刚通讯讨论《红楼梦》的问题中酝酿成熟的，时间是在 1921 年 4 月至 1921 年 10 月间。这三位“新红学”的创始人，顾氏是苏州人，他虽无红学专著，但在与俞、胡二氏的通讯讨论中，他的新红学观点表露得十分清楚，顾氏还为胡适收集了《上元江宁两县志》《楝亭集》《八旗氏族通谱》《八旗通志》《船山诗草》，为胡氏撰写《红楼梦考证》提供了珍贵的资料。俞氏祖籍浙江德清，但长期寓居苏州，其红学研究的成就已盖棺论定。从顾、俞二氏足见“新红学”与江苏之关系，以及江苏为“新红学”所作出的贡献。

20 世纪 40 年代，无锡人王昆仑（1902—1985）开始研究《红楼梦》，先后撰写了十九篇人物论。1948 年，这些论文集结为《红楼梦人物论》，署名太愚，由国际文化服务社出版。王氏此著文笔优美，观点新颖，影响不小，1983 年还出版了修订本。1949 年 10 月以后，王氏仍在从事《红楼梦》的研究，60 年代初曾与其女王金陵合作昆剧本《晴雯》，并由北方昆剧院上演。中国《红楼梦》学会成立后，王氏一直任名誉会长，直到逝世。

从 1949 年到“文革”这个时期，江苏的红学研究相当沉寂（现在想起来，这种沉寂未必是坏事）。当然，其中也有值得提及的事。20 世纪 50 年代批判俞平伯的红学运动刚过去，先师陈中凡先生（盐城人）曾在《南京大学学报》发

表《〈红楼梦〉作者曹雪芹的世界观和创作方法》；徐铭延先生（南京大学教授，南通人）也有阐说《红楼梦》与传统文学关系的论文（后发表于1979年第4期《南京大学学报》，题为《曹雪芹和红楼梦》。该文后又收入《徐铭延文存》上海古籍出版社1988年版）。科学院研究员蒋和森（海安人）1959年出版的《红楼梦论稿》，文笔细腻、优美，以《红楼梦》是人学的新观点评论《红楼梦》，尤其是评论小说的人物，新意颇多，影响很大。1981年，此书修订后再版，仍然极受欢迎。蒋氏的《红楼梦概说》，则由日本学者译成日文，在日本颇获好评。朱南铣先生（笔名一粟，无锡人，1916—1970）20世纪60年代致力于《红楼梦》研究，编著有《红楼梦书录》（古典文学出版社1958年4月版，中华书局上海编辑所1963年3月版，上海古籍出版社1981年7月版）、《古典文学研究资料汇编·红楼梦卷》（中华书局1963年12月版），发表了《关于脂砚斋的真姓名》（1962年5月10日《光明日报》）、《关于"松斋"——兼谈考证的方法与目的》（1962年6月2日《文汇报》）、《关于〈辽东曹氏宗谱〉》（1979年11月《红楼梦集刊》第一辑）、《曹雪芹小像考释——兼谈曹雪芹的生平及经历》（撰于1962年，发表于1980年《红楼梦学刊》第一辑）。朱氏以上这些论著，皆为研治红学者所重视，而《红楼梦书录》和《红楼梦卷》，更是研究红学的必备参考书。

"文革"末期，江苏的红学研究者，借当时"评红"热潮，编纂出版了不少颇有价值的红学参考书刊。据笔者所知，南京大学图书馆和中文系古典文学教研组编印有《红楼梦评论》以及附录《红楼梦研究资料书目索引》和《红楼梦人名索引》（1974年7月）；扬州师范学院中文系资料室编印有《关于红楼梦研究问题学习参考资料》（1975年5月）和《红楼梦研究参考资料选编》（1975年7月）；徐州师范学院中文系编印有《有关曹雪芹诗二十首译注》（1974年4月）；南京师范学院中文系资料室编印有《红楼梦新编书录》，南京师范学院图书馆和中文系资料室合编的《文教资料简报》1974年八九月出版了《红楼梦资料专辑》，并在八九月的合刊上刊登了毛国瑶先生摘录的脂靖本批语一百五十条（后又收入该院1976年5月《红楼梦版本论丛》），在增刊上发表了吴世昌的《红楼梦原稿后半部若干情节的推测》，吴世昌、徐恭时的《新发现的曹雪芹佚诗》。以上这些书刊，尽管皆留有当时"评红"的明显印记，但它们对普及《红楼梦》的积极作用是不可抹杀的。另外，值得一提的是，吴新雷先生于"文革"末期已开始从事曹雪芹江南家世的考证工作；江苏师范学院中文系师生撰写的《红楼梦评论专辑》（1975年1月江苏师范学院学报增刊），也不乏富有创意之作,如《论宁国府》等。

改革开放迎来了红学的春天,红学成了名副其实的显学,并走向了世界。原来就有深厚基础的江苏红学研究,随着思想解放运动的逐步深入,也进入了它的黄金时代。1982 年春,江苏省《红楼梦》学会成立之后,江苏的红学研究便得到了持续、健康的发展。到 1992 年当省红学会成立十周年时,诚如名誉会长匡亚明先生为省红学会成立十周年纪念册题词所说:“十年辛勤,成绩斐然!”1992 年 10 月,省红学会编印了《十年辛苦不寻常》的纪念册,会长姚北桦先生的《前言》,总结了十年来省红学会的工作和会员们的红学研究的成果;《江苏省红楼梦学会会员成果简介》则分专著、收入书中的论文、报刊论文和艺术创作及其他,详细介绍了会员们的红学研究成果。据不完全统计,这十年中,省红学会会员出版了十多部较有分量的红学专著,如吴新雷、黄进德的《曹雪芹江南家世考》、何永康的《红楼美学》、姜耕玉的《红楼梦艺境探奇》、林兴仁的《〈红楼梦〉的修辞艺术》和《语言艺术皇冠上的明珠——〈红楼梦〉俗语概说和汇释》、严中的《红楼丛话》、石昕生的《红楼琐记及其他》;校勘了两部《红楼梦》评点本:赵国璋、谈凤梁编校的《王伯沆红楼梦批语汇录》,冯其庸纂校、陈其欣助校的《八家评批红楼梦》;在全国报刊上发表了三百多篇红学论文;创作了有关《红楼梦》的小说两部和越剧一部:谈凤梁、陈钧的《焦大》,王永泉的《曹雪芹南归》,谢光宇、邢雁、荆原的《秦淮梦》。另外,蔡树德先生制作的“晶体艺术模型大观园”③,曾在上海、镇江、扬州、无锡、哈尔滨和香港展出,深受红学爱好者的好评。1983 年,彭昆仑在国内首次运用系统工程和电子计算机研究《红楼梦》(合作者姚颂平、徐小健,硬件是 CROMEMCO 微型机);1985 年又揭开了“怡红夜宴图”的秘密(合作者周玫、姚颂平,硬件是苹果机和国产 0520 机);1986 年完成了“《红楼梦》数据库”(合作者朱静华、周佩德、左惟等,硬件是 IBM286 机,主要支撑软件是 BASE Ⅲ)。以上研究得到了著名科学家钱学森、海外红学家周策纵等教授的高度评价。

1992 年迄今,比之前十年,就全国而言,红学研究相对沉寂。但江苏省红学会一如既往开展各种学术活动,会员们又出版了十多部红学专著,如严明的《红楼释梦》,冯子礼的《从美的角度审视大观园文化》和《〈金瓶梅〉与〈红楼梦〉人物比较》,刘晓明的《红楼人物论》,朱邦国的《〈红楼梦〉人物对话艺术》,周维民的《〈红楼梦〉和中国传统文化》,江慰庐的《曹雪芹 · 红楼梦种种》,吴新雷、黄进德的《曹雪芹江南家世丛考》等;发表了数百篇红学论文,其成绩并不亚于前十年。这是十分可喜的，也是难能可贵的。尚须提及的是，回顾第三个时期的江苏红学研究，我们不能忘掉在高校文科开设的《红楼梦》专题选修课，如南京大学吴新雷教授的《〈红楼梦〉研究》、苏州大学王永健教授的《〈红楼梦〉一家言》，都连续开设了五六届，这既是红学的普及，也是红学的提高，深受大学生的欢迎。

匡亚明先生在1982年江苏省《红楼梦》学会成立大会上，以“还《红楼梦》的本来面目”为题发表了讲话，指出“我们读《红楼梦》也好，研究《红楼梦》也好，第一要紧的事，就是要还《红楼梦》的本来面目”；并强调，“在还《红楼梦》的本来面目的前提下，应该允许智者见智，仁者见仁”。1985年11月在扬州举行的省红学会第三次年会上，匡老又向学会提出了两项倡议：“一、鉴于江苏与曹雪芹和《红楼梦》有特殊关系，希望江苏红学界力争在全国红学研究中处于领先地位。二、呼吁在南京逐步形成一个《红楼梦》南京研究中心，筹建曹雪芹纪念馆，并为这位世界名人塑像。”今天，江苏的红学界是否已“在全国红学研究中处于领先地位”，这应当由兄弟省市和海外红学研究者来评判。但是，自红学会成立以来，江苏的红学界，为“还《红楼梦》的本来面目”，孜孜矻矻，兢兢业业，做了大量的多方面的研究，取得了令人瞩目的成绩，这是毋庸置疑的。至于匡老提出的第二项建议，虽非省红学会绵力所能单独完成，但经过数年努力，在南京旅游局、乌龙潭公园管理处等单位的大力支持下，一座高约三米的大理石的曹雪芹塑像，已在南京乌龙潭公园（该园地处随园西侧）矗立起来了。

二

综观一个世纪来的江苏红学研究，可以看到它的若干鲜明特点。

敢于提出创新之见，重视发掘新的资料，这是江苏红学研究的第一个特点。

创新是科学研究的灵魂，新资料则是创新的基础。红学研究亦不例外。20世纪伊始，江苏的红学研究者就以开拓、创新者的姿态出现。黄摩西的贾宝玉论，顾颉刚、俞平伯等人所提出的“新红学”，20世纪40年代太愚的《红楼梦人物论》，之所以区别于一般泛泛评论红楼之作，就在于其独具慧眼的创新之论。王伯沆的评点《红楼梦》就其内容而言，虽无多大独创之见，但以五色笔评点，形式上就是前无古人的一大发明。1959年脂靖本在南京的一度出现，以及毛国瑶先生摘录的脂靖本批语的披露，这是红学资料的重大新发现④。最近二十多年来，江苏的红学研究，不仅保持着创新的态势，还发掘了不少全新的资料。在这方面，吴新雷、黄进德先生对于曹雪芹江南家世的调查研究和科学考证，是其中最为突出的事例。1983年9月，吴、黄二位的论文合集《曹雪芹江南家世考》出版了。关于此书的特点和价值，魏绍昌先生在序中作了中肯的评论：

> 吴、黄两同志的文章虽然立足江南，就地发挥，但论证与涉及的都是些有关曹雪芹家世生平有重大意义的问题。由于他们所掌握的材料丰富，考证周密，立论精辟，在这些重大问题上都有所突破，有所创新，取得了良好的成果。

由于《曹雪芹江南家世考》的学术价值和社会影响，而近十年来吴、黄二位对曹雪芹的江南家世又有新的发现和考索，2000年7月黑龙江教育出版社又为他们出版了新的论文合集，易名为《曹雪芹江南家世丛考》。此书增加了不少新的论文，在这些论文中又提供了许多新的资料，提出了许多新的见解。真可谓十余年来两部书，创新精神贯始终。⑤

除了吴、黄两位关于曹雪芹的江南家世的考证之外，何永康先生从美学角度研究《红楼梦》的专著《红楼美学》，林兴仁先生关于《红楼梦》修辞艺术和俗语的专著，王永健先生从吴文化的角度研究《红楼梦》，陶文台先生对红楼饮食文化的研究，潘宝明先生对红楼花鸟园艺的研究等，皆具有开拓、创新的意义。必须提及的是，欧阳健先生的红学“新说”，尽管是一家之言，许多问题尚待商榷，还引起了不小的风波，但他敢于向传统之论挑战的精神，还是值得肯定的，理应本着双百方针，开展学术争鸣。另外，20世纪80年代黄龙先生所披露的他新发现的英文版《龙之帝国》中的有关曹頫的一则重要资料，虽然原著至今尚未找到，同样值得另眼相看，并应继续查找原著。

紧密结合江苏各地的文化特点，以及它们与曹雪芹江南家世和《红楼梦》创作的特殊关系，这是江苏红学研究的第二个特点。

南京和扬州，与曹家关系至密。如前文所述，吴、黄两位有关曹雪芹江南家世的研究，无不紧密结合曹家与宁扬两地的关系。曹玺、曹寅父子先后担任苏州织造，后继者李煦又是曹寅妻兄；《红楼梦》中又写到许多苏州的人与事。苏州与曹家、曹雪芹和《红楼梦》同样颇有瓜葛，而苏州的昆曲艺术和园林艺术，以及源远流长的吴文化，对曹雪芹创作《红楼梦》有着明显的影响。有鉴于此，王永健先生为《苏州文学史》撰写了《红学与苏州》的专章；并正在从事“吴文化与《红楼梦》”的专题研究。南京严中先生的《金陵何处大观园》

《大行宫与大观园》《曹雪芹金陵家庙考察记》和《〈红楼梦〉中的贾府与江宁织造曹家》等文，扬州谢锡龄先生的《〈红楼梦〉扬州寻踪》《〈红楼梦〉、曹氏家族与扬州》和《"红楼"情系扬州梦》等文，同样着眼于曹家、《红楼梦》与南京、扬州的特殊关系。另外，江慰庐先生的《镇江曹氏遗迹与红楼名胜》《关于曹雪芹留图瓜洲的调查》和《〈红楼梦〉、〈后红楼梦〉和常州的关系》等文，则探索了镇江、瓜洲、常州等地与曹家、曹雪芹和《红楼梦》的关系，同样具有浓郁的江苏地方色彩。

研究领域宽广，论著丰富多彩，这是江苏红学研究的第三个特点。

尽管人们对红学的内涵尚有不同的理解，但红学大体上可以包括五个方面，即《红楼梦》的作者（含后四十回的作者）研究，《红楼梦》的成书过程和版本研究，《红楼梦》的思想和艺术研究，《红楼梦》的文化研究，《红楼梦》研究的研究。20世纪以来江苏的红学研究，可以说是全方位的，在上述五个方面均取得了丰硕的成果。仅就最近二十多年出版的专著而言，在曹雪芹江南家世方面，吴、黄两位是超越前贤、颇有影响的一家。在红楼美学研究方面，何永康先生的专著也出版得较早。在《红楼梦》与中国传统文化的关系方面，周维民先生撰写了系列论文（已集结成书）。对《红楼梦》艺术特点的探究，姜耕玉先生的《红楼梦艺境探奇》，朱邦国先生的《〈红楼梦〉人物对话艺术》，都是有特色有深度之作。在《红楼梦》人物论方面，刘晓明先生的《〈红楼梦〉人物论》、冯子礼先生的《〈金瓶梅〉与〈红楼梦〉人物比较》，都是值得一读的论著。在《红楼梦》文化研究方面，冯子礼的《从美的角度审视大观园文化》也颇有独到之见；另外，陶文台先生的《古典文学与烹饪·红楼菜点》乃是《中国烹调大全》中引人注目的部分，他的《红楼饮食文化》《红楼美食·南味为主》和《红楼饮谈》，也是很有影响之作；潘宝明先生的《红楼花鸟园艺》则是《红楼梦大观》中颇有特色的重要部分⑥。在《红楼梦》的语言研究方面，林兴仁先生的《〈红楼梦〉的修辞艺术》和《语言艺术皇冠上的明珠》，对《红楼梦》的修辞的俗语作了精深的研究。在运用现代化手段从事《红楼梦》研究方面，如前文所说，江苏也开展较早，并已取得了初步成果，为海内外学者所瞩目。

从单篇论文来看，近二十多年来的江苏红学研究，更涉及了红学的方方面面，真可以用"姹紫嫣红开遍"来形容。比如，朱锡勋先生关于无锡红学家朱南铣的系列论文，毛国瑶先生关于脂靖本的系列论文，皆江苏独此一家的"土特产"。徐振辉先生的《论〈红楼梦〉知识系统的艺术化》《论〈红楼梦〉的死亡意识》《〈红楼梦〉音韵美蠡测》，王浩明先生的《〈红楼梦〉与〈源氏物语〉

研究》，石昕生先生的《秦淮八艳与金陵十二钗》，高国藩先生的《〈红楼梦〉中的谜语》，于雷先生的《红楼少女的青春咏叹调》，陈常枫先生的《苏曼殊与〈红楼梦〉》，等等，无不视角新颖而有独到之见。

坚持"百家争鸣"，积极参与全国性的红学学术争鸣，是江苏红学的第四个特点。20世纪的红学，学派林立，纷争不断，各种学说的学术争鸣，此起彼伏，连绵不尽。江苏的红学研究密切关注着全国性的学术争鸣，其研究成果可以说都是参与学术争鸣的结晶。就改革开放以来二十多年的情况来看，首先，江苏红学界内部的学术争鸣就接二连三。比如关于脂靖本及其批语的问题，关于《龙之帝国》所载红学资料的问题，至今尚在争鸣之中。难能可贵的是，学术观点的分歧，学术争鸣的激烈，并不影响内部的团结，反而促进了江苏红学的发展。至于全国性的学术争鸣，江苏的红学研究者也都能积极参与。比如，对毛泽东同志关于《红楼梦》评论的评价；对"新红学"关于《红楼梦》后四十回观点的商榷；对张国光先生的"两种《红楼梦》，两个薛宝钗"；对周汝昌先生的"乾隆、和珅指使高鹗炮制大毒草《红楼梦》"，以及他的《还"红学"以学》的某些观点；对王国华的《太极〈红楼梦〉》；对欧阳健的红学"新说"等，江苏的红学研究者无不认真研究，撰文提出自己有见解和分量的看法，深获同行的好评。

三

20世纪，江苏的红学研究走过了曲折的道路，但其成就是巨大的。认真总结历史的经验和教训，对于新世纪江苏红学的发展，无疑是大有裨益的。笔者上述的回顾只是挂一漏万，而总结更是管窥蠡测，尚祈同好修正、补充。对于今后的江苏红学研究。笔者有如下一些不成熟的想法，提出来仅供省红学会的领导和会员们参考。

其一，如前所述，敢于提出红学的创新之见，乃是江苏红学研究的传统和特点。可是，由于种种原因，20世纪我们在支持红学的创新之见方面，尚有不尽如人意之处。在新的世纪里，我们要进一步鼓励和支持红学的创新之见，即使是不成熟的看法，也不可凭个人的好恶，采用不正常的方法加以压抑；要大力开展学术争鸣，不能置之不理。比如，对欧阳健先生的红学"新说"，省红学会应当组织专题研讨。虽然欧阳健先生已经离开江苏，但他的红学"新说"是在江苏工作时提出来的，江苏的红学会对此"新说"始终保持沉默，显然是不可取的。

其二，要做有心人，继续大力发掘红学的新资料（包括文物）。在这方面，我们要向吴新雷先生学习，20世纪吴氏发掘了不少曹雪芹江南家世的新资料（包括文物），为深入研究曹学作出了贡献。曹家在江苏生活了六十余年，足迹涉及南京、扬州、苏州等地，关于曹家的有关资料（包括文物）不能说已发掘尽了。只要人人做有心人，红学新资料还是有发现的可能的。要想发掘红学的新资料，就得多读书，博览群书，才能有所发现。

其三，对红学领域的唯心论，应当开展学术争鸣和批评。我们应该彻底否定把《红楼梦》研究当做政治问题，把学术争鸣搞成批判运动的做法。因为它混淆了政治和学术，伤害了知识分子，阻碍了红学的发展。但是，毛泽东关于古典文学领域、特别是《红楼梦》研究中的唯心论必须批判的意见，并非无的放矢，而是真知灼见。且不说整个古典文学领域，仅就《红楼梦》研究来说，也确有唯心论存在。旧红学各种穿凿附会的奇谈怪论，是十足的唯心论。它们不仅在20世纪50年代初还在泛滥，时至今日，仍不时有借尸还魂的拙劣表现。在红学发展史上，胡适的《红楼梦考证》、俞平伯的《红楼梦辨》（《红楼梦研究》）等著作，皆具有开拓性和独创性，理应在红学史上占有一席之地。但“新红学”也有许多唯心论的错误观点。近20年来，红学蓬勃发展，成绩斐然。可是，无可否认，红学领域里唯心论的错误观点和奇谈怪论不绝如缕，流传极广。[7]在唯心论指导下的奇谈怪论，对红学的发展有害无益；但是只要有唯心论存在，红学领域必然仍将会出现唯心论指导下的奇谈怪论。因此，笔者认为，通过学术争鸣，旗帜鲜明地批评和反对唯心论，这不仅是20世纪50年代端正《红楼梦》研究方向的需要，也是新世纪进一步发展红学的需要。

---

①《小说小话》在《小说林》上连载时署名“蛮”。《红楼梦大辞典》（冯其庸、李希凡主编，文化艺术出版社1990年1月版）不知“蛮”为何许人。其实蛮、野蛮，均为黄人的笔名，其诗《誓言》“志士且勿喧，野蛮有一语”可证。《小说林》上黄人还发表过《蛮语摭残》。

② 黄摩西认为《王西厢》结束于第四本的《草桥店惊梦》，第五本非王实甫所作。

③ 核模型用三万九千块玻璃片，在一万多平方的面积上营造出两百二十多个建筑体和附着物，组成十组景区，有一百二十多个微型泥塑的红楼男女，置身于十多个影区之中。

④ 关于脂靖本批语的流传，首先是毛国瑶于1964年将“过录件”提供给俞

平伯校阅，并复抄给吴恩裕、吴世昌、周汝昌。此后，周汝昌在香港《大公报》上以《红楼梦版本的新发现》专文介绍了脂靖本，又于1973年第一期《文物》上发表《红楼梦及其有关文物叙录一束》，再次介绍了脂靖本。南京师范学院的《文教资料简报》于1974年八九月合刊上，首次全文发表了脂靖本的一百五十条批语，同时发表了毛国瑶的《对靖藏抄本〈红楼梦〉批语的几点看法》。

⑤ 冯其庸为《曹雪芹江南家世丛考》所作的序文（题为《缜密考证，精微析论》）指出："我这次认真地把全部书稿读一遍，总的感受，就是这篇文章的题目：缜密考证，精微析论。我认为这部书，是曹雪芹家世研究的专著中度越前人之作，是一部值得认真细读的专著。"

⑥ 江苏省关于红楼文化的研究，如烹调艺术的研究，业已进入饮食行业和日常生活，"红楼宴"吸引了海外来客；至于曹家江南遗址、佚物的调查发掘，则在人文景观方面丰富了旅游资源。这说明红学研究已开始走出书斋，走向生活。

⑦ 远的不谈，仅据近例二则，以窥一斑。笔者1995年收到武昌县文化馆主办的《江夏文艺》，上载朱某某所作三篇红学论文，其一题为《〈红楼梦〉真子假孙的父子著作——辨〈红楼梦〉作者与脂砚斋》，作者认为《红楼梦》的原作者是曹寅，"述作者"是曹雪芹，他们是"父子关系"；曹雪芹生母乃康熙的公主，即康熙与允禵生母所生的女儿。2000年笔者又收到童某某在《鄂州大学报》上连载的论文，题为《六贤接力撰红楼，江宁雪芹功最高》，作者考证说乾隆年间有三位曹雪芹参加了《红楼梦》的创作，他们分别为扬州的曹雪芹，江宁的曹雪芹，无锡的曹雪芹；《红楼梦》的创作可分为四个阶段：第一个阶段的作者是扬州的曹雪芹（他是曹頫的私生子），第二阶段的作者是江宁的曹雪芹和脂砚斋，第三阶段的作者是无锡的曹雪芹，第四个阶段的作者是程伟元和高鹗。

2001年，原载《东南大学学报》

程高本是《红楼梦》和"红学"的功臣

200 年前，百二十回本《新镌全部绣像红楼梦》由北京萃文书屋用木活字排印问世。从此，《红楼梦》有了全帙本(全璧本)，而后四十回也便成了《红楼梦》的有机组成部分，为广大读者所认可。平心而论，程高本流传之广泛，影响之深远，远远超过了手抄本的八十回《石头记》。可是，自程高本诞生之日起，直至今日，红学界总有人对程高本看不入眼，对其本身的价值，以及它在"红学"史上的地位，似乎亦未作过认真的研究、科学的评价。这不能不令人深感遗憾。为此，笔者不揣浅陋，略述管见，以就正于红学家和读者。

一、有了程高本，才有《红楼梦》的普及

乾隆五十六年辛亥(1791)冬至后五日(十二月初二)，以木活字排印的《新镌全部绣像红楼梦》问世了，后人称之为程甲本。这部《红楼梦》是由程伟元约同友人高鹗，将他们苦心搜罗到的《石头记》八十回之后的漫漶抄本，连同前八十回，加以"修辑"和"补遗订误"而成，全书百二十回。卷首有程、高两序，并有《红楼梦》人物绣像三十四幅。次年花朝后一日(二月十三日)，程、高又"复聚集各原本详加校阅，改订无误"(改动的文字，多达两万一千余字)，卷前补入《引言》七则，仍由萃文书屋用木活字排印出版，后人称之为程乙本。1984 年所发现的上海图书馆所藏程高本，经顾鸣塘先生核校，发现与程甲本和程乙本均有差异，这当是壬子年又一次重排本，今人称之为程丙本。至于台湾地区 1977 年影印的所谓"第三版原版"(即青石山庄本)，或云是由甲、乙、丙三个版本的散页凑集而成的混合体。

由于程高本《红楼梦》的问世，在附有脂砚斋等人批语的手抄八十回本《石头记》系统之外，又形成了程高排印百二十回本《红楼梦》系统。排印本远比手抄本流传迅速而广泛，加上全帙本以其有头有尾，对普通读者更具吸引力。综观清代和民国时期，以及新中国成立以后所刊行的各种《红楼梦》印本，绝大多数皆属程高本系统。在笔者看来，程高本的问世和风行，既开创了

《红楼梦》大普及的新局面，也有力地促进了“红学”的发展。程高本不愧为《红楼梦》和“红学”的功臣，人们有责任对程高本进行多方面、全方位的研究，却毫无理由轻视它，贬抑它。

八十回本脂批《石头记》的手抄本，开始仅在曹雪芹的少数亲友间流传，后来稍有扩大，故巨家富室、文人学士亦间有之。“好事者每传抄一部，置庙市中，昂其值得数十金”，可谓不胫而走者矣。价值如此昂贵，一般人当然很难读到。这就是说，《石头记》在乾隆五十六年之前，还只在私下里流传于上流社会的一个很小的圈子内，读者的面是极其狭窄的。可是，程高本在乾隆五十六、五十七年，用三种版本刊行之后，随即出现了据程甲本翻印的刊刻本，于是百二十回本《红楼梦》没有多久，就拥有了广大的各阶层的读者群。诚如当时人所记载的：

> 曹雪芹《红楼梦》一书，久已脍炙人口，每购抄一部，须数十金。自铁岭高君梓成，一时风行，几于家置一集。（逍遥子《后红楼梦序》）

> 余以乾隆、嘉庆间入都，见人家案头必有一本《红楼梦》。（郝懿行《晒书堂笔录》）

《红楼梦》因大量刊行而风靡一时，社会影响也便日益扩大。于是，在嘉道年间便出现了两种引人注目、发人深省的现象：一是续书、仿作蔚然成风；二是改编戏曲，形成热潮。显而易见，这两种现象的出现并非偶然，而是由程高本的问世所造成的《红楼梦》大普及的必然结果。鲁迅《中国小说史略》指出：

> 《红楼梦》方版行，续作及翻案者即奋起，各竭智巧，使之团圆。久之，乃渐兴尽，盖至道光末而始不甚作此等书。

据不完全的统计，清代的《红楼梦》续书多达三十余种。最早的是逍遥子的《后红楼梦》，刊于乾嘉之际。对于《红楼梦》的续作和翻案小说，鲁迅的评价是不高的；但是《中国小说史略》中，他还是作了这样的评论：

> 如《后红楼梦》《红楼后梦》《续红楼梦》《红楼复梦》《红楼梦补》《红楼补梦》《红楼重梦》《红楼再梦》《红楼幻梦》《红楼圆梦》《增补红楼》《鬼红楼》《红楼梦影》等，大率承高鹗续书而更补其缺陷，结以“团圆”；甚或谓作者本以为书中无一好人，因而钻刺吹求，大加笔伐。但据本书自说，则仅乃如实抒写，绝无讥弹，独于自身，深自忏悔，此固常情所嘉，故《红楼梦》至今为人爱重，然亦常情所怪，故复

有人不满，奋起而补订圆满之。以足见人之度量相去之远，亦曹雪芹之所以不可及也。

诚然，就思想性和艺术性来作考察，《红楼梦》续书既无法望《石头记》之项背，亦不能与程高本之后四十回相提并论。不过，为《红楼梦》作续书，实际上也是一种特殊形式的“评红”；同时，《红楼梦》续书的序、跋、楔子等，如逍遥子的《后红楼梦》序、郑师靖的《续红楼梦》序、小和山樵的《红楼复梦》自序、海圃主人的《续红楼梦新编》自序、梦梦先生的《红楼梦》楔子、犀脊山樵的《红楼梦补》序、嫏嬛山樵的《补红楼梦》自序、讷山人的《增补红楼梦》序、花月痴人的《红楼幻梦》自序等，皆是颇有参考价值的“红学”文献。

取材于《红楼梦》的传奇、杂剧作品，据现有材料，共十八种。创作时间最早的是乾隆末年谭光祐的《风月宝鉴》（佚）。创作于嘉庆年间的最多，有十种：孔昭虔《葬花》（嘉庆元年，已收入阿英《红楼梦戏曲集》），刘熙堂《游仙梦》（嘉庆二年，藏北京图书馆），仲振奎《红楼梦传奇》（嘉庆三年，已收入《红楼梦戏曲集》），万荣恩《醒石缘》（嘉庆五年，已收入《红楼梦戏曲集》），吴兰徵《绛蘅秋》（嘉庆十一年，已收入《红楼梦戏曲集》），朱凤森《十二钗》（嘉庆十八年，已收入《红楼梦戏曲集》），吴镐《红楼梦散套》（嘉庆二十年，已收入《红楼梦戏曲集》），石韫玉《红楼梦传奇》（嘉庆二十四年，已收入《红楼梦戏曲集》），褚龙祥《红楼梦传奇》（嘉道间，藏天津图书馆）。创作于道光年间的有六种：许鸿磐《三钗梦》（道光二年至三年，已收入《红楼梦戏曲集》），严保庸《红楼新曲》（道光三年至四年间），林奕构《画蔷》（道光间，佚），周宜《红楼佳话》（道光六年），陈钟麟《红楼梦传奇》（道光十五年，已收入《红楼梦戏曲集》），徐秀山《鸳鸯剑》（道光十五年）。创作于咸丰年间的，有杨恩寿《姽婳封》（咸丰十年，收入《坦园丛稿》第四册）。创作于光绪年间的，有唐景崧《芙蓉诔》（光绪二十三年，佚）。

创作于程高本问世之后的这些《红楼梦》戏曲，其思想和艺术，虽因人而异，有高下精粗之别，但有一个共同的特点，那就是它们的不少情节关目，皆取材于程高本的后四十回，其中凤姐的“调包计”，黛玉的“焚稿断私情”，宝玉的“哭灵”等，更成了不可或缺的内容。另外，在结局的处理上，《红楼梦》戏曲亦明显地受到程高本后四十回的影响，不少剧作都写到宝玉的应试、中举，以及出家后在毗陵驿船头拜别贾政等关目。有些剧作，或在内容上把程高本和其他的《红楼梦》续书合而为一，或根据众多续书中的情节设置新的关目。毋庸讳言，今存的《红楼梦》戏曲，绝大多数作品在思想倾向上，是与曹雪芹的原作大异其趣，甚至背道而驰的，亦很少有艺术上的独创性。但是，它们被陆续搬上昆剧和地方戏的舞台，在各地演唱，这对普及《红楼梦》是大有作用的。同时，像《红楼梦》续书一样，《红楼梦》戏曲作品上的序、跋、题词，以至剧作中的曲词，例如仲振奎《红楼梦传奇》的自序和李春舟的序、万荣恩《醒石缘》自序、听涛居士《红楼梦散套》序、吴云《红楼梦传奇》序、许鸿磐《三钗梦北曲》小序、许北桂《绛蘅秋》序、万玉卿《绛蘅秋》叙等，都为“红学”研究提供了宝贵的资料。

对于《红楼梦》的续书，以及由《红楼梦》改编成的传奇和杂剧，嘉道年间亦不是人人都欣赏的，有人甚至指责说：

> 《红楼梦》小说脍炙人口，续之者似画蛇足，其笔墨亦远不逮也。近有伧父，合两书（指程高本《红楼梦》和续书中的某一种——引者按）为传奇曲文，庸劣无一足观者。（许鸿磐《三钗梦北曲小序》）

尽管如此，一大批作家为《红楼梦》作续书，以及改编《红楼梦》为传奇和杂剧，这充分说明了广大读者对《红楼梦》和程高本的喜爱；而《红楼梦》续书的大量刊行，《红楼梦》戏曲的搬诸管弦，又进一步扩大了《红楼梦》的社会影响。嘉庆年间，“开谈不说《红楼梦》，读尽诗书是枉然”局面的形成，显然是与程高本的大量刊行和广泛流传，以及《红楼梦》续书和戏曲的深受各阶层群众的喜闻乐见分不开的。

二、程高本促进了“红学”的长足发展

程高本的诞生和广为流传，有力地促进了《红楼梦》的大普及；《红楼梦》的普及，又有力地促进了“红学”的发展，此其一。其二，程高本的广为流传，并深受各阶层读者的喜爱，也积极地推动了评点派“红学”的发展。

“红学”，最早是由朱昌鼎在与友人论及治学时提出来的，时间是在嘉道之际（参见清徐珂《清稗类钞》）。但是，脂砚斋、畸笏叟等人在手抄本的八十回本《石头记》上所作的评点，乃是最早的《石头记》评论和研究，可谓“红学”的滥觞。当然，脂砚斋等人的《石头记》评点，仅在小圈子内传阅、品鉴，在当时的影响是极小的。直到程高本问世之后，才陆续出现了第一批“红学”专著。最著名的有：周春的《阅红楼梦随笔》（卷首《红楼梦记》文末署甲寅，即乾隆五十九年，1794 年），二知道人的《红楼梦说梦》（刊于嘉庆十七年，1812 年），苕溪渔隐的《痴人说梦》（刊于嘉庆二十二年，1817 年），裕瑞的《枣窗闲笔》（成稿于嘉庆末年），诸联的《红楼评梦》（道光元年，1821 年），等等。这些

“红学”专著，可以说是在程高本的促进和影响下产生的，它们在“红学”史上的地位，就在于与《石头记》上的脂砚斋等人的评点，有关曹雪芹的一些珍贵资料（例如敦氏兄弟、张宜泉、明义、永忠等人的有关诗作），以及程高本上程、高的序文、引言等，共同奠定了“红学”的基础。

“红学”的历史，是以脂砚斋等人以评点的形式研究《石头记》揭开序幕的；而程高本对“红学”的促进，又突出地表现在评点《红楼梦》的蔚然成风，评点派“红学”成了“旧红学”时期的重要学派。

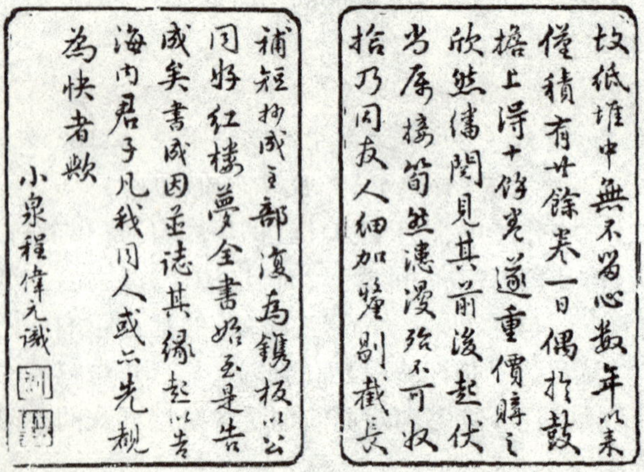
故紙堆中無不留心數年以來僅積有廿餘卷一日偶於鼓擔上得十餘卷遂重價購之欣然繙閱見其前後起伏尚屬接筍然漶漫殆不可收拾乃同友人細加釐剔截長補短抄成全部復為鐫板以公同好紅樓夢全書始至是告成矣書成因並誌其緣起以告海內君子凡我同人或亦先覩為快者歟

小泉程偉元識

程高本《红楼梦》书影

程高本以后的《红楼梦》评点本（包括书名仍称为《石头记》，或改书名为《金玉缘》者），大多以程甲本为底本。根据目前的材料，最早的评点本，当是嘉庆十六年（1811）的东观阁重刊《新增批评绣像红楼梦》。[1]而在道光十二年（1832）暮春，王希廉评点的《新评绣像红楼梦全传》由双清仙馆刊行之后，不止风行一时，而且掀起了一股评点《红楼梦》的热潮。《忏玉楼丛书提要》指出：“考《红楼梦》最流行世代，初为程小泉本，继则王雪香本。”在王希廉评点本影响下所出现的众多评点本《红楼梦》中，较有特色的当推太平闲人和大某山民的评点本。太平闲人（张新之）评点的《妙复轩评石头记》，有道光三十年（1850）的抄本；光绪七年（1881）卧云馆镌刻本，则题为《绣像石头记红楼梦》。大某山民（姚燮）评点的《红楼梦》，则写定于咸丰十年（1860）。值得指出的是，光绪年间，曾一再刻印王希廉和姚燮的合评本（或名《石头记》，或名《金玉缘》），以及王希廉、张新之和姚燮的合评本《金玉缘》（之所以改称《金玉缘》，是由于当时《红楼梦》一再遭禁）。

在以程高本为底本的众多《红楼梦》评点本中，除王、张、姚本之外，陈其泰和哈斯宝本亦值得另眼相看。陈其泰十七岁始读《红楼梦》，二十五岁撰《吊梦文》，四十三岁写《桐花凤阁评红楼梦》。陈其泰的评语，如论“意淫”

等，颇多精辟之论、独到之见，不愧为一家之言。他对后四十回，虽持批评态度却不无参考价值。如云：

> 后四十回集腋成裘，故多败笔，必须大加删改，方与八十回相称。但前八十回中，亦多检点应修饰之处。盖脱稿即已传抄，而抄本又多本互异。作书者未及琢磨完善，传抄者亦不参究精纯。故虽洛阳纸贵，而未为尽善尽美之书也。
>
> 自八十一回起，看去总与前文不合处，言谈口角，亦都不似其人。甚矣，续貂之难也。
>
> 八十回后诸回，属稿者不甚体会前书之旨，每多舛谬。
>
> 作后四十回书者，其见解总未能免俗。故描摩宝玉、黛玉、妙玉诸人，不免沾涉情欲。

哈斯宝，蒙古族人。他用蒙文将百二十回本《红楼梦》译成四十回本，称为《新译红楼梦》。每回均有长篇评语，卷首有《自序》和《读法》。此评点本成稿于道光二十七年(1847)至咸丰四年(1854)之间，它道出了一位蒙古族红学家对全帙本《红楼梦》的看法，很有特色，弥足珍贵。

限于篇幅，我们对上述程高本系统的评点本的评点内容、特色和价值，均未作详细评论。但仅就评点本的数量之多、作者之广，以及一而再、再而三地刊行，已足见当时读者对全帙评点本《红楼梦》的喜爱了。至于评点派“红学”，不管有多少历史的局限性，它对“红学”的发展也作出了自己的贡献。

三、“崇曹贬高”显系偏颇之见，“崇高贬曹”亦不实事求是

程高本尽管对《红楼梦》的普及、“红学”的发展，作出了巨大的贡献。可是，不论是“旧红学”时期、“新红学”时期，还是“当代红学”时期(1949 年 10 月迄今)，红学家们对程高本的评价，常常众说纷纭，极不公允。这是众所周知之事，兹不复及。

80 年代以来，红学家们在对待程高本的问题上，观点仍然十分对立。令笔者颇感兴趣的两篇宏文，一是周汝昌先生的《在〈红楼梦〉“全璧”的背后》，一是张国光先生的《两种〈红楼梦〉，两个薛宝钗——兼论高鹗续改〈红楼梦〉有大功》。一言以蔽之，周文“崇曹贬高”，而张文则“崇高贬曹”。[②]笔者对周先生的高见，实难苟同；对张先生的卓识，则既表赞赏，又有保留。

周先生对程高本历来深恶痛绝。从《红楼梦新证》到《在〈红楼梦〉“全璧”的背后》(下文简称《背后》)，周先生不仅全盘否定程高本，且在程、高的

头上套上了一顶骇人听闻的政治大帽子。长达三万字的《背后》，是周先生向1980年在美国威斯康星州首府麦迪逊召开的首届国际《红楼梦》研讨会提交的论文，后来发表于1980年第四辑和1981年第一辑《红楼梦学刊》。关于《背后》的主要内容和中心论点，作者在文章中曾作了这样的概括：

要之，陈、宋（指陈镛、宋翔凤——引者按）两家，已经把乾隆、和珅君臣二人如何注目于《石头记》，定下计策，换日偷天，存形变质，将曹雪芹一生呕心沥血之作，从根本上篡改歪曲的起初内情，昭示于天下后世了。这是本文的主要内容，而同时对那个时代的政治文化背景，产生此一事的历史根源及各种关系，也作了初步的论述。

对现行本百二十回《红楼梦》，把它看做是一个“整体”，必然得出一个理解、认识、赏析、评价。把它看做是两截伪装，必然得出另一个理解、认识、赏析、评价。看做两截而认为不过是无聊文人闲居无事偶尔戏为“足成”之，必然得出一个理解、认识、赏析、评价。看做两截而认为那不是一件偶然的小事、个人的行为，而是有目的、有计划的奉命之作，必然得出另一种理解、认识、赏析、评价。这是研究《红楼梦》的关键问题，不容恝置。本文即欲就此重要课题试作探讨。

在全文的结尾，周先生指出，乾隆、和珅等人，他们无法懂得《石头记》的意义和伟大，并强调地说：

他们把它当“毒草”，并且费了大心计，以“广集校”“准情酌理”的办法把它改造成了他们自以为可充“香花”的百二十回《红楼梦》。这个绝大的事件是中国文化史上最最令人惊心和痛心的事件。知不知道有此事件，对一个读者、研究者如何看待曹雪芹八十回书和程高本后四十回书，是一个关键性的问题。不管你的观点是否同拙见一致，但你无法回避这个问题，必须最好地解决这个问题。对于这一层道理，我深信而不疑。

笔者之所以不厌其烦地照录周先生的原文，就在于这些引言很能说明问题。笔者同意周先生的看法，应该把八十回本《石头记》与百二十回本《红楼梦》严加区别（不过，还得承认两者之间的内在联系）。但是，笔者不同意周先生对程高本及其后四十回的评价；更反对把程高本与乾隆、和珅君臣二人紧相联结在一起，并把程高本看成他们精心炮制的“毒草”。在《背后》中，周先生对于程高本出现的政治文化背景，以及乾隆、和珅如何授意程、高把《石头记》改造成“香花”的经过，援引了大量材料，作了详细考证。可是，周先生是按照个人的意愿，对文献资料作了有利于自己观点的解释，难免有任意剪裁历史之嫌。虽然说得煞有介事，却难以说服人。至于时至80年代，周先生还把“莫须有”的罪名硬加在程、高和程高本的头上，则更令人莫名惊诧，这才是“红学”史上“最最令人惊心和痛心的事件”。既然程高本是这样的“毒草”，为什么刊行之后，广为流传，影响深远？对此历史事实，不知周先生该作何解释。

张国光先生的《两种〈红楼梦〉，两个薛宝钗——兼论高鹗续改〈红楼梦〉有大功》（以下简称《两种》），是他的《古典文学论争集》（武汉出版社1987年12月第1版）中的压卷之作，长达六万字。张先生同样力主将八十回本《石头记》与百二十回本《红楼梦》严加区别，但目的不是为了全盘否定程高本，而是充分肯定程高本“有大功”。张先生有鉴于曹雪芹的《石头记》前八十回，以及“后之三十回”佚文，与程高本百二十回《红楼梦》属于不同的版本系统；程高本的后四十回，与脂批所提示和《石头记》前八十回所暗示的“后之三十回”，在艺术构思、主要情节和思想内容等方面，又是那么的大相径庭。因此，他把《红楼梦》归入了金圣叹所评改的《水浒》和《西厢记》同一个大系统，经过审慎的考察和精细的研究，提出了“两种《红楼梦》，两个薛宝钗”的论断，并进而肯定“高鹗续改后四十回有大功”。笔者以为，这样的论断是完全符合八十回本《石头记》和百二十回本《红楼梦》的实际的，对于《红楼梦》和“红学”的研究，有着多方面的积极意义。

令人遗憾的是，由于张先生对长期以来“红学”领域的“崇曹贬高”倾向深恶痛绝，结果矫枉过正，走上了“崇高贬曹”的另外一个极端。当然，这也是笔者所万难苟同的。张先生《两种》的十三论结尾，有这样一段话：

> 在今天评价《红楼梦》，不应把目光局限在曹雪芹的不完整而又未定稿的八十回原作，而是应放眼全局，把百二十回续本作为评论对象：那就可以承认这部小说不愧为我国古典文学中最伟大的爱情悲剧，并可以列入世界上的悲剧文学名著之林而无愧色。

这就是说，曹雪芹的原作《石头记》，“不完整而又未定稿”，故难以称之为“我国古典文学中最伟大的爱情悲剧”，也难以“列入世界上的悲剧文学名著之林而无愧色”。张先生为了“崇高”不惜“贬曹”的思想，在这里真可谓昭然若揭。在笔者看来，“崇曹贬高”，全盘否定程高本，固属偏颇之见；“崇高贬曹”，对《石头记》作这样的评价，亦不实事求是。这两种倾向，走的是两个极端，对于

“红学”的发展来说，皆无益而有害。

《石头记》确实“不完整而又未定稿”，这是中国文化史上最令人遗憾的事。但是，二百多年来的历史，已经为曹雪芹的《石头记》作出了最好的评价：这是一部“打破了传统的思想和写法”的杰作；它虽“不完整而又未完稿”，却已充分显示出了作者的艺术天才和独创性；在思想和艺术上，它已达到了明清世情小说的最高峰。

必须指出的是，程高本百二十回《红楼梦》，是在曹雪芹《石头记》的基础上产生的。没有曹雪芹的“十年辛苦”，没有《石头记》的前八十回和“后之三十回”佚文，百二十回程高本《红楼梦》的出现是不可想象的。不管程高本对原作的改动有多大，续写的篇幅有多长，百二十四《红楼梦》是在《石头记》的基础上提高、展开和再创造的，这个历史事实是不容抹煞，也是无法否认的。以笔者之见，程高本《红楼梦》与曹雪芹《石头记》的关系，似应作如是观：程高本《红楼梦》是在曹雪芹《石头记》的基础上完成的，续改者因为站在曹雪芹这位艺术巨人的肩上，更显出了自己的高大形象；而未定稿的《石头记》，则借全璧《红楼梦》而发扬光大，名满天下，并增添了艺术的光彩和魅力，曹雪芹由于续改者的成功而显得更为伟大。“红学”这一门中国最早出现的显学，它的形成和发展，固然与程高本《红楼梦》的诞生和广为流传密切不可分；但是，离开了曹雪芹的《石头记》，以及脂砚斋等人的评点《石头记》，还有什么“红学”可言呢？

---

① 东观阁主人据程甲本所刻印的《红楼梦》，当刻印于乾隆五十八年(1793)，或五十九年(1794)，刻印地点可能是苏州。

② 百二十回本《红楼梦》的续改者到底是谁？自程高本问世之日起，迄今尚无定论。乾嘉年间的“旧红学”家，或认为《红楼梦》后四十回，非曹雪芹原作，当是另一个作者的“补著”。至于这位“补著”者，有的指明是高鹗，如张问陶《赠高兰墅鹗同年》自注：“《红楼梦》八十回以后，俱兰墅所补。”有的则未指明，如裕瑞《枣窗闲笔·程伟元续〈红楼梦〉书后》。当然，对后四十回“其为补著无疑”的看法，持怀疑态度的人也有，如张新之《〈石头记〉读法》。“新红学”家大多认为《红楼梦》后四十回为高鹗所续作，如胡适、俞平伯、顾颉刚、林语堂等人，鲁迅亦持此说。“当代红学”家(含中国台、港和国外)，一般亦皆认为《红楼梦》后四十回出于高鹗之手。但也有人，如高阳、范宁等并不同意此说。笔者认为，在百二十回本《红楼梦》的续改者问题(是高鹗，是程、高合作，抑是其他人?)因缺乏足够的

文献资料佐证而尚未解决之前，用程高本《红楼梦》，要比用“高鹗续改《红楼梦》”，更为妥当。这里，采用“崇曹贬高”和“崇高贬曹”之说，只是取其方便而已。

1992年，原载《苏州大学学报》

乾隆、和珅指使高鹗炮制大毒草之论可以休矣

早在1953年初版的《红楼梦新证》中，周汝昌先生就对高鹗深恶痛绝，咒骂为“卑鄙”“败类”“罪人”，并且发誓：“要把他的伪四十回赶快从《红楼梦》里割下来扔进字纸篓里去，不许他附骥流传，把他的罪状向普天下读者控诉，为蒙冤一百数十年的第一流天才写实作家曹雪芹报仇雪恨！”80年代初，他更耸人听闻地提出，乾隆、和珅君臣指使高鹗等人炮制了大毒草百二十回本《红楼梦》，从根本上篡改、歪曲了曹雪芹的《石头记》。“这个绝大的事件是中国文化史上最令人惊心和痛心的事件。”（引文见《〈红楼楼〉“全璧”的背后》，下简作《背后》）十年多过去了，正当各地“红学”研究者纷纷撰文纪念程高本《红楼梦》刊行二百周年，对它进行实事求是评价之际，周先生却仍然坚持自己的观点，声称：“我所以强烈反对那种吹捧高鹗的论调，是因为知道高鹗伪续是一个有背景的阴谋活动。”并且重申他“数十年来一切研究工作都是为了揭露高鹗伪续，维护曹雪芹原书”。

真理越辩越明。为了实事求是地评价程高本《红楼梦》，不使似是而非的论调惑众，笔者不揣谫陋，特草此文，祈请周先生和“红学”同好批评，指正。

一、主观臆断，剪裁历史，为我所用的考证是不科学的

支撑《背后》中心论点的主要依据有两条，即陈镛《樗散轩丛谈》和赵烈文《能静居笔记》中有关《红楼梦》的记载，作者辅之以其他一些佐证，便得出了这样的结论：

> 要之，陈、宋两家，已经把乾隆、和珅君臣二人如何注目于《石头记》，定下计策，偷天换日，存形变质，将曹雪芹一生呕心沥血之作从根本上篡改、歪曲的真内情，昭示于天下后世了。

在这里，我们要问：陈、赵二氏的记载可靠吗？对于上述的结论，周汝昌先生“深信而不疑”，读者也能“深信不疑”吗？

我们先来考察一下陈镛这条材料，为了说明问题，还得先引《樗散轩丛谈》卷二有关《红楼梦》的原文（据嘉庆九年青霞斋刊本）：

> 《牡丹亭》杜丽娘死于梦，《疗妒羹》小青死于妒，二者不外乎情，然皆切己之事也。昨晤江宁桂泉，力劝勿看《红楼梦》。余询其故。因述常州臧镛堂言，邑有士人贪看《红楼梦》，每到入情处，必掩卷瞑想，或发声长叹，或挥泪悲啼，寝食并废，匝月连看七遍，遂致神思恍忽，心血耗尽而死。又言，某姓一女子亦看《红楼梦》，呕血而死。余曰：此可云隔靴搔痒，替人担忧者也。然《红楼梦》实才子书也。初不知作者谁何，或言是康熙间京师某府西宾常州某孝廉手笔。巨家间有之，然皆抄录，无刊本，曩时见者绝少。乾隆五十四年春，苏大司寇家因是书被鼠伤，付琉璃厂书坊抽换装钉，坊中人藉以抄出，刊版刷印渔利，今天下俱知有《红楼梦》矣。《红楼梦》一百二十回，第原书仅止八十回，余所目击。后四十回乃刊刻时好事者补续，远逊本来，一无足观。近闻更有《续红楼梦》，虽未寓目，亦想当然矣。

《背后》引用这条材料，前面有关士人、女子贪看《红楼梦》部分删而不录。其实，这种传说，既反映了《红楼梦》的脍炙人口，也说明了陈镛的《樗散轩丛谈》只不过是笔记，而非信史。我们要研究的是，陈镛这条记载的后半部分是否可靠，能不能因此而得出《背后》的结论？

关于这个问题，笔者同意周绍良先生的分析。周先生的《读〈樗散轩丛谈〉后》，首先据《丛谈》内容系有纪年者，确定了陈镛的经历，指出陈镛自乾隆四十四年首次入京起，至六十年返杭止，中间除了乾隆五十年一度南返，五十三年赴山西，五十九年冬曾任浙江宣平尉（六十年春又自京南返）以外，大体上在北京约达十七年。“卷二《红楼梦》所记载乾隆五十四年春事，当时殆在北京，写作则约十五年后，同卷有嘉庆九年砚铭，书前有嘉庆九年序可知。”

其次，在对苏凌阿的生平作了考述后，周绍良先生指出：

> “乾隆五十四年春”，苏凌阿尚任侍郎（正二品），然陈镛称“苏大司寇”（刑部尚书，从一品），如出事后称呼，则卷二上文有嘉庆九年事，下文卷三有嘉庆二年事，苏凌阿已升大学士（正一品），卷二该条应如昭梿称“相国”或“中堂”之类（至于都统系乾隆五十七年刑部尚书兼任，五十九年任总督，为时甚短，且均从一品）。此点若非误忆，似不乏因乾隆五十七年春事而记错之嫌，时则苏、陈均仍居京。

陈镛《樗散轩丛谈》有关《红楼梦》的记载，有误记和记错之处，也有道听途说

的事，治学严谨的学者，根据陈镛的这条记载，是无论如何得不出《背后》那样骇人听闻的结论来的。

现在，再来研究一下令《背后》作者“惊心触目”的赵烈文《能静居笔记》所引宋翔凤的那一条材料。还是先引原文：

> 谒宋于庭丈于葑溪精舍，于翁言：曹雪芹《红楼梦》，高庙末年，和珅呈上。然不知所指。高庙阅而然之，曰：“此盖为明珠家作也。”后遂以此书为珠遗事，曹实楝亭先生子，素放浪，至衣食不给……

把曹雪芹说成是曹楝亭之子，已足以说明这位于翁所谈有关《红楼梦》的掌故，亦不过是道听途说而已。其实，宋翔凤所谈的内容，并无“惊心触目”之处，即使我们相信他所记全是事实，又怎能得出《背后》那样的结论呢？乾隆阅读了和珅呈上的《红楼梦》（不管是八十回本，还是百二十回本；也不管百二十回本是程、高的活字本，还是其他手抄本），认为这只是一部为明珠家作的小说，故而“然之”。请问，这又有什么大惊小怪的呢？可是，如此平淡无奇的一则遗闻逸事，到了《背后》作者的笔下，却凭其丰富的想象力，作出了这样“惊心触目”的内容：

> 现在事情已经清清楚楚了：既然
>
> 一、乾隆的末年（正是五十几年了），是和珅把《红楼梦》进呈上去的；
>
> 一、乾隆皇帝不但看了，而且给以“肯定”的评价，“然之”；
>
> 一、乾隆皇帝是最早的“索隐派大红学家”，是他解为“明珠家事”的，别人才都跟着说的。……
>
> 应该看到，赵烈文记录宋翔凤的话的时候，他的拙笔（过分求所谓“洗炼”）已经把事情大大简化了。换个方式说，我以为宋翔凤原话语意并非是说和珅只进呈了一次或只进呈了一类本子。再换个方式说，宋翔凤的话（被记录成了那个样子以后）仍然可以听得出：他是说到和珅这一次（末一次）进呈的时候，乾隆皇帝点了头——表示“这样子行了”。这才是所谓“高庙阅而然之”的本事和本意。
>
> 为什么我这样认为？很明显，如果那是雪芹原本，乾隆看了，绝不可能“然之”的。乾隆所点头的，就是乾隆五十四年春天已经进呈的这个百二十回“全璧”本了。也就是说，和珅到这次进呈，得到了批准。不但批准，而且还特地为它提出一个崭新的“红学见解”：明珠家事也。闹了二百几十年，原来很多人不知道索隐派的开山祖师

却是乾隆皇帝！

用不着多加批驳，如此考证绝非科学的考证，而是仅凭主观想象，对历史材料所作的任意剪裁和解释。对前人的记载，进行如此的添油加醋，改造制作，然后为自己的论点作佐证，是实事求是吗？能令人深信无疑吗？

《背后》中还有一位至关重要的历史人物，他就是和珅。令人遗憾的是，《背后》有关和珅的大量的细节考证，即使从表面上看起来，也仅仅把和珅与乾隆挂上了钩，至于和珅物色并指使高鹗等人"偷天换日，存形变质"，篡改、歪曲八十回本《石头记》为百二十回本《红楼梦》，则并没有任何可靠的材料可作佐证。

《背后》还强调指出：

> 曹雪芹的《石头记》一变而为程高的《红楼梦》，正是"删改抽彻"政策的实施，其真正的主持者有一位大人先生，或者叫名公臣卿——此人正是善于改动原本、假手他人、别著一书，用以进呈的和珅。

《背后》认为"删改抽彻""实是乾隆晚期'文艺政策'上的一大发明"，这原不无道理。可是，作者一口咬定乾隆、和珅君臣沆瀣一气，物色并授意高鹗等人用"删改抽彻"之法，变香花《石头记》为毒草《红楼梦》，这就言之不成理，持之亦无故了。因为迄今尚未发现有关乾隆下谕"删改抽彻"《石头记》的文献材料，更没有他与和珅密谋指使高鹗等人篡改、歪曲《石头记》，炮制百二十回本《红楼梦》的任何证据。

二、查考高鹗、程伟元的经历，与和珅毫无瓜葛，更遑论参与乾隆、和珅君臣的阴谋活动

《背后》式的考证，当然会碰到难以解决的矛盾和问题，作者也不得不承认："和珅如何物色'人材'，为《红楼梦》装上伪续，以充'全书'的具体经过，自然很难设想会有什么'史料记载'，还能为这件事情出庭作证。"但是，为了自圆其说，作者又采用了移花接木之法，把光绪三十年上海《小说林》上署名"蛮"的《小说小话》中关于曹雪芹"以重金延请文士续成之"的无知妄说，毫无根据地按在了和珅的头上。另外，《背后》还提供了程、高和和珅牵上线的"一个线索"：

> 和珅出重金延请文士为他续补《红楼》，所请的众人之中，程、高应即代表人物。他们如何牵上的线？此等事，或有可考，或有不可考。我目前为条件所限，尚未得就此深入探寻。仅有一个线索，暂记于此：

> 长洲李棨，和程伟元既同乡，又同学，李棨曾在四库馆任分校或复校之职，据《办理四库全书记过档案》所显示的，他由乾隆四十二年直到四十七年都在馆职。这时期各阶层的南方文士云集京城，各种文酒活动极盛。贵盛之家有需杂职文士之处，大抵夤缘引荐，以为进身之阶。李棨在馆，就有可能替别人物色和转荐文士。当然不一定就是李棨，但起码说明了程伟元并不是一个毫无“内线”的人。

由于李棨是程伟元的同乡、同学，而李棨曾任四库馆的分校或复校，便得出了李棨是程伟元进入和珅阴谋集团的“内线”。诸如此类的考证和推论，只要我们考察一下高鹗、程伟元的生平事迹，就不难看出《背后》的无知妄说，其实并不下于那位“蛮”先生。

关于高鹗的生平事迹，前人的记载虽不多，但有确证的材料，已足以使我们了解其生活和性格，以及他修补《红楼梦》的情况。

高鹗的《砚香词》，创作于“自甲午迄戊申”，亦即乾隆三十九年至五十三年。从一些词作，可以确定高鹗生平的一些材料。另外，高鹗的《月小山房遗稿》等文稿，也提供了一些有关他生平的可靠材料。综合已有的材料，我们试为高鹗列一年表：

乾隆三十九年甲午(1774)	开始《砚香词》的创作。
乾隆四十六制辛丑(1781)	五月，父病逝。八月，妻病死。
乾隆四十七年壬寅(1782)	十月，为王冷村撰《操缦堂诗稿跋》。
乾隆五十年乙巳(1785)	秋，续娶张问陶之妹张筠。
乾隆五十二年丁未(1787)	张筠卒于北京。
乾隆五十三年戊申(1788)	中顺天乡试举人。《砚香词》创作至此为止。
乾隆五十五年庚戌(1790)	三月，作《庚戌三月寓斋枕上听风雨声》七绝。
乾隆五十六年辛亥(1791)	冬至后五日，活字本《红楼梦》刊行，作序。①
乾隆五十七年壬子(1792)	“复聚各原本”对初刊《红楼梦》详加校阅，订正讹误，作序和《引言》七条；作《重订〈红楼梦〉小说既竣题》七绝。
乾隆六十年乙卯(1795)	成进士，作《小游仙》诗。
嘉庆元年丙辰(1796)	补授内阁中书；作《张竹雪来都，出其别

	后所著〈沧波词〉感旧怀人，凄然欲绝，闻又将行矣，赋此赠之》七绝二首。
嘉庆六年辛酉(1801)	与张问陶同充顺天乡试同考官，张问陶作《赠高兰墅鹗同年》七绝。
嘉庆十二年丁卯(1807)	腊月，同年薛玉堂《兰墅十艺·题词》有“不数《石头记》，能收焦尾琴”之句。
嘉庆十四年己巳(1809)	由内阁侍读选江南道御史。
嘉庆十八年癸酉(1813)	由掌江南道御史升刑科给事中；十一月，因失察林清案，降三级调用。
嘉庆十九年甲戌(1814)	秋八月既望，为恽珠《红香馆诗草》作序。①

从上述高鹗年表，可以看出高鹗与和珅根本没有什么瓜葛可言，和珅“重金延请”高鹗炮制大毒草《红楼梦》云云，完全是《背后》想当然的诬蔑不实之词。此其一。

其二，高鹗修补《红楼梦》的时间，一般皆认为在他中举之后，成进士之前。也有研究者认为“高鹗之续成《红楼梦》，当在乾隆五十四年或五十五年以前。但实际上还要更早一些……高鹗中举人在乾隆五十三年，由此我们可以进一步推断和论证《红楼梦》之续成当在乾隆五十三年以前，即是续成《红楼梦》时，高鹗尚未中举……要不然，高鹗既中举了，就不能说是‘闲’，更不能说‘且惫’了”(王利器《关于高鹗的一此材料》)。如果说，高鹗在中举以前，已续成《红楼梦》，这显然与《背景》之引陈镛之说得出的结论挂不上钩；即使高鹗续成《红楼梦》是在中举之后，恰好在乾隆五十四、五十五、五十六年间，亦无法找到他与和珅“牵上线”的任何材料，更遑论有力证据了。

其三，《背后》十七节补说的第二点指出：“有研究者认为：高鹗自乾隆五十三年中举以后，屡次考进士落第，颇有牢骚，及《红楼梦》‘全本’功成，他很快就中了进士——乾隆六十年乙卯科，和珅也正是充读卷官的，其中关系也有奥妙之处。此说可供参考。”高鹗从中举人到成进士，其间相距七年，这期间先后有乾隆五十四、五十五和五十八年三次会试的机会。如果高鹗确被和珅“重金延请”，成了乾隆、和珅君臣篡改，歪曲《石头记》为《红楼梦》大阴谋的主要人物，立了大功，为什么高鹗迟至乾隆六十年才成进士呢？另外，和珅垮台于嘉庆四年，为什么和珅垮台后，高鹗不仅安然无恙，反而不断升官？

下面，再来考察程伟元的生平大略，《背后》既把程伟元的同乡、同学李桼看成“和珅出重金延请”程、高的一个“线索”，我们也不妨就从李棨谈起。

李棨，字沧云，长洲人，乾隆三十六年辛卯科长洲县举人，三十七年壬辰科进士。嘉庆四年，从四川返京；五年二月，授奉天府丞；六年冬，调任还都。在奉天期间，李棨与盛京将军晋昌，及其幕中的程伟元等人诗酒过从甚密。李棨为晋昌的《且住草堂诗稿》所作跋文中，称程伟元为“同学友”，并指出程伟元“工于诗”“擅字画”。现存李棨的《惜分阴斋诗钞》十六卷（嘉庆四年刻本，首都图书馆藏有抄本），作于乾隆十九年到嘉庆三年五月，但集中没有关于程伟元的诗作。这充分说明，在嘉庆五年李棨到奉天之前，他与程伟元没有什么联系。可是，《背后》抓住李棨与程伟元既是同乡又是同学，而李棨从乾隆四十二年到四十七年都在四库馆任分校或复校之职，于是便把李棨看成和珅“重金延请”程伟元的“内线”。这种想当然式的考证，站得住脚吗？有参考价值吗？

关于程伟元的生平，近十多年新发现的材料，主要有以下这一些：

（一）嘉庆元年正月二十三日，王尔烈（乾隆三十六辛卯科进士，授编修，历官御史、内阁侍读学士，大理寺少卿，曾任《四库全书》三通馆纂修）七十寿辰。程伟元绘《双松并茂图》作为寿礼送给王尔烈。

（二）从嘉庆五年到七年，程伟元任盛京将军晋昌幕僚，为晋昌佐理书翰奏牍，深得晋昌的推重，两人结为“忘年交”，经常诗酒唱酬。程伟元还为晋昌编纂了《且住草堂诗稿》，在跋文中表明了自己的诗歌主张。

（三）任晋昌幕宾时，程伟元结识了刘大观、善怡庵、孙锡、金朝觐等当地名流，并有诗文、书画交往。

值得注意的是，晋昌的《且住草堂诗稿》，其中有三分之一篇什是与程伟元的唱和之作，但从中看不到程伟元与和珅有瓜葛的任何“线索”。从孙锡的《赠程小泉（伟元）》、金朝觐的《题小泉先生画册》和刘大观的《题觉罗善观察〈柳阴垂钓图〉》等诗作中，我们同样找不到程伟元与和珅来往的“线索”。更值得注意的是，晋昌作于嘉庆七年冬的《壬戌冬还都，小泉以下平韵作诗赠行，因次之》的三十首七律，却透露了程伟元的诗酒生涯及其思想情趣。晋昌说程伟元“君是风流潇洒客，放怀今古已忘骸”，还指出他是个“高士”和“隐士”：“知君高士静门庭，镇日琴书意自宁”；“脱却东山隐士服，泥金他日定开缄”。联系孙锡《赠程小泉（伟元）》称程伟元为“冷士”，可见程伟元乃是个淡泊功名利禄的风流才子。请问，这样一位沉溺于诗文书画的“高士”“隐士”和“冷士”会参与和珅的阴谋活动（如果说和珅确有这样的阴谋活动）吗？

三、曹雪芹的《石头记》和程高本《红楼梦》，思想和艺术上虽有高下之别，却绝非香花和毒草可比

《背后》的作者，口口声声斥责程高本《红楼梦》是“伪全本《红楼梦》”，并痛心疾首地说：

> 他们（引者按：指乾隆、和珅和程、高等人）把它（引者按：指曹雪芹的《石头记》前八十回）当“毒草”，并且费了大心计，以“广集校雠”“准情酌理”的办法把它改造成了他们自以为是可充“香花”的百二十回《红楼梦》，这个绝大的事件是中国文化史上最令人惊心和痛心的事件。

在《背后》的作者看来，曹雪芹的《石头记》是香花，而“有目的、有计划的奉命之作”，即程高本《红楼梦》，则是毒草，两者水火不容。因此，他教导读者对现行本百二十回《红楼梦》，要“把它看作两截伪装”，而这样的“两截伪装”，“不是一件偶然的小事，个人的行为，而是有目的，有计划的奉命之作”。

现行本《红楼梦》后四十回是何人所作，红学界尚有不同的看法。根据程、高二氏撰于乾隆五十六年和五十七年的《红楼梦序》和《引言》，以及高鹗的《重订〈红楼梦〉小说既竣题》，程高本《红楼梦》为曹雪芹的《石头记》做了三件事：

一是依据曹雪芹《石头记》八十回后的零星稿子，“修补”了后四十回。

二是根据他们所能见到的各种《石头记》的抄本，对前八十回作了修订，“细加厘剔，截长补短”，并作文字润色工作。

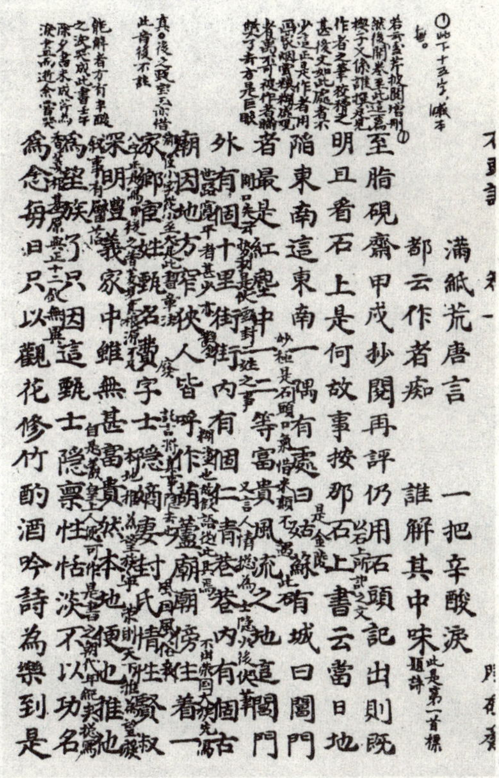
滿紙荒唐言　一把辛酸淚
都云作者痴　誰解其中味
至脂硯齋甲戌抄閱再評仍用石頭記出則既
明且看石上是何故事按那石上書云當日地
陷東南這東南一隅有處曰姑蘇有城曰閶門
者最是紅塵中一二等富貴風流之地這閶門
外有個十里街街內有個仁清巷巷內有個古
廟因地方窄狹人皆呼作葫蘆廟廟旁住着一
家鄉宦姓甄名費字士隱嫡妻封氏情性賢淑
深明禮義家中雖無甚富貴然本地便也推他
為望族了因這甄士隱稟性恬淡不以功名
為念每日只以觀花修竹酌酒吟詩為樂到是

甲戌脂砚斋评本《石头记》书影

三是将全璧本《红楼梦》“付剞劂，公同好”。

如果确认《红楼梦》的后四十回是高鹗的“修补”，那么，视八十回本《石头记》为香花，而把程高本《红楼梦》贬斥为毒草，不仅对高鹗是诬蔑，对曹雪芹也是一种亵渎。如果说，程高本《红楼梦》的后四十回，系高鹗所续写，前八十回也经高鹗的重订和润色，那么，曹雪芹的原作和高鹗的续作，也只存在着思想和艺术上的高下之别，根本不能比作为香花和毒草。笔者的观点是，有了程高本，才有《红楼梦》的普及；程高本促进了“红学”的长足发展，故而程高本实乃《红楼梦》和“红学”的功臣。

---

① 本年表参考了王利器《关于高鹗的一些材料》（载《文学研究》1957 年第一期）、小禾《高鹗的〈月小山房遗稿〉》（载 1965 年 5 月 2 日《光明日报》）、郑忠权《高鹗生卒年事考辩》（载《红学新潮》、中国社会科学出版社 1991 年 12 月版）。关于高鹗的生年，或据《月小山房遗稿 · 送张竹雪归皖江》，定于乾隆二十六年辛巳（1761）。高鹗为恽珠《红香馆诗草》作序，是在嘉庆十九年秋八月，而觉罗增龄为《月小山房遗稿》所作序，则撰于嘉庆二十一年丙子春三月，故高鹗卒年，当在嘉庆十九年秋八月至二十一年春三月之间。另《红楼梦辞典》高鹗条，定其生卒年为 1763—1815 年。

1993 年，原载《明清小说研究》

“意淫”新探

《红楼梦》第五回中，曹雪芹提出了一个命题，曰：意淫。这在之前的小说和戏剧作品中没有提出过，在古代哲学、史书和笔记、杂志中亦闻所未闻，而今天的《红楼梦》研究者对它的解释却众说纷纭，莫衷一是。笔者以为，“意淫”乃曹雪芹的一个重要思想，真正弄清它所蕴含的深意，对于理解贾宝玉这个典型形象以及《红楼梦》的大旨，是至关重要的。

一

第五回中，当宝玉听毕“红楼梦曲”，朦胧恍惚、告醉求卧之时，警幻仙姑便命撤去残席，送宝玉至一香闺绣阁之中，对宝玉道：“自古来，多少轻薄浪子，皆以‘好色不淫’为饰，又以‘情而不淫’作案，此皆饰非掩丑之语也，好色即淫，知情更淫。是以巫山之会，云雨之欢，皆由既悦其色，复恋其情所致也。(脂砚斋眉批曰：石破天惊鬼夜哭！侧批曰：色而不淫，今翻案奇甚！)吾所爱汝者，乃天下古今第一淫人也！(脂砚斋眉批曰：绛芸轩中诸事情景，由此而生。侧批曰：多大胆量，敢作如此之文！)”宝玉听了，唬的忙答道：“仙姑错了，我因懒于读书，家父母尚每垂训饬，岂敢再冒“淫”字？况且年纪尚小，不知‘淫’字为何物。”警幻道：“非也。淫虽一理，意则有别。如世之好淫者，不过悦容貌，喜歌舞，调笑无厌，云雨无时，恨不能尽天下之美女供我片时之趣兴(脂砚斋侧批曰：说得恳切恰当之至！)，此皆皮肤臭滥之蠢物耳。如尔则天分中生成一段痴情，吾辈推之为‘意淫’(脂砚斋侧批曰：二字新推！)。惟‘意淫’二字，可心会而不可言传，可神通而不能语达。(脂砚斋侧批曰：按宝玉一生心性，只不过是‘体贴’二字，故曰：‘意淫’。)汝今独得此二字，在闺阁中固可为良友，然于世道中未免迂阔怪诡，百口嘲谤，万目睚眦。……”

要正确地理解“意淫”的含义，首先就得吃透这一段奇文，玩味脂砚斋的批语。

“警幻仙姑谓宝玉为‘意淫’，索解人不易得也。”(二知道人《红楼梦说

梦》)何谓“意淫”？迄今深谙其底蕴的红学家似亦并不多见。

老作家端木蕻良的《红楼梦随笔》，认为宝玉梦游太虚幻境，与秦可卿云雨之情，“明显地表达了曹雪芹对于情欲的见解。从此开始展开了百回大书，对于‘情’‘欲’的关系，生理的和社会的各个方面的因素，都有不同凡响的见解和卓越的剖析……”并说：“正因为曹雪芹对‘情’有深刻过人的理解，因此，‘意淫’就有其特殊意义了。而警幻仙姑一辈人，对宝玉的行为思想，用‘意淫’二字来概括，完全可以说是名实相符的。”

端木先生的话无疑是正确的。可惜他对“意淫”二字到底有何“特殊意义”，语焉不详，未能深入阐说。

有的研究者说得比较明确，认为“在作者心目中，‘痴情’‘意淫’‘体贴’，是同一个意思，就是说，在爱情关系上，男女之间要互相知心，互相体贴，真挚专一，始终不变，宝黛的爱情，正是以这种思想为基础来描写的”。这里对“意淫”二字的理解还比较空泛，缺乏具体的解说；而把“意淫”局限于宝黛的爱情关系，亦并不符合作者的良苦用心。在我们看来，要深入探讨宝黛爱情描写在中国小说史上的地位，首先就得说明，“意淫”在以爱情为题材的小说和戏曲作品发展史上的划时代意义。那么，“意淫”的丰富内涵是什么呢？

首先，“意淫”是宝玉的思想核心、性格特征。由于这种“新雅”的意识与传统的封建宗法思想水火不相容，因此，作者用“意淫”来突出宝玉的思想性格，足以惊天地、泣鬼神，所谓“石破天惊鬼夜哭”。

其次，所谓“意淫”，就是“一生心性”在于百般“体贴”那些“有命无运之物”，亦即纯洁无邪而命运悲惨的女儿们。而“体贴”二字，是指既“好色”又“知情”，但并不追求“尽天下之美供我片时之趣兴”；既“悦其色，复恋其情”，可是绝不沉溺于“巫山之会、云雨之欢”。

再次，宝玉在“绛云轩中诸事情景”，均由“意淫”而生，亦都不出“意淫”的范围。扩而大之，宝玉在大观园、在贾家荣宁二府，以至在与友朋亲贵的交往之中，无不专心于“意淫”，而与“皮肤臭滥之蠢物”泾渭分明，迥然有别。正由于此，诚如警幻仙姑所断言：“汝今独得此二字，在闺阁中固可为良友，然于世道中未免迂阔怪诡，百口嘲谤，万目睚眦”。

最后，曹雪芹塑造“好色不淫”“情而不淫”的宝玉，多方描绘、渲染其“意淫”的怪怪奇奇，不啻在做令人“奇甚”的“翻案文章”。在当时社会中，要做这样的“翻案文章”是需要有极大识见和胆量的。在人生的道路上没有见过世面和翻过筋斗的人，不可能有此奇特构思，不立志打破传统的思想和写法的人，同样无法作出如此“新雅”“奇甚”之文。

概而言之，“意淫”就是在男女关系问题上，重情意，不淫乱；讲究志同道合者的意趣神色，而不热衷于寻花问柳的皮肤滥淫，要之，“意淫”就是“情至”。

二

贾宝玉独得“意淫”二字，“乃天下古今第一淫人”，他的性格是奇特的。这种奇特，并不在“一落胎嘴里便衔下一块五彩晶莹的玉来”，从此此玉须臾不能离开这位怡红公子，而在于他“天分中生成一段痴情”。这种“痴情”以其令人惊讶的“女儿”论和“爱红”的行动，充分地体现了“意淫”的本质特点。

宝玉周岁时，不抓其他，“伸手只把些脂粉钗环抓来”，用科学的观点来分析，尚不能说明什么问题。可是，他在不同情境和心情下反复阐说的“女儿”论，在他那个时代，在他那样人家，却是大有深意的。

> 女儿是水作的骨肉，男人是泥作的骨肉，我见个女儿，我更清爽，见了男人，便觉浊臭逼人。（第三回。甲戌本这里脂砚斋有侧批云：“真千古奇文、奇情。”）
>
> 他料定天地间灵淑之气，只钟于女子，男儿们不过是些渣滓浊沫而已。因此，把一切男子都看成浊物，可有可无。（第二十回）
>
> 好好的一个清净洁白女子，也学的钓名沽誉，入了国贼禄鬼之流！这总是前人无故生事，立意造言，原为引导后进的须眉浊物。不想我生不幸，亦且琼闺绣阁中亦染此风，真真有负天地钟灵毓秀之德了！（第三十六回）
>
> 女孩儿未出嫁是颗无价宝珠，出了嫁不知怎么就变出许多不好的毛病儿来，再老了，更不是珠子，竟是鱼眼睛了！分明一个人，怎么变出三样来。（第五十九回）

以上就是宝玉的“女儿”论。对于这种“女儿”论，作者曾借小丫头春燕和尤三姐之口给予充分的肯定。春燕评论女孩儿“三变样”之说云：“这话虽是混账话，想起来真不错。”（第五十九回）尤三姐在听了兴儿介绍了宝玉与一般贵族公子截然不同的性格和为人之后则说：“（宝玉）行事、言谈、吃喝，原有些女孩儿气的，自然天天只在里头惯了的。要说糊涂，那些儿糊涂？……我冷眼儿看去，原来他在女孩儿跟前，不管什么都过的去，只不大合外人的式，所以他们不知道。”

二知道人《红楼梦说梦》说得好:“宝玉之待十二钗,必个个以香花供养之,方不亵渎老天灵秀之气。”“宝玉能得众女子之心者,无他,必务求兴女子之利,除女子之害。利女子乎即为,不利女子乎即止。推心置腹,此众女子所以倾心事之也。”这些话,很能说明宝玉的“女儿”论乃是“意淫”的理论基础,而其核心则在于应该尊重清净洁白的女儿(不管是什么身份),不惟要平等友爱地“推心置腹”,而且还须千方百计为她们“兴利除害”。不管曹雪芹是否意识到,这无疑属于提倡男女平等的初步民主思想的范畴。在统治阶级大肆宣扬“三从四德”和“女子无才便是德”的乾隆时代,“女儿”论和“意淫”说的反封建的战斗意义,是不言而喻的。

为了反衬“女儿”论的合理性,并把它提到“意淫”的理论基础的高度;曹雪芹又让那些“皮肤臭滥之蠢物”大放厥词,为“皮肤滥淫”寻找所谓合法的根据。

人们不会忘记,贾敬刚死,热孝在身的贾珍、贾蓉父子竟调戏身为小姨和姨妈的尤氏姊妹,而当丫头指责贾蓉的秽行时,他却振振有词地用“脏唐臭汉”论加以反驳。

在小说中,虽然并没有涉及贾母年轻时的风流韵事,反而写了她警告黛玉等女儿的情景。但是,当凤姐生日,贾琏与鲍二家通奸之事败露,凤姐大哭大闹之时,这位道貌岸然的老祖宗却发表了一通“皮肤滥淫”无罪的谬论:

> 什么要紧的事!小孩子们年轻,馋嘴猫儿似的,那里保的住呢?从小儿人人都打这儿过!

一面是鼓吹“意淫”,强调女儿的高贵和纯洁;一面是宣扬“皮肤滥淫”合法,为腐化堕落甚至乱伦制造舆论。结合小说中对具体人物及其事例的艺术描写,具有审美力和判断力的读者,通过鉴别和比较,对于这两种对立的意识形态,当有明确的是非褒贬态度,鲜明的扬善惩恶立场。这显然是“大旨谈情”的《红楼梦》对读者所进行的道德和美学教育的一个重要方面。

如果说,“女儿”论是“意淫”的理论基础,是指导宝玉行动的道德规范准则,是宝玉在男女关系问题上执著追求的一种理想境界。那么,“爱红”的习惯,只不过是宝玉“意淫”的一种表现形式而已。

在贾政辈和袭人看来,宝玉的“爱红”是一种不上进的下流毛病。为此,袭人曾作为“更要紧的一件事”,劝说宝玉“再不许弄花儿、弄粉儿,偷着吃人嘴上擦的胭脂,和那爱红的毛病儿了”。并以此作为“三戒之一”,与不许混说同世俗之见迥异的怪话、不许诽谤读书人相提并论(第十九回)。至于今人,一般亦都认为“爱红”是贵族公子贾宝玉的一种阶级局限性。可是，令人奇怪的是，在宝玉与别的女孩子们的感情问题上表现得异乎寻常神经过敏的林黛玉，对于宝玉的“爱红”习惯，不仅处之泰然，并不认为是一种必须纠正的毛病，反而为宝玉出主意，让他更好地去享受“爱红”的情趣。第十九回，当黛玉看到宝玉“左腮上有纽扣大小的一块血迹”，知道是胭脂膏时，便用自己的绢子替他擦了，还咂着嘴儿劝道：

宝 玉

你又干这些事了。——干也罢了，必定还要带出幌子来。就是舅舅看不见，别人看见了，又当作奇怪事新鲜话儿去学舌讨好儿，吹到舅舅耳朵里，大家又该不得心净了。

在这里，庚辰本有两则批语云：

想见其缠绵态度。

一转细极，这方是颦卿，不比别人一味固执死切。

从黛玉对宝玉“吃人嘴上擦的胭脂，和那个爱红的毛病儿”的这种态度，我们不是可以看出，这种行动绝非表明宝玉对女性（包括丫头）之轻薄调笑，而是基于“意淫”的一种天真无邪的自然表现吗？

在戚本第六十六回回前批中，脂砚斋曾不胜感叹云：

余叹世人不识“情”字，常把“淫”字当“情”字，殊不知淫里无情，情里无淫，淫必伤情，情必戒淫。

“情”与“淫”是针锋相对的，“意淫”与“滥淫”同样是水火不相容的。宝玉与黛玉之间有不少闲话，“此皆好笑之极，无味扯淡之极，回思则皆沥血滴髓之至情至神也，岂别部偷寒送暖、私奔暗约一味淫情浪态之小说可比哉！”（庚辰本第五十二回脂批）纵观宝黛恋爱史，可以清楚地看到，他们的关系可谓“至情至神”“情里无淫”，无疑是作者心目中“意淫”的最高典范。

第十九回《情切切良宵花解语　意绵绵静日玉生香》，有正本有则总批这样说：

> 若知宝玉真性情者，当留心此回。其与袭人何等留连，其于画美人事何等古怪，其遇茗烟事何等怜惜，其于黛玉何等保护。

这里所说宝玉的“真性情”，指的当即“意淫”。在宝玉对“画美人”的“古怪”和对黛玉的“保护”上，我们确实可以看出其“真性情”。

试想，在宁国府里热闹之时，宝玉会想到小书房内一轴美人的“寂寞”，而去“望慰他一回”，岂不怪哉！没有与众不同的“真性情”，焉能想到并做出这样的千古奇事！为此，庚辰本脂砚斋批曰：“极不通、极胡说中，写出绝代情痴，宜乎众人谓之疯傻。”至于当宝、黛两人情切切、意绵绵嬉笑闲话之时，有些细节描写，如宝玉要闻黛玉袖中发出的幽香，伸向黛玉膈窝内两胁下乱挠等等，“却象似淫极，然究竟不犯一些淫意”（庚辰本第十九回脂批）。正说明宝黛之间只有“情至”，彼此“性命共之”，而绝“不犯一些淫意”，他俩无愧于“意淫”的典范。

茗烟与万儿在挂有美人轴的书房内偷情时，被宝玉撞见。宝玉责备茗烟的是，“连他的岁数也不问问，就作这个事，可见他白认得你了。可怜、可怜！”茗烟的行为，当然亦不过是“皮肤滥淫”，可是宝玉的叹息，却从反面说明了他所肯定、追求的乃是“意淫”，而绝非苟且得趣的“皮肤滥淫”。

在《红楼梦》中，宝、黛是“意淫”的典范，作者对此是倾注感情、着力描绘的。除此之外，宝玉与晴雯和妙玉，无疑也是“意淫”的关系，宝玉与秦可卿的关系，不同于他与袭人的关系，当亦属于“意淫”的范畴。

二知道人《红楼梦说梦》评论晴雯云：

> 晴雯者，情人也。招谗被逐，力疾而去。奄就危殆，宝玉往问之，雯则易其衵服，赠以长爪，语短情长，伤神意重，心事已了，嘱其速去。呜呼！此身已不可问矣，犹恐烟埃杂气熏郎之肌肤也。雯乎，雯乎！情文相生，真令我把卷流连，不自知涕之何从而不能自已云。

“晴雯人品心术，都无可议。”（涂瀛《红楼梦论赞》）宝玉对于这位“身为下贱，心比天高”的丫头，虽偶尔也会耍耍公子哥儿的脾气，可是对她的尊重和挚爱，却是发自肺腑的，可说仅次于黛玉。由于晴雯的身份，宝玉与她关系之亲近，则远超过黛玉。但宝玉与晴雯同样“情里无淫”。二知道人所指出的，当晴雯“奄就危殆”之时，宝玉与她的“语短情长，伤神意重”，亦足以证明他俩所追求的乃是情至"意淫",而不是"皮肤滥淫"。对于作者的这种"特笔",解盦居士《石头臆说》曾作过颇有见地的分析,他说:

作者于晴雯生死之顷,怡红凄恻之时,忽写吴贵媳妇调情一段,固属对影写照,总有所在。要知此亦特笔也。窗外潜听,正所以表晴雯之贞洁也。不然"虚名"二字,谁其信之?

正由于晴雯"具不降不辱之志,表独清独醒之风,可亲可爱而不可玩,可敬可畏而不可欺",曹雪芹特地设计了"殁作花神"的故事。(青山山农《红楼梦广义》)还让宝玉精心撰写了一篇令人伤心、愤懑的《芙蓉女儿诔》。

妙玉,作为十二金钗之一,其人其事在《红楼梦》中可以质疑之处颇多。我们不准备就此问题多作评论。想指出的是,作者对宝玉和妙玉故事的描写,尽管影影绰绰,但他们那种若接若离的关系属于"意淫"的范畴则是可以肯定的。前人有言:"晴雯,黛玉之影子也。写晴雯,所以写黛玉也。"(涂瀛《红楼梦论赞》)我们不妨补充说:"妙玉,黛玉的影子也。写妙玉,所以写黛玉也。"通过宝玉和晴雯,以及"三玉"的关系,我们可以具体、生动地领略"意淫"二字"新雅"、深刻的含义。

"情天情海幻情身,情既相逢必主淫。"宝玉神游"太虚幻境",与可卿梦中幽会数日,而可卿在小说中又是个"淫丧天香楼"的女主角,宝玉与可卿的关系总该属于"皮肤滥淫"了吧。这样的理解仍是皮相之见。须知宝玉与可卿的"依警幻所嘱之言"的行为,发生于茫茫渺渺的"太虚幻境",实属早熟的"情种"宝玉的正常生理现象。作者写这个《红楼梦》中的第一个"梦",自有其多方面的用意,但并不在暗示宝玉与可卿之间有什么暧昧关系。而宝玉春梦乍醒,与袭人"初试云雨情",倒是与可卿之情恰成鲜明的对照,的确是宝玉情欲的表现。就小说的艺术描写而言,宝玉与袭人的关系,纯属"皮肤滥淫",而非"意淫"。

宝玉、袭人,亦大家常事耳!写得是已全领警幻"意淫"之训。(甲戌本第六回脂砚斋回前批)

说公子和贴身丫环的"云雨"是"大家常事",这无疑是正确的。可是,说宝玉与袭人的"初试","已全领警幻'意淫'之训",却大谬不然。

对于宝玉与袭人的关系,旧红学家曾作过不少评论,比如说:

独自倚为腹心,重以宝玉相委者,乃首先导淫之花大姐也。说真方,卖假药,花大姐得其心传矣。(二知道人《红楼梦说梦》)

袭人者,为怡红公子宣淫《红楼梦》中所发难之陈涉耳。……其

所以博宝玉欢者，乃怡红身居万花丛中，望梅不能止渴，唯与花大姐夜同寝处，云雨一偷尝。得以借酒浇愁，故爱之也。其爱也，爱其从心所欲，如取如携，非实钟爱于一身，众人所莫能移者也。（西园主人《红楼梦辨》）

对于袭人的“说真方，卖假药”，历来的红学家大多并无异议；说这位花大姐负有“导淫”之责，从某种意义上讲，亦不为过；说宝玉与袭人“宣淫”，只是“借酒浇愁”，“非实钟爱于一身，众人所莫能移者”，这也颇有道理，这一切无不说明宝玉与袭人不是“意淫”，而只是“皮肤滥淫”。作为一个世家公子，宝玉偶有“皮肤滥淫”的行为，也是并不奇怪的。

把宝玉和黛玉、妙玉、晴雯的关系，与宝玉与袭人的关系，作一番鉴别和比较，我们不难窥见，作者通过艺术描绘，对“意淫”和“皮肤滥淫”是作了严格的区别的；“情里无淫”而此“情”又达极顶，亦即“钟爱于一身，众人所莫能移者”，这就是“意淫”；“淫里无情”，只知“淫”，没有“情”，或似有“情”而实无“情”，这就是“皮肤滥淫”。

三

曹雪芹虽然第一次提出了“意淫”这个问题，并用巧妙的构思和生花妙笔，通过生动的艺术形象体系，作了具体、深刻的解说。但是，鼓吹具有初步民主思想的“有情”和“情至”，有意识地以此对抗封建主义的“性理”和礼教，却是元杂剧和明清小说、戏曲的传统主题，而从“有情”到“情至”再到“意淫”的演变，又有其明显的历史轨迹。

在元人杂剧中，“大旨谈情”，而在爱情的描写中又包含着深刻社会内容的作品很不少，被誉称为“四大爱情戏”的《西厢记》《拜月亭》《墙头马上》和《倩女离魂》，各有侧重地宣扬了男女真情战胜封建礼法的思想。其实《西厢记》所提出的“愿天下有情的都成了眷属”的主题，在13世纪的中国是鼓舞青年男女反封建、争自由的战斗口号。

16世纪的戏曲大师汤显祖，向往“有情之天下”，反对“致灭才情而尊吏法”。他自谓创作传奇是“为情作使”，目的在于向被封建主义禁锢得喘不过气来的人们，特别是青年男女，形象地阐说“情有者，理必无；理有者，情必无”的道理。他在《牡丹亭题词》中曾明白地点出，这是部鼓吹男女“情至”之作。“汤义仍《牡丹亭》一出，家传户诵，几令《西厢》减色”（沈德符《顾曲杂言》）。其原因就在于：《牡丹亭》继承和发展了以《西厢记》为代表的元杂剧爱情戏鼓吹“有情的成眷属”的反封建传统，把男女的爱情、婚姻问题，自觉地提到了个性解放的高度。

明末的吴炳，是积极学习汤显祖而有着独特风格的著名戏曲家。在《粲花别墅五种》中，吴炳对于“情”的鼓吹和讴歌可说不遗余力。在《画中人》第五出《示幻》中，他还借剧中人之口说道：“天下只有一个‘情’字，情若果真，离者可以复合，死者可以再生。”在《疗妒羹》中，他通过乔小青热烈赞颂《牡丹亭》“有境有情，转幻转艳”，并说：“‘第云理之所必无，安知情之所必有’，临川序语，大是解醒。”在《情邮记·说》中，吴炳认为，“人若无情，有块处一室，老死不相往来已耳”，而“情极至，禽鱼飞走悉可邮使”。在他看来，“色以目邮，声以耳邮，臭以鼻邮，言以口邮，手以书邮，足以走邮，人身皆邮也，而无一不本于情。有情则伊人万里，可凭梦寐以符招；往哲千秋，亦借读诗书而檄致。非然者，有心不灵，有胆不苦，有肠不转，即一身之耳目手足，不为之用，况禽鱼飞走之疾乎！信矣夫，情之不可已也！”

明清之际的金圣叹，在他的《读第六才子书西厢记法》中，辛辣而有力地批驳了“《西厢记》是淫书”的谬论。在《琴心·麻郎儿》后，他批道：“言普天下才子，必普天好色，必普天下有情，必普天下相思，不止张生一人为然也。”认为“好色”“有情”，乃普天下张生式青年男子的共同本性，完全合乎自然之理。另外，金圣叹虽全盘否定《西厢记》第五本，可是对其中第四折的最后一支《清江引》的末句曲词——“愿天下有情的都成了眷属”，却大为赞赏，评云：“结句实乃妙，妙！”

康熙年间，在有意识地鼓吹男女“情至”，反对封建礼法方面，有这样三件事是发人深思的。

第一件是康熙二十七年(1688)，经过十年三易稿，洪昇的杰作《长生殿》传奇诞生了。从此，它与孔尚任的《桃花扇》一起，在康熙朝“勾栏争唱”，声闻天下。在男女的爱情、婚姻问题上，洪昇与汤显祖，《长生殿》和《牡丹亭》却是一脉相承的。棠村相国(梁清标)曾称《长生殿》是“一部闹热《牡丹亭》”，洪昇特为记入《长生殿例言》，并说“世以为知言”；汤显祖写过一篇《牡丹亭题词》，这是一篇“情至”宣言，无独有偶，洪昇也有这样的“情至”宣言，请看《长生殿·传概·满江红》：

今古情场，问谁个真心到底？但果有精诚不散，终生连理。万里何愁南共北，两心那论生和死？笑人间儿女怅缘悭，无情耳。

感金石，回天地。照白日，垂青史。看臣忠子孝，总有情至。先圣

不曾删《郑》《卫》，吾侪取义翻宫、徵。借《太真外传》谱新词，情而已。

正是为了以初步民主主义的“情至”，对抗封建主义的“性理”，洪昇才主张把妻子看成自己的知己，吟出了“伤心不为同衾枕，四十年来一故人”的诗句；并在《四婵娟》中，把古往今来的有情夫妻区分为四种类型，即美满夫妻、恩爱夫妻，生死夫妻和离合夫妻，把李清照和赵明诚誉为美满夫妻，认为他们“堪称人世夫妻榜样”。也正因为在男女关系问题上，洪昇有着反封建的初步民主思想，他创作《长生殿》的指导思想之一，就是以“其深情而将至忘情以悟情”，并“尽删太真秽事”，把历来为封建正统派文人视做“倾国祸水”的杨贵妃，描写成为一个色艺俱全的绝代佳人，执著于“情至”的“神山仙子”。当然，由于历史时代的不同，洪昇所鼓吹的“情至”中还包括着汤显祖所没有的内容，这就是在民族危亡之际同样“总由情至”的“臣忠子孝”。这个内容因与本文无关，这里不作论述。

第二件是康熙三十三年（1694）吴吴山三妇合评本《新镌绣像玉茗堂牡丹亭》雕版刊印以及广为流传。三妇在批语中指出《牡丹亭》“总为一‘情’字不断”。一方面，强调杜丽娘和柳梦梅的一片“痴情”，笃于“情至”，赞美他俩在梦中所结下的奇缘，“纯是神情，断非色相”；另一方面，又尖锐地抨击“闻卖花声而不动情者，直春牛痴狗耳！”一正一反，鼓吹“情至”，反对“性理”的观点鲜明异常！

第三件是蒲松龄《聊斋志异》的问世。蒲松龄的《聊斋志异》是有所“寄托”的“孤愤之书”，“是书之恍惚幻妄，光怪陆离，皆其微旨所存”（余集《聊斋志异序》）。评论这一文言小说巨制，非本文的任务。我们感兴趣的是，在《香玉》中，蒲松龄通过一个浪漫主义的故事宣扬了“意淫”的思想。

当黄生的情人香玉（牡丹花仙）夭折之后，他曾想狎暱香玉的女友绛雪（耐冬花仙）。可是，挚爱着黄生的绛雪却正言相劝道：“妾以年少书生，什九薄幸；不知君固至情人也。然妾与君交，以情不以淫。若昼夜狎暱，则妾所不能矣。”篇末，异史氏评云：“情之至者，鬼神可通。花以鬼从，而人以魂寄，非其结于情者深耶？一去而两殉之，即非坚贞，亦为情死矣。人不能贞，亦其情之不笃耳。仲尼读《唐棣》而曰‘未思’，信矣哉！”“以情不以淫”，可说是“意淫”二字最简切的解释。

众所周知，曹雪芹在《红楼梦》中，曾借宝黛之口对《西厢记》和《牡丹亭》的思想和文采作了充分的肯定。而《西厢记》和《牡丹亭》中的主人公对于“情至”的执著和追求，对宝黛的“意淫”言行的启示和影响，在小说中也有着生动的艺术描绘。

曹雪芹的祖父曹寅于康熙四十三年(1704)春，曾邀请洪昇到南京，“集江南江北名士为高会，独让昉思居上座”，观赏了三昼夜的《长生殿》演唱，一时传为文坛盛事。曹寅如此器重洪昇，其丰富的藏书中不可能没有《长生殿》，曹雪芹创作《红楼梦》接受过《长生殿》的影响，大概不能说是毫无根据的主观臆测吧。

至于《聊斋志异》不仅在康熙朝轰动文坛，乾隆年间更出现了一股谈狐说鬼的热潮，所谓“士有口，道《聊斋》，士有目，读《聊斋》；而士之有手与笔者，莫不唯《聊斋》之文体是效”，博学如曹雪芹者，对于此书不可能不加研读，从一些故事情节的相似，比如《安期岛》和《八大王》中都有一面神奇的镜子，《凤仙》中的狐女凤仙犹如“风月宝鉴”中的凤姐，可以在镜中出现，盈盈笑语；《商妇》中的引颈自缢之前，见一美貌女子“手引长带一条，近榻授妇”；等等，更可窥见《聊斋志异》对《红楼梦》的影响。

上述康熙年间文坛上的三件大事，不是孤立的，也不是偶然的。在宣扬“情至”上，它们是相通的，都是初步民主思潮在小说、戏剧作品中的反映。因此，对于曹雪芹的创作《红楼梦》，特别是提出“意淫”的命题，也不可能没有一定的影响。

1982 年，原载《江苏红学论文选》

“意淫”再探

有关《红楼梦》中的“意淫”问题，迄今仍众说纷纭，莫衷一是，颇有再探之必要。笔者不才，愿意再次抛砖引玉，求教于方家和读者。

“意淫”索解述评

作为一个具有特定含义的词语，“意淫”是由曹雪芹首先提出来的；《红楼梦》之前，在经史子集和说部、戏曲和杂著中，均未出现“意淫”这个概念和命题。《红楼梦》标举“意淫”二字，“创千古经传稗史未有之奇”[1]，要对“意淫”作出正确的理解和评价，首先必须认真体会小说有关“意淫”的那段原文，以及脂砚斋的批语。

众所周知，作者是在第五回宝玉梦游太虚幻境，即将与名曰“可卿”的仙女云雨之前，由警幻仙姑训教宝玉时提出“意淫”这个词语和命题的。审视小说原文，以及脂砚斋的批语，关于“意淫”有以下几点值得玩味深思：

首先，脂砚斋同意警幻仙姑对于“好色不淫”的批驳，认为揭其矫饰之非，亦可唤醒众人，勿为矫词所惑。因为“好色不淫”乃是那些表面上道貌岸然，实际上男盗女娼者之自我标榜。

其次，脂砚斋激赏作者的“翻案”——世人讳谈“淫”，作者则堂而皇之地承认“好色即淫，知情更淫”；进而还称宝玉为“天下古今第一淫人”，赞之曰：“多大胆量，敢作如此之文！”

再次，脂砚斋认为警幻仙始关于“世之好淫”者，亦即皮肤淫滥之蠢物视天下女子为玩物的心理、行为的分析，“说得恳切恰当之至”。

最后，宝玉“天分中生一段痴情”，故而太虚幻境中的仙女推之为“意淫”。脂砚斋认为“二字新雅”，且心会神通后明确地说：“按宝玉一生心性只不过是‘体贴’二字，故曰‘意淫’。”联系甲戌本第八回脂砚斋的眉批：“按警幻情讲（榜），宝玉‘情不情’。凡世间之无知无识，彼俱有一痴情去体贴。”可见宝玉的“体贴”不止对人，包括“无知无识”之物。

以上几点,可概括为:“意淫”二字“新雅”,它包括“好色”和“知情”两个方面。就宝玉“一生心性”而言,只不过是以“痴情去体贴”有“情”之人和“不情”之物。

在脂砚斋之后,特别是嘉道以降,有不少红学家充分注意到了“意淫”问题,并作了评论。二知道人《红楼梦说梦》曰:

警幻仙姑谓宝玉为“意淫”,索解人不易得也。盖以色授魂,竟体生香,非温柔之乡而何?若必待肌肤之亲,始入佳境,正嫌其俗耳。

对宝玉之“意淫”确实不易索解。二知道人认为“意淫”与“肌肤之亲”有雅俗之别;并指出宝玉的“痴情”出于其“本性”,既为众女子兴利除害,又能专一钟情于黛玉。如此索解宝玉之“意淫”,应该说是言之成理的。

护花主人王雪香,在第五回回后批中,承继脂砚斋之见,同样认为“意淫二字甚新”。太平闲人张新之则对“意淫”大有发挥,在《石头记读法》中,他指出:“《红楼梦》是暗《金瓶梅》,故曰‘意淫’。”在第五回“更可骇者,早有一位女子在内,其鲜艳妩媚,有似乎宝钗,风流袅娜,则又如黛玉”处,张氏夹批云:

《红楼梦》插图

所谓兼美似乎宝钗,因绛云轩中同此一梦是矣。而又似黛玉,且双提并举,岂不有诬黛玉?殊不知“淫”字实际,固钗所有;而“意”字空虚,黛不能无。况此处重点“意淫”而真正“意淫”,且当专属黛玉。则可卿名曰兼美,不亦宜乎!

张新之认为“意”乃“空虚”,而“淫”则“实际”;“真正‘意淫’,且当专属黛玉”,这是别具慧眼。但他执著于“《石头记》乃演性理之书”,“意乃心之所

发，吾故曰才一转身便直达性命”，故难以对“意淫”作出完全科学的解释。

孙崧甫尝谓：“有问余曰：‘世间何物不可磨灭？’余曰：‘惟情不可磨灭。’”他着眼于不可磨灭之情，故论“意淫”颇多真知灼见。在第五回回前批中，孙氏指出：

> “意淫”二字，为千古情人下一判语。天下从未有情而不至于淫者，亦从未有淫而本于情者。……尝有一友人谓余云：“汝殆至十八层地狱中，犹恐有情不尽处。”余许为生平第一知己。原世间有情人不必讳一情字，并不必讳一淫字。（梁左《〈孙崧甫抄评红楼梦〉略记》）

尽管孙氏对“意淫”的索解还不全面，但他把“意淫”与情和正常之欲（他所说的“淫”）紧相联系的评说，其思路是符合《红楼梦》的大旨和艺术实际的。

严步青虽对“意淫”未作具体解说，但他认为“意淫”乃是《红楼梦》的本旨。（《小栖霞说稗》）洪秋蕃则认为，“意淫”此二字包罗一切，统括全面，“不专为宝玉定评”。在他看来，“意者，含而未伸之谓也。故凡藏于中而不显著于外者，皆得谓之意淫”。（《红楼梦抉隐》）

上述诸家对“意淫”的索解，其共同特点是与他们对《红楼梦》大旨的把握紧相联系在一起。因此，若对《红楼梦》大旨把握比较正确，其对“意淫”的索解，就不无可取之处，反之，则往往或牵强附会，或隔靴搔痒。

在“新红学”宣告诞生之前，已有一些学者运用西方的哲学思想和文学理论研究《红楼梦》，并撰写了极富创见的论文。吴宓的《红楼梦新谈》，就是运用比较文学的观点和方法研究《红楼梦》的一篇奇文。

吴宓以雪莱比拟贾宝玉，他说雪莱初“眷其表妹”，后又爱其妹之女友，“诱之奔”，但不久即不睦。其后，雪莱倾慕一女教员，又绝之。到伦敦遇一女子，相与“私逃而成伉俪”，居意大利。在意大利，雪莱又爱上一贵族家女，做诗颂之，又函达其友之妻，道情款。总之，在吴宓看来，雪莱“用情之滥，如旋风车，如走马灯，实为想象力所拖引。目前之人物，常不适意，而所爱者终在渺远不可到之域”。联系贾宝玉的行为，吴宓提出“紫鹃谓其得陇望蜀，心情不专”，这与雪莱同出一辙。吴宓在论文中还指出，古昔耶教修道苦行之士，“均为想象力最难管束，得以为苦。……妙玉之走火入魔即因此”。又说：“卢梭晚年，即近疯癫；宝玉平日举动，常无伦此，又屡入魔。宝玉尝有‘意淫’之说。此‘意’字，即想象力之谓也。”

把《红楼梦》中的小说人物贾宝玉与英国的著名浪漫主义诗人雪莱相比较，这是否科学，姑且不论；说“意淫”之“意”，“即想象力之谓也”，这未免牵强附会，说雪莱见一个女子爱一个，其“用情之滥”，“实为想象力所掩引”（言外之意，贾宝玉亦复如此），言之实难成理。

新红学家的创始人，对《红楼梦》的“意淫”问题，皆未作过论述；“意淫”在他们的“新红学”中没有任何地位。就这一点而言，新红学家比他们的前辈不是前进了一步，而是退后了一步。至于新红学家之所以忽视“意淫”问题，可能与他们偏重于史学的角度研究《红楼梦》有关；也可能与他们对曹雪芹的思想评价不高有关。胡适尝谓：“我常说《红楼梦》在思想见地上比不上《儒林》，在文学技术上比不上《海上花》（韩子云），也比不上《儒林》——也可以说，还比不上《老残游记》。”又说：“试看第二回里冷子兴嘴里说的宝玉和贾雨村说的甄宝玉：‘女儿是水作的骨肉，男人是泥作的骨肉。’‘女儿两个字，极尊贵，极清静的，比那瑞兽珍禽奇花异草更觉希罕尊贵呢。’《红楼梦》作者的最高明见解也不过如此。更试读同一回里贾雨村‘罕（悍）然厉色’的长篇高论，更可以评量作者的思想境界不过如此。”（胡适《红楼梦研究论述全编·与高阳书》）

近二十年来，海内外有不少红学研究者对“意淫”问题提出了许多新的见解，这说明红学界对曹雪芹的创作思想、《红楼梦》的大旨以及贾宝玉的思想性格的研究，已进入了一个新的阶段。

80 年代初，有的研究者对“意淫”的索解，既按着脂砚斋批语的思路，又局限了宝黛爱情的描写。他们认为，“在作者的心目中，痴情、意淫、体贴是同一个意思，就是说，在爱情关系上，男女之间要互相体贴，真挚专一，始终不变，宝黛的爱情，正是以这种思想为基础来描写的”。

老作家端木蕻良则在其《红楼梦随笔》中指出，贾宝玉梦游太虚幻境，与秦可卿云雨之情，“明显地表达了曹雪芹对于情欲的见解。从此开始展开了百回大书，对于‘情’‘欲’的关系，生理的和社会的各个方面的因素，都有不同凡响的见解和卓越的剖析”。并说“正因为曹雪芹对‘情’有深刻过人的理解”，因此“意淫”就有其特殊意义了。“警幻仙姑一辈人，对宝玉的行为思想，用‘意淫’二字来概括，完全可以说是名实相副的。”

端木老正确地指出，以“意淫”来概括宝玉的行为思想，“明显地表达了曹雪芹对于情欲的见解”。可是，对曹雪芹的情欲观该作何评价？“意淫”的“特殊意义”到底何在？端木老在《随笔》中未就此问题作阐说。直到 1993 年所

撰的《曹雪芹的情欲观》，端木老才对这两个紧相联系的问题，作了进一步的论述。

在端木老看来，“如果说老子发现了第一自然，用五千言《道德经》来解释他的‘天道观’；孔子发现第二自然，用《论语》（子张学派记录）来说明孔子的‘人生观’；那么，第三个自然，也就是‘情欲观’，应该推由曹雪芹发现得最为全面，他用《红楼梦》来表现它。曹雪芹揭示出来的‘情身’‘意淫’诸般论点，他曾经用十四个字来概括‘情天情海幻情身，情若相逢必主淫’。曹雪芹是发现了感情的宇宙，感情的天地，感情的海洋，化生出感情的肉体来。”端木老进而指出：

> 曹雪芹敢于为警幻仙姑称之为“天下第一淫人”贾宝玉立传，没有涵天盖地的胆量，能做到吗？没有为提高人性素质而争到底的勇气，能这样吗？关于“意淫”，警幻仙姑认为只有宝玉做到了，但并没有作更多的说话。因为《红楼梦》会为之作注解。

把曹雪芹通过《红楼梦》艺术的表现，包括“情身”“意淫”诸般论点的“情欲观”，与老子发现的“天道观”，孔子发现的“人生观”相提并论；指出曹雪芹的“情欲观”，其核心是以“人欲”对抗“天理”；断言阮籍具有“意淫”滥觞的心理行为，他是与曹雪芹同调的历史人物；强调曹雪芹的“情欲观”是“意淫”和“情身”并重，主张灵肉一致，不同于柏拉图式的恋爱观，这是端木老关于“意淫”的最新见解。

海外红学家对“意淫”的索解，可以牟润孙和余英时为代表。牟氏《从〈红楼梦〉研究说到曹雪芹的反理思想》说：

> “意淫”二字，可意会而不可言传，可神通而不能语达。以现代的语言来解释，“意淫”即“精神上的爱”，也可用“灵的爱”来代替。曹氏时代没有这类词汇，是创造“意淫”一词，还费力去解释一番。道学家看见淫字，就有所借口指为淫了。到了今日，虽然《红楼梦》已不再被视为淫书，而他真的著书立旨何在，却一直被埋没，甚至遭到曲解。

牟氏明确指出“意淫”即“精神上的爱”亦即“灵的爱”，这种理解与警幻仙姑的原意并不相符；他把“意淫”局限于男女之性爱也大可商榷。

余英时则把“意淫”纳入了他的“《红楼梦》的两个世界”之说，新意显然。《〈红楼梦〉的两个世界》一文有一条长注指出：

> 我们一再强调，《红楼梦》的两个世界一方面是泾渭分明的，而

> 另一方面又是互相交涉的。情与淫的关系也正是如此。曹雪芹非禁欲论者，因此他从不把欲无条件地看做罪恶。他也不是二元论者，所以又不把情与欲截然分开。在第五回中，他开宗明义地说明“好色即淫，知情更淫”，而反对“好色不淫”“情而不淫”之类的矫饰论调。大体说来，他认为情可以，甚至必然包括淫，由情而淫则虽淫亦情。故情又可叫做“意淫”。但另一方面，淫决不可能包括情；这种狭义的“淫”，他又称之为“皮肤滥淫”。宝玉之所以为平儿惋惜，正因“贾琏惟知以淫乐悦己”，换言之，即有淫而无情。他对香菱的同情也基于相同的理由。
>
> 曹雪芹既持“知情更淫”之见，则他所谓“情”决不能与西方所谓纯情(platoniclove)之语也。认识到这一点，我们就可以恍然何以警幻要秘授宝玉以云雨之事，以及宝玉又何以要与袭人重演一番了。那就是说，曹雪芹有意要告诉我们，宝玉其实是一个有情有欲的人；所不同者，他的欲永远是为情服务的，是结果而不是原因……宝玉因情生淫，究与一般现实世界上之“皮肤滥淫”大有区别……
>
> 总之，曹雪芹写宝玉情淫具备，清浊兼资，正是为了配合他所创造的两个世界。因为只有这样的宝玉才可以构成这两个世界之间的接榫……

余英时把“意淫”与“《红楼梦》中两个世界”联系起来论断，这颇有新意。他认为广义之“淫”是指正常的情欲，它与狭义之“淫”，即“皮肤滥淫”又有所区别；宝玉则是个“有情有欲”之人，他“情淫兼备”，但“他的欲永远是为情服务的”。这些看法毋庸置疑是正确的。不过，余氏由此得出的结论“情又可以叫做‘意淫’”这就可以商榷了。

近年来，关于“意淫”的索解，有三家之说值得重视。

薛瑞生《封建末世的多余人——论贾宝玉“自色悟空”的文化思想心理依据》论曰：

> 女儿在贾宝玉眼里，却并不是泥塑的偶像，而是具体的活生生的人。生活在一群神仙似的姐姐、妹妹中间，贾宝玉把她们当做神仙来昵敬，却并不当做神仙来供奉。他的女儿崇拜，一方面通向了宗教式的对女儿的虔诚，另一方面又导致了泛爱式的对女儿的痴情。这种痴情正是纯正无邪的爱怜，同情与狎敬难分的软语温存的混合物，所以警幻仙姑解释为“意淫”，而脂砚斋则进一步诠释为：按

宝玉一生心性，只不过“体贴”二字，故曰“意淫”。

虽然，薛氏对“意淫”的索解并未越出脂砚斋的诠释，但他把宝玉的“意淫”这种心性行为，与其“女儿崇拜”联系起来的分析，却能启发人作进一步的思考。

李树峰认为，“意淫”是宝玉对男女关系所采取的一种新型态度，他说：在男女之“大节”上，妇女作为传宗接代的工具，男子作为绝对权威的等级秩序不可动摇。宝玉不愿做统治者，在大观园和其他“洁净”的女儿结成一种平等、尊重的关系，用书中的话说是“意淫”。这样，与贾府中其他男男女女不同，宝玉成为一种新型的男女关系的召唤和构成力量。(《文学的时空及其超超——以〈红楼梦〉为例证》)李庆信同样把“意淫”诠译为“宝玉对女儿的泛爱”，但他对此有自己的评价。在《〈红楼梦〉叙事的诗化倾向》中他分析道：

> 笔者认为，宝玉对女儿的泛爱，既多少含有性爱成分，又超越了一般情爱——作者谓之曰“意淫”，表达虽不大科学，却也难以用其他更恰当的现代词语来取代。

把宝玉的泛爱(“意淫”)说成是“性解放”固然荒谬，将其归结为男女平等或一般博爱思想也不妥当，并有人为拔高之嫌。

“意淫”是贾宝玉的思想核心和性格特征

依笔者浅见，“意淫”二字不仅“新雅”，其内涵也不同于人们熟谙的词语，如痴情、体贴、泛爱、精神上的爱等，更不能等同于情，否则曹雪芹为何要别出心裁地创造此千古未有之词？我们若要正确、全面地索解“意淫”的丰富内涵，就得对“意淫”与“情”和“欲”，“意淫”与宝玉的“情不情”，以及他的“爱博”和“专情”等关系问题，作出既符合警幻仙姑对宝玉说的那番话的原意(这当然反映了曹雪芹的观点)，又为小说的艺术描写实际所证实的阐说。

在《红楼梦》中，是警幻仙姑谓宝玉为“意淫”，而非现实世界之某人谓宝玉为“意淫”。此其一；其二，警幻仙姑亦未谓其他男子为“意淫”。这是探讨“意淫”问题首先必须明确的。众所周知，警幻乃太虚幻境“司人间之风情月债，掌尘世之女怨男痴”的仙姑；宝玉则是荣国府中的一位大发“女儿论”的情痴，“行为偏僻性乖张”的怡红公子。甲戌本第五回宝玉入孽海情天段眉批曰：“菩萨无尊皆因僧道而有，以点俗人，独不许幻造太虚幻境以警情者乎。观者恶其荒唐，余则喜其新鲜。”由此可见，作者创造太虚幻境，描写宝玉的梦境，目的在于“以警情者”。警幻仙姑谓宝玉为“意淫”，这是仙姑对宝玉与众不同的心性行为所作的赞誉性的鉴定和评价。除了宝玉之外，小说中没有第二个男子可以用“意淫”来概括其心性行为。尘世间的凡夫俗子，不可能以“意淫”来鉴定和评价宝玉的心性行为，他们也无法正确理解“意淫”的内涵和意义。因此，《红楼梦》创造“意淫”这个新雅的词语，并以此来概括和评价宝玉的心性行为，这是一种浪漫主义艺术手法，它反映了曹雪芹的理想。

诚然，“意淫”是重“情”的，且达到了“痴情”的境界。但此“情”并非仅指男女之情爱，它也包括宝玉的那种“情不情”之“情”。至于宝玉的“痴情”，不仅表现在对“情情”的黛玉的始终不渝，对众多美丽、纯洁的女儿们的百般体贴，也反映在对“不情”之物的莫名体贴上（如他对杏树、风筝所发的感慨；他会去望慰“一轴美人”等等），对“不情”之人的惋惜（如与万儿做爱而不知其年岁的茗烟）和谴责（如唯知“皮肤淫滥”的贾琏之流）。值得指出的是，追求“意淫”的宝玉，并非只要“灵的爱”，而没有“肉的爱”的需要。宝玉在太虚幻境与“可卿”的缠绵交合，以及梦醒后与袭人的初试云雨，说明了他的性的觉醒和欲的需要，不过，“肉的爱”有正常与不正常的区别，“意淫”肯定的是正常的“肉的爱”（“饮食男女之欲，人人之大共”），而否定、鄙弃不正常的“肉的爱”（无“情”作基础的纵欲，凭借权势和金钱恣意作践女性等，皆属“皮肤淫滥”）。宝玉这位“情痴”偶尔也有“肉的爱”的冲动，但他在与众多女儿的交往中，始终恪守着“意淫”准则，并专一钟情于黛玉。有一例很能说明问题，第二十八回写宝玉见宝钗退下红麝串时，“看着雪白一段酥臂”，顿时对宝钗“不觉动了羡慕之心”；又看到宝钗的容貌“比林黛玉另有一种妩媚风流，不觉就呆了”。但是，宝玉此时暗暗想道：“这膀子要长在林妹妹身上，或者还得摸一摸，偏生长在他身上，正是恨没福得摸”。宝玉见宝钗的“肌肤丰泽”的膀子，萌生了“摸一摸”的冲动，这属于“肉的爱”范畴；由于这是宝姐姐的膀子，不是林妹妹的膀子，又终未去“摸一摸”。宝玉如此对待和处理其“肉的爱”和“灵的爱”，不是可以窥见其“意淫”的庐山真面目吗？

基于上述的认识，笔者对于“意淫”的内涵和意义，可以概括成这样几点：

首先，“意淫”是宝玉的思想核心和性格特征。由于宝玉的心性行为是与传统的封建正统思想水火不相容的，曹雪芹以“意淫”来概括和肯定宝玉的心性行为，无疑就突出了他的叛逆性。

其次，宝玉的“意淫”，其突出的表现，就在于“一生心性”皆用于百般体贴那些有情、洁净又有命无运的女儿们。体贴美丽纯洁的女儿，虽亦包含着“好色”的成分，但以“知情”为根本。他的“悦其色，复恋其情”，既不追求“尽天

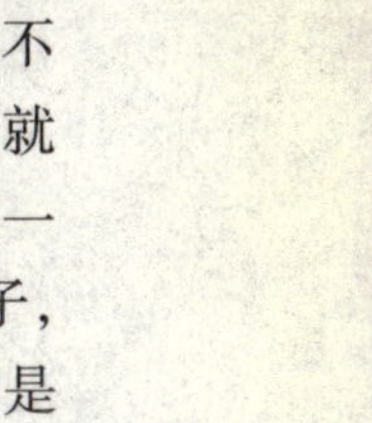

下之美女供我片时之趣兴”，也不沉溺于“巫山之会，云雨之欢”。

再次，宝玉在怡红院“绛云轩中诸事景”，均由“意淫”而生，亦都不出“意淫”的范围。扩而大之。宝玉在大观园，在荣宁二府，以至在与其他的女儿交往之中，无不专心于“意淫”，而与“皮肤淫滥”泾渭分明。正由于此，诚如警幻仙姑所断言的，宝玉“在闺阁中固可为良友，然于世道中未免迂阔怪诡，百口嘲谤，万目睚眦”。

最后，曹雪芹多方描绘，着意渲染宝玉的“意淫”的心性行为，实际上在做翻案文章。在把男女的真情相爱看成悖礼行为，而把不知情为何物的蠢物们的“皮肤淫滥”视为正常之道的末世封建社会，曹雪芹创造“意淫”这一词语，提出宝玉独得“意淫”的命题，并用艺术形象严格区分了“意淫”和“皮肤淫滥”，这不只是对正常人欲的肯定，对封建性理的批判，也是对儿女之情的美好理想的憧憬。

我们如此理解“意淫”，是否符合曹雪芹的原意以及《红楼梦》的“大旨谈情”呢？这就需要剖析一下宝玉的心性行为，并以宝玉与女儿们的关系的描写实际来加以检验。因为宝玉独得“意淫”二字，“乃天下古今第一淫人”，既表现在他有关女儿的奇谈怪论上，更表现在他与女儿们的关系上。

宝玉之奇特，并不在于“一落胎嘴里便衔下一块五彩晶莹的玉来”，从此此玉便须臾不能离开这位怡红公子，而恰恰在于他“天分中生成一段痴情”，这种“痴情”以其令人惊讶的“女儿”论和“爱红”的行为，充分体现了“意淫”的本质的特点。

宝玉周岁时，不抓其他，“伸手只把些脂粉钗环抓来”，用科学的观点来作分析，并不能说明什么问题。可是，他在不同的情境和心情下反复阐说“女儿”论，在他那个时代，在他那样人家，却是大有深意存焉。

> 他料定天地间灵淑之气，只钟于女子，男儿们不过是些渣滓浊沫而已。因此，把一切男子都看成浊物，可有可无。
>
> 女子是水作的骨肉，男人是泥作的骨肉。我见了女儿，我便清爽，见了男人便觉浊臭逼人。
>
> 好好的一个清净洁白女子，也学的钓名沽誉，入了国贼禄鬼之流！这总是前人无故生事，立意造言，原为引导后进的须眉浊物。不想我生不幸，亦且琼闺绣阁中亦染此风，真真有负天地钟灵毓秀之德了！
>
> 女孩儿未出嫁是颗无价宝珠，出了嫁，不知怎么就变出许多不

好的毛病来，再老了，更不是珠子，竟是鱼眼睛了！分明一个人，怎么变出三样来。

以上就是宝玉的“女儿论”的全部内容。对于宝玉的这些“奇谈怪论”，作者借小丫头春燕和尤三姐之口，曾给予了充分的肯定。春燕评论女孩儿“三变”之说云：“这话虽是混账话，想起来真不错。”尤三姐在听了兴儿介绍宝玉的性格和为人之后则说：“（宝玉）行事、言谈、吃喝，原有些女孩儿气的，自然天天只在里头惯了的。要说糊涂，那些儿糊涂？……我冷眼儿看去、原来他在女孩儿跟前，不管什么都过的去、只不大合外人的式，所以他们不知道。”

二知道人说得好：

宝玉之待十二钗，必个个以秀花供养之，方不亵渎老天灵秀之气。……宝玉能得众女子之心者，无他，必务求兴女子之利，除女子之害。利女子乎即为，不利女子乎即止，推心置腹，此众女子所以倾心事之也。

孙崧甫在第十五回有则批语曰：

宝玉日与黛玉、宝钗朝夕宴处，又有晴雯、袭人辈左右相侍，其视群常荆布，可谓仙凡各别矣。乃一见村庄女子，便已动情，彼其视天下女子无一不在可怜可爱之例，真千古第一情人。

二知道人和孙崧甫之论，很能说明宝玉的“女儿论”，是“意淫”的理论基础而其核心则在于发自真心地尊重清净纯洁的女儿（不管其身份如何），不唯要平等友爱地“推心置腹”，还须千方百计为她们“兴利除害”。不管曹雪芹是否意识到，这无疑属于提倡男女平等的初步人文主义思想的范畴。在统治阶级大肆宣扬“三从四德”和“男尊女卑”的乾隆时代，《红楼梦》通过宝玉鼓吹“女儿论”和“意淫说”，显然具有鲜明的反封建意义。

如果说，“女儿论”是“意淫”的理论基础，是指导宝玉心性行为的准则，是宝玉在男女关系问题上执著追求的一种理想境界，那么“爱红”的习惯，只不过是宝玉“意淫”的一种表现形式而已。

在贾政辈和袭人看来，宝玉的“爱红”是一种不上进的下流毛病。为此，袭人曾作为“更要紧的一件事”，劝说宝玉“再不许弄花儿、弄粉儿，偷着吃人嘴上擦的胭脂和那爱红的毛病儿了”。并以此作为“三戒之一”，与不许混说同世俗之见迥异的怪话、不许诽谤读书人相提并论。至于今人，一般亦都认为“爱红”是贵族公子宝玉的一种阶级局限性。可是，令人奇怪的是，在宝玉与别的女孩子的感情问题上，表现异乎寻常神经过敏的黛玉，对于宝玉的“爱

红”之好，不仅处之泰然，并不认为是一种必须纠正的恶习，反而为宝玉出主意，让他更好地去享受“爱红”的情趣。第十九回，当黛玉看到宝玉“左腮上有纽扣大小的一块血迹”，知道是胭脂膏时，便用自己的绢子替他擦了，还咂着嘴儿劝道：

> 你又干这些事了。——干也罢了，必定还要带出幌子来。就是舅舅看不见，别人看见了，又当作奇怪事新鲜话儿去学舌讨好儿，吹到舅舅耳朵里，大家又该不得心净了。

在这里，庚辰本有两则脂批云：

> 想见其缠绵态度。
>
> 一转细致，这方是颦卿，不比别人一味固执死切。

从黛玉对宝玉“吃人嘴上擦的胭脂，和那个爱红的毛病儿”的这种态度，我们可以清楚地看出这种行为绝非表明宝玉对女性（包括丫头）之轻薄调笑，而是基于“意淫”的天真无邪之情的自然流露。

宝黛之间有不少闲话，“此皆好笑之极，无味扯淡之极，回思则皆沥血滴髓之至情至神也，岂别部偷寒送暖、私奔暗约、一味淫情浪态之小说可比哉！”纵观宝黛恋爱史，可以看到，他们的关系可谓“至情至神”“情里无淫”，无疑是作者心目中“意淫”的典范。

第十九回有正本脂砚斋回末总批指出：

> 若知宝玉真性情者，当留心此回，其与袭人何等留连，其于画美人事何等古怪，其遇茗烟事何等怜惜，其于黛玉何等保护。

这里所说的宝玉“真性情”，指的当即“意淫”。在宝玉对“画美人”的古怪行为，以及对万儿的“怜惜”，对黛玉的悉心“保护”上，我们确实可以窥见宝玉“真性情”，即“意淫”的本质特点。

试想，在宁国府里演戏真当热闹之时，宝玉会想到小书房内“一轴美人”的寂寞，而“去望慰他一回”，岂不怪哉！没有与众不同的真性情，焉能想到并做出这等奇事！为此，庚辰本脂批指出：“极不通、极胡说中，写出绝代情痴，宜乎众人谓之疯傻。”孙崧甫之批更中肯綮，他说：“想到画中美人，可知不是专在淫欲上用工夫。”茗烟与万儿在挂有美人轴的书房内偷情时，被宝玉撞见。宝玉责备茗烟的是，“连他的岁数也不问问，就作这个事，可见他白认得你了。可怜，可怜！”茗烟的行为当然亦不过是“皮肤淫滥”，可是宝玉的叹息，却从反面说明他所看重和追求的乃是“意淫”，而决非苟且得趣的“皮肤淫滥”。至于当宝黛两人情切切、意绵绵嬉笑闲话之时，有些细节描写，如宝玉要闻黛玉袖中发出的幽香，伸向黛玉膈窝内两胁下乱挠等，“却象似淫极，然究竟不犯一些淫意”。正说明宝黛之间只有“情至”，彼此“性命共之”，而绝“不犯一丝淫意”，他俩无愧于“意淫”的典范。对于宝黛之间的这一段亲昵，张新之回末批中的看法，与脂砚斋相似，指出：

> 宝黛同歪着一段，至身亲手交，颠倒反覆，无所不至，而悉皆明明写出。其不及乱，只争毫发一间。此太虚幻境之兼美，必有似黛玉也。而究其意止不过如此，实留一干净身子，是所谓“玉带林中挂”，以见其显豁呈露，如此而止。至写宝钗，则乎曰恭恭敬敬，斯斯文文，而一段暧昧，则去绛云轩里，所谓“金簪雪中埋”。挂字、埋字，是大眼目。

在《红楼梦》中，宝黛是“意淫”的典范，作者对此是倾注感情、着力描绘的，所以给人的印象和感受特别深刻。除此之外，宝玉与晴雯与妙玉，无疑也是“意淫”的关系。

二知道人《红楼梦说梦》评晴雯云：

> 晴雯者，情文也。招谗被逐，力疾而去。奄就危殆，宝玉往问之，雯则易其衵服，赠以长爪，语短情长，伤神意重，心事已了，嘱其速去。呜呼！此身已不可问矣，犹恐烟埃杂气熏郎之肌肤也。雯乎，雯乎！情文相生，真令我把卷流连，不自知涕之何从而不能自已云。

“晴雯人品心术，都无可议。”（涂瀛《红楼梦论赞》）宝玉对于这位“身为下贱，心比天高”的俏丫头，虽偶尔也会要要公子哥儿的脾气，可是对她的尊重和挚爱，却是发自肺腑的。宝玉与晴雯的知心程度，在“群钗”中仅次于黛玉。尽管朝夕相处，但宝玉与晴雯同样是“情里无淫”，纯洁无瑕。二知道人所指出的，当晴雯“奄就危殆”之时宝玉与她的“语短情长，伤神意重”，亦足以证明他们所追求的乃是情至的“意淫”，而不是“皮肤淫滥”。有正本第七十七回回末总批指出“看晴雯与宝玉永绝一段，的是销魂文字。看宝玉几番呆论，真是至诚种子。看宝玉给晴雯斟茶，又真是呆公了”。宝玉之“至诚”和“呆”，恰恰反映了他与晴雯之间的真情厚谊。列藏本于晴雯后悔之语处夹批曰：“晴雯此举胜袭人多矣，真一字一哭也，又何必鱼水相得而后为情哉？”宝晴之情，正与宝黛之情一个样，明显具有“意淫”的特点。正由于晴雯“具不降不辱之志，表独清独醒之风，可亲可爱而不可玩，可敬可畏而不可欺”（青山山农《红楼梦广义》），曹雪芹特地设计了“殁作花神”的关目，还让宝玉精心撰写了

一篇令人伤心、愤懑的《芙蓉女儿诔》。

妙玉，作为“金陵十二钗”之一，其人其事，在《红楼梦》中可以置疑之处颇多。不知出于什么原因，小说对妙玉形象的刻画显得很不充分。由于疏漏和疑点颇多，历来的红学家对妙玉的评论虽然不多，但非议却不少。比如，有人指责妙玉“外似孤高，内实尘俗”（《红楼梦广义》）。其实，《红楼梦》写妙玉，另有一番笔墨，值得作深层的探索。笔者不准备就此问题多作评论，只想指出的是，作者对宝玉和妙玉故事的描写，尽管影影绰绰，但他们那种若即若离的暧昧关系，实属“意淫”的范畴。前人或曰：“晴雯，黛玉之影子也。写晴雯，所以写黛玉也。”（涂瀛《红楼梦问答》）。或曰：“是与钗黛为比肩，袭人、晴雯，乃二人影子也。”（张新之《石头记读法》）笔者以为，妙玉，亦黛玉之影子也。写妙玉，所以写黛玉也。陈其泰《桐花凤阁评红楼梦》说得好：“妙玉，正是黛玉一流人，正如梅花与水仙，各是风神，而其为洁净一也。”通过宝玉与晴雯，以及“三玉”的微妙关系（宝玉与黛玉最亲近，宝玉与妙玉最疏远，但彼此皆心心相印，灵犀相通也），我们可以具体生动地领略“意淫”二字的深刻内涵和意义。

至于宝玉与袭人的关系，虽不能说一无真情可言，但并非“意淫”的表现，他俩的“云雨情”（初试也好，常事也好），只是世家公子与其贴身丫头的司空见惯的“大家常事”。甲戌本第六回回目后脂批云：“宝玉、袭人，亦大家常事耳，写得已全领警幻‘意淫’之训。”说公子和贴身丫头的肉欲之欢是“大家常事”，这是正确的；可是说宝玉与袭人的“初试云雨情”，“已全领警幻‘意淫’之训”，却是大谬不然。

就日常生活而言，宝玉最接近的人，既不是黛玉和宝钗，亦非晴雯，而是袭人。宝袭之间的情欲发泄，是封建贵族之家的“大家常事”，但也反映了宝玉的历史局限，对于宝袭的关系和袭人之为人，红学家作过不少评论，比如说：

> 独自倚为腹心，重以宝玉相委者，乃首先导淫之花大姐也。说真方，卖假药，花大姐得其心传矣。（《红楼梦说梦》）
>
> 袭人者，为怡红公子宣淫，《红楼梦》中所发难之陈涉耳。……其所以博宝玉欢者，乃怡红身居花丛中，望梅不能止渴，惟花大姐夜同寝处，云雨一偷尝，得以借酒浇愁，故爱之也。其爱也，爱其从心所欲，如取如携，非实钟爱于一身，众人所莫能移者也。（西园主人《红楼梦辨》）

对于袭人的“说真方，卖假药”，历来的红学家大多并无异议；说花大姐负有

“导淫”之责从某种意义上讲(比如她年纪比宝玉大),亦不为过;说宝玉与袭人“宣淫”,只是“借酒浇愁”,“非实钟情于一身”,这也颇有道理。这一切贬词无不说明宝袭之“情”和“欲”,虽与贾琏之流的“皮肤淫滥”尚有区别,但仍属“皮肤淫滥”的范畴。

总之,若把宝玉和黛玉、妙玉、晴雯的关系,与宝玉和袭人的关系,作一番鉴别和比较,我们不难窥见,作者通过艺术描写,把“意淫”和“皮肤淫滥”是作了严格的区别的:“情里无淫”,而此“情”又达极致,亦即“钟爱于一身,众人所莫能移者”,这是“意淫”;“淫里无情”,只知“淫”,没有“情”,或似有“情”而实无“情”,这就是“皮肤淫滥”。

---

① 语见洪秋蕃《红楼梦抉隐》。又,凌承枢在《红楼梦百咏词》(道光二年抄本)小序中亦云:“《红楼梦》者,花月之刑书,风流之刑鼎也。盖千古‘意淫’二字未经人道,一经道破,则触处皆然。五刑之属三千,不闻有‘意淫’之事,得《红楼梦》而可以补其缺矣。”

1997年,原载《红楼》

《红楼梦》戏曲与“红学”

自程伟元、高鹗整理的一百二十回本《红楼梦》于乾隆五十六年(1791)和五十七年(1792)问世之后,《红楼梦》开始走出了士大夫和文人的小圈子,拥有广大的读者群,在社会上产生了巨大的反响。诚如当时人所记载的:

> 曹雪芹《红楼梦》一书,久已脍炙人口,每购抄本一部,须数十金。自铁岭高君梓成,一时风行,几于家置一集。(逍遥子《后红楼梦序》)
>
> 余以乾隆、嘉庆间入都,见人家案头必有一本《红楼梦》。(郝懿行《晒书堂笔录》)

随着《红楼梦》的风行于世,立即出现了两种引人注目的现象,一是续书、仿作,蔚然成风;二是改编戏曲,形成热潮。但是,这类续书、仿作和曲本,大多并不符合曹雪芹原作的旨意,甚至对原作的消极面作了尽情的渲染。对此,六观楼主人许鸿盘曾有过正确的评论:

> 《红楼梦》小说脍炙人口,续之者似画蛇足,其笔墨亦远不逮也。近有伧父,合两书为传奇曲文,庸劣无足观者。(《三钗梦北曲小序》)

尽管如此,这种“《红楼梦》热”的产生,却说明了广大读者对于《红楼梦》的喜爱,并且也进一步扩大了这部奇书杰作的社会反响,以致嘉庆年间形成了“开谈不说《红楼梦》,读尽诗书也枉然”的局面。新旧红学家们历来鄙视《红楼梦》的续书,斥之为狗尾续貂;对于《红楼梦》戏曲亦不甚重视,其实这是偏颇之见。从《红楼梦》的社会影响和效果这个角度来考察问题,《红楼梦》的续书和《红楼梦》戏曲,也是极有研究价值的,它们理应归属于“红学”的范畴之内。

一、《红楼梦》戏曲概述

清代戏曲论著中对《红楼梦》戏曲有所著录和评论的,仅有梁廷枏的《曲话》和姚燮的《今乐考证》。

梁廷枏生于乾隆六十年(1795),卒于咸丰十一年(1861)。其《曲话》卷三中提到:“《红楼梦》工于言情,为小说家之别派,近时人艳称之。其书前梦将残,续以后梦,卷帙浩繁,头绪纷琐。”于《红楼梦》戏曲,梁氏只评论了仲云涧的《红楼梦传奇》、荆石山农的《红楼梦散曲》。

姚燮,字梅伯,号大某山民,生于嘉庆十年(1805),卒于同治三年(1864)。他是位“红学”行家,曾以程甲本为底本,评点过《红楼梦》。他所著《今乐考证》著录八“国朝院本”,著录《红楼梦》戏曲共四种,即仲云涧的《红楼梦传奇》、吴镐的《红楼梦散套》、万玉卿的《醒石缘》、陈钟麟的《红楼梦传奇》。除仲作之外,其他三部作品姚氏均有简评,并有作者小传。

梁廷枏和姚燮所著录的《红楼梦》戏曲,连同他们未著录的共十种作品,现已收录在阿英所编的《红楼梦戏曲集》中。此外,傅惜华《清代杂剧全目》还著录有严保庸的《梦中缘》杂剧。严氏字伯常,号问樵,江苏丹徒人,嘉庆二十四年(1819)举江南第一,道光九年(1829)成进士。他的这部《红楼梦》戏曲,都中梨园盛演一时,以致为弹章所劾。傅惜华认为,《梦中缘》即《今乐考证》著录四“国朝杂剧”所著录的严问樵六种曲中的《红楼梦》。[1]由于剧本已佚,无法查考,只能存疑。

今天,我们所能看到的《红楼梦》戏曲,除《三钗梦北曲》外,皆作于嘉庆年间。[2]这些《红楼梦》戏曲,形式多样,风格各异。创作于嘉庆元年(1796)的《葬花》(孔昭虔作),只有林黛玉一个角色,可说是一出“独幕剧”。传奇最多,除《潇湘怨》《绛蘅秋》《十二钗》之外,有三部都题为《红楼梦》;其中陈钟麟所作传奇长达八十出,堪称连台本大戏。还有一部《红楼梦散套》,名曰“散套”,实质上也是部采用南北合套形式的传奇作品。杂剧有两种,《三钗梦北曲》是比较典型的北曲杂剧,而《红楼佳话》则属于南杂剧系统的作品。

最早问世的《红楼梦》戏曲,是仲振奎的《红楼梦传奇》。仲振奎,字去涧,自署红豆村樵,吴州(今江苏泰州)人。关于《红楼梦传奇》的创作过程,仲氏在自序中曾有详细的介绍。

乾隆五十七年(1792),亦即程乙本问世这年的秋末,仲氏“卧病都门,得《红楼梦》于枕上读之,哀宝玉痴心,伤黛玉、晴雯之薄命,恶宝钗、袭人之阴险,而喜其书之缠绵悱恻,有手挥目送之妙也”。应朋友之请,他写成了《葬花》一出戏。四年后(嘉庆元年,1796),仲氏“客扬州司马李春舟先生幕中”,读了逍遥子的《后红楼梦》,觉得“大可为黛玉、晴雯吐气,因有合两书度曲之意”,但当时未暇动笔。直到嘉庆二年(1791)秋,仲氏又病,“孤闷无聊,遂以

歌曲自娱”，凡四十日而成稿。

可见，仲氏此剧是他读《红楼梦》和《后红楼梦》有感，有意识地“合两书”而成的一部传奇。此剧取材和构思特点，作者对剧中人物的爱憎褒贬，以及剧作旨意，由此可见大略。

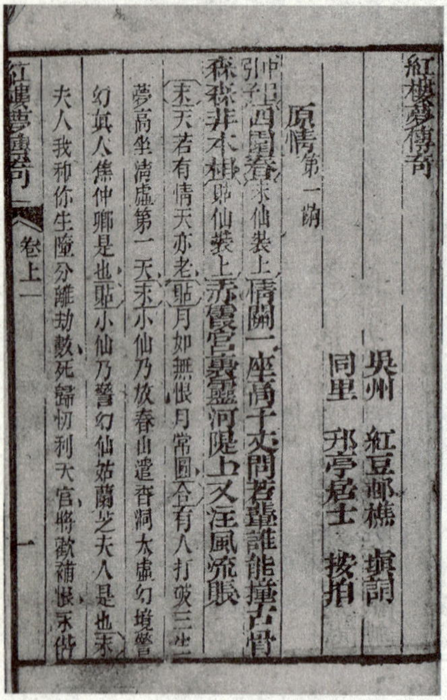
紅樓夢傳奇
吳州 紅豆邨樵 塡詞
同里 邗亭居士 按拍
原情第一齣
中呂引子【西園春】（末仙裝上）情關一座高千丈，問若輩誰能撞古骨森森非木非（貼仙裝上）赤霞宮裏靈河隄上又注風流眼
（末）天若有情天亦老（貼）月如無恨月常圓（合）有人打破三生夢高坐清虛第一天（末）小仙乃放春山遣香洞太虛幻境警幻姑人焦仲卿是也（貼）小仙乃警幻仙姑蘭芝夫人是也（末）夫人我和你生隨分離劫數死歸忉利天宫將欲補恨（末）借
紅樓夢傳奇 卷上 一

《红楼梦传奇》书影

对仲氏的《红楼梦传奇》推崇备至者，不乏其人。有人赞曰：“又见《还魂》事可传，别裁新体继临川”（姜凤喈《题词》）；有人则认为它“关目备，情韵流，可使寻其梦者一炊黍而无不了然”（李春舟《红楼梦传奇序》）。事实上，仲氏此作，从立意到构思，从关目处理到人物塑造，并无多大特色，当然更不能与汤显祖的《牡丹亭》相提并论。不过，这是取材于《红楼梦》的第一部完整的剧作，在我国戏曲史和“红学”史上，自有其无可置疑的地位。

现存的仲氏《红楼梦传奇》，共三十二出，始于《原情》，终于《遣袭》。但是，梁廷枏《曲话》则云：“始于《原情》，终于《勘梦》，共得五十六出。其中穿插之妙，能以白补曲所未及，使无罅漏，且借周琼防海事，振以金鼓，俾不终场寂寞，尤得本地风光之法。惟以副净扮凤姐，丑扮袭人，老旦扮史湘云，脚色不甚相称耳。”李春舟序文说仲作有五十五出。很可能李氏和梁氏所见，是仲氏《红楼梦传奇》的初稿，故与定稿本有所不同。

嘉庆四年（1799）残冬，万玉卿初读《红楼梦》，“喜其起止顿挫，节奏尺成，击节再三，流连太息者久焉”，于是“不揣愚陋，谱作传奇”（万玉卿《红楼梦传奇序》），这就是《醒石缘》。

万玉卿，名荣恩，号青心居士，南京人。秋伶主人黄钰《醒石缘叙》介绍云：

吾友万子玉卿，少年倜傥，博学多文，以读书余力，借《红楼梦》说部，谱为《醒石缘》传奇，内分《潇湘怨》《怡红乐》二种。

据姚燮说,《潇湘怨》"为前《红楼》事",即取材于程高本《红楼梦》,故又称《红楼梦传奇》;《怡红乐》"为后《红楼》事",即取材于《红楼梦》续书,故又称《后红楼梦传奇》。[3]

《潇湘怨》,除《情旨》(犹"家门")外,分四卷,共三十六出。剧情大意可用《情旨》的下场诗作概括:

苦钟情的贾宝玉遭逢生别离,
病伤心的林黛玉担承死薄命;
不损坏的潇湘馆常贮冷吟闻;
有收场的警幻宫共入蒲团定。

剧作通过宝黛的爱情悲剧,无非要宣扬"空空即色""色色还空""浮生一梦"的虚无主义思想。在自序中,万氏尝言:"世之睹斯编者,演斯剧者,琼筵绮席之间,檀板金樽之际,仅以为逢场之游戏也可,直以为尽人之点化也亦可。"如此的创作思想和剧作旨意,决定了《潇湘怨》虽不无可取之处(如有些戏利用曲词刻画人物的内心世界比较真切、细腻,艺术感染力较强),但并非《红楼梦》戏曲中的佳作。

《绛蘅秋》是部未完成的传奇,作者吴兰馨是位颇有才华的女戏曲家。

吴氏原名兰馨,字香倩,号梦湘,又号轶燕,浙江新安人。她雅善诗歌,妙解音律,所著《湘灵集》诗词杂著稿十卷,《金闺鉴》二十卷。戏曲作品除《绛蘅秋》外,尚有《三生石》传奇。《三生石》成稿于《绛蘅秋》之前,共三十六出。吴氏丈夫俞用济[4]对此剧的评价极高,曾说:"其写才子佳人,寄恨斟情,言画工则高东嘉《琵琶记》,言化工则王实甫《西厢记》,至写世情反复,有尤西堂、蒋苕生、张漱石之牢骚,而浑厚过之。"(《绛蘅秋传奇序》后附记)

嘉庆十年(1805),《绛蘅秋》已写好了二十五出,次年春,吴兰馨不病幸故。俞用济"不忍是编之断凫续鹤,意欲照其目以成之,仅得《珠沉》《瑛吊》数出,哽咽不能成字,遂搁笔"。可惜后来并未卒成。[5]

在万玉卿看来,《红楼梦》是部"言情记恨"之书,吴氏、俞生皆是钟情之辈,故《绛蘅秋》亦是有所寄托的"言情"之剧。此论良是。洋溢着作者的真情,确可说是这部《红楼梦》戏曲的一大特色。

在艺术构思和处理上,《绛蘅秋》亦颇多创新之处。比如,大多数《红楼梦》戏曲,无不依原作先叙钗、黛进贾府。但此作却另辟蹊径,在第二出《望情》即让宝钗进贾府,到第五出才写黛玉与宝玉之初会。这样处理,对于突出薛家母女想用"金玉姻缘"与贾府联姻的意图,无疑是有利的。又如,剧中《哭

祠》《湿帕》《埋香》《护玉》《珠联》《祠警》诸出重头戏，写宝玉、黛玉之怨、之愁、之言情，及宝钗之妩媚澹远，直夺其魄而追其魂，充分显示了女作家的才情，很有艺术魅力。

俞用济认为，《绛蘅秋》不止“借他人之酒杯，浇自己块垒”，且“曲白相生，雅俗各致”，“洵可歌、可咏、可惊、可喜之佳制”。（《绛蘅秋传奇序》）这并非过誉之词，还是比较符合剧作实际的评论。

嘉庆年间诞生的几部《红楼梦》戏曲，艺术上的一个通病，这就是头绪繁多，主脑不清。《绛蘅秋》亦有此缺陷。它于宝黛爱情、婚姻悲剧主线之外，穿插了不少与主脑无关的戏文。比如：《设局》写凤姐捉弄贾瑞；《演恒》《林殉》写林四娘故事。而像《醉侠》之写倪二帮助贾芸，《金尽》之写金钏受辱自尽，《呆调》之写柳湘莲痛打薛蟠等出，虽然很有思想光彩，艺术上亦颇见功力，但仍不免游离于主题之外。

朱凤森的《十二钗》，定稿于嘉庆十八年（1813）。[6]这部传奇在形式上效法《桃花扇》的痕迹比较明显。试一出《先声》，交代了创作缘起：“俺有《十二钗传奇》，只因《红楼梦》一书，脍炙人口，不过填几套曲儿演戏，要他代舞莱衣。”最后续一出《馀韵》则点出了剧作的旨意：“你金钗十二行，做不了的风流梦！把一霎间惺惺懵懂，那真和假总是空，恁绸缪总是哄，甚姻缘撮得拢！”全剧正戏共十八出[7]，以“金玉缘”与“木石联”为经，以十二钗[8]为纬，敷演了《红楼梦》中的有关故事。

《十二钗》定稿时虽然把《三钗梦北曲》中的《断梦》和《醒梦》“借刻其内”，许鸿磐[9]却认为这样做，“意亦不相入”，对这部传奇的评价并不高。[10]从《三钗梦北曲小序》可以看到，许氏对仲云涧的《红楼梦传奇》、万玉卿的《怡红乐》这类合原作和续书的《红楼梦》戏曲也是非常不满的。所以，他创作北曲《三钗梦》，是有意识地想胜过《十二钗》，以及仲、万等人之作。他在《小序》中这样说：

> 余谓读《红楼梦》以为悲且恨者，莫如晴雯之逐，黛玉之死，宝钗之寡。乃别出机轴，以三人为经，以宝玉为纬，仿《元人百种》体，为北调四折，曰《勘梦》，曰《悼梦》，曰《断梦》，曰《醒梦》，因为之《三钗梦》。

《三钗梦》不愧是“别出机轴”之作，它四折写“四梦”。《勘梦》点说“三钗”和宝玉的来历，其余“三梦”分别敷演晴雯、黛玉和宝钗的悲剧。情节关目虽有原作为依据，但都作了新的艺术处理。不仅构思新颖，不落俗套，而且结构紧凑,曲白亦较精彩。遗憾的是,剧作的主题没能突破《红楼梦》戏曲的通病。在作者看来,“夫晴雯之逐,梦也;黛玉之死,亦梦也;宝钗之先溷尘而后证果,则梦之中又演梦焉。嗟呼!人生如梦耳,余亦在梦中!”(《三钗梦北曲小序》)因此,他创作这本杂剧,主要还是为了“展放响喉咙,唱醒红楼梦”,借以告诫“世上有情的人呵,须看破,莫把聪明成懵懂”。(《醒梦》折〔红楼梦曲〕)

吴镐的《红楼梦散套》,着力写曲,但亦有科介、说白,实在也是一部十六出的传奇。

吴镐,号荆石山民,江苏太仓人,监生。向以诗文著称,著有《荆石山房诗文集》《汉魏六朝志墓金石例》。其《红楼梦散套》作于嘉庆二十年(1816)。[11]

吴镐创作《红楼梦散套》,为的是“好替那痴男怨女了冤情”(《觉梦》折〔混江龙〕)。借用忏摩居士的《题词》来说,乃是“因幻成痴,因痴成梦,梦觉痴醒,一场串弄”。主题虽然并不可取,但当时人对它的评价却甚高。听涛居士在序中指出:

此剧选词造语,悉以清远道人“四梦”打勘出来,益复谐音协律,窈眇铿锵,故得案头俊俏,场上当行,兼而有之。

梁廷枏《曲话》则认为,吴氏此剧,“题止《归省》《葬花》《警曲》《拟题》《听秋》《剑会》《联句》《痴谏》《颦诞》《寄情》《走魔》《禅订》《焚稿》《冥升》《诉愁》《觉梦》十六出而已,其实此书(按:指《红楼梦》小说)中亦究惟此十余事言之有味耳。其曲情亦凄惋动人,非深于“四梦”者不能也”。

《红楼梦》是否惟吴镐《散套》所敷衍的“十余事有言之有味”,姑且不论。不过,此作的情节关目大多选自原作中抒情色彩比较强烈的部分,“其曲情亦凄惋动人”,这倒是事实。另外,剧中对宝钗的描绘也突破了一般的理解。作者非但没有把宝钗作为黛玉的对立面,反而在《寄情》出,让她对香菱倾吐了如此肺腑之言:“你看古今来典籍之中,娇娃弱女,大半含恶抱恨,岂独林姑娘和我三人呢。令人想起,可不伤感也。”至于剧作从元妃“归省”开场,以宝玉“觉梦”作结,艺术构思亦不无新意。

有人称赞石韫玉的《红楼梦传奇》说:

箫谱新从月底修,三生绮梦旧红楼。临川乐府先生续,别有梧宫一段愁。(谥箫《红楼梦乐府题词》)

实际上,这部传奇虽有值得重视之处,在艺术上却并无特色,思想内容更存在着比较严重的问题。

石韫玉，字执如，号琢堂，别署花韵庵主人，江苏吴县人，乾隆庚戌（1790）进士。所作杂剧九种，总名曰《花庵九奏》；其《红楼梦传奇》作于嘉庆二十四年（1819）。

石氏的《红楼梦传奇》共十九出，始自《梦游》，终于《幻圆》。蘋庵退叟吴云在《叙》中指出：

> 《幻圆》一出，挽情澜而归诸性海，可云顶上圆光，而主人之深于禅理，于斯可见矣。

“挽情澜而归诸性海”，既是作者的创作思想，也是他的《红楼梦传奇》的旨意所在。《幻圆》出，写黛玉魂归太虚幻境，了此一段情缘，归真入道。作者借警幻仙姑之口画龙点睛地说：“情魔住世，迷惑众生，一念扫除，立成妙道。”需要指出的是，此剧的局限性不止表现在宣扬色空观念、前世命定等方面，更严重的还在于它歪曲了宝黛的思想性格。在《游园》中甚至把封建卫道者贾政描绘成一个愤世嫉俗式的人物。《梦游》出，当警幻要宝玉与仙女可卿“成其好事”时，宝玉回答道：“我有父母在堂，婚姻之事，不由自主；就是姻缘前定，也须媒妁传言，那有这等仓卒之理?”在《折梅》出，渲染了宝玉调戏妙玉。在《庭训》出，在贾政的狠狠责打下，宝玉不仅认罪求饶，而且表示忏悔，说什么“请息雷霆怒，饶儿罪与愆……爹爹啊！你须念骨肉恩终难断，恕我不肖无知，只当景升豚犬”。《定姻》出，当元妃为宝玉定下宝钗这头亲事后，紫鹃当着宝黛之面通报消息时，宝玉表示：“这头亲事，我是不要的，我去求老太太辞他便了。”可是，黛玉竟平静地说：“奇哉！婚姻乃人生一件最得意的事，你应该欢天喜地才是，如何反这般烦恼起来?”甚至还让她唱出这样的曲子来：

> 婚姻事，天生在，不由人私意安排，那里有氤氲使者相担代。就算你心儿里，心儿里，当时别有个人儿在，但无缘好事终乖。……

这些事例已足以说明，石氏笔下的宝黛，与曹雪芹的原作可谓差之千里。

陈钟麟的《红楼梦传奇》和周宜的《红楼佳话》，具体的创作时间不详，大致是在嘉庆后期。

《今乐考证》著录十，对陈钟麟简介如下：

> 钟麟，字厚甫，官观察，吴门人，寓居武林。所著《红楼梦传奇》有六十折，构局森严，运词绵丽，而不袭三家一字，亦足树帜词场。[12]

此剧长达八十出，程高本《红楼梦》中的重要人物和故事情节，几乎全都敷演到了。虽称不上是杰作，在嘉道时代的确“亦足树帜词场”了。在同时代的《红楼梦》戏曲中，如此长篇巨制，又不无艺术特色，理应另眼相看。

陈氏的戏曲观，及其创作《红楼梦传奇》的宗旨和手法，在《凡例》中说得很清楚。概而言之，他认为戏曲创作应“不失风人宗旨”，必须做到“发乎情止乎义理”，“时以佛法提醒世人，一归惩劝之意”。而他的这部传奇，根据原作“头绪较繁，且象家常琐事”，“以宝黛作主，其余皆是附传”等特点，一反“古今曲本，皆取一时一事一线穿成”之惯例，改为以宝黛为主，重要人物则“每人摹写一二阕”。“湘云、惜春、宝琴、妙玉、香菱皆聪明过人者，摹其性灵，使千古活现”。另外，“柳湘莲、尤三姐俱有侠气，与各人旖旎者不同，难以安顿，且净脚颇少。今借柳、尤二人，以代一僧一道，不特避熟，而净脚亦可登场”。至于关目，“有原本所无、曲中添出者，有原本在前、曲中在后者，取其情文相生，随手变化，无庸拘泥”。可见，陈氏基于自己对《红楼梦》的认识，改编成传奇时，在艺术结构和艺术处理上是煞费苦心的。

至于这部传奇的主题思想，尽管包含有从宝钗、袭人的“极为势利，可以见人心之变”等内容，其核心则是“以佛法提醒世人，一归惩劝之意”。所谓“脱了尘缘，卸了梦魂，这就是天地一家春。你看人生如转瞬”。所谓“有情无欲者，即是圣贤仙佛；有欲无情者，即是禽兽豸虫”。在艺术方面，陈氏的这部《红楼梦传奇》，“每人写一二阕”，冲淡了情节主线和贯穿全剧的中心人物，给人的印象是长而散，冗且杂。

悼红轩主人周宜的《红楼佳话》，比较集中地刻画了宝玉、黛玉和晴雯三个人物，倒是一部不同凡响的杂剧。全剧六折，首折《会艳》，“俏丽人他乡逢故旧”，描写黛玉进贾府；第二折《情谑》，“痴公子出口没遮拦”，描写宝黛读《西厢记》和黛玉葬花；第三折《题帕》，“意中人索解意中话”，敷演宝玉挨打后送手帕给黛玉；第四折《祭红》，“眼前话唤醒眼前人”，敷演晴雯被迫害而死；第五折《艳逝》，“弓影杯蛇，魂归冥路”，渲染黛玉含恨归天后的悲剧场面；第六折《哭艳》，“心怀木石，计入空门”，渲染宝玉悲悼黛玉而遁入空门的内心痛苦。剧作写宝黛的悲剧，却舍弃了太虚幻境，突出了现实生活，抒情味浓，批判性强，短小精悍，耐人寻味。

二、《红楼梦》戏曲的思想艺术特点

从以上简略的评介中，可以看到，主要诞生于嘉庆年间的第一批《红楼梦》戏曲，大致可区分为两类：第一类太拘泥于原作，构思平庸，人物和情节停留在敷演原作，甚至机械地图解原作；另一类，依据原作而有较多的改造，在人物和情节的取舍上，作者显示了独创性，构思比较新颖。尽管如此，这十种

《红楼梦》戏曲，在思想和艺术上，也存在着一些共同的特色和类似的局限。

首先，以宝黛的爱情、婚姻悲剧作为贯穿全剧的情节主线，对封建婚姻制度和封建礼教也有所暴露和批判。但是，剧作突出表现的却是男女主人公的色空观念，而不是他们的叛逆精神。

其次，除了个别剧作之外，大多数作品在开头用“原情”“情原”“入梦”“梦游”等为出目，敷衍神瑛侍者与绛珠仙草的“还泪”故事，渲染宝玉梦游太虚幻境的怪怪奇奇；在结尾则用“出梦”“觉梦”“幻圆”等为标题点明世事皆空，人生如梦，太虚宫真实，神仙最自由的旨意。显而易见，虚无缥缈的神仙世界，前世命定的风情公案，冲淡了红楼儿女悲剧的严肃性，削弱了曹雪芹原作反封建的深刻社会意义。

再次，正是由于作者对曹雪芹原作的深邃旨意和特殊手法缺乏应有的理解，在他们改编的《红楼梦》戏曲中，一方面对包罗万象的人物和情节不善于取舍，不精于剪裁，不巧于构思；另一方面又不适当地把前八十回与后四十回乃至其他续作杂糅在一起，良莠不分，导致在艺术上，头绪纷繁，主脑不明，难免俗套；思想上则程度不同地出现了去精华取糟粕的倾向。也就是说，它们不仅没有弘扬原作的积极面，反而突出或夸大了它的消极成分。

总之，与曹雪芹的《红楼梦》相比较，不能不承认，这些《红楼梦》戏曲，从总体上来作美学的审视，并没有做到青出于蓝，与原著相比不是相得益彰，而是相形见绌。

当然，第一批《红楼梦》戏曲具有这样的特色和局限，并不是偶然的。在笔者看来，它与乾嘉时代人们对《红楼梦》的认识，以及最早的“红学”论著，显然有着密切的联系。

众所周知，各种手抄本上的脂砚斋等人的批语，为后人研究曹雪芹及其《红楼梦》提供了第一手资料，弥足珍贵。可是，毋庸讳言，他们对《红楼梦》旨意的阐说，就其主要倾向来说是唯心主义的。比如，强调“万境都如梦境看也”，“以情悟道四字，是作者一生得力处”，等等。由于脂批本《红楼梦》在上流社会流传较广，这类说法对于第一批《红楼梦》戏曲的创作，不可能没有一定的影响。这是一。

如前所说，《红楼梦》戏曲皆出现于程甲本、程乙本《红楼梦》问世之后。因此，这些作品不少情节关目直接取材于程高本的后四十回，其中凤姐的“调包计”、黛玉的“焚稿断私情”、宝玉的哭灵等，更成了不可或缺的内容。在结局的处理方面，它们更受到高鹗续作的影响，不少剧作都写到宝玉的应试、中举，以及出家后在毗陵驿船头拜别贾政等关目。高鹗所续的后四十回，不乏精彩的篇章，是为数众多的续书中的佼佼者。但从思想和艺术的总体上考察，它并不符合曹雪芹原作的精神，这是今天的“红学”界几乎已成定论的看法。《红楼梦》戏曲离不开高鹗续作，出现上述的特色和局限，岂非情势之必然。这是二。

在嘉庆年间，第一批“红学”专著出现了，最著名的有：周春的《阅红楼梦随笔》（卷首《红楼梦记》文末署甲寅，即乾隆五十九年，1794），二知道人的《红楼梦说梦》（刊于嘉庆十七年，1812 年），苕溪渔隐的《痴人说梦》（刊于嘉庆二十二年，1817），裕瑞的《枣窗闲笔》（稿本，成书于嘉庆年间）。这些著作不无精当之论，尤其在艺术赏析上更多卓见。但是，它们对于《红楼梦》思想内容的解说，却谬误颇多，并不比脂砚斋等人高明。比如，《阅红楼梦随笔》对于《红楼梦》的“微旨”就作了唯心主义的解说：

> 盖此书专言情，情欲肆则天理灭亡，以鸳鸯、秦可卿殿十二钗，所谓欲尽理来也。《易》之硕果不食，一阳复生，无非此理。乃全书之微旨，异于《金瓶梅》《玉娇梨》者在此，特拈出之。（《红楼梦约评》）

《红楼梦说梦》亦有类似的看法：“览过《红楼梦》后，萦念其珠围翠绕者，钝根人也；览过《红楼梦》后，顿悟其色即是空者，解脱人也。”他还指出，“大观园与吕仙之枕等耳”。这类“红学”观点对于《红楼梦》戏曲的创作，当然是有害无益的。这是三。

把小说杰作改编为戏曲作品，搬诸舞台演唱，这是我国古典戏曲家的一个优良传统。与“三国戏”“水浒戏”“西游戏”“杨家将戏”“岳飞戏”等相比较，《红楼梦》戏曲不仅数量少，亦缺乏盛演不衰的佳作，故其影响远不及前几类戏。究其原因，最重要的是剧作者未能把握曹雪芹原作的精神实质，在人物和情节上囿于程高本《红楼梦》，甚至其他的《红楼梦》续书，而在主题思想上接受了脂砚斋等人的批语，以及当时“红学”论著的唯心主义解说。

三、《红楼梦》戏曲对“红学”的贡献

嘉庆年间问世的《红楼梦》戏曲，虽然无法与曹雪芹的原作相提并论，亦不能追步“临川四梦”以及“南洪北孔”的杰作。但是，认真加以研究还是很有必要的。除了前文所谈到的理由之外，在这里还补充两点。

《红楼梦》戏曲，与《红楼梦》的众多续书一样，其实亦是一种对曹雪芹《红

楼梦》的评论，不过是一种形式特殊的评论而已。从中不难窥见乾嘉时代各阶层读者对《红楼梦》的认识和评价，以及他们最感兴趣的《红楼梦》中的人物和情节。这些当然也应该成为“红学”研究的一个内容。

另外，特别需要指出的是，第一批《红楼梦》戏曲的序、跋、题词和正文中，还有不少对《红楼梦》的评论。由于这些作者生活于乾嘉时代，因此他们的这些评论，其意义至少应该与第一批“红学”批语和论著等量齐观。除了前文已经提及的以外，这里择要略作介绍。

对于《红楼梦》小说的脍炙人口，嘉庆年间的《红楼梦》戏曲的作者和评者，可谓众口一词。许兆桂在《绛蘅秋序》中这样说：

> 乾隆庚戌，余至都门，詹事罗碧泉告余曰：“近有《红楼梦》，其知之乎？虽野史，殊可观也。”维时都人竞称之，以为才。余观之，则所有景物，皆南人目中、意中语，颇不类大都。既至金陵，乃知作者曹雪芹为故尚衣后，留住于南，心慕大都，曾与随园先生游，而生长于南，则言亦南。

这里有关曹雪芹的情况，有的并无根据，有的事出有因，与本文关系不大，恕不赘言。庚戌为乾隆五十五年（1790），可见在程甲本问世之前，在北京，《红楼梦》已广为流传，且颇得好评。

听涛居士《红楼梦散套》（撰于嘉庆十年），亦称赞“《石头记》为小说中第一异书”，并指出“海内争传者已数十载”。蘋庵退叟虽然把《红楼梦》视为“稗史之妖”，不无贬义。可是，他对《红楼梦》的原作者和高鹗等续作者的评介，以及自己对这部小说旨意的理解，还是有一定的参考价值的。他为石韫玉《红楼梦传奇》所作的叙（撰于嘉庆二十四年）云：

> 《红楼梦》一书，稗史之妖也。不知所自起，当《四库》告成时（按：《四库全书》基本完成于乾隆四十七年，即1782年），稍稍流布，率皆抄写无完帙。已而高兰墅偕陈（按：当为程，指程伟元）某足成之，间多点窜原文，不免续貂之诮。本事出曹使君家，大体主于言情，颦卿为主脑，余皆枝叶耳。

朱凤森在《十二钗》的试一出《先声》中，借副末渺渺真人之口，对《红楼梦》作了这样的评论：

> 这都是镜花水月随时变，各明本性休迷恋。说什么石上前缘？眼看他奈何天，眼看他长恨地，眼看他回心院。这《红楼梦》一书，写不尽兴衰怨。把二十年风流孽冤，那金和玉怎样联，木石心怎样见，

大观园都说遍。你潇湘泪最多，他宝玉何曾愿？都是些如花美眷，你只管眼矇瞪，醒来时悟得远。（〔离亭宴带歇拍煞〕）

此论虽说仍离不开色空观念，但他看出了《红楼梦》“写不尽兴衰怨”，还是颇有见地的。

女戏曲家吴香倩对《红楼梦》的理解和评价，很值得玩味。当她丈夫俞用济问她，为何不像《三生石》传奇那样“自出杼机，号标意旨”，而要取材于《红楼梦》创作《绛蘅秋》？她回答说：

是何为者？古人有勃勃欲发之气，藉纸笔代喉舌，往往凭空结撰，以写人情之难言，观之《元人百种曲》及《玉茗堂四梦》皆有似乎海市蜃楼，烟云起灭，何尝指其人以实之。矧兹《红楼梦》说部，作者真有一种抑郁不获已之意，若隐若跃，以道佳公子淑女之幽怀，复出以贞静幽娴，而不失其情之正。即写人情世态，以及琐碎诸事，均能刻划摹拟，以为司家政者之炯戒。虽消遣之作，而无伤名教，小说中亹然可观者。余定其事，以传其奇，庸何伤？

对于吴香倩的这种创作思想，万玉卿体会颇深。他在《吴香倩夫人〈绛蘅秋〉叙》中曾指出：

《红楼梦》一书，言情也，记恨也。千古伤心，首推钗黛，爱之，怜之，悼之，惜之。若神游于粉白黛绿间，领会夫颦儿之痴，玉儿之恨，钗儿之酸，一切有情物，皆作如是观者，后之视今，犹今之视昔，此新安女士吴香倩所以有乐府之作也。

对于《红楼梦》中的重要人物进行品评，亦是《红楼梦》戏曲的序、跋和题词中的一个内容。

“填词若准《春秋》例，首恶先诛史太君。”（仲云涧《红楼梦传奇》詹肇堂《题词》）把贾母视做罪魁祸首，在“旧红学”时代还是罕见的，可说别具只眼。

其他如说“晴雯是黛玉影子，袭人是宝钗影子，所谓‘身外身’也”，认为“柳湘莲、尤三姐俱有侠气”，等等（陈钟麟《红楼梦传奇凡例》），也都是精当之见。至于把“宝钗之寡”，与“晴雯之逐，黛玉之死”相提并论，看做《红楼梦》中最令人“悲且恨者”（许鸿磐《三钗梦北曲小序》），这种看法对我们理解《红楼梦》的“悲金悼玉”的旨意，也是很有启发的。

总之，嘉庆年间所出现的《红楼梦》戏曲热，对普及《红楼梦》以及“红学”的发展都是起了积极作用的。

① 其余五种曲为:《同心言》《奇花鉴》《吞毡报》《双烟记》《孟兰梦》。

②《三钗梦北曲》,有同治十三年刊本,成书年月不详。值得注意的是,几部重要的《红楼梦》续书,都成书于嘉庆年间。如《后红楼梦》(逍遥子作,嘉庆元年,或之前)、《续红楼梦》(秦子忱,嘉庆四年)、《绮红楼梦》(兰皋居士,嘉庆四至五年)、《红楼复梦》(陈少梅嘉庆十年)、《续红楼梦》(海圃主人,嘉庆十年)、《红楼圆梦》(梦梦生,嘉庆十九年),另外,《红楼梦补》和《红楼梦》亦作于嘉庆年间,具体时间无考。

③《红楼梦戏曲集》的"出版说明"曾指出,万氏的"《怡红乐》(即《后红楼梦传奇》),演《红楼梦》续编的故事,与曹雪芹原作、高鹗续书都没有关系",故没有收辑入;另外,"杨恩寿的《姽婳封》,演的是林四娘抗拒起义军的故事,与《红楼梦》主题关系不大",亦未辑入。这样的认识和处理是否妥当,尚可商榷。为了便于全面研究《红楼梦》和清代戏曲,我们希望《红楼梦戏曲集》再版时,考虑将这两种作品一并辑入。

④ 俞用济,字遥帆,亦是个戏曲行家。从他的《俚句填词赠玉卿贤妹丈〈潇湘怨传奇〉》,亦可见其戏曲主张。

⑤ 今本《绛蘅秋》共二十八出。可是,从许兆桂《绛蘅秋序》可知,此剧有三十出收入了俞用济所辑《零香集曲稿》,这是一;其次,万玉卿序中评论到的《村游》《魔魇》两出,亦未见之于今本。

⑥ 朱凤森,桂林人,尝居独秀峰上。读古人书,爱"玉蕴山含辉"之句,名其山曰韫山,人因称之韫山先生,有《韫山六种曲》。参见朱凤森《韫山六种曲叙》。

⑦ 原为十六出,后刊刻时增添了两出,即许鸿磐《三钗梦北曲》中的《断梦》和《醒梦》,分别为十五出《断梦》和十八出《出梦》。

⑧ 剧中的十二钗,与原作不同,是指黛玉、宝钗、湘云、可卿、宝琴、晴雯、鸳鸯、香菱、平儿、金钏、岫烟和紫鹃。

⑨ 许鸿磐,号六观楼主人,字、籍贯和生平事迹不详。

⑩ 参见《三钗梦北曲小序》。《十二钗》刊刻于嘉庆十八年,从其借刻《三钗梦》两折戏的事实,可见《三钗梦》当定稿于嘉庆十八年,或之前。

⑪ 参见听涛居士《红楼梦散套序》、姚燮《今乐考证》著录十"国朝院本"。璞山老人《红楼梦散套题词·听秋》,原注云:"我乡自梅村祭酒作《秣陵春》后,百余年无制曲家,今仅见此刻。"由此可见吴镐乃江苏太仓人。

⑫ 陈氏此剧现存刊本共八十出,《今乐考证》说有六十出,当是另一种本子。又,"不袭三家一字",此三家,当即《今乐考证》所著录的仲云涧《红楼梦传奇》、吴镐《红楼梦散套》和万玉卿《醒石缘》。

1989 年,原载《中国戏剧文学的瑰宝——明清传奇》

《红楼梦》与《玉燕堂四种曲》

《玉燕堂四种曲》包括《梦中缘》《梅花簪》《怀沙记》《玉狮坠》四部传奇，时称“梦梅怀玉”，是曹雪芹同代人张坚所作。近年陆萼庭先生《读〈红〉碎录》认为，《红楼梦》第一回关于石头的来历和太虚幻境一段，其“设想构思与清代剧作家张坚的《梦中缘》(《玉燕堂四种曲》之一)有些瓜葛”。他指出，《梦中缘》传奇第一出《笑引》这个戏曲楔子，与《红楼梦》第一回这个小说缘起，“性质、布局、意境也都近似，这就决不是偶然的巧合”；并据此推测，“酷嗜戏曲艺术的曹雪芹可能读到过《梦中缘》的抄本”。所论颇多启迪。笔者想在陆文的基础上，就《红楼梦》与《玉燕堂四种曲》这个问题，申述若干浅见，希望得到陆先生和方家同好的指教。

一

张坚，字齐元，号漱石，又号洞庭山人，别署三崧先生，江苏上元(今南京市)人。生于康熙二十年辛酉(1681)，卒于乾隆二十八年癸未(1763)，终年八十三岁。张坚青年时代“负隽才，多奇气，乃扼于时命之不偶”。结果“举于乡，屡荐不售，因作《江南一秀才歌》以自嘲”。直到“霜堆两鬓”，他还只是个“江南一秀才”，过着不是“长作诸侯客”，就是“课子灯窗下”的寂寥生涯。张坚“富于才华，磊落不可羁，为文不阿时趋尚”；“为文立意孤而取神远，不趋时好”。在这一点上，恰恰与曹雪芹有相通之处。

张坚“诗古艺文，诸体悉臻其妙，磳砿磅礴，并驾马、枚”(沈大成《怀沙记序》)。他娴于音律，更醉心戏曲。从父师受业时，就偷看《西厢记》《拜月亭》等作品。年十九，即创作了《梦中缘》，“藏之箧底，十余年后始出以示人。继作《梅花簪》《怀沙记》，今又成《玉狮坠》一种”(《玉狮坠自叙》)。一生兴趣和成就不在传统的诗文，而在通俗文学的戏曲、小说方面，这也是张坚与曹雪芹的一个共同点。

雍正元年到三年(1723—1725)，胤禛宠臣鄂尔泰任江苏布政使。这时，

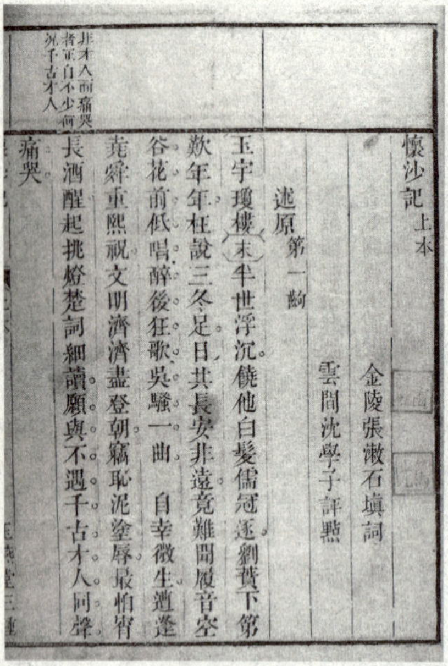
懷沙記上本
金陵張漱石填詞
雲間沈學子評點
述原第一齣
玉宇瓊樓（末）半世浮沉。饒他白髮儒冠遂劉蕡下第
歎年年枉說三冬足日共長安非遠竟難問履音空
谷。花前低唱醉後狂歌吳騷一曲。自幸微生遭逢
堯舜重熙祝文明濟濟盡登朝籍恥泥塗辱最怕宵
長酒醒起挑燈楚詞細讀。願與不遇千古才人同聲
痛哭。
非才人而痛哭者正自不少何况千古才人

《怀沙记》书影

张坚年过四十，曾受知于这位西林相公。雍正三年，鄂尔泰“延其属江苏七郡，与外邦流寓之士，凡六十人，集会于学舍之春风亭”。鄂尔泰举办春风亭文会，编刻《南邦黎献集》，目的在于“签宣圣德”，“足见圣朝文教之隆，南国人才之盛”。正由于此，应邀与会宾客中，有沈德潜这样的名卿士夫，杨潮观这样的文苑名流。像张坚这样的“江南一秀才”，亦能躬逢其盛，大展宏才。据袁枚《随园诗话》卷六记载，鄂尔泰选刻《南邦黎献集》，擢张坚的作品为第三。

鄂尔泰的垂青，三十多篇诗赋的被选入《南邦黎献集》，使张坚由此名声大振。可是，这个时期张坚的思想却相当复杂，这从他被选入《南邦黎献集》的作品，可以窥见一斑。

鄂尔泰的器重并没有改变张坚的社会地位和生活处境。从四十五岁直到逝世的后半辈子，这位“江南秀才”曾转徙齐、鲁、燕、豫间，过着“为人捉刀”的幕宾生涯。杨楫《梦中缘序》中说张坚“既穷困出游，隐而为人捉刀，以试其志学”。其实，张坚“为人捉刀”，游于四方，纯粹迫于穷困，谈不上“试其志学”。何况乾隆以后，张坚已无意仕进了。

乾隆四年（1739）张坚由开封来到北京，直到九年（1744）才离开。恰在这时，弘历“重典乐”，“欲重制新声，设乐部，开音律馆。命大臣为总裁，募海内知音者勷其事”。于是有人便荐举张坚。中进士不久，“以庶常散馆居稼部”的同学徐孝常，亦力劝张坚应召。可是，张坚却叹曰：“吾幼读先人遗书，不能以科第显。今老矣，顾乃以伶瞽之事进而希荣，窃耻为之。”（徐孝常《梦中缘序》）由此可见，张坚五十岁以后用世之心已极淡薄，而在此之前，他之所以热衷于功名，是与乃父的遗教分不开的。值得一提的是，张宜泉《题芹溪居士》有“羹调未羡青莲宠，苑召难忘立本羞”之句。张坚耻为皇家“音律馆”的官员，曹雪芹亦不愿进皇家画苑供奉，两人的思想、情操和遭际何其相似！

年迈的张坚在一生的最后十多年里，仍四方漂泊，或旅食会友，或为人捉刀。从乾隆十五年(1750)秋暮,到十九年(1754)春,张坚一直客居钱塘。乾隆二十三年(1758),张坚由关内,转道到了陕西,从此,张坚一直客居于汉中,直到乾隆二十八年(1763)逝世为止。

关于张坚的生平,限于文献资料,目前仅能述其大略如上。关于张坚是否做过曹寅的座上客,与曹雪芹有没有交往,尚无确切证据。

我们现在要探讨的是,曹雪芹的《红楼梦》在哪些方面继承、借鉴和吸取了《玉燕堂四种曲》。

二

笔者认为,《红楼梦》首先应该是以宝玉、黛玉、宝钗为中心的大观园正、副、又副群钗的悲剧性的情史,或者扩大一点,它是贾家荣宁二府中各种不同类型的女性的悲剧性的情史。荣宁二府,或“四大家族”的罪恶史和衰亡史,是围绕着这种悲剧性的情史来展开的,主要是通过这种悲剧性的情史来表现的。而这样的总体艺术构思和小说的旨意,与晚明以来一直存在的那股鼓吹“情至”的社会思潮,则有着直接的历史的逻辑联系。

众所周知,有意识地大力鼓吹和热情歌颂“情至”,以此对抗封建主义之“性理”,这是晚明站在时代前列的戏曲家和小说家(包括评论家)创作、编纂作品的最高任务,也是我国封建社会进入末世之后,以戏曲、小说为重点的通俗文学最有价值的民主性精华之一。鼓吹和歌颂“情至”,成为自晚明以迄清代前期的一种反响极大的社会思潮,乃是始于明代中叶的资本主义生产关系萌芽在意识形态领域的一种必然反映。正由于此,优秀的戏曲、小说作品所宣扬的“情至”,蕴涵着追求自由、平等、博爱等新意识,带有初步民主主义的色彩,理所当然成为传统的思想,即孔孟之道和程朱理学的一种反动。

李贽提倡“绝假纯真”的“童心”,推崇《西厢记》和《水浒传》等戏曲、小说为出于“童心”的“古今至文”;抨击有碍于“童心”的儒家经典,指责六经,《论语》《孟子》“有头无尾,得后遗前”,“乃道学之口实,假人之渊薮也,断断乎其不可以语于童心之言”。汤显祖向往“有情之天下”,反对“灭才情而尊吏法”。他的得意杰作《牡丹亭》,用迷人的舞台艺术形象阐说了这样的“情至”观念:“情不知所起,一往而深,生者可以死,死者可以生。生而不可与死,死而不可复生者,皆非情之至也。”冯梦龙不仅在“三言”和《墨憨斋定本传奇》中鼓吹“情至”,还特地编纂了一部文言笔记小说集《情史类略》。在序言《情偈》中,冯氏对“情至”更进一步作了阐述,他说:

> 天地若无情，不生一切物。一切物无情，不能环相生。生生而不灭，由情不灭故。四大皆幻设，惟情不虚假。有情疏者亲，无情亲者疏。无情与有情，相去不可量。我欲立情教，教诲诸众生。……

一言以蔽之，冯梦龙是要用“情事之美者”，“使人知情之可久”和“惟情不虚假”，然后再以“情教”来改造社会。①

以李卓吾、汤显祖、冯梦龙等人开其端的这股鼓吹民主主义“情至”、反对封建主义“性理”的社会思潮，在清代前期，既突出地表现在“南洪北孔”和张坚的传奇创作上，也充分地体现于《红楼梦》的艺术形象体系中。正由于此，我们认为，《红楼梦》与《玉燕堂四种曲》在思想渊源上是一脉相承的。

杨楫《梦中缘序》说：

> 夫《临川四梦》，评者谓《牡丹》，情也；《紫钗》，侠也；《邯郸》，仙也；《南柯》，佛也。今漱石四种，则合女烈臣忠，配以义侠，参之仙佛，而总于一情。观其梦寐，可以感通死生，莫肯逾忒。履患难而不惊，处污贱而不辱，虽天龙神鬼，物类无知，而情之所在，莫不效灵，咸为我用。呜呼，异矣！

这段评论，相当概括地指出了张坚四种传奇基于“情至”新观念的指导，在思想内容和艺术形式方面的特点。

“《梦中缘》感于梦而作者也。”在《自叙》中，张坚详细地记叙了康熙三十八年，他“游南郊归憩啸月斋，隐几假寐”时所做的一个奇怪的美梦。这个奇怪的美梦，与《红楼梦》中贾宝玉的神游太虚幻境的情景相比较，虽然内容没有后者丰富多彩，但相似之处还是显而易见的。即此一端，说曹雪芹创作《红楼梦》时曾借鉴过《梦中缘》，大概也不能说是无稽之谈吧。

《梦中缘》第一出《笑引》，起笔新奇，它突破了一般传奇“家门”的写法，别出心裁地让姑苏虎丘寺内的一尊布袋和尚，上场便鼓吹“情至”：

> 〔西江月〕情种无生无灭，姻缘是色是空。一灵咬住不销融，枉被天公磨弄。　　世事渔歌樵唱，浮生暮鼓晨钟。呵呵大笑悟无穷，今古情场一梦。

在这出戏中，这位弥勒古佛大讲其天上的神仙有“情”，释门的佛祖有“情”。正当他与众罗汉大谈有情、无情之时，寓居寺内的男主人公钟心（谐音钟情）上场来了。接着，布袋和尚便介绍了这位“真情种”的“一生分缘”，亦即剧情大意。读到这样的传奇“家门”，使人很自然地联想到《红楼梦》第一回中一僧一道交代“石兄”来历的一节文字，它受《笑引》影响的痕迹是再明显也不过了。

晚明形成的那股矛头直指封建主义“性理”的社会思潮，它所宣扬的“情至”观念，含义是比较广的，绝非仅指男女之情。洪昇《长生殿·传概》曾说：“看臣忠子孝，总由情至。”可见在明清易代之际，对待家国兴亡的态度，亦有一个恪守封建主义“性理”，还是按照“情至”立身行事的问题。像《牡丹亭》这样歌颂男女之情的传奇作品，亦有借古喻今、关涉当时政治的内容。钱宜“偶言：言情之书都不及经济。夫子（按：指吴山）曰：不然。观《牡丹亭》记中骚扰淮扬地方一语，即是深论天下形势”（吴吴山三妇合评本《牡丹亭》卷首吴山《还魂记或问十七条》）。至于“南洪北孔”的《长生殿》和《桃花扇》，都是“借离合之情，写兴亡之感”的新传奇作品，“借情谈政”的特点更加明显。

《红楼梦》写的是“千红一哭”“万艳同悲”的悲剧性的情史，但曹雪芹除了借此抨击封建婚姻制度，提倡男女自由恋爱之外，也确有“借情谈政”的良苦用心，而且他所谈之政，涉及的方面和深度，远远超过了以上杰作。考虑到当时的政治条件，以及曹家的特殊处境，他不能不采用“真事隐去”“假语村言”的“狡猾之笔”。为此，他担忧后世的读者不了解他的苦心，把《红楼梦》看成单纯的悲剧性的情史，于是发出了这样的感叹：“满纸荒唐言，一把辛酸泪。都云作者痴，谁解其中味？”

令人感兴趣的是，张坚亦有类似的担忧和感叹。在《梦中缘·牝纲》中，他借剧中人唱出过这样的曲文：

> 〔北紫花拨四〕笑人生一味胡谈，动不动佳人才子把妍媸鉴，唤不醒情汉梦境沉酣，怎得俺整牝纲代把愁魔斩？
>
> 〔玩灿灯前引〕奇怪文章，谁解得翻新花样？（杨古林眉批：作者自道。）

《梦中缘》写的是“情汉梦境沉酣”的故事，用的又是“梦醒不辨”“真假难明”的艺术手法，这就是张坚担忧人们不了解他“奇怪文章”真正用心的原因。另外《梦中缘》的结局，亦比较别致。王鲁川在《梦中缘》跋文中指出：

> 始《幻缘》，终《后梦》，全篇结构已有自燎然。《戏园》一出，特为舞席歌筵而设，原非正文。然其异想天开，回环顾映，恰与正文相绾合，似亦不可无此一出者。如女娲炼石补天，宛然是天，不见为石，岂非至文？

全剧除“家门”《笑引》外，第二出《幻缘》，由于男主人公钟心“今已一点情痴，堕入魔境”，于是，布袋和尚根据他与女主人公命中注定的姻缘，“略示灵奇”，将钟心梦魂引入金陵秦淮河畔文家花园，与文小姐欢会。然后，通过四十

三出戏，历演了"一生二女"的悲欢离合、真假难明的"奇怪文章"。在第四十四出《后梦》中，让奉旨成婚的翰林钟心，又在梦中回到文家花园，先见贾俊才（即假钟心）入赘文府，又见文、阴二位小姐争夺夫人的情景。与王鲁川所见略同，杨古林在批语中也认为，"一梦始，一梦终，此书正文已完，故直结到填词，与前冲场《满庭芳》语竟相应。《戏园》一出又作者闲心闲笔，挥洒成文，为傀儡场上一博葫芦耳！读者须别具心眼乃得"。王、杨二氏强调正戏到《后梦》已结束，欣赏"一梦始，一梦终"的构思布局，而把"一生二女"大团圆收场的《戏园》视为"闲心闲笔"，"特为舞席歌筵而设"，这可说深谙作者用心。

王希濂在《红楼梦总评》中指出的《红楼梦》"立意作法，别开生面"的"前后两大梦"，以及它们所蕴含的深意，很可能受到过《梦中缘》"一梦始，一梦终"的启发。

《梦中缘》在"真假"二字上大做戏文，第一出《笑引》下场诗云：

> 梦易醒，醒及梦，梦醒不辨；真当假，假冒真，真假难明。　　姐救妹，女装男，皆由侠气；帕作媒，花设誓，总是痴情。

在末出《戏园》中，作者又借剧中人之口宣称：

> 〔雨中花〕游戏那论真与假，幻中幻行未堪诧，留于人间酒阑灯炧一段风流话。

"真当假，假冒真，真假难明"，既构成了剧作的许多重要关目，又是作者巧于运用的艺术手法。第三十四出《美合》，丫环轻云说："自用计驱逐那假钟生，原待那真钟郎成其好事。谁知老爷始既认假为真，后复以真当假。"在这里，杨古林有则眉批说得好：

> 所谓假冒真，真当假，真假不辨者，乃一篇之大穿插、大结构也。今于轻云口中乃特作提纲挈领语，便通身眉目一现，骨节俱灵，真具千钧笔力。

无独有偶，《红楼梦》在"真假"二字上也是大做文章的。"假作真时真亦假，无为有处有还无"，太虚幻境石碑坊两边的这副对联，以及有关"真事隐去""假语村言"的提示，甄贾（谐音真假）两个宝玉的设计，等等，无不透露了曹雪芹艺术构思中在"真假"二字上做文章的消息。两者比较，说《红楼梦》在艺术构思上曾受到过《梦中缘》的影响，大概也不能说是主观臆想吧。

三

关于《梅花簪》的创作思想，张坚《自序》说：

> 余《梦中缘》一篇，因已撇却形骸，发情真谛。犹恐世人不会立言之旨，徒羡其才香色艳，赠答相思之迹，故复成此种。梅，取其香而不淫，艳而不妖，处冰霜凛冽之地，而不与众卉逞妍，此贞女之所以自况耳。若徐如山，本有情而似无情，巫素媛于无情中而自有情，郭宗解为贞情所感触而忽动其侠情，是皆不失其正，而可以风矣！

第五出《箴女》中，作者让杜小姐看《列女传》后发表了这样的感想："受百种艰危，也都为一点情痴；笑他宇宙纲常，到要裙钗维系。"与《梦中缘》一样，《梅花簪》写的也是"一生二美"的佳人才子的爱情故事。可是，作者面对"可惜义侠情豪不再来"（《重圆·尾声》）的丑恶现实，剧作赞美了节妇（杜冰梅）的"情真"，牢头（郭宗解）的"情侠"，书生（徐如山）的"情幻"和小姐（巫素媛）的"情痴"，进而肯定"只要一灵咬定情根在，死生患难皆无害"。（《重园·节节高》）

《怀沙记》不是爱情戏，而是为爱国诗人屈原鸣冤叫屈、树碑立传的大悲剧，可说是张坚集中"谈政"的长歌当哭之作。在张坚看来，屈原的时代"君贪而愚，臣佞而幸，才不见容，忠而被放，皆足激发人心之不平，以垂戒于后世，乌可无传也。……每叹千古才人之文，莫奇于屈子，而蒙冤被抑，亦莫悲于屈子"。于是，作者结合屈原的史实，把《离骚》《九歌》和《九章》敷演成戏，用浪漫主义方法塑造了屈原的形象。发人深思的是，张坚心怀不平创作《怀沙记》，为的是"愿与不遇千古才人同声痛哭"（《述原·玉宇琼楼》），"伸正真之气，褫奸雄之魄"（《凡例》），显然不无借古喻今的寓意。可是，在第一出《述原》介绍创作缘起时，张坚还说了些歌功颂德的话语，什么"自幸微生，遭逢尧舜重熙祝，文明济济尽登朝，窃耻泥涂辱"。由此可见，在乾隆时代，涉及政治问题的戏曲、小说作品，作者玩弄"狡猾之笔"，讲些言不由衷的堂皇话语，并不是绝无仅有的事。

《玉狮坠》"故事蓝本《情史·玉马坠》，而稍变易之"，这也是一本言情传奇。剧中由"玉狮"献灵，为男女主人公的姻婚穿针引线，所谓"灵物多情缔好缘"（末出《坠仙》下场诗），还出现了八仙之一的汉钟离和龙王、龙女等神仙人物，故事似乎有点荒诞不经。可是，这部传奇宣扬"情至"的立意也是非常鲜明的。至于"玉狮"的显灵，神仙的帮忙，不过是一种浪漫主义手法："这的是为冤家风流偿孽债"（《伏狮·天下乐》），"非是俺做神仙情偏滥，没来由是非闲揽"（《遣祟·端正好》）；"则为他恁痴情可怜，不由俺仙家的做意周全。那争个凤倒鸾颠，都则是心同意串缠绵"（《坠仙·绣带引》）。

在我们看来,《梅花簪》和《玉狮坠》"谈情"的立意,以及诸如神仙帮忙和"玉狮"显灵等神奇的做法②;《怀沙记》借屈原故事抨击黑暗的政治,对《红楼梦》的打破"传统的思想和写法"都是有积极影响的。

在艺术上,"梦梅怀玉","以想造情,以情造境"。"假仙鬼以觉世","以幻笔写空境",浪漫主义色彩异常浓烈。《梦中缘》中有《幻梦》《后梦》等集中通过梦境写真情的戏文;《梅花簪》除了着意刻画"情真""情侠"和"情痴"之外,还尽情渲染了"情幻";《怀沙记》不仅有屈原"魂游""升天"等关目,在《天问》《山鬼》《湘宴》等出中,亦有幻境的描绘,其"取屈子二十五篇之文,猎艳辞,揽华藻,发激楚,被文服"的总体艺术构思,更渗透着浪漫主义的异彩奇思。至于《玉狮坠》,凭借玉狮成精显灵,引出了男女主人公的悲欢离合,幻中生幻,"其人奇,其事奇","其文亦奇"。

《红楼梦》是部充分现实主义的巨著,但它不仅有浓郁的浪漫主义色彩,而且运用了象征主义的艺术方法。根据上述简略的介绍,说《红楼梦》和《玉燕堂四种曲》在创作方法方面也存在着一定的继承革新关系,我们认为也是言之成理的。

《红楼梦》中跛足道人所念的《好了歌》,以及甄士隐为它所作的"解注",对于理解这部小说复杂的思想内容是至关重要的。值得注意的是,在张坚的"梦梅怀玉"中亦有一些曲词,从内容到形式酷似《好了歌》及"解注"(限于篇幅,这里恕不援引)。

另外,《玉狮坠》第二十七出《化医》中,汉钟离所唱的充满哲理的十二支《道情》曲,都以"无根树"起兴,亦值得玩味。现举第五支和末支为例:

> 无根树,花正红,摘尽红花一树空。空为色,色即空,识破真空在色中。了了真空色相法,相法常存不落空。号圆通,际大雄,九祖超升上九重。
>
> 无根树,花正繁,美貌妖容赛粉团。防猿马,劣更顽,挂起娘生铁面颜。提着青龙宝剑,摘尽墙头朵朵鲜。趁风光,载满船,怎肯空行过宝山?(张龙辅眉批:归到不动心为工。)

毋须再作说明,这些曲词对于《好了歌》及"解注"的影响,是一望而知的。

《玉燕堂四种曲》的批语出于四家之手。它们从思想到艺术对"梦梅怀玉"的评论。对于我们理解和评价张坚及其传奇创作,很有参考价值。从戏曲美学的角度来看,亦不乏精辟之见。笔者怀疑脂砚斋等人曾研究过《玉燕堂四种曲》及其批语。因为他们对《石头记》的批语,不仅与"梦梅怀玉"的批语风格极为相似，有些句法和用语也如出一辙。读了《玉燕堂四种曲》的批语，再看《石头记》的批语，总给人以似曾相识、青出于蓝的感觉。

---

① 以上引文见《情史叙》。在《情史类略》中，冯梦龙将“古今情事之美者”分为二十四类：情贞、情缘、情私、情侠，情豪、情痴、情感、情幻、情灵、情化、情媒、情憾、情仇、情芽、情报、情秽、情累，情疑，情鬼、情妖、情外、情通，情迹。这二十四类“情”，在《红楼梦》中都有程度不同的艺术反映。

② 笔者认为，张坚在他的四部传奇中，歌颂“真情种”，批判“假情种”，强调“恩爱淫邪须辨”，反对无情“宣淫”，为《红楼梦》否定“皮肤臭滥”，提出“意淫”这个新奇的命题，导夫了先路。另外，从《玉狮坠》中《玉狮》，使人很容易联想到贾宝玉脖子上的那块“宝玉”。《伏狮》出说“玉狮”“向土钟灵，从石结胎，受阴阳把日月精华采，还亏他神工恩匠巧安排，出实的毛体备，神气该”。（《元和令》）还指出“玉狮”幻形变改，神通广大，能“显出宝玉胞胚”（《情歌儿》）。可见，“玉狮”也是一块“宝玉”。

1984 年，原载《江海学刊》

《好了歌》及其"解注"探原

——兼与《〈红楼梦〉与〈悦心集〉》商榷

跛道士　疯僧

《红楼梦》中跛足道人所吟诵的《好了歌》,以及甄士隐为它所作的"解注",对于理解《红楼梦》的旨意,探究曹雪芹的思想,均至关重要,这是治"红学"者的共识。可是,对于《好了歌》及其"解注"的评论,红学界见仁见智,颇多分歧;对于曹雪芹创作的《好了歌》及其"解注"曾受到过何人何书的影响、启示,更是人各有见,众说纷纭。近读《红楼梦学刊》1992 年第二期李哲良先生的《〈红楼梦〉与〈悦心集〉》,既有启迪,亦有疑惑。故不揣浅陋,想就《好了歌》及其"解注"作些探原工作,尚祈李先生和读者指正。

《好了歌》及其"解注",读者都很熟悉,这里就直接谈自己的看法了。

李先生认为曹雪芹的《好了歌》及其"解注"深受雍正帝胤禛所辑的《悦心集》中的无名氏《醒世歌》和唐伯虎《一世歌》的影响。李先生的原文是这样说的:

> 胤禛,清世宗雍正帝(1678—1735),是康熙帝玄烨第四子。在登帝位之前,一直困扰、深陷于紧张的储位斗争之中。因为,上有几位皇兄已捷足先登,下有诸弟与之明争暗斗,作为"四阿哥"的他,几

乎丢了登上皇帝宝座的先决条件，至少优势不在他这一边。

贪而不得，想而不能，却又不甘心坐失良机，但一时又无可奈何，于是便产生无穷的烦恼。“有漏必苦”，漏就是烦恼。在苦闷中，他想从野史佛道中找到一种安慰、寻求一条解脱之路。所以，当他读了无名氏的《醒世歌》和唐伯虎的《一世歌》等诗文歌谣之后，便如获至宝，反复咏叹。最后索性把他们辑录成册，名之曰《悦心集》。

先看无名氏的《醒世歌》：

南来北往走西东，看得浮生总是空。天也空，地也空，人生杳杳在其中。日也空，月也空，来来往往有何动？田也空，地也空，换了多少主人翁？金也空，银也空，死后何曾在手中？妻也空，子也空，黄泉路上不相逢。《大藏经》中空是色，《般若经》中色是空。朝走西来暮走东，人生恰是采花蜂，采得百花成蜜后，到头辛苦一场空。夜深听得三更鼓，翻身不觉五更钟。从头仔细思量看，便是南柯一梦中。

再看唐伯虎的《一世歌》：

人生七十古来稀，前除幼年后除老。中间光景不多时，又有炎霜与烦恼。过了中秋月不明，过了清明花不好。花前月下且高歌，急须满把金樽倒。世人钱多赚不尽，朝里官多做不了。官大钱多人转忧，落得自家头白早。春夏秋冬弹指间，钟送黄昏鸡报晓。请君细点眼前人，一年一度埋荒草。草里高低多少坟，一年一半无人扫。

尽管我不完全同意说《红楼梦》是把矛头对准清皇族和雍正的，但我们却有理由认为《红楼梦》与清皇族和雍正帝始终有着密切的关系。因此，曹雪芹对雍正编纂《悦心集》的动机和内容，不可能一无所知。单从《好了歌》及其解注与《醒世歌》和《一世歌》的关系来看，即可以断定二者不是一般的巧合，而是有意的点化，只不过各自的境界不同而已。

《醒世歌》也罢，《一世歌》也罢，无论从那方面看，都可说是了无意趣，俗不可耐，只不过宣扬了人生短暂、及时行乐、人生如梦、一切皆空的虚无主义。

曹雪芹不愧是点铁成金的高手，一经他的点化并巧妙地安排在《红楼梦》的总体框架上之后，《好了歌》及其解注便成了全书的点睛之笔，较为准确地体现了作者的真实意图。

李先生在他的文章中，还对雍正所欣赏的《醒世歌》和《一世歌》，与曹雪芹的《好了歌》及其“解注”作了具体的比较，指出：

首先是，《醒世歌》《一世歌》仅仅限于个人的狭小范围，而且着重在于渲染人生短暂，及时行乐，人生如梦；《好了歌》及其解注，则从单一的个体延伸到整体社会人生。它超越了过去、现在、未来，而又包容了过去、现在、未来……

其次是，《好了歌》及其解注，虽然也蒙上一层“色空”“梦幻”的色彩，但与《醒世歌》中鼓吹的一切皆空，南柯一梦却有着质的差别。

笔者同意李先生的这种分析。不过，不同意说《好了歌》及其“解注”，乃是《醒世歌》和《一世歌》的点铁成金之作。因为，我们没有任何资料可以证明，“曹雪芹对雍正编纂的《悦心集》的动机和内容，不可能一无所知”；曹家固然“与清皇族和雍正帝始终有着密切的关系，“可是实难”断定《好了歌》及其“解注”与《醒世歌》和《一世歌》，“不是一般的巧合，而是有意的点化”。在中国文化史上，“只不过宣扬了人生短暂、及时行乐，人生如梦，一切皆空的虚无主义”的“诗文歌谣”可谓比比皆是。为什么曹雪芹看中了“了无意趣，俗不可耐”的《醒世歌》和《一世歌》呢？

曹雪芹创作《红楼梦》，离不开对源远流长、丰富多彩的中国传统文化的推陈和出新，继承和发展。《好了歌》及其“解注”，也自有其借笔的文学作品，这有待于红学家和《红楼梦》爱好者去研究和发挥。笔者孤陋寡闻，但发现了两位作家的作品，与《好了歌》及其“解注”有着惊人的相似之处，现介绍如下。

先来欣赏尤侗的〔驻云飞〕《十空曲》（载尤侗《百末词》卷六《百末词馀》）：

昔莲池大师作《七笔勾》，予窃慕焉。旅次无聊，拟为《十空曲》。既以自警，并劝世人。

一国三公，车马长安殿阁中。鼎爵分班奉，金印轮流弄。嗏，白首恋鸣钟，青山不拱。华表铭旌，断送黄粱梦。君看盖世奇功总是空！

万贯千钟，箧蠹青蚨仓朽红。合药烧丹汞，掘土埋银瓮。嗏，金穴与陵铜，化成泥冢。虽有钱神，难买南柯梦。君看敌国赀财总是空！

北苑南宫，万户千门拟九重。看金屋阿房衖，金谷天台洞。嗏，台榭土花封，牛羊丘陇。绮阁迷楼，也等华胥梦。君看甲第田园总是空！

翠翠红红，十二金钗到小童。绮席云鬟拥，锦帐花心动。嗏，脂粉髑髅工，狐精卖弄。雨散云收，想断巫山梦。君看绝世红颜总是空！

弦索丁冬，绛蜡烧残曲未终。鼓叠江南弄，箫吹秦楼风。嗏，转盼白杨风，挽歌相送。子弟梨园，同入钧天梦。君看大地音声总是空。

鱼穴驼峰，下箸千钱未足供。美酒金尊送，肥肉台盘捧。嗏，杀气满喉咙，请君入瓮。逐鹿烹庖，变作芭蕉梦。君看饮食因缘总是空。

青母黄公，嫁女婿男风俗通。交颈红衾共，绕乌膝衣从。嗏，分手各西东，主人翁仲。打散鸳鸯，惊断熊罴梦。君看眷属团圞总是空。

绣虎雕龙，彩笔吟成万卷工。献赋长杨重，问字玄亭众。嗏，何处哭秋风，凄凉文冢。一部《南华》，不过庄周梦。君看锦绣文章总是空。

竖子英雄，触斗蛮争蜗角中。一饭丘山重，睚眦刀兵痛。嗏，世路石尤风，移山何用？飘瓦虚舟，不碍松风梦。君看尔我恩仇总是空。

扰扰匆匆，遮莫晨鸡与幕钟。梵筴无须俸，公案何劳颂？嗏，早觅主人公，风幡不动。放下机关，圆破蒲团梦。君看万法无常总是空。

有比较才有鉴别。我们只须把《好了歌》及其“解注”，与尤侗的这十支〔中吕宫〕的南曲作一比较，用不着再多作分析和解释，就不难看出二者的相似之处，以及它们的渊源和继承关系。虽然，笔者手头尚无曹雪芹读过尤侗的著作的文献材料，更不能断定他构思和创作《好了歌》及其“解注”时，曾借鉴过尤侗的〔驻云飞〕《十空曲》。可是，尤侗与曹雪芹的曾祖曹玺、祖父曹寅过从甚密，这是有材料可证的。

康熙二年（1663），曹玺奉皇上之命，从北京来到南京，总管江宁织造事务。为了结交更多的江南社会名流，以便在汉族士夫文人中间扩大清王朝的影响，曹玺曾多次到苏州活动，尤侗就是他的座上客。在尤侗的《艮斋倦稿》《西堂杂俎》等著作中，就有《司农曹公虎丘生祠记》《楝亭赋并序》《曹太夫人

六十寿序》和《上曹通政书》等有关曹玺之文。康熙二十九年(1690)四月,曹寅由内务府广储司郎中出任苏州织造,三十一年(1692年)十一月奉旨移镇金陵,在苏州二载又八个月。曹寅的文化艺术修养比曹玺更高,在结交江南社会名流,扩大清王朝的政治影响方面,比其父更为得心应手,成绩也更为显著。他与尤侗的交往也极为密切。曹寅游越五日,《北红拂记》倚舟而脱稿,尤侗曾在织造府曲宴上观看过曹府家伶的演出;他在击节欣赏之余,还题记于曹寅所赠剧本之后(参见《艮斋倦稿·题北红拂记》)。曹寅为追怀先德,请严绳孙、恽寿平、黄瓒等九人所绘四卷十图的《楝亭图》上,题咏者达四十八人,其中就有尤侗。

尤侗"早以文章受知世祖皇帝(顺治福临),晚入史局,又以文章受知陛下(按:指康熙玄烨),两朝荣遇"(参见王士祯《西堂集》序)。其《读离骚》"教坊内人播之管弦,为雅乐"(参见韩菼《西堂全集》序)。曹玺、曹寅父子看重的是尤侗其才,以及他在江南的声望和影响。尤侗呢,对曹玺的政绩,曹寅的多方面才能,皆深为赞赏。同时,尤侗的"艮斋",就在苏州城东带城桥附近的"南园",隔葑溪与苏州织造署遥遥相对,往来极为方便。曹玺、曹寅如此器重尤侗,他们过从这样密切,曹家的藏书中藏有尤侗的著作,岂非极自然之事?那么曹雪芹曾经读过尤侗《百末词》中的〔驻云飞〕《十空曲》,也就不是海外奇谈,而是极有根据的推测了。

下面,我们再介绍一下张坚的情况,以及他的传奇《玉燕堂四种曲》与《好了歌》及其"解注"的惊人相似之处。

张坚,上元(今南京市)人,生于康熙二十年(1681),卒于乾隆二十八年(1763),是一生经历了康熙、雍正和乾隆三朝的长寿的戏曲家。张坚出身于书香门第,青年时代"负隽才,多奇气,乃扼于时命之不偶"。结果,"举于乡,屡荐不售,因作《江南一秀才歌》以自嘲"。(参见杨楫《梦中缘序》)从《江南一秀才歌》可知,张坚"十年壮志几曾灰",希望在考中秀才之后,沿着举人、进士的科举之路青云直上,好"致君尧舜匡时策"。但是,事与愿违,直到"霜堆两鬓",他仍然只是个"江南一秀才",过着不是"长作诸侯客",就是"课子灯窗下"的寂寥生涯。

从康熙三十八年(1699),张坚的处女作《梦中缘》问世之后,又陆续创作了《梅花簪》(当作于乾隆十五年到十七年之间)、《怀沙记》(当作于乾隆十九年或稍前)和《玉狮坠》(当成稿于乾隆十九年前后)。这四部传奇,时人称之为"梦梅怀玉",曾演唱于各地舞台,颇有社会影响。张坚的传奇创作,走的是汤显祖的“为情作使”的路子，故柴次山在《梅花簪》折批中一再强调指出：

“情”字，乃四部传奇骨子。

归到“情”字，方是“梦梅怀玉”本旨。

特点出“情”字，可知“梦梅怀玉”四种，皆一“情”也。

在艺术上，“梦梅怀玉”，“以想造情，以情造境”（《梦中缘自序》语），“假仙鬼以觉世”，“以幻笔写空境”（陈震《梦中缘序》语），极富浪漫主义的异彩奇思。令笔者感兴趣的是，在《玉燕堂四种曲》中，有一些曲词，从内容到形式与《好了歌》及其“解注“亦颇有惊人的相似之处。先看《梦中缘·笑引》中的两支曲子：

〔骂皇天〕　不见那粉骷髅埋荒草，几自鸳冢上连理交。有几个向冥中偕燕尔，有几个誓泉下续鸾胶。笑，笑，笑，笑着那再生再生奇巧。似汉宫人重出冢，离魂女得更胎，一般的烟凝露合，影动胎牢。还有那移尸借体断魂飘。数不尽龙宫鬼府，只多少月怪花妖。（杨古林眉批：括尽一部情史。）

〔乌夜啼〕　休，休，休，休提薄情儿枉把风情闹。转关儿漾李寻桃，那顾他千金白璧无价宝？且过今宵，莫管来朝。这个墙头一任野花飘，那个路人硬把萧郎叫。霎时间翻云覆雨，那些个似漆如胶？（杨古林眉批：撇却此意，方是情字上乘。）

再看《玉狮坠·伏狮》中汉钟离所唱的〔混江龙〕：

混元派，那靠着白鸦金虎炼将来。好笑他，乌飞兔走，前急后催。俺自在山中，一局成千古，有时节日下双凫遍九埃。似这等笼里乾坤真大矣，谁识得壶中日月自悠哉？有几个立朝堂，乱慌慌袖蛇趋巨壑；有几个伴王后，战兢兢抱虎卧高崖。活地狱跳不出四大圈：酒色才气；死轮回走不脱六道路：湿化卵胎。丧身躯怎防得神枪舌剑煎骨髓，谁熬得烈火干柴？一般般心马拴难定，一个个利锁名缰摆不开，粉骷髅直认做月貌笑容，臭皮囊一任他云龙雨滞尽情栽。都则向南柯郡图得个紫绶金章，和那些蚁子联姻成眷属，到头来北邙山都一片白杨衰草，只落得狐狸作伴守棺材。巧机关空争着闲是闲非，一任情颠倒铁算子，谁知道虚名利俱有数安排？现放着长生诀全不顾，朱户黄扉精一点，都有个升仙路，怎误了重楼复阁位三台。何不抛象笏怀抱着渔鼓简板，快去解朝簪，穿戴上箬笠芒鞋。回避过喜冤家夫妻儿女，早丢下真累物田舍钱财。没模样免不得肩

背上葫芦宝剑，有本事那用着掌心中符箓灵牌。大神通，抵不过换斗移星鞭岳渎；小法术，也则待驱神役鬼使风雷。这才是人间蹜地通天乎，不枉做云中吸露餐霞客，问何自丹成九转，须守定八卦楼台。（张龙辅眉批：一气卷舒，愈转愈胜，酣畅淋漓。不啻当头棒喝，勿徒尝其对仗之工也。又：极精透，极警策！）

另外，《玉狮坠·化医》中，汉钟离所唱的充满哲理的十二支〔道情〕曲，都以“无根树”起兴，亦值得玩味。现举其第五支和末支为例，以见一斑：

无根树，花正红，摘尽红花一树空。空为色，色即空，识破真空在色中。了了真空色相法，相法常存不落空。号圆通，际大雄，九祖超升上九重。

无根树，花正繁，美貌娇容赛粉团。防猿马，劣更顽，挂起娘生铁面颜。提着青龙宝剑，摘尽墙头朵朵鲜。趁风光，载满船，怎肯空行过宝山？（张龙辅眉批：归到不动心为工。）

无须再作说明，这些曲词与《好了歌》及其“解注”的相似之处，是一望而知的。

当然，关于张坚的生平，限于文献资料，目前尚仅能知其大概（参见拙作《张坚生平考略》，载《文学遗产》1985 年第三期）。至于张坚是否作过曹寅的座上客，与曹雪芹有否交往？亦并无确切证据。但笔者以为，《玉燕堂四种曲》不仅有些曲词与《好了歌》及其“解注”十分相似，而且在思想内容和艺术方法上对《红楼梦》产生过影响（参见拙作《〈红楼梦〉与〈玉燕堂四种曲〉》，载《江海学刊》1984 年第 2 期）。因为，曹寅自康熙二十九年（1690）任苏州织造，三十一年（1692）正式继承父职为江宁织造；自四十三年（1704）起，又兼任两淮巡盐监察御使，直到康熙五十一年（1712 年）病逝为止。曹寅工诗、词、戏曲，也创作过剧本，与戏曲家（如尤侗、洪昇）等都有交往。他对张坚这位以“江南秀才”自嘲的金陵才子，纵然并无过从，亦不可能一无所知，此其一。其二，曹寅病逝这一年，张坚三十三岁，他对金陵曹家的情况和曹寅其人，不可能不加关注，没有了解。其三，张坚的《梦中缘》自康熙三十八年（1699）问世后，抄本在社会上已流传了十一二年，酷爱昆曲传奇的曹寅，阅读过并收藏有这部出于金陵戏曲家之手的抄本，也是极有可能的。

关于曹雪芹的生年，经前人考证，也是众说纷纭，共有十种说法。约在康熙五十年（1711）至雍正元年（1723）之间（参见徐恭时《曹雪芹传略》第一条注释，载《红楼梦鉴赏辞典》）。1992 年的《红楼梦学刊》第一辑上，又有两位先生力主曹雪芹生于康熙五十五年丙申（1716）（参见崔川荣《曹雪芹生年被埋没的原因——辨“甲午八日泪笔”》、张欣伯《谈谈〈石头记〉第二十五回》)。张坚生于康熙二十年辛酉(1681),康熙五十年辛卯(1711),三十一岁;康熙五十五年丙申(1716),三十六岁;雍正元年癸卯(1723),四十三岁。雍正六年戊申(1728),则是四十八岁。不管哪一种说法,曹雪芹出生于南京,直到雍正六年,曹家被抄没后才随家迁回北京,这是可以肯定的。按生于雍正元年算,雍正六年,曹雪芹六岁;按生于康熙五十年算,雍正六年,曹雪芹十八岁;按生于康熙五十五年算,雍正六年,曹雪芹十三岁。因此,张坚与童年、少年时代的曹雪芹有交往的可能性较小。可是,张坚知道曹家有曹雪芹这样一位贵公子,曹雪芹知道南京有位戏曲家张坚,这恐怕还是合乎情理的推测。另外,从乾隆四年(1739)到九年(1744),张坚客居北京,曹雪芹此时正在北京,“同是天涯沦落人”,他们的相识晤谈,并回忆金陵往事,这种可能性也是存在的。以上这些情况,就是笔者认为张坚《玉燕堂四种曲》曾对曹雪芹构思和创作《红楼梦》(包括构思和创作《好了歌》及其“解注”)产生过多方面影响的依据。

1993 年,原载《江苏教育学院学报》

《红楼梦》与吴文化

《红楼梦》以其博大深邃的文化意蕴,及其广泛深远的社会影响,形成了一种特殊的文化现象,研究者称之为“《红楼梦》文化”,或简曰“红楼文化”。举凡《红楼梦》的婚姻文化、礼教文化、佛道文化、诗学文化、戏曲文化、游艺文化、对联匾额文化、园林文化、绘画文化、建筑文化、医学文化、法学文化、服饰文化、饮食文化、茶文化和酒文化等,皆属“《红楼梦》文化”的范畴,真可谓包罗万象,丰富多彩。可是,《红楼梦》的创作,既离不开吴文化的孕育和滋养,它的思想和艺术又多方面地表现了吴文化的精粹,显示了吴文化的特点。一言以蔽之,《红楼梦》吮吸着吴文化的泥土营养,沾沐着吴文化的雨露阳光,离开了吴文化,也就不可能产生《红楼梦》这部千古奇书。

“《红楼梦》与中国文化”,诚如冯其庸先生所指出的:“这是一个十分宽泛的题目,同时又是一个十分切合《红楼梦》的题目。”吴文化是中国文化的一个重要组成部分,明清两代的通俗文学与吴文化的关系非常密切,而受通俗文学的影响,吴文化区域的作家,也把诗文词赋推向了一个新的阶段。因此,《红楼梦》与吴文化,乃是“《红楼梦》与中国文化”的题中应有之义,当然更是一个“十分切合《红楼梦》的题目”。由于范围比中国文化缩小了、具体了,《红楼梦》与吴文化,也是个更能宏观把握和切中要害的题目。

严明先生撰著的《红楼释梦》,是一部主要着眼于《红楼梦》与文化关系的新著。其立意新颖,见识高妙,更兼有收罗材料之丰富,分析作品之细腻,探究意蕴之深刻,使人读后有耳目一新之感,导向释难之便,雅俗共赏,堪称佳构。蒙他厚爱,嘱我以“《红楼梦》与吴文化”为题,撰写专文弁言其大著之首。我对《红楼梦》和吴文化,都颇有兴趣,出生在吴地,又在苏州大学从事了三十余年的元明清文学的教学和研究,故对《红楼梦》和吴文化较多涉及。我乐于接受严明先生之约,就《红楼梦》与吴文化这个题目,略述管见,目的只有一个:推荐严明先生的大著,并抛砖引玉,希望由于我的拙文引出高水准的研究论著,把《红楼梦》与吴文化的研究不断推向前进。

一、曹氏家族的江南经历和曹雪芹的“秦淮风月”，决定了《红楼梦》离不开吴文化的孕育和滋养

《红楼梦》主要写“都中”（“京”，暗指北京）之事，而明确的三个地理概念金陵（石头城、应天府、江宁府、江宁县、南京）、姑苏（苏州）和维扬（扬州），都是吴文化的中心城市；《红楼梦》以北京话为基础，但存有大量的吴方言；《红楼梦》中有大量关于北京和旗人风俗习惯的描写，也不乏江南风俗的表现；《红楼梦》的现实故事，是从姑苏的阊门这个“最是红尘中的一等富贵风流之地”写起的；《红楼梦》中的众多女子，最主要、也最有艺术魅力的是“金陵十二钗”；《红楼梦》还写到许多姑苏的名胜古迹、土特产和工艺品，诸如此类，皆可窥见吴文化的痕迹和影响。但是，探讨《红楼梦》与吴文化的关系，仅仅停留在这样的浅层面，是无法说清楚其中的原委的。依笔者之浅见，对《红楼梦》与吴文化作深层的研究，首先必须从作者的生活经历和创作思想入手，以探讨曹雪芹受吴文化熏陶。这就不能不对曹氏家族的江南经历以及曹雪芹的“秦淮风月”作一番考察。

“燕市哭歌悲遇合，秦淮风月忆繁华！”这是曹雪芹的好友敦敏《赠芹圃》诗中的名句，它艺术地概括了雪芹一生从南京到北京的盛衰遭遇，隐寓着感伤的旧事梦，凝聚着悲愤的辛酸泪。

曹家随着发迹变泰，从北京来到南京、扬州和苏州；又因抄家败落，从南京返回北京。曹家与北京，以至东北的辽阳，固然有着密切的关系；与江南的南京、扬州和苏州等古都名城，也结有不解之缘。南京是曹家全盛时期的基地，扬州邻近南京，又是曹寅任盐务、设局刻书之地。曹雪芹的童年、少年时代主要生活于南京，而“扬州旧梦”在其心头，与“秦淮风月”和“燕市哭歌”占有同样的重要地位。苏州，则以其旖旎的风光、有趣的风俗、高水准的饮食文化和工艺美术，特别独具风韵的昆曲艺术和园林艺术，也给雪芹留下了难忘的印象。所以苏州这个既非曹家的发祥之地，亦非曹家全盛时期的久居之地，在曹家的江南经历和雪芹的“旧梦”中，均不可等闲视之。

康熙二年（1663），曹玺奉皇上之命，从北京来到南京，总管江宁织造事务。为了结交更多的江南社会名流，以便在汉族士夫文人中间扩大清朝的影响，曹玺曾多次到苏州活动。著名诗人和戏曲家尤侗，就是曹玺的座上客，在他的《艮斋倦稿》《西堂杂俎》等文集中，就有《司农曹公虎丘生祠记》《楝亭赋并序》《曹太夫人六十寿序》《上曹通政书》等有关曹玺之文。

康熙二十九年(1690)四月,曹寅由内务府广储司郎中出任苏州织造,三十一年(1692)十一月奉旨移镇于金陵,在苏州二载又八个月。曹寅的文化艺术修养比乃父更高,在他任苏州织造和江宁织造期间,从事有关织造之事,比之曹玺更为得心应手,在结交江南社会名流、扩大清朝的政治影响方面,成绩也更为突出。尤侗,作为苏州的名流,与曹寅的交往也十分密切。曹寅游越五日,《北红拂记》倚舟而脱稿,尤侗曾在织造署酒宴上观看了曹家家伶的演出;击节欣赏之余,他还题记于曹寅所赠剧本之后。曹寅为追怀先德,请严绳孙、恽寿平、黄瓒等九人所绘四卷十图的《楝亭图》上,题咏者达四十八人,其中江南名流就有尤侗、杜浚、潘江、毛奇龄、余怀等人。

或云,曹家一度曾住在拙政园,雪芹就出生于斯园。此说尚无材料证实。关于雪芹的生平,经前人考证,也是众说纷纭,共有十种说法。约在康熙五十年(1711)至雍正元年(1723)之间。近年有两位先生力主雪芹生于康熙五十五年丙申(1716)①。在笔者看来,无论雪芹出生于曹寅的生前或死后,也不管他诞生于北京或南京,他曾经历过"红楼一梦";在他的童年时代,随家人多次到过苏州,住在城东带城桥下塘的织造署,并曾尽情地游览了苏州城内外的名胜古迹和园林,这是可以肯定的。正由于苏州在雪芹幼小的心灵中,留

织造署旧址

下了极为美好而又深刻的印象，当他“燕市哭歌”和“庐结西郊”，回首往事，创作《石头记》之时，苏州的人物和故事，苏州的民风和习俗，苏州的园林和昆曲，苏州的山水和街巷……便历历在目，栩栩如生，自然而然地进入了小说的艺术形象体系：阊门外富贵风流；林黛玉原籍苏州，妙玉、香菱均系苏州人；妙玉出家在苏州西郊太湖之畔玄墓山的蟠香寺；为元妃省亲，特地派人从苏州买来“十二官”，购置行头，聘请教习，组成梨香院的昆曲家班；林黛玉“见土仪”而思故里；顺便介绍了虎丘带来的自行人、酒令儿、水银灌的打金斗小小子、沙子灯，一出一出的泥人儿的戏、泥捏的薛蟠小像；林黛玉所作《柳絮词》，劈头两句云：“粉堕百花洲，香残燕子楼。”（此乃苏州的百花洲，在姑苏山上，迄今胥门外尚有小巷名百花洲）凡此种种，充分说明了雪芹对苏州的熟悉和热爱，故而信手拈来，点石成金，增添了《红楼梦》的吴文化色彩、情趣和氛围。

诚然，上述有关苏州与曹家和雪芹的不解之缘，已足以说明《红楼梦》与苏州殊有关系，雪芹创作《红楼梦》离不开吴文化的孕育和滋养。但是，这还很不够，我们有必要进一步对苏州的园林艺术和昆曲艺术与雪芹创作《红楼梦》的关系作出合乎情理的探讨。

园林艺术、昆曲艺术和评弹艺术，可说是源远流长的吴文化发展到明清两代的三大精品，其中园林艺术和昆曲艺术对雪芹创作《红楼梦》的影响，实在不可低估。

笔者认为，吴文化孕育和滋养了昆曲艺术，昆曲艺术充分体现了吴文化的特点，昆曲艺术与吴中地区的民间习俗关系至密。关于这个问题请参见拙作《吴文化与昆曲艺术》，这里不赘述。

昆山腔发源于苏州府的昆山县，其历次改革皆与吴中地区的曲师、乐工和戏曲家息息相关，自明代中叶，以迄清代乾隆年间，苏州一直是昆曲艺术的中心，曲家辈出，昆班如林，名伶如云，佳作迭出。苏城内外，从上流社会到下层群众，人人喜爱昆腔，个个欣赏昆戏，诚如清人沈朝初〔忆江南〕所歌咏的：

> 苏州好，戏曲协宫商。院本爱看新乐府，舞衣不数旧霓裳，昆调出吴阊。

除了以苏州为中心的吴中地区之外，南京和扬州，同样昆班林立，搬演“雅部”盛极一时。

曹家的黄金时代，正当昆曲艺术和江南园林艺术的全盛时期。长期在南京、扬州和苏州担任织造、盐务的曹家，为了开展广交江南社会名流的工作，并接待爱好戏曲艺术的康熙帝南巡，以及日常的自娱和娱宾需要，自然而然

地喜爱昆曲艺术,此其一。其二,苏州和江宁的织造署后花园(皆称之为西花园),都曾作为行宫,接待过康熙帝,故也有相当的艺术水准。其三,曹寅不只是个昆曲迷,蓄有“家乐”,也是位创作过《北红拂记》《续琵琶》《表忠记》和《太平乐事》的戏曲家。康熙四十三年(1704)春末,曹寅特邀洪昇到南京,“集江南江北名士为高会,独让昉思居上座,置《长生殿》本与其席。又自置一本于席。每优人演出一折,公(指曹寅)与昉思雠对其本,以合节奏。凡三书夜始阕”。曹寅内兄李煦,任苏州织造达三十年之久。他为了博得皇上一笑,曾进献过由苏州女伶组成的昆班,培养过弋阳戏班。李煦之子李鼎亦能粉墨登场,曾“演《长生殿》传奇,衣费至数万”。曹雪芹出生于如此富有艺术传统的贵族之家,耳濡目染,从小喜好戏曲(脂砚斋指出,对于戏曲活动,包括弋阳腔和昆腔,“石头是第一能手”;并说第五回中的“红楼梦十二曲”,“语句泼撒,不负自创北曲”),读过大量剧本(其中肯定有尤侗、洪昇的作品);流连忘返于江南各地的园林(尤其是苏州织造府对岸的网师园),自幼就热衷于昆曲艺术和园林艺术,岂非合乎情理之推测?至于雪芹创作《红楼梦》,得力于他所谙熟昆曲艺术和园林艺术,这更是显而易见的。

关于吴文化中的园林艺术与《红楼梦》的关系,下文将作研讨。这里仅就昆曲艺术对《红楼梦》创作的启示和影响,略作论述。

有则记载说,江南曹家被抄之后,雪芹随家人来到北京,一度曾到内务府主办的景山官学读书。景山官学附近有条苏州巷,苏州织造署为宫廷选送的伶人就居住于此。当时,曹雪芹厌恶结交宦门子弟,却私下常去苏州巷走动,结识了来自苏州的“奇优名倡”,甚至唱曲串戏,为此有人曾指出,雪芹“不得志,遂放浪形骸,杂优伶中,时演剧以为乐”(善因楼版《批评新大奇书红楼梦》第一回批语)。此类记载,虽然查无实据,但皆事出有因。我们从《红楼梦》中所精心描写的“龄官书蔷痴及局外”和“识分定情悟梨香院”;从宝玉与琪官的亲密交往,并确认他是“情种,非寻常戏子可比”;从宝玉对芳官的另眼相待的万般怜爱之中(这也是“意淫”的表现),可以清楚地看到宝玉对“戏子”的人格和艺术的尊重,以及宝玉与男女“戏子”们平等相待的真诚友谊。透过这类艺术描写,不是也能感受和体会到雪芹对昆曲艺术和昆伶的态度吗?正由于雪芹热爱和熟悉昆曲艺术,又有这样的民主态度,一方面,他创作《红楼梦》时,便自然地插入了许多戏曲活动,尤其是昆曲活动,全面地描写了一个贵族“家乐”的盛衰际遇,以及苏州女伶们的悲惨命运,并塑造了不少动人的“戏子”形象;另一方面,在艺术上,《红楼梦》也深受戏曲技法的影响,在运用戏曲化手法来刻画人物、描绘景物、展开情节和烘托场面等方面，均取得了令人瞩目的成就。第二十一回，庚辰本有条脂批，针对贾琏追逐平儿求欢，一个在屋外，一个在屋内，隔窗调笑的细节描写，指出："此等章法，是在戏场上得来。"第四十三回，宝玉在水仙庵祭奠金钏儿，茗烟代念祝词，庚辰本又有条脂批云："此一祝，亦如《西厢记》中双文降香第三炷，则不语，红娘则待（代）祝数语，直将双文心事道破。"这两条脂批透露了昆曲艺术对《红楼梦》情节处理的影响。至于《红楼梦》所涉及到的几十出折子戏（主要是昆戏）的演出，既为人们研究明清昆戏的演出史，提供了弥足珍贵的资料，也有助于正确理解小说的主要人物性格及其悲剧的命运和结局。己卯本第十八回中脂批所说："《邯郸梦》中伏甄宝玉送玉。""伏黛玉死。《牡丹亭》中。所点之戏剧伏四事，乃通部书之大过节、大关键。"皆透露了此中消息。

二、《红楼梦》的思想艺术反映了吴文化的特点

中华文化，大而言之，是由各具特色而风格迥异的江南文化、北方文化和少数民族文化所组成的。江南文化发源于长江中下游，其源头为楚文化和吴越文化，包括后起的珠江流域的粤文化和闽江流域的闽文化等。江南文化和北方文化的不同特色，在民歌和戏曲的风格上表现得异常鲜明。明代王世贞《曲藻序》曾指出："大抵北主劲切雄丽，南主清峭柔远。"王骥德《曲律自序》亦谓："粤自北词为南曲，易怗忼为风流，更雄劲为柔曼。"这种概括有助于我们对南北文化不同风格的理解。有些研究者认为，江南文化重智慧、重文采，是一种动态的文化、开放性的文化、富于进取性的文化。而这些特点，是与江南的自然地理环境、人文历史传统，以及经济发展情况分不开的。笔者认为，吴文化（或吴越文化）是以江南文化为母体的多种文化融合体，它具有鲜明的地域特色。虽然在中华文化中，吴文化举足轻重，但目前海内外学者对吴文化及其特点的理解，尚有分歧。不过，上述有关江南文化特点的概括，对我们理解吴文化的地域特色和独具的风韵，还是颇有启示的。

《红楼梦》的思想内容博大精深，其艺术则达到了章回小说的顶峰。封建社会后期的中华文化，其精华和糟粕，在《红楼梦》中皆有艺术的反映。王希廉对此曾有赞语曰："包罗万象，囊括无遗。"他在《新评绣像红楼梦全传·红楼梦总纲》中这样说：

> 一本书中，翰墨则诗词歌赋、制艺尺牍、爰书戏曲以及对联匾额、酒令灯谜、说笑话无不精善；技艺则琴棋书画、医卜星相及匠作

构造、栽种花果、畜养禽鱼、针黹烹调巨细无遗；人物则方正阴邪、贞淫顽善、节烈豪侠、刚强懦弱及前代女将、外洋侍女、仙佛鬼怪、僧尼女道、娼妇优伶、酷吏豪仆、盗贼邪魔、醉汉无赖色色俱有；事迹则繁华筵宴、奢纵宣淫、操守廉贪、宫闱仪制、庆吊盛衰、判狱靖寇以及讽经设坛、贸易钻营事事皆全；甚至寿终夭折、暴病亡故、丹戕药误及自刎被杀、投河跳井、悬梁交逼、吞金服毒、撞阶脱精等等，亦件件俱有。

如此丰富多彩的生活内容，博大精邃的文化意蕴，既反映了北方文化和少数民族文化（主要是满族文化）的特点，也表现了吴文化的风采。下面，我们将从三个角度，对《红楼梦》的思想和艺术表现了吴文化的风采这个问题，作一些初步的探讨。

首先，吴文化是“得水分”之文化，具有阴柔之美。《红楼梦》关于大观园的构思和描写突出了阴柔之美。

古人云：“文有得水分者，有得山分者。”（《魏叔子目录》卷二《杂说》）吴文化无疑是“得水分”之文化，它与“水”难解难分。清姚鼐论文学风格，标举阳刚、阴柔之说。《覆鲁絜非书》指出：“天地之道，阴阳刚柔而已。文者，天地之精英，而阴阳刚柔之发也。”在姚氏看来，阳刚和阴柔有其不同的风格美，在语言艺术上也各有特色。其属于阳刚一类的，如掣电流虹，喷薄出之，以雄伟劲直为尚；其属于阴柔一类的，如烟云舒卷，蕴藉出之，以温深徐婉为贵。得水分之吴文化，自然偏重于阴柔之美。明清两代，凡由吴文化所孕育和滋养的文化艺术，诸如昆曲艺术、园林艺术、绘画艺术、评弹艺术等，皆属于阴柔之美，具有温深徐婉的阴柔美。《红楼梦》亦不例外，最突出的表现，就是作者关于大观园的构思和描写。

在《红楼梦》中，曹雪芹精心虚构了一个“天上人间诸景备”的特殊园林——大观园。透过这个大观园，以及以大观园为舞台的贾宝玉和“群钗”的人生历程和感情纠葛，不仅可以把握《红楼梦》“大旨谈情”的意蕴，亦能窥测吴文化对《红楼梦》的孕育和滋养。

大观园的由聚而散、由喜而悲，与由盛而衰的封建家族悲剧，贾宝玉的人生道路和爱情婚姻悲剧，以及以“金陵十二钗”为中心的“群钗”的命运悲剧是息息相关的。因此，它在《红楼梦》的总体构思中占有十分重要的地位。二知道人《红楼梦说梦》说得好：“大观园之结构，即雪芹胸中丘壑，壮年吞之于胸，老去吐之于笔耳。”己卯本脂批同样认为，《红楼梦》细写大观园的第十七回

“乃一部之纲绪，不得不细写”；曹雪芹所虚构的大观园，是“古书中未见之工程也”，与“别部小说中一万个花园中，皆是牡丹亭、芍药圃，雕栏画栋、琼榭硃（朱）楼、略不差别”，亦大异其趣。

中华何处大观园？海内外的红学家，为了探寻现实世界的大观园，煞费苦心，撰写了大量的论著。可是，迄今仍然众说纷纭，或说北京的恭王府前身，或云南京的随园，或云江宁织造府的西花园，或云苏州的拙政园。近年更有研究者认为，“大观园有三踪：原型踪、模特儿踪与真踪”。在他看来，原型重心在南，模特儿重心在北，书中南北原是老亲，书外南北自当互补。书中大观园实乃原型与模特儿的糅合。至于真踪——“净土”，则要透过太虚幻境去寻。

其实，《红楼梦》是小说，书中的大观园原是艺术虚构的产物。诚然，曹雪芹虚构大观园，有现实生活中的原型、模特儿，但殊难落实，也不必去落实。北京的恭王府、南京的随园、江宁织造府的西花园、苏州的拙政园、苏州织造署的西花园……均可能是当年曹雪芹艺术虚构大观园时的原型、模特儿。不过，有一点是应该强调的，如果当年雪芹没有畅游过苏州的园林，南京和扬州的园林，江南其他地方（比如无锡、杭州）的园林，以及北方的园林（比如北京的恭王府前身，天津查家的水西庄，即芥园），他在园林艺术方面没有相当的造诣，他是无法为贾宝玉和“群钗”构思出这样一个独具风韵的女儿国——现实世界的太虚幻境，来表现“谈情”之大旨的②。

我们说曹雪芹在园林艺术方面颇有造诣，大观园以及其他园林的艺术描写实际，就是最有力的证据。另外，脂批也透露了其中的消息。己卯本第十七回脂批指出，《红楼梦》描绘大观园，“写出水源，要紧之极。近之画家着意于山，苦不讲水”。雪芹则不像一般的“造园圃者，惟知弄莽憨顽石壅休冢，辄谓之景，皆不知水为先者。此园大概一描，处处未尝离水，盖又未写明水之从来，今终补出，精细之至”。“处处未尝离水”，正是江南园林的一大特色，也充分反映了“得水分”的吴文化的特点。陈其泰《桐花凤阁评红楼梦》，对雪芹之“擅写园林”，亦赞不绝口：

> 有造园林之才者，未必有写园林之笔，而擅写园林之笔者，不难兼造园林之才。胸中丘壑，腕下烟霞，作者殆两擅长乎。

也是在第十七回，当写到贾母命人带宝玉到新落成的大观园戏耍时，庚辰本有条脂评相当重要：

> 不肖子弟来看形容。余初看之，不觉怒焉。盖谓作者形容余幼

年往事。因回(思)彼亦自写其照,何独余哉?信笔书之,供诸大众同一发笑。

由此可知,到园林中戏耍,“看形容”,是曹雪芹和脂砚斋“幼年往事”中记忆犹新之事。正由于此,《红楼梦》有关大观园的一切描写,“皆系人意想不到,目所未见之文;若云拟编虚想出来,焉能如此?”(己卯本第十七回脂批)那么,幼年时代的曹雪芹和脂砚斋最常去戏耍的园林有哪些呢?雍正六年(1728),曹家就被迫北迁,当然不可能是北京的园林(比如恭王府),而只能是曹家在江宁和苏州织造府的西花园,以及南京的随园、苏州的网师园。因为,随园乃曹家的产业;而网师园与苏州织造署只隔一条葑溪,来去极为方便,且小巧玲珑、匠心独具。

大观园给《红楼梦》带来了诗情画意的吴文化的氛围;以大观园为舞台的贾宝玉和“群钗”,其人生历程和感情纠葛,又具有一种清峭柔远、风流浪漫、温深徐婉之美,亦即阴柔之美。曹雪芹“拟编虚想”大观园,也离不开他“幼年往事”中的重要组成部分——戏耍江南园林。这就是笔者认为曹雪芹关于大观园的构思和描写,是《红楼梦》表现了“得水分”之吴文化阴柔之美的原因所在。

其次,吴文化是“情至文化”,《红楼梦》“大旨谈情”,是“情至文化”的奇葩。

周汝昌先生把交给1992年中国国际《红楼梦》研讨会的论文,题为《〈红楼梦〉与“情文化”》。在这篇大作中,周先生对何谓“情文化”,中华文化为什么可以概括为“情文化”,以及《红楼梦》与“情文化”的关系,作了言简意赅的论述。周先生指出:“雪芹的书,是中华‘情文化’的代表作,也是集大成、领新境的创造之主。”周先生的见解,对笔者思考和探索《红楼梦》与吴文化的关系启迪良多。

中华文化是否可以归纳为“情文化”,这尚可研讨。但是,笔者以为,吴文化发展到明清两代,“情至”新观念成了它的哲学基础和美学指导思想,这是毋庸置疑的。明清两代的吴文化精品,诸如昆曲艺术、园林艺术、评弹艺术、绘画艺术、小说艺术等,皆以鼓吹“情至”为最高任务。把这个时期的吴文化称之为“情文化”,是十分恰当的。“大旨谈情”的《红楼梦》,与此文化大背景殊有关系,它不仅是中华文化的结晶,也是吴文化——“情至文化”的奇葩。曹雪芹透过小说的艺术形象体系所谈之“情”,与晚明的李贽、徐渭、汤显祖和冯梦龙等人所鼓吹的“情至”新观念,是一脉相承的,皆具有鲜明的人文主义色彩。如果说,李、徐、汤、冯等人是“情至”新观念的创始人,那么,曹雪芹就是这种新观念的继承和发展者。

李贽以“童心说”对抗封建道学,他反对男尊女卑,认为:“好女子便立家,何必男儿!”徐渭以“奇绝文字”抨击封建权奸(以曹操为代表),为巾帼英雄(以花木兰、黄崇嘏为代表)大唱赞歌:“休女身拚,缇萦命判,这都是裙钗伴;立地撑天,说什么男儿汉!”这两位思想界的“异端之尤”,引发了明代文学界的反封建主义的“情至”思潮的汹涌澎湃。

杰出的思想家和浪漫主义戏曲大师汤显祖,在其《牡丹亭》中首先明确地提出了“情至”新观念。《牡丹亭题词》可谓“情至”的宣言,其侧重点之一,是“梦中之情,何必非真?天下岂少梦中之人耶?必因为枕而成亲,待挂冠而为密者,皆形骸之论也?”其二,就儿女之情而言,则强调“情不知所起,一往而深,生者可以死,死可以生。生而不可与死,死而不可复生者,皆非情之至也”。汤氏在“临川四梦”中所鼓吹的“情至”,一不是指一般的儿女之情,其涵义比较广泛;二突出了男女主角的“梦中之情”,而“梦中之情”同样不囿于儿女之情。“情至”观念带有鲜明的人文主义(或初步民主主义)色彩。“情至”是汤氏哲学思想和美学理想的核心部分,也是其传奇创作的最高任务。众所周知,汤氏生活的时代,皇帝昏庸,首辅独裁,宦官专权,特务横行,封建专制主义发展到了骇人听闻的程度。与此相适应,统治阶级强化封建主义的性理之学,“以理杀人”也到了可怕的地步。面对现实,汤氏继承了李贽和徐渭这两位反封建主义先驱者的“异端”思想,透过自己的“临川四梦”,大力鼓吹“情至”观念,对明末清初的思想界和文学界的影响,是极为深远的。“《牡丹亭》热”和“玉茗堂派”的形成,以及由此而促进了吴文化作为“情至文化”的发展,就是最明显的例证。

汤显祖在“情至”观念指导下创作的“临川四梦”,特别是他最得意的《牡丹亭》的问世,就如一声惊雷,震撼了青年妇女的心灵,促使了她们青春的觉醒,人性的复苏。在“一生儿爱好是天然”“生生死死为情多”的杜丽娘的冲击和激励之下,明末清初出现了一股“《牡丹亭》热”。这股“《牡丹亭》热”的表现是多方面的。概而言之,一是引起了与杜丽娘有共同命运和理想追求的妇女的强烈共鸣。比如,娄江女子俞三娘、杭州女伶商小伶、商人之妇冯小青等人的悲剧,以及她们酷爱《牡丹亭》,深受其影响的动人事迹。二是有些戏曲家推崇并私淑汤显祖,在传奇、短剧的思想内容和艺术方法上效法“临川四梦”,创作出了可以追步临川的《牡丹亭》式的“情至”颂歌。三是妇女研究

《牡丹亭》取得了突出的成绩。例如，钱塘的吴吴山三妇(陈同、谈则和钱宜)，一个接一个，三十年如一日，收集、校勘、刊刻和评点《牡丹亭》，她们的好友林以宁、顾姒等人，又对三妇合评本《牡丹亭》进行了评论。

“《牡丹亭》热”的出现，充分说明了鼓吹“情至”的《牡丹亭》和“临川四梦”在吴文化区域的巨大社会反响。而“玉茗堂派”的形成，则更把“情至文化”推向了一个新的高度。

明末的吴炳和孟称舜，清初的洪昇，雍乾时代的张坚和蒋士铨，是“玉茗堂派”的主要戏曲家。吴炳是江苏宜兴人，蒋士铨是江西铅山人，皆属吴越文化区域。“玉茗堂派”是一个浪漫主义色彩相当浓郁的戏曲流派，“上下千古，一口咬完‘情’字”，“为情作使”，则是它的根本性特色。

吴炳对于“情至”的讴歌可说不遗余力。在《绿牡丹》中，他鼓吹“无钟秀气偏付娘家(即女儿家)”。在《画中人》中，吴炳认为“唤画难痴非是蠢，情之所到真难忍!”在他看来，“太上本无情，最下不及情;不识为情死，那识为情生”。在《情邮记说》中，吴炳还说过这样的话:“人若无情，有块处一室，老死不相往来已耳。”“情极至，禽鱼飞走悉可邮使。”

孟称舜赞扬《牡丹亭》为“传情绝调”。而他的剧作，诚如陈洪绶所评，“传神写照，句扶空濛，语含香润”，“写女主角的真啼、真痛、千死、千生，宛然在目，直压倒一部《牡丹亭》矣”。(《桃源三访》)在代表作《娇红记》传奇中，孟氏从“情至”观念出发，借女主角王娇娘之口，对儿女之情提出了“同心子，死共穴，生同舍”的要求。

洪昇的《长生殿》首出《传概》的〔满江红〕，可谓《牡丹亭题词》后的又一篇“情至”宣言，其重要性在于，它不仅肯定和歌颂了基于“情至”的“儿女情缘”，还明确指出家国兴亡时代的“臣忠子孝，总由情至”。在《四婵娟》杂剧中，洪昇既赞美了李清照和赵明诚这样的“情缘两得，才貌并佳”的“美满夫妻”;也肯定“生死夫妻”，因为他们“生难遂，死要债，噙住了一点真情，历尽千魔障，纵到九地轮回也永不忘，博得个终随唱，尽占断人间天上”。

张坚亦是位情种，因其“情之抑郁而不伸”，故“编填词四种”，“有所托以自鸣”。张坚认为“天地以情生万物”，“纲常宇宙谁维击?千秋节义情而已”。他还借剧中人之口说:“既具人形，罔非情类除是万劫成空，一灵俱渺，那时方可斩断情根也。”“人无情而不生，鬼有情而不死。”

蒋士铨对于“情至”观念的丰富内涵，曾作了正确的阐说。且看他在《香祖楼》第十出中的这样一段话:

> 这“情”字包罗天地，把三才穿贯总无遗，情光彩是云霞日月，情惨戚是雨雪风雷，情厚重是泰华嵩衡摇不动，情活泼是江淮河海挽难回，情变换是阴阳寒暑，情反覆是治乱安危，情顺逆是征诛揖让，情忠敬是夹辅维持，情刚直是臣工龙比，情友爱是兄弟夷齐，情中伦是颜曾父子，情合式是梁孟夫妻，情结纳是绨袍墓剑，情感戴是敝盖车帷。
>
> 情之正有尧舜轩义，情之变有桀辛幽厉，情之正有禹稷皋夔，情之变有廉耒羿羿，更有那蹇叔祁奚、申公伯嚭、聂政要离、汪锜钽麑、妲己褒姒、吕雉骊姬。数不尽豺声鸟喙，狐首蛾眉。一半是有情痴，一半是无情鬼。一班儿形骸发齿，一班儿胎卵毛皮。

蒋氏有关“正情”“变情”之说，与《红楼梦》中贾雨村关于“正邪两赋人物”之论，如出一辙。[3]《香祖楼》创作于乾隆三十九年（1774），当然《红楼梦》不可能受其影响。蒋氏乃乾隆年间的戏曲大家和著名诗人，对小说并不在行，也很难说他的传奇曾受《红楼梦》的启迪。正确的解释，似乎只能是曹雪芹创作《红楼梦》，蒋士铨创作《香祖楼》等传奇，都离不开“情至文化”的大背景，受到了汤显祖的“情至”观念的影响。

冯梦龙属于吴江派，其曲学主张和传奇创作，与汤显祖大不相同。但是，在鼓吹“情至”以对抗封建主义性理这点上，却与汤氏是站在同一立场的同志，冯氏不只在“三言”中透过小说形象体系，宣扬“情至”观念；还专门编纂了《情史类略》，把世上之“情”，分为二十四类，善者歌颂，恶者批评。在《情史类略》序中，他一言以蔽之曰：“天地若无情，不生一切物。”并声称：“我欲立情教，教诲诸众生。”笔者完全赞同周汝昌在《〈红楼梦〉与“情文化”》中的这样一种说法：“作《情史》的冯梦龙曾说情可以为宗教。雪芹并不信仰释教道教，更反对迷信鬼神，但他可能与冯氏有同感，唯情可以普度众生——这与佛教的《觉有情》（使有情者觉醒，断此情累，情是一切苦恼之根源），恰恰相反。雪芹信仰的，应名之曰‘情教’。”

曹雪芹非常推重汤显祖，对其“临川四梦”相当熟悉。在《红楼梦》中，他多次提到《牡丹亭》《邯郸记》和《南柯记》。他借宝玉之口称赞《游园惊梦》里有“好文章”，又生动地描绘了宝黛听《游园惊梦》时的强烈共鸣情景。所谓“隔墙人唱《牡丹亭》，曲中写出侬心事”，他还以《仙圆》（即《合仙》）预示贾府难逃由盛而衰的历史命运。另外，旧红学家常将《红楼梦》与《邯郸记》作比较评论，例如，二知道人《红楼梦说梦》认为：“玉茗先生为飞黄腾达者写照，雪芹

先生为公子风流写照，其语虽殊，然其归一也。”嫏嬛山樵《增补红楼梦自序》则云：

《红楼梦》一书，原有《邯郸》遗意，补之者不失本来面目，倘有类于《南柯》，则画蛇添足矣。

此类评论，虽大可商榷，但指出曹雪芹创作《红楼梦》，在梦境构思和描写方面受到过《邯郸记》的启迪，还是颇有眼力的。

《红楼梦》“大旨谈情”，这“情”同样并非仅指儿女之情，而是包括儿女之情在内的“情至”。陈其泰《桐花凤阁评红楼梦》，于首回“从此空空道人因空见色，由色生情，传情入色，由色悟空”处，眉批曰：“一部《红楼梦》读法，尽此十六字，即尽此一‘情’字。”这是有识之见。大某山民《红楼梦总评》所谓：“秦，情也。情可轻，而不可倾，此为全书纲领。”这种理解显为片面之论。

“大旨谈情”，也就是说，《红楼梦》写的是“千红一哭，万艳同悲”的悲剧性情史，亦即贾宝玉和“群钗”的悲剧性情史。他们的悲剧皆因“情”而起，其性质和情况则各不相同。或为叛逆旧制度、旧思想和旧秩序；或为追求新的人生道路；或执著于“风月情浓”；或热衷于权势、金钱；或生在贵族之家，却看破了红尘；或身已入空门，而六根未尽；或心怀补天之志而生不逢时；或恪守礼教，而甘愿陪葬；或“身为下贱”，而“心比天高”……《红楼梦》透过一系列悲剧性的情史，各种类型的悲剧形象，从各个角度、各个侧面，鼓吹了“情至”观念（歌颂善情、批评恶情），抨击了封建主义（制度和思想）。由此可见，《红楼梦》的“大旨谈情”，离不开“情至”观念，以及吴文化作为“情至文化”这个大背景。我们也只有从“情至”观念这个视角，联系“情至文化”，方能正确把握《红楼梦》“大旨谈情”的文化意蕴、社会意义和美学价值。

最后，吴文化是开放的文化，《红楼梦》受其影响，不乏西方文化的描写。“海纳百川，有容乃大。”吴文化虽然是个性鲜明的区域性文化，但绝不封闭和保守。它敢于、也善于吸收容纳各种文化，不断地丰富和充实自己，一直保持着开放的态势。在中华文化中，吴文化也是最早吸收、容纳和融化西方文化的区域性文化之一。《红楼梦》博大精深的表现之一，是不乏关于西方文化的描写，这与开放的吴文化的孕育和滋养也是分不开的。黄龙先生曾在《曹雪芹与莎士比亚》中，披露了威廉·温斯顿所著《龙之帝国》（*Dragon's Imperial Kingdom*）中的一段有关曹頫的资料：

有一幅江宁织造局制作的手工织锦，饰有龙凤纹样，是我家祖传的宝物，极其珍贵，虽经战乱而仍完好。盖当我祖父菲利普在中

> 国经营纺织品贸易的时候，有缘结识了江宁织造局的主事曹頫先生，并应邀担任织局的技术指导，传授纺织工艺。这位主人款待宾客十分殷勤，常即席赋诗以叙亲切之情。作为酬答，我祖父便宣传《圣经》的教义，或绘声绘色地讲述莎士比亚戏剧中的故事。

由于《龙之帝国》的原书尚未找到，这条重要的材料无法证实。但在笔者看来，自16世纪末期以来，随着西方传教士的东来，西方文化开始传到了中国。明代身为礼部尚书兼大学士的徐光启也信奉天主教；日耳曼人汤若望于崇祯三年(1630)被召至北京，修订历法，并监制大炮，传授用法，清顺治三年(1645)任钦天监正，说明当时的吴文化已受到了西方文化的影响。康熙后期，西方传教士在东南沿海相当活跃。在统一台湾以后，康熙帝也提倡学习西方先进的科学技术。流传至今的《康熙几暇格物编》，就是他在日理万机之暇，对天文、地理、古生物、动物、植物、医药等学科的一些知识所做的调查和实验。西方传教士张诚、安多、白晋等人，还受到康熙的赏识，应聘任职，并在宫廷内开讲《圣经》，传授现代科技知识。在这种背景之下，吴文化区域的一些站在时代前列的学者，得风气之先，纷纷著书立说，倡导学习“西方之长”。比如，江苏吴江人王锡阐，治天文和历法，主张“考古法之误而存其是，择西说之长而去短”(《清史列传·王锡阐传》)；安徽宣城的著名天文学家梅定九亦强调，“法有可采，何论东西；理所当明，何与新旧”(《堑堵测量》卷二)。

在这种文化大背景下，不管《龙之帝国》中的那条记载能否证实，有一点是完全可以肯定的，那就是长期任职于江宁、苏州和杭州织造署的曹氏家族及其亲戚，接待或接触过西方人士，受到过西方文化的影响。而这种情况，在《红楼梦》中也已有艺术的反映。

第五十二回，说到薛宝琴八岁时节，曾跟随其父到西海沿上买洋货，还碰到了一位“真真国的女孩子”。在曹雪芹的生花妙笔下，这位十五岁的洋娃娃，“那脸面就和那西洋画上的美人一样，也披着黄头发，打着联垂，满头戴着的都是玛瑙、珊瑚、猫儿眼、祖母绿，身上穿着全丝织的锁子甲，洋锦袄袖；带着倭刀，也是镶金嵌宝的。实在画儿也没他那么好看”。更有意思的是，此女还“通中国的诗书，会讲‘五经’，能作诗填词”。曹雪芹若未接触过来自西方的女子，他对真真国的女孩子是不可能写得如此惟妙惟肖的。至于，《红楼梦》中写到的洋货，包括器皿、食品、玩具、服饰(如雀金裘)、花草(如女儿棠)等，同样证明西方文化已进入了贾家的生活和雪芹的视野。

还有一个细节，是可以斑窥豹，了解开放的吴文化对《红楼梦》的影响。

第六十三回，紧接着“怡红夜宴”之后，己卯、庚辰诸本皆有九百余字的一大段文字，写宝玉为芳官改名的趣事：

> 到了怡红院，忽听宝玉叫耶律雄奴，把佩凤、偕鸾、香菱三个人笑在一处，问是什么话，大家也学着叫这名字，又叫错了音韵，或忘了字眼，甚至于叫出野驴子来，引的合园中人凡听见无不笑倒。宝玉又见人人取笑，恐作践了他，忙又说：海西福郎思牙闻有金星玻璃宝石，他本国番语以金星玻璃名为温都里纳。如今将你比作他，就改名唤叫温都里纳（己卯本作温都纳）可好？芳官听了更喜，说就是这样罢，因此又唤了这名。众人嫌拗口，仍翻汉名就唤玻璃。

据专家考证，“海西福郎思牙国”，“海西”即地中海以西；“福郎思牙”，当是佛郎机的异译；在明清之际佛郎机系专指葡萄牙和西班牙而言。至于“温都里纳”，应是西班牙语 Vidriera 之相当准确的音译。芳官改名一事，在《红楼梦》中只是极小的穿插描写，可是曹雪芹于“温都里纳”音译之准确，以及言福郎思牙在海西，这种令人惊叹的博闻，只能得自于与西方文化有接触的人士。

三、明清两代吴文化区域的作家作品对曹雪芹创作《红楼梦》的启示和影响

俞平伯先生曾经指出：

> 我总觉得《红楼梦》所以成为中国自有文字以来第一部奇书，不仅仅在它的“独创”上，而且在它的并众长为一长，合众妙为一妙，“集大成”这一点上。

此言极有道理。吴文化区域人杰地灵，历代名家如林，他们的作品对《红楼梦》的启示和影响是多方面的（构思、大旨、人物、结构、语言、诗词等等）。《红楼梦》在集大成这一点上，不只包括了吴文化地区的历代名家名作，还直接或借鉴、或效法、或脱胎于某些人物、情节和诗词。在前人的启示下，承之而益之，往往青出于蓝。在这一部分，我们将举些实例，探讨一下吴文化区域的作家作品，对《红楼梦》的总体构思，以及某些人物情节处理上的启示和影响。

前文已经涉及，汤显祖的“临川四梦”在思想和形象，以及梦境构思方面对《红楼梦》的影响。除此之外，张坚的《玉燕堂四种曲》与《红楼梦》的关系也非同一般④。

吴文化区域名家名作，对《红楼梦》有启示和影响的例子，实在不胜枚举。

俞平伯先生早在1922年，就曾撰《唐六如与林黛玉》，指出曹雪芹塑的林黛玉是“有所本的”，其“葬花一事”，无论如何系受古人的暗示而来，不是“空中楼阁，平地楼台”。

《红楼梦》提到过唐寅大名，曹雪芹对其人以及他的诗画和轶事，绝对不会陌生。“黛玉葬花”，与“子畏葬花”，确有关系；而《葬花吟》的主旨和风格，与唐寅的《花下酌酒歌》《花月吟》《一年歌》和《落花诗》也很难说没有渊源关系。

在《读〈红楼梦〉随笔》中，俞平伯先生认为，对《红楼梦》曾发生过最大影响的有四部书，那就是《庄子》《楚辞》《西厢记》和《金瓶梅》。俞先生还指出，从《红楼梦》第二十四回记倪二醉遇贾芸的脂批：“这可以想见作者心目中以《水浒》为范本，又本书第二回贾雨村有‘正气’‘邪气’一段演说，跟《水浒》第二回‘误走妖魔’意思相同。《红楼梦》所谓‘一丝半缕误而逸出’，实即《水浒》的‘一道红气滚将出来’。”俞先生还同意景梅九《石头记真谛》之说，认为《红楼梦》开首说补天顽石，与《西游记》第一回花果山，“说法略异，观念全同”；并指出：“这块高十二丈方二十四丈的顽石，既可缩成扇坠一般，又变为鲜明莹洁的美玉，我觉得这就是‘天河镇底神珍铁’（金箍棒）塞在孙猴子的耳朵里呵。”

《红楼梦》中大到思想、人物，小至一则笑话、一段细节，若做有心人确实都可以从吴文化区域的名家名作中找到其渊源，或惊人的相似之处。

比如，贾宝玉的“女清男浊”说，有的学者就认为，它与吴兴人赵孟頫夫人管道昇的小曲殊有关系，其〔锁南枝〕云：“傻酸角，我的哥，和块黄泥捏咱两个。捏一个你，捏一个儿我。捏的来一似活托，捏的来同床歇卧。　　将泥人儿摔碎，著水重和过。再捏一个你，再捏一个我。哥哥身上也有妹妹，妹妹身上也有哥哥。”这位学者认为：

> 把贾宝玉说的男女两性各以泥或水为骨肉的奇谈怪论与管道昇的小曲中打碎重捏的说法作比较，贾宝玉正是反管道昇之道而行之，管所强调的是“合”，而且是反复打碎的捏合。贾宝玉强调的是“分”，而且分解为清浊对立的两大元素。管的泥人是感性化、形象化的化合物，贾的泥人是单一化、抽象化的分解物。（廖仲安《〈红楼梦〉源流随笔》）

妙玉，“世外人也，故笔笔带写，妙极，妥极！”（庚辰本第十八回畸笏叟眉批）在“金陵十二钗”中，此女亦是寓有深意的新奇悲剧形象。据有的研究者

考证，曹雪芹塑造妙玉，当受到元季画家倪云林的启示。据明陆采所辑《都公谭纂》中有关倪云林的数则记事，其好洁孤僻而受辱，与妙玉的特点和遭际颇为相似。在贾雨村与冷子兴关于"正邪两赋人物"的谈话中，也曾提到"近日倪云林、唐伯虎、祝枝山"。由此可见，曹雪芹对这三位放浪形骸和鄙视权贵的吴中著名画家，是熟悉而又推崇的。

《红楼梦》中小到一则笑话，也往往有出处可以找到。比如，第五十回中，击鼓传梅，轮到凤姐说笑话，凤姐说的"聋子放炮仗"，当源于冯梦龙《笑府》中的《拾爆竹》。至于某些传神的细节描写，溯其源，亦皆有前人之作为基础，再经曹雪芹的锻冶而已。比如，第三十回，贾宝玉因"说错了话，正自后悔"，自叹自泣一段，当源于明末天然痴叟《石点头》卷五《莽书生强图鸳侣》中莫谁何的一段描写。同回龄官画蔷，与杜浚《变雅堂集》卷三所记名妓冯小伶事，有异曲同工之妙。第六十回中关于贾琏向尤二姐投掷九龙佩一段，其来源至少有二：一为《聊斋志异》卷十二《王桂庵》；一为凌濛初《拍案惊奇》卷三十二《乔兑换胡子宣淫　显报施卧师入定》之"入话"，亦即蒲松龄之直接译本。

---

① 参见《红楼梦学刊》1992 年第一辑，崔川荣《曹雪芹生年被埋没的原因——辨"甲午八日泪笔"》、张欣伯《谈论石头记第二十五回》。据敦诚《寄怀曹雪芹》"扬州旧梦文已觉"注曰："雪芹曾随其先祖寅织造之任。"笔者同意吴新雷学兄之见，雪芹生于康熙五十年辛卯（1711）十一月初，参见吴新雷《曹雪芹》，江苏人民出版社 1983 年版。

② 第二十三回庚辰本脂批指出："大观园原系十二钗栖正之所。"脂批又云："大观园系宝兄与十二钗之太虚幻境。"

③ 脂砚斋针对第二回贾雨村和冷子兴议论段批语说："《女仙外史》中论魔道已奇，此又非《外史》之意，故觉愈奇。"按：指《女仙外传》第三十一回中刹魔公子与月君（唐赛儿）的对话，第二十七回中月君与鲍姑、曼师的对话。

④ 关于张坚的《玉燕堂四种曲》与《红楼梦》的关系，以及张坚的剧作和尤侗的〔驻云飞〕《十空曲》对《红楼梦》中的《好了歌》及其解注的影响，因作者另有专文《〈红楼梦〉与〈玉燕堂四种曲〉》和《〈好了歌〉及其"解注"探原》收入了本书，故删除了原文中的这个部分。

1995 年，原载严明《红楼梦释梦》（代序）

《红楼梦》与苏州

苏州，虽不是曹家的发祥之地，亦非曹家全盛时代的久居之地，可是与曹家、曹雪芹、《红楼梦》及其“红学”殊有关系。这个山明水秀的人间天堂，犹如“燕市哭歌遇悲合，秦淮风月忆繁华”（敦敏《懋斋诗钞·赠芹圃》）一样重要，它那旖旎的风光和吴地风俗，以及独具风采的园林艺术和昆曲艺术，是曹雪芹创作《红楼梦》不可或缺的条件。而吴文化地区的闺阁淑女和奇优名倡的悲惨遭遇，与曹氏家族及其近亲的“几个异样女子”的不幸命运，则激起了曹雪芹创作《红楼梦》的情感冲动。程甲本和程乙本的诞生以及“红学”的发展，苏州的红学家也作出了不可磨灭的贡献。

曹家的兴衰，与辽阳、北京固然有着密切的关系，但与南京、扬州和苏州等古都名城，也结有不解之缘。

康熙二年（1663），曹玺（曹雪芹曾祖）奉旨从北京来到南京，总管“江宁织造”事务。为了结交更多的江南社会名流，以便在汉族士夫文人中间扩大清王朝的影响，曹玺曾多次到苏州活动。著名诗人和戏曲家尤侗就是曹玺的座上客，在他的《艮斋倦稿》《西堂杂俎》等文集中，就有不少有关曹玺、曹寅父子之文。

康熙二十九年（1690）四月，曹寅（曹雪芹祖父）由内务府广储司郎中出仕“苏州织造”，康熙三十一年（1692）十一月奉旨移镇江宁，在苏州二载又八个月。曹寅的文化艺术修养比乃父更高，从事有关织造之事，比之乃父更为得心应手，在结交江南社会名流，扩大清王朝的政治影响方面，成绩也更为突出。如为追怀乃父，特请严绳孙、恽寿平、黄瓒等九人所绘四卷十图的《楝亭图》上，题咏者达四十八人，其中江南名流就有尤侗、宋荦、毛奇龄、杜濬、余怀等人。

“苏州织造”（遗址今属苏州第十中学）及其所属织局，规模宏大。1963年发现于遗址的《苏州总织局图》（顺治四年十二月立，现存苏州碑刻博物馆），对总局有详细的介绍。“苏州织造署”至今尚存不少遗迹，西花园依稀可

妙 玉

见当年风貌。

《红楼梦》的故事，是从“红尘中一二等富贵风流之地”的姑苏城的阊门外写起的。“金陵十二钗”中的林黛玉“本贯姑苏人氏”，妙玉、香菱等亦是苏州人。妙玉出家的蟠香寺，是玄墓山之一景，玄墓山是苏州西南太湖边的一座名山。大观园中的“家乐”，十二个小戏子是贾府为元妃省亲，特地从苏州买来的，行头是从苏州购置的，教习也是从苏州聘来的。另外，林黛玉《柳絮词》中的“粉堕百花洲，香残燕子楼”，这百花洲就在胥门外。薛蟠还从苏州带回虎丘的各种小工艺品。《红楼梦》中多处写到苏州的人与事，说明曹雪芹对苏州的熟稔。

昆曲艺术、园林艺术和评弹艺术，可说是源远流长的吴文化发展到明清两代的三大精粹，而昆曲艺术和园林艺术，与曹家殊有关系，对曹雪芹创作《红楼梦》则有着不可低估的影响。清人沈朝初《忆江南》曰：“苏州好，戏曲协宫商。院本爱看新乐府，舞衣不数旧霓裳，昆调出吴阊。”曹家的黄金时代，正当昆曲艺术和江南园林艺术的全盛时期。曹寅不仅蓄有“家乐”，还是位创作过《北红拂记》等四部剧作的戏曲家。曹寅内兄李煦，任苏州织造达三十年之久。他曾向康熙进献过由苏州女伶组成的昆班。出身于富有艺术传统的贵族之家，曹雪芹目染耳濡，从小热爱昆曲艺术，读过大量剧作；又流连忘返于江南各地的名园，热衷于园林艺术。他创作《红楼梦》，得力于他所谙熟的昆曲艺术和园林艺术，这是显而易见的。

或谓曹雪芹“不得志，遂放浪形骸，杂优伶中，时演剧以为乐”。从《红楼梦》中精心描写的“龄官画蔷痴及局外”和“识分定情悟梨香院”；宝玉与琪官的交往，并确认其人为“情种，非寻常戏子可比”；宝玉对芳官的另眼相看等，皆可看出宝玉对“戏子”人格和艺术的尊重。由于曹雪芹热爱和谙熟昆曲艺术，又有初步的民主态度，他创作《红楼梦》时，一方面自然地插入了许多戏曲活动，全面描写了贵族“家乐”的盛衰际遇，以及苏州女伶的悲惨命运，并塑造了不少动人的“戏子”形象；另一方面，《红楼梦》也深受戏曲艺术的影响，作者在运用“从戏场上得来”的章法方面，取得了令人瞩目的成就[1]。

《红楼梦》中的大观园是曹雪芹的一个杰作，它在小说总体构思中占有重要的地位。大观园的由聚而散，由喜而悲，与由盛而衰的封建家族悲剧，宝玉的人生道路和爱情婚姻悲剧，以及以“金陵十二钗”为中心的“群钗”的命运悲剧，是息息相关的。二知道人《红楼梦说梦》指出：“大观园之结构，即雪芹胸中丘壑，壮年吞之于胸，老年吐之于笔耳。”己卯本脂批同样认为，《红楼梦》细写大观园的第十七回，“乃一部之纲绪，不得不细写”，作者所虚构的大观园，是“古书中未见之工程也”，与“别部小说中一万个花园中，皆是牡丹亭、芍药圃，雕栏画栋、琼榭原楼”，亦大异其趣。

说曹雪芹在园林艺术方面颇有造诣，己卯本第十七回脂批指出，《红楼梦》描绘大观园，“写出水源，要紧之极……此园大概一描，处处未尝离水，盖又未写明水之从来，今终补出，精细之至”。“处处未尝离水”，正是江南园林的一大特点，也充分反映了“得水分”之吴文化的特点，这离不开曹雪芹的和脂砚斋“幼年往事”中记忆犹新之事。故《红楼梦》有关大观园的描写，“若云拟编虚想出来，焉能如此？”（己卯本第十七回脂批）

在《红楼梦》版本史上占有重要地位的程高本，苏州人程伟元是出了大力的；而在红学发展史上影响深远的护花主人评点本，则出于吴县人王希廉之手。

从乾隆十九年（1754）到五十六年（1791）程甲本问世之前，《石头记》前八十回手抄本，开始仅在曹雪芹的少数亲友间流传，后来稍有扩大，能读到此书者，又因其“无全璧”“无定本”而深感遗憾。正是在这样的背景下，程伟元、高鹗收集、修辑和补遗订误的百二十回《新镌全部绣像红楼梦》于乾隆五十六年（1791）冬，用木活字排印出版，后人称为程甲本。次年二月，程高二氏又“复聚各原本，详加校阅，改订无误”[2]，仍用木活字排印出版，后人称为程乙本。

自程高本甲乙两种问世以来，红学研究者对它的评价分歧极大，而持否定和批评态度者占上风。直到1996年全国各地纪念程高本《红楼梦》刊印两百周年之际，红学研究者才对它进行了实事求是的评价，开始有了一分为二的共识。

程高本《红楼梦》的后四十回何人所作，迄今红学界尚有不同看法。根据

程高二氏撰于乾隆五十六年、五十七年的《序》和《引言》,以及高鹗的《重订〈红楼梦〉小说既竣题》七绝,可以认为,程高本《红楼梦》为曹雪芹的《石头记》做了三件事:一是依据《石头记》八十回后的零星稿子,“修补”了后四十回;二是根据他们当时所能见到的各种《石头记》抄本,对前八十回作了修订,“细加厘剔,截长补短”(程伟元《红楼梦序》),并作了文字润色;三是将全璧本《红楼梦》“付剞劂,公同好”(高鹗《红楼梦序》)。程高本《红楼梦》的后四十回,与《石头记》前八十回,虽存在着思想和艺术上的高下之别。但是,有了程高本,才有《红楼梦》的普及;程高本《红楼梦》有力地促进了红学的长足发展。

程伟元(约1745—1818),字小泉,自云“古吴”人。程高本甲乙两种问世之后,嘉道以降评点百二十回本《红楼梦》蔚然成风,它有力地促进了红学的发展。在众多的评点本中,吴县王希廉的评点本不仅刊刻时间早,也很有特色和价值;后来张新之(太平闲人)和姚燮(大某山民)的评点本,皆须依附王评本才得以畅销,《红楼梦》三家合评本,显然以王评本为主。

王希廉,字雪香、雪芗,号护花主人,吴县东山人,一说震泽人[③]。他虽因评点《红楼梦》而名闻四海,但有关其生平资料却极为稀少。王希廉评点的《新评绣像红楼梦全传》,于道光十二年(1832)由双清仙馆刊刻。它是根据东观阁本增批而成,而东观阁本则取程甲本为底本校勘而以巾箱本问世于乾隆末年,故其祖本是程甲本。[④]王评本翻刻本极多;光绪之后,又常与张新之、姚燮、蝶芗仙史等人的评点合刊问世。《红楼梦批序》曰:“余之于《红楼梦》,爱而读之,读之而批之,固有情不禁者矣!”王希廉因酷爱《红楼梦》,情不自禁写下了自己的读书感受和心得,其评点创获颇多。

首先值得重视的是王希廉对于《红楼梦》结构的研究。他把全书百二十回分为二十一大段,并概括了各大段的主要情节,并于每一大段中又分出若干小段,分析了全书情节发展的脉络及写作手法。评点者对《红楼梦》所作的鸟瞰式结构分析,有助于读者从宏观上把握小说的内容,自是一家之言。

与结构和大旨有关的《红楼梦》的“纲领”问题。王评本明确指出,第五回是“一部《石头记》之纲领”,这也是发人深思之创见。此后,张评本、姚评本和话石主人《红楼梦本义约编》关于小说纲领的评点,无不受王评本的影响。

脂批确认《石头记》“万法俱备,毫无脱漏”(庚辰本第四十四回批语),王评本效法脂批,对《红楼梦》的章法也作了认真的论说和总结。如布局方面,王希廉概括出“文章生波再展”“文章脱卸”“随起随落”“藏蓄笔作截断笔”等笔法;在叙述方面,他总结出“文章善于引线”“因主及宾”“趁势法”“剪裁法”“并叠类叙法”“巨细浓淡相间法”等;在描写方面,王希廉概括出“暗深一层法”“由浅入深法”和“事后追神法”。其《总评》还说:“《红楼梦》一书,有正笔,有反笔,有衬笔,有借笔,有明笔,有暗笔,有先伏笔,有照应笔,有着色笔,有淡写笔,各样笔法,无所不备。”

关于《红楼梦》的艺术美,王希廉有大量的批语。他欣赏小说之“情景真切”,以及描写之出神入化;他赞许小说之“细密周到”和“文情曲折”,更欣赏其“藏而不露”的“含蓄有味”。

总之,王希廉的《红楼梦》评点,虽属旧红学范畴,难免有所局限,但从其影响之深远,已可见其在红学史上的重要地位。

自程高本问世之后,《红楼梦》开始走出士大夫文人的小圈子,拥有广大的读者群,在社会上产生了巨大的影响。随着程高本的风行于世,立即出现了两种引人注目的现象:一是续书、仿作蔚然成风;二是改编戏曲,形成热潮。这说明广大读者对于《红楼梦》的喜爱,也进一步扩大了这部奇书的社会影响。嘉庆年间“开谈不说《红楼梦》,读尽诗书也枉然”局面的形成,与此有着密切的关系。众多的《红楼梦》戏曲和续书的出现,也是《红楼梦》接受史的一个侧面。

据现有资料统计,创作于嘉庆、道光和同治年间的《红楼梦》戏曲作品,流传至今的共有十余种,其中出于苏州戏曲家之手的有三种,下文介绍其中的两种。

吴镐,号荆石山民,太仓人,监生,著有《荆石山房诗文集》。他的《红楼梦散套》作于嘉庆二十年,虽曰散套,着力写曲,但亦有科介、宾白,实为一部十六出的传奇。吴镐创作此剧,为的是“好替那痴男怨女了冤情”(《梦觉》《混江龙》)。借用忏摩居士的《题词》来说,乃是“因幻成痴,因痴成梦,梦觉痴醒,一场串弄”。主题并不可取,但当时人对它的评价却甚高。梁廷枏《曲话》认为,吴镐此剧“其曲情亦凄惋动人,非深于“四梦”者不能也”。另外,剧中对宝钗的处理也突破了一般的理解。作者没有简单地把宝钗作为黛玉的对立面,在《寄情》出,让她对香菱倾吐了如此肺腑之言:“你看古今来典籍之中,娇娃弱女,大半含恶抱恨,岂独林姑娘和我三人呢?令人想起,可不伤感也!”至于剧作从元妃“归省”开场,以宝玉“觉梦”作结,艺术构思亦不无新意。

陈钟麟的《红楼梦传奇》大致创作于嘉庆后期。姚燮《今乐考证》介绍陈氏如下:

> 钟麟，字厚甫，官观察，吴门人，寓居武林。所著《红楼梦传奇》有六十折，构局森严，运词绵丽，而不袭三家一字，亦足树帜词场。

陈钟麟《红楼梦传奇》长达八十出，程高本《红楼梦》中的重要人物和故事情节，几乎全部敷演到了。虽称不上是杰作，在嘉道时代的确“亦足树帜词场”了。在同时代的《红楼梦》戏曲中，如此长篇巨制，有其一定艺术特色。陈钟麟认为，戏曲创作应“不失风人宗旨”，他一反“古今曲本，皆取一时一事一线穿成”之惯例，改为以宝、黛为主，重要人物则“每人摹写一二阕”。“湘云、惜春、宝琴、妙玉、香菱皆聪明过人者，摹其性灵，使千古活现。”另外，“柳湘莲、尤三姐俱有侠气，与各人旖旎者不同，难以安顿，且净脚颇少。今借柳、尤二人，以代一僧一道，不特避熟，而净脚亦可登场”。至于关目，“有原本所无、曲中添出者，有原本在前、曲中在后者，取其情文相生，随手变化，无庸拘泥”（见《红楼梦传奇 · 凡例》）可见，陈钟麟在艺术结构和情节处理上是煞费苦心的。

---

① 第二十一回，写贾琏追逐平儿求欢，一个在屋外，一个在屋内，隔窗调笑，庚辰本《红楼梦》脂批曰：“此等章法是戏场上得来。”

② 引文见程乙本卷首《红楼梦引言》。程乙本改动的文字，多达两万一千字。为何仅隔几个月，改动那么大，笔者认为当是程、高二氏又发现了新的抄本。

③ 在清末出版的王、姚合评本《红楼梦》中，每回首题均有“东洞庭护花主人评”，东洞庭，即洞庭东山。

④ 嘉庆十六年（1811）重刊的东观阁本，出现了圈点和行间批，其数量和质量虽无法与王评本相提并论，但它是继脂批之后首先出现的评点本。

2005 年，原载《苏州文学通史》

《林兰香》·《金瓶梅》·《红楼梦》

一、《林兰香》是部值得另眼相看的小说

对于专门研究中国古代小说的学者来说，《林兰香》是相当陌生的。因为此书在国内外极少流传，鲁迅《中国小说史略》、孙楷第《日本东京所见小说书目》亦未见记载。自黄人《中国文学史》问世（1913 年），迄今所有的《中国文学史》《中国小说史》，在论及明清小说时，均未提及《林兰香》。直到 1985 年 9 月，春风文艺出版社点校的《林兰香》（大连图书馆藏道光十八年本衙藏版本）出版后，人们才知清代还有这样一部世情小说。

《林兰香》题“随缘下士编辑，寄旅散人评点”。卷首有蘂蔆子的《序》，寄旅散人引的《〈林兰香〉丛语》。关于随缘下士、寄旅散人、蘂蔆子的真姓大名、籍贯和生平事迹，尚有待于查考。《林兰香》的创作时间，亦无材料可考。不过，寄旅散人的夹批和回末评、蘂蔆子的序文，曾多次提及《金瓶梅》，却从未涉及《红楼梦》。由此可以断定，《林兰香》当创作于《金瓶梅》之后，《红楼梦》之前，此其一。其二，寄旅散人评点中，常用“前明”二字，《〈林兰香〉丛语》有一则还引用了明末陈眉公的话，由此可证，《林兰香》当创作于清代。其三，第二十四回中，女主人公燕梦卿关于

《林兰香》插图

恩爱夫妻、生死夫妻、患难夫妻和冤业夫妻之说，与洪昇《四婵娟》中把古往今来的有情夫妻分为美满夫妻、恩爱夫妻、生死夫妻和离合夫妻，十分相似。根据孙凤仪《牟山诗钞》中的有关诗篇，以及洪昇与惠润的叙会情况（今本《四婵娟》有惠润的序），《四婵娟》当作于康熙四十二年（1703）之前。如果《四婵娟》受《林兰香》的影响，《林兰香》当作于康熙四十二年之前；如果《林兰香》受《四婵娟》的影响，则《林兰香》当作于康熙四十二年之后。

作者的姓名虽然无考，但其署名随缘下士，在小说中倒是透露了他的用意的。第二十回，写燕梦卿与任香儿讨论人与人的“结缘之说”，梦卿认为一切皆“随缘而已”，她并解释说：“随缘者，乃随遇而安之意。”这虽是小说人物的看法，却不难以中窥见作者的处世哲学之一斑。

从首回和末回遥相呼应的叙说和感慨中，可以看出《林兰香》的创作缘起和旨意。首先，作者对于“幽闲贞静，堪称国香者”的女子，“不得于夫子，空度一生”的悲剧，颇为愤慨不平。为此，他要“借梦梦空空之事”，为几个德才兼备又“悠忽毕世”的女子树碑立传。其次，通过耿府的盛衰际遇，作者不只意在批判封建末世社会的弊病，且要形象地阐明人生如梦的思想。小说“第一回以邯郸侯开场，第六十四回以邯郸道结局，以梦始终者也”（夹批）。如此构思，无非是为了宣扬一切“总皆梨园中人，弹词中人，梦幻中人也。岂独林哉，兰哉，香哉！”最后，作者创作《林兰香》也是为了鼓吹其“随缘而已”，“随遇而安”的处世哲学；而这种“与人无忤，与世无争”（小说对宣爱娘的赞词）的处世哲学，与人生如梦的色空观念，又是紧相联系在一起的。

作者的创作思想是比较复杂的，这种复杂性必然导致《林兰香》思想内容的复杂性。《林兰香》全书六十四回，故事发生于明王朝的都城北京。小说从明仁宗洪熙元年（1425）写起，直到嘉靖八年（1529）为止，历经八朝共一百多年。它以明初开国功臣泗国公耿炳文支孙耿朗、耿顺父子二代的兴衰史为中心，旁及朝廷中的忠奸斗争，地方上的叛乱，比如，御史茅球借科场舞弊案陷害御史燕玉，两仪山彭氏三兄弟的作乱，耿顺奉旨出征甘凉，土木堡之变后内监石亨、曹吉祥的暴动等。上自皇帝、贵族、官僚、将军、内监，下至高士、商人、侠客、妓女、妖人、恶霸等，全书各色人物超过三百；其中最多的则是贵族之家的僮仆侍婢。作者用五十六回书详传耿朗在二十四年中的故事，另用八回书“特传耿顺，以著燕、田（耿顺的生母和养母）余美”（回末评）。小说的主人公是耿朗及其六妻妾：林云屏、燕梦卿、宣爱娘、任香儿、平彩云和田春畹，他们的家庭生活和矛盾纠葛，诸如夫妻的欢爱、反目，诸妾的明争暗斗等，则是小说的情节主线。

《林兰香》叙闺中之事详切，着意于六个性格迥异的女子的刻画。但是，通过耿府二代的兴衰变化，以及封建末世种种世态的真实描绘，小说不仅指责了奸佞，鞭挞了匪类，批判了世风，也揭示了矛盾重重、内外交困的贵族阶级必然没落的历史命运。《林兰香》是肯定一夫多妻制的，这当然毫不可取。但是，小说通过耿朗六妻妾的复杂而微妙的关系，特别是燕梦卿的悲剧性格和悲剧命运，又充分暴露了一夫多妻制的罪恶。在第十三回中，作者借林夫人之口指出："自古及今，有多少郎才女貌，被那愚父愚母执固不通，做坏事体，大则生死相关，小则淫私纷起。"

在小说中，作者赞赏那些恪守封建伦理道德，且德言工容兼美的妇女。为此，他倾注感情地塑造了燕梦卿和田春畹的形象，以之作为理想妇女的典范。梦卿在即将出闺成大礼之日，父亲突然被诬下狱。于是，她自愿与耿门解除婚约，代父入狱。在冤狱平反之后，她又甘作二房，坚持仍嫁耿朗。平时，她"言不轻发"，"事不必专"，"在众人身上真心真意，无些些虚假"。丈夫听信谗言，怀疑她，冷淡她，她怨而不怒；甚至"夫妻反目，犹然割指医病"。她信奉这样的教条："夫者，妇之天。万有不齐之物，皆仰庇于天。妇人一生苦乐，皆仰承于夫"，决不"议夫之是非"。田春婉系梦卿陪嫁侍女，梦卿死后成了耿朗的第六房侍妾，尽心抚养梦御之子耿顺。她可谓梦卿的影子和替身，诚如寄旅散人所赞："春畹为侍女是贤侍女，为妾是贤妾，为妻是贤妻，为母是贤母。"作者把燕田这样的封建淑女，奉为理想人物，极尽歌颂之能事，显然不足为训。不过，与此同时，作者又高喊："闺阁淑媛即我朋"，"说着芳踪齿亦芬"；对于压抑妇女才能，戕害妇女身心的封建理义，以及耿朗的夫权思想，小说亦作了无情的批判，表现了为妇女鸣不平、争平等的民主思想。

在艺术上，作者创作《林兰香》，不只追步明代"四大奇书"，且有超越其上的雄心壮志。[麦粦][麦娄]子在序中评曰：

> 近世小说脍炙人口者，曰《三国志》，曰《水浒传》，曰《西游记》，曰《金瓶梅》。皆各擅其奇，以自成为一家。惟其自成一家，故见者从而奇之。使有能合四家而为之一家者，不更可奇乎？偶于坊友处睹《林兰香》一部，始阅之索然，再阅之憬然，终阅之怃然，其立局命意俱见于开卷自叙之中，既不及贬，亦不及褒。所爱者有《三国》之计谋而未邻于谲诡，有《水浒》之放浪而未流于猖狂，有《西游》之鬼神而未出于荒诞，有《金瓶》之粉腻而未及于妖淫，是盖集四家之奇

以成为一家之奇者也。

嫾嫾子此评，虽有溢美之词，亦不无道理。首先，《林兰香》是一部世情小说，它走的是《金瓶梅》的创作路子，但又有所推陈出新，在许多方面可说开了《红楼梦》的先河。其次，《林兰香》不只具有《金瓶梅》之奇，也兼有《三国》《水浒》和《西游》之奇，确有“集四家之奇以成为一家之奇”的艺术特色。

《林兰香》既有独特的艺术个性，内容又有一定的社会意义。从明清章回小说的历史的发展角度来审视，这是一部值得另眼相看的作品。

二、《林兰香》与《金瓶梅》

在深切关注人情世务方面，《林兰香》与《金瓶梅》堪称艺术功力不相上下的奇书。笔者以为，诞生于《金瓶梅》之后的《林兰香》，从创作思想到艺术方法，从题材内容到人物塑造，从结构、语言到细节描写，无不深得《金瓶梅》三昧。作者以小说中的三个主要女子的姓名组合成书名①，这是取法乎《金瓶梅》的明显例证。但是，《林兰香》借镜《金瓶梅》，《金瓶梅》影响《林兰香》，绝不仅仅表现在小说的命名上。当然，《林兰香》也不是亦步亦趋《金瓶梅》，它有所续承，有所扬弃，也有所创新，在某些方面做到了青出于蓝，蝉蜕于秽。

《金瓶梅》是取材于现实生活的百回巨著，它通过一个特殊家庭的兴衰史和罪恶史的如实描写，涉及16世纪封建社会的方方面面，反映了一个时代。诚如张竹坡《金瓶梅读法》所指出的：“《金瓶梅》因西门庆一份人家，写好几份人家，如武大一家、花子虚一家、乔大户一家、陈洪一家、吴大舅一家、张大户一家、王招宣一家、应伯爵一家、周守备一家、何千户一家、夏提刑一家。……凡这几家，大约清河县官员、大户屈指已遍，而因一人写及全县。”其实，《金瓶梅》岂止“因一人写及全县”，简直可以说，它因西门庆一份人家而写及全国，概括了一个时代。

《林兰香》虽仅六十四回，但同样取材于现实生活，通过一个特殊家庭的兴衰史的如实描绘，涉及清初社会的各个方面。同时，《林兰香》亦因耿朗一份人家，写好几份人家，如燕玉一家、林茂一家、宣节一家、任自立一家、平彩云一家、茅球一家……虽说深度不及《金瓶梅》，但同样因耿朗一份人家而写及全国，概括了一个时代。

1930年，法国的弗朗茨·库恩节译的《金瓶梅》，书名题为《金瓶梅：西门庆与其六妻妾奇情史》。《金瓶梅》是以恶霸、官僚和富商三位一体的西门庆，与其六妻妾以及丫鬟春梅的荒淫无耻的糜烂家庭生活为中心展开情节的，上自宫廷、官场，下至市井、勾栏，反映了相当广阔的社会生活。法国译者认为西门庆与其六妻妾的纵情色欲是一段“奇情史”，这并不恰当。因为，西门庆与其六妻妾的夫妇生活，奇则“奇”矣，却无“情”可言。《林兰香》则名副其实，可谓“耿朗与其六妻妾奇情史”。

耿朗是贵族世家子弟，后来又为国立功，当了大官。他与西门庆一样，也拥有六个妻妾：林云屏、燕梦卿、宣爱娘、任香儿、平彩云和田春畹。寄旅散人评得好：

> 世家贵胄未有不好色者。林、宣、田，色之正者也，平，色之淫者也；任，乃淫而妖者也，故耿朗迷惑于香儿。

作者的高明，在于既写出了耿朗之“好色”，以及“迷惑于香儿”，又重彩浓墨地描绘了林、宣、田与耿朗的夫妻情爱，以及“色之正者”与“色之淫者”和“淫而妖者”之间的复杂微妙关系；既渲染了耿朗与其六妻妾的奇情，又不像《金瓶梅》那样津津乐道西门庆与其六妻妾糜烂的性生活。

张竹坡在《金瓶梅读法》中，曾赞扬《金瓶梅》说：

> 读之似有一人，亲曾执笔，在清河县前西门庆家里，大大小小，前前后后，碟儿碗儿，一一记之，似真有其事，不敢谓操笔伸纸做出来的，吾故曰得天道也。

《金瓶梅》的作者确是大手笔，《金瓶梅》是他用极细的心思和如椽巨笔，按照生活本来的样子描摹出来的百回巨著，其主要内容是西门庆家的日常起居，饮食筵宴，社会交往，婚丧礼仪，以及夫妻、妻妾，诸妾和主奴、诸奴之间的错综复杂的矛盾斗争。正是在这些司空见惯、琐碎无聊，似乎没有什么可写的地方，兰陵笑笑生以其细致的观察和真实的描写，充分显示了现实主义的深刻表现力。恰恰在这些方面，《林兰香》继承了《金瓶梅》的传统，有过之而无不及，所不同的是，耿府的日常生活，特别是耿朗与六妻妾的欢爱和反目，以及六妻妾之间的暗斗苦争，与西门庆家相比较，趣味有雅俗之分，格调有高下之别。前者不乏诗情画意，令人神往，促人反思；后者则龌龊不堪，叫人恶心，使人厌恶。同样是赏雪、品花、听歌、观戏、游园，耿朗家与西门庆家，其情趣和格调的雅俗、高下是显而易见的。至于耿朗六妻妾的联韵、评画、赛棋，以及丫鬟们的弹琴说剑和相扑戏要，更是《金瓶梅》中那些淫娃荡妇所望尘莫及的。在日常生活的风雅化，以及百科知识的艺术化方面，笔者以为《林兰香》对《红楼梦》是很有影响的。

《林兰香》中的耿朗是世家公子和官僚，其六妻妾，除任香儿出身中等商

人之家（寄旅散人批语称其父为“市井闷头财主”，极妙），田春畹系梦卿的知心侍女，其余皆是名门闺秀。因此，在耿朗及其妻妾身上，封建主义的色彩较浓；这与《金瓶梅》中的西门庆及其六妻妾均带有鲜明的市井鄙俗气味，也是大相径庭的；这种不同，不只表现在日常生活和活动有雅俗之分，在夫妇关系和内部矛盾的形式上，亦有雅俗之分。《林兰香》中耿朗六妻妾为了“擅宠希权”，也会“苦相争斗”，但绝非公开的争风吃醋，更不会骂街挥拳，总是在笑语盈盈之中进行的。她们表面上一团和气，姐姐妹妹，在背地里则或非议中伤，或枕边进谗，或自艾自怨，或施展诡计；在我们看来，《金瓶梅》和《林兰香》的作者不惜笔墨所精心描绘的夫妇、妻妾和诸妾之间的矛盾斗争，无不真实地反映了封建时代一夫多妻制的弊端和罪恶，不管其表现形式是雅，还是俗，都有一定的社会意义和审美价值。

《金瓶梅》是世情小说的开创者，《林兰香》是效法《金瓶梅》的世情小说。它既有不及《金瓶梅》之处，亦有青出于蓝的地方。首先，《林兰香》有《金瓶梅》之粉腻而未及于妖淫。书中亦有淫秽描写，如第十四回的“茅大刚为色伤生”，第二十八回《半老佳人学密约　双盲才子赴幽期》，还有第二十九回中有关李婆和红雨的丑事。寄旅散人在二十八回的回末评中指出：

> 此书一部中淫荡者惟此回与第十四耳，然皆不成实事，盖成实事则便索然矣。试思男女未媾精之前，是何等情致；既媾之后，是何等意味，不言可知矣。神仙游戏三味，作此两回者，亦复尔云。

《林兰香》的淫秽描写，不仅数量极少，且适可而止，不像《金瓶梅》那样带着欣赏的态度连篇累牍地渲染“男女之媾精”丑态。寄旅散人在评点中，曾将《林兰香》与《金瓶梅》作对比，颇有见地。比如，他说：

> 看春畹在东一所一段，比春梅游旧家池馆如何？一贞一淫，既不足以相拟，而凄怆悲凉亦复过之。

在第六十三回寄旅散人于红雨说到当日在耿府与小厮童蒙“曾不见面交”处，有则夹批云：

> 此可见当日大家规矩。看者以此书为《金瓶梅》之对，然彼书外而男子可至闺房，内而妇女可出大门；且娼优杂处，酒肉为生，令人不堪之至。

其次，正由于作者对男女的性心理和性生活在小说中的作用有正确的认识，艺术处理又恰到好处：既能暴露“淫荡者”的恶行丑态，又不至于落入欣赏“男女媾精”的不堪境地。因此，《林兰香》中写诸妻妾的日常生活，时时洋溢着一种优雅的情韵,令人赏心悦目。即使写诸妾的"苦相争斗"和"擅宠希权",亦能启发人们反思封建贵族之家和一夫多妻制的种种弊病。《金瓶梅》中俗不可耐和丑不堪看的人与事比比皆是,《林兰香》中虽有污秽,但更多的是"抒情传笑语"的雅趣,以及"五美同欢"之类的韵事。

最后,张竹坡《金瓶梅读法》曾指出:"一部书中,上自蔡太师,下至侯林儿等辈,何止百有余人,并无一个好人,非迎奸卖俏之人,即附势趋炎之辈。"他还尖锐地一一评论说:

> 西门庆是混帐恶人,吴月娘是奸险好人,玉楼是乖人,金莲不是人,瓶儿是痴人,春梅是狂人,敬济是浮浪小人,娇儿是死人,雪娥是蠢人,宋惠莲是不识高低的人,如意儿是顶缺之人,若王六儿与林太太等,直与李桂姐辈一流,总是不得叫做人,而伯爵、希大辈,皆是没良心的人。兼之蔡太师、蔡状元、宋御史皆是枉为人也。

在《金瓶梅》中没有一个正面人物,充斥着"不是人"的人,或不配称为"人"的人。《林兰香》则不然,可说善良、正派的人多于作恶的人。在耿朗的六妻妾中,林、宣皆是有情有义的贤妻良母,燕、田更是作者心目中的理想女子,即使任、平虽有坏心和过错,亦不能与金、瓶、梅之流等量齐观。至于耿朗,当然也与西门庆不能相提并论。正由于此,《金瓶梅》中只有黑暗、丑恶和淫乱,而《林兰香》中,除了黑暗、丑恶和淫乱之外,还有真、善、美和光明。在这方面,笔者以为它对《红楼梦》亦不无启迪。

三、《林兰香》与《红楼梦》

《红楼梦》"深得《金瓶》壸奥",脂砚斋此批可谓切中肯綮。对于《红楼梦》与《金瓶梅》的关系,旧红学家曾作过多侧面的评论。比如,诸联认为:"《红楼梦》本脱胎于《金瓶梅》,而亵嫚之词,淘汰至尽。"张新之则说:"《红楼梦》是暗《金瓶梅》,故曰意淫。"他并指出:"《红楼梦》脱胎在《西游记》,借径在《金瓶梅》,摄神在《水浒传》。"苏曼殊赞同此论,他说:"论者谓《红楼梦》全脱胎于《金瓶梅》,乃《金瓶梅》之倒影云,当是的论。"邓狂言《红楼梦释真》则断言:"作者胸中抹煞一切才子佳人小说,而仍有一《水浒》《金瓶梅》为其所不敢轻视,二书皆政治小说而寄托深远者也。"诸家所论,提法和比喻虽不尽确切,但都看出了《金瓶梅》对《红楼梦》的影响,以及《红楼梦》对《金瓶梅》的继承发展,还是颇有眼力的。不过,旧红学家对明末清初在《金瓶梅》导引下产生的世情小说和才子佳人小说的评价,却既不全面,亦不公允。就以甲戌本

《石头记》的脂批而言，他不厌其烦地把《石头记》与“近之小说”相比较，贬“近之小说”而褒《石头记》。在他看来，“近之小说”无论在立意、笔法和用语上，还是在肖像描写、心理刻画、状物写景和诗词写作上，皆“可笑”“可厌”“可恨”，简直一无是处。诚然，脂批所列举的许多弊病，“近之小说”（亦即诞生于《金瓶梅》之后、《红楼梦》之前的数百部世情小说和才子佳人小说）确实是存在的，这是它们在思想和艺术上的重大缺陷。而在《红楼梦》中，鲜见此类公式化的陈词滥调，这也是事实。但是，《红楼梦》的作者是否“胸中抹煞一切才子佳人小说”？为数众多的“近世小说”除了令人可笑、可厌和可恨的弊病之外，真是一无可取吗？这恐怕还须着眼于明清章回小说的历史演变，从作品的艺术实际出发，进行实事求是的研究。在笔者看来，从《金瓶梅》到《红楼梦》，其中有一个不可或缺的环节，这就是明末清初创作和刊刻蔚然成风的世情小说和才子佳人小说。这类小说数量众多，情况复杂，不乏优秀精品，更多平庸之作，也有不少纯属封建性糟粕。但就其总体来看，它们对《红楼梦》不仅从反面提供了教训，也有可资借鉴的宝贵经验。仅就《林兰香》而言，也足以证明这一点。

《林兰香》诞生于康熙后期，早于《红楼梦》半个世纪。尽管目前尚无材料可证明曹雪芹在创作《红楼梦》之前曾阅读过《林兰香》，但若把这两部小说作一比较，不难发现它们在许多方面的惊人的相似之处。

《林兰香》有不少触及时政的情节和人物，亦不乏怨世骂时的篇章。但全书以耿府两代的兴衰变化为背景和线索，主要笔墨放在记述闺友闺情上，着意刻画耿朗及其六妻妾的不同性格和命运，突出描绘了燕梦卿的悲剧。因此《林兰香》可说是部“谈政”与“谈情”相结合，又以“谈情”为主的世情小说。它的这种艺术构思，脱胎于《金瓶梅》是无可怀疑的；而对《红楼梦》的影响，也是显而易见的。至于《林兰香》所鼓吹之“情”，虽与晚明的“情至”观念亦有一脉相通之处，但主要是“止乎礼义”之“情”。②这种被作者目为真正才子佳人之“情”，又主要表现在夫妇、妻妾、诸妾关系方面的恪守封建伦理道德。《红楼梦》“大旨谈情”，其“情”的内涵却与《林兰香》相反。它虽包含有“止乎礼义”之“情”，主要却是鼓吹“意淫”，即“情至”观念的新发展。而这种异于一般才子佳人之情，又突出地反映在宝玉与“群钗“对于封建主义的怀疑和叛逆上。

众所周知，《红楼梦》在“梦”上做足了文章，全书三十余个梦境描写，不只对“大旨谈情”很起作用，且极富艺术魅力。元、明和清初的戏曲家在“因情成梦,因梦成戏”方面,积累了丰富的经验。这对于《红楼梦》的梦境构思和描写,当然是很有启迪的。《金瓶梅》也有梦境描写,但它在小说的总体艺术构思中并不占重要地位,描绘也不出色。就章回小说而论,在梦境构思和描写方面,对《红楼梦》有巨大影响的作品,当推《林兰香》。

“第一回以邯郸侯开场,第六十四回以邯郸道结局,以梦始终者也”,《林兰香》中重要的梦境描写就有七八次之多,如耿朗在军营中的两次惊梦,林云屏弥留之际梦见梦卿,平彩云梦中和诗,杨夫人梦见白猪躺在梦卿门外,耿顺梦游“蓝田旧府”……特别引人注意的是,梦境描写成了作者刻画女主人公燕梦卿悲剧性格,暗示其悲剧结局的重要艺术手段。诚如寄旅散人在第三十七回回末评中所指出的:

> 梦卿之将嫁也,示之以梦;其将死也,又结之以梦,所谓以梦始终者也。中间第三十一回之梦,梦替死也,而梦卿之节义见此回。第二次之梦,梦救生也,而梦卿之才智现。至于现形后之梦,梦勖夫也,而梦卿之品地现。第六十四回之梦,梦训子也,而梦卿死后之灵明现。第三十九回之梦,梦慰亲也,而梦卿生前死后之心思俱现。嗟乎,此其所以名梦卿也欤!

《林兰香》的梦境构思和描写,在两个方面看来对《红楼梦》是不无启示的。其一,是梦境对人物的性格和命运所具有的象征意义,比如第五回、第三十一回、第三十五回和第三十七回中的梦境描写。限于篇幅,实例恕不列举。其二,是耿顺梦游“蓝田旧府”的具体描绘。当人们读到作者精心描绘的这个梦境时,会自然地联想到《红楼梦》第五回。耿顺梦游“蓝田旧府”与宝玉梦游“太虚幻境”,虽然一个身在吕公祠内,由已死的老家人导引;一个则睡在秦可卿的牙床上,由可卿之魂带路,但作者对入梦和出梦的处理,简直如出一辙。至于梦游的具体内容,当然各有特点。相比之下,《红楼梦》更富于浪漫主义色彩,更丰富多彩而引人入胜。在小说的艺术结构上,耿顺梦游“蓝田旧府”,主要在于总结全书,与第一回以邯郸侯开场遥相呼应,突出了世间一切“总皆梨园中人,弹词中人,梦幻中人”的色空观念。而宝玉梦游“太虚幻境”,则通过偷看“金陵十二钗”的册子,聆听“红楼梦”十二支曲子,运用象征主义手法,介绍了金陵十二钗的性格、命运和归宿,并以“太虚幻境”这个天上的神仙世界,来映照人间的“大观园”这个女儿国。

在人物塑造上,《红楼梦》素以众多和精细著称。笔者以为,《红楼梦》最能显示其艺术功力,又最富有艺术魅力的地方,一是“特犯不犯”的熟练运用;

二是十分重视人物内心世界的刻画；三是通过多种途径和角度，采用不同的方式方法，对主要人物性格进行介绍和评说；四是借用诗词曲赋渲染、衬托人物特有的风韵情趣。令人惊讶和感兴趣的是，在这些方面，《林兰香》已经取得了相当可观的成就。比如，同为世家公子，耿朗、耿顺父子的性格，就同中有异；耿朗、耿服兄弟的为人，亦相差甚远；耿朗与张大张、王尊王之流，更是泾渭分明。至于耿朗的六妻妾，虽生长在同一个时代，生活于同一个家庭，由于出身、教养有别，经历、遭遇不一样，她们的性格或同中有异，或迥然不同。小说塑造这些主要人物形象，除了注意"特犯不犯"，重视心态的剖析之外，还通过作者的正面评介，人物之间的相互评论，人物的自我解剖，用人物的服饰装扮和住处摆设来烘托人物的性格，以及让耿府的丫鬟、婆子和小厮在背后放肆地议论诸位奶奶等手法，多侧面地进行了性格刻画，故而人物的立体感极强，个性非常鲜明。《红楼梦》中的"冷子兴演说荣国府"，以及兴儿得意忘形地向尤二姐、尤三姐评说奶奶和小姐们的性格、为人，与《林兰香》中的某些手法，何其相似乃尔！

寄旅散人曾从四个角度，对《林兰香》中六位女主人公的形象作了评论。其一，他以"庸"和"不庸"作标准来衡量六人。他认为宣爱娘属"不庸者"，因为"爱娘于纷华靡丽中大有隐逸之致，于人无忤，于世无争，见者莫不爱而悦之。盖其心早已勘破一切，都不必认真"，并说："若燕梦卿，乃不庸中之庸者也，何者？以其有头巾气也。"其二，寄旅散人从气质上来区分六人，第三十回有则夹批云：

> 梦卿静细，其机沉，沉则近于死，故开口便无生气。爱娘流动，其机活，活则近于生，故开口总无死法。无死法故能隐恶，而终伸于人之上，此阳中之阴也。无生气虽亦能忍，而不耐人之欺，此阴中之阳也，云屏厚重，其机缓，因人成事，确是定评。

其三，寄旅散人从"好色"上的不同表现来辨别六人，这在前文中已引用过。他指出："林、宣、田，色之正者；平，色之淫者也；任，乃淫而妖者也。"其四，寄旅散人还用流丽、端庄结合得如何来评品六人。第二回写到春畹"年岁与梦卿相当，容貌与梦卿相仿，端庄、流丽兼而有之"，评者加夹批云；

> 以六人而论，香儿、彩云，纯乎流丽而不端庄，云屏、梦卿过乎端庄而少流丽，爱娘又流丽多而端庄少，皆未若春畹之端庄流丽之彬彬也。故富且贵且寿，驾乎五人之上。

上述寄旅散人之评，皆立足于小说的艺术实际，言之有据，对我们理解，把握

《林兰香》在人物塑造上的特点和成就颇多启示。把《红楼梦》在人物塑造上的特点和成就，与《林兰香》作一对比，很难说两者之间没有继承发展的关系。

尚须指出的是，《林兰香》中的某些情节、细节、人物和独特的手法，也能很容易地从《红楼梦》中寻找到它们的痕迹。比如，一场大火烧净了耿府存放珍贵遗物的小楼；中秋节夫妻赏月，行酒令，丫鬟唱曲；梦卿为爱娘画像；三公子大闹勾栏，二秀才浪游灯市；香儿唆使房下人用三寸桃木人暗害梦卿；用戏曲演唱作某种预兆和暗示；不少人物，特别是耿府的众多丫鬟，取名皆有寓意；写耿朗及其六妻妾之死，手法多变，巧妙不同……另外，像任香儿之“才”，以及她的某些性格特点，如时露市井商贾习气，不怕鬼神，不信占卜；宣爱娘的爱讲笑话，走到哪里，哪里就笑声盈盈，热闹非凡，对曹雪芹创造王熙凤形象，很难说没有什么启发。第二十三回前半段，描写夏日彩云在午睡，香儿和爱娘的“作恶”，其笔法和格调颇似《金瓶梅》后半段；写梦卿和爱娘的“以诗为戏”，其情景和韵味又开了《红楼梦》的先河。

---

① 小说首回劈头就点出了命名的用意：“林者何？林云屏也。其枝繁杂，其叶茂密，势足以蔽兰之色，掩兰之香，故先于兰而为首。兰者何？燕梦卿也，取燕姞梦兰之意。古语云“兰不为深林而不芳”，故次于林而为二。香者何？任香儿也。其色娇柔，足以夺兰之色；其香霏微，足以混兰之香，故下于兰而为三。合林、兰、香三人而为名者，见闺人之幽闲贞静，堪称国香者不少，乃每不得于夫子，空度一生，大约有所掩蔽，有所混夺也。掩蔽不已，至于悠忽毕世，此真事之无可如何者也。”

② 在作者看来，“大概男女之间情为第一，理居其次。理乃夫妇之正理，情是男女之私情。耿朗与香儿私狎处最多，故情亦最深”。寄旅散人在第三十四回中有则夹批曰：“天下惟情之一字，断不容假。无论男女私情，缠绵百岁，即使男与男，女与女，情投意合，并将固结终身。此梦卿、爱娘所以画在一处，可称世间情侣。”这两则论“情”之说，皆有助于我们对《林兰香》所鼓吹之“情”的复杂内涵之理解。

1988 年，原载《红楼梦学刊》

《红楼梦》与《姑妄言》

笔者曾撰《红楼梦与玉燕堂四种曲》和《〈林兰香〉·〈金瓶梅〉·〈红楼梦〉》，意在探索《红楼梦》与中国传统文化的批判、继承和革新问题。如今，笔者完成了有关《姑妄言》的系列论文之后，又想到了《红楼梦》与《姑妄言》这个新的课题，想探索的仍然是《红楼梦》与中国传统文化的批判、继承和革新问题。

《红楼梦》是公认的世情小说杰作，《姑妄言》则或为艳情小说，或为色情小说，把它们相提并论，岂非不伦不类？

笔者不同意将中国古代的艳情小说等同于色情小说，并不认为《姑妄言》是“古本色情小说中集大成之作”；但赞赏《姑妄言》乃中国古代小说性描写的集大成之作的看法。在笔者看来，《姑妄言》不仅与《红楼梦》一样，是一部沿着《金瓶梅》的创作路子而有所创新的世情小说奇书，而且对《红楼梦》的创作有着多方面的启迪和影响。或者说，《红楼梦》也曾吸收、借鉴《姑妄言》的创作经验以及它在思想和艺术上的成败得失。

尽管目前尚无文献资料可以证明曹去晶与曹雪芹家的关系，但是曹去晶在南京生活和创作《姑妄言》的时代，正是曹寅父子任职江宁织造、由显赫一时走向抄家败落的时期；同为辽阳人的曹去晶与曹寅父子有所交往，当非无稽之谈。再者，《姑妄言》成稿之日（曹去晶的自序撰于雍正八年），虽然曹雪芹已随家人离开金陵北迁了，但曹雪芹与曹去晶相识，并在南京或北迁北京后曾读过《姑妄言》的手稿或抄本，这也是极有可能的事。就事论事，仅以现象来观察审视，在梦境的构思和描写，主人公钟情的悲剧性情史，五个家庭和三条情节线索的设置，人物命名喜用谐音而皆有褒贬寓意，以及全书的悲剧结局等方面，《红楼梦》与《姑妄言》有着许多惊人的相似之处。而《姑妄言》中的“淫僧”，一变而为《红楼梦》中的“情僧”；《姑妄言》的“以淫说法”，一变而为《红楼梦》的鼓吹“情情”“情不情”和“意淫”；《姑妄言》的揭露封建社会黑暗和丑恶，一变而为《红楼梦》的歌颂反封建叛逆者；《姑妄言》中连篇连牍的皮肤滥淫描写，一变而为《红楼梦》中精彩的“意淫”描写；讽刺喜剧的《姑妄言》，一变而为悲剧的《红楼梦》，充分说明了《红楼梦》青出于蓝、蝉脱于秽的伟大，以及作者曹雪芹在继承文学遗产基础上的艺术创新的伟大。

尚须补充的是，清代的藏书目、禁书目等文献资料，均无关于《姑妄言》的记载，可见《姑妄言》定稿后并未镌刻问世。但是，1941 年上海优生学会出版过《姑妄言》的第四十回和四十一回；俄国的斯卡奇洛夫 1849 年被派往北京，他在那里购买的书籍中有《姑妄言》全帙的手抄本，由此可以断定，《姑妄言》虽未镌刻，但手抄本既已流传到北京，在南京和北京的数量一定不少。这就是笔者之所以认为曹雪芹很有可能读到过《姑妄言》手抄本的原因。

曹去晶有感于“堂堂男子不若一个闺阁妇人者甚多”，而创作《姑妄言》；曹雪芹创作《红楼梦》是为“闺阁昭传”

《姑妄言·自序》中，作者自署“三韩曹去晶”，而《姑妄言》林氏的《总评》，则自署“古营州钝翁书”。关于“三韩”和“古营州”，台湾《思无邪汇宝·姑妄言》的“出版说明”已作了精确的考证。曹去晶和林钝翁原籍均为辽东，但从《姑妄言》的正文和批语，可以看出，他们曾长期寓居南京，对南京以及附近的扬州、苏州、杭州等地的地理、历史和风土人情相当熟悉。比如，第二十三回叙说钟情和梅根结伴徜徉山水，游览南京城内外各名胜古迹，达三十多处；第十二回还提到南京城中有八百个码头，一个码头有十二名轿夫，一条街上一个码头。笔者推测，曹、林二氏当属近亲。故林氏《总评》谓：“予与曹子去晶，虽云异姓，实同一体。自襁褓至壮迄老，如影之随形无呼吸之间相离，生则同生，死则同死之友也。”他们祖籍辽东，先祖当随清兵入关南下，并长期在关内做官做宦，后因政治变故而败落，流寓南京。曹、林二氏当出身于南京，其少年时代当有过一段锦衣玉食的生活，其情景与曹家和曹雪芹颇有相似之处。

关于曹去晶的生平，目前尚不清楚，有待搜集资料作查考。但从《自序》和《自评》，以及林钝翁的《总评》和回批，我们却可以了解曹去晶思想及其创作《姑妄言》的大概情况。

首先，林氏《总评》谓“曹子生平性与予同，愚而且卤，直而且方，不合时宜之蠢物也！”以“独醒”者自居，牢骚满腹，愤世嫉俗，充分说明曹氏确是个“不合时宜之蠢物也”！

其次，作者在第五回，曾用一首〔西江月〕阐明了创作《姑妄言》的手法和

宗旨：

> 异道寰中不少，淫娃宇内多人。借淫说法警人淫，非劝淫人也恁。　　万恶淫为第一，古今报应分明，看官心下要留神，淫念须除干净。

作者对《姑妄言》的价值和意义相当自信。小说虽名《姑妄言》，“然妄乎不妄乎，知心者鉴之耳”（《自序》）。显然作者并不以为“妄”。作者既撰《自序》，又作《自评》，且提醒读者，“既欲看是书，请先阅此评”，可见其对《自评》的看重。《自评》谈了三点：一是重申创作《姑妄言》“岂敢有意骂人，无非一片菩提心，劝人为善耳！内中善恶贞淫，各有报应”；二是指出此书“句虽鄙俚，然隐微曲折，其细如发，始终照应，丝毫不爽”；三是警告读者，既不可“观其皮毛”，把小说看成“一篇大劝世文”，更不能“以看瞽词之才学眼力看之，但曰‘好村，好村’（‘村’者，粗俗、浅薄、无聊、不径之谓也——引得）”，并强调“为腹所负自村”之读者，“求其不看为幸”，因为“诸公自恐其污目，余更恐其污书”。

第三，作者恪守儒家传统的道德规范，又迷信《太上感应篇》和《文昌帝君阴骘文》，对于违背上述教训的恶德丑行，尤其是不忠不孝和嗜赌好淫深恶痛绝。因此，每当小说写到恶有恶报（甚至是惨不忍睹）之时，作者便会立即作说教式的评论。这类评论皆属赤裸裸的道德说教，它既是《姑妄言》思想内容上的一大特色，也充分表现了作者世界观的局限。根据小说的艺术实际，联系明末清初和康雍时代的文化背景，可以断言，作者创作（还有林氏评点）《姑妄言》这部世情奇书的指导思想，绝非站在时代前列的以抨击程朱理学为旨归的异端新思想，即初步人文主义思想。肇始于李贽和徐渭，成熟于汤显祖和冯梦龙，以张扬人性为核心的“情至”观念，无疑是与程朱理学针锋相对的新观念；这种新观念对于晚明和清初的戏曲、小说创作影响深远。《姑妄言》所抨击的晚明（清初）的丑恶的世情和人性阴暗面，虽然也属于“情至”新观念所批判的“恶情”范畴，但作者（还有评者）的世界观核心，并非“情至”新观念，而是传统的旧道德。

第四，小说《引文》把用钱买了个官的“效用的先生，加纳阔老”，称之为“满身铜臭，混浊衣冠”的“一资郎”，极尽讽刺之能事，并不胜感慨地说：

> 但可怜有一种不第的穷儒，三年灯火，十载寒窗，不能奋起，终身困钝，真是挖天无路，告诉无门，言之令人酸鼻。还有无限抱经济之才者，埋没于草莽之中；怀韬钤之略者，栖身于畎亩之内的，真令英雄气短（林氏夹批：千古同声一哭）！真所谓“时来顽铁和辉，运去

黄金失色”，就是此也！

作者和评者，恐怕亦属“不第的穷儒”，不得志于时的人，“抱经济之才”而“埋没于草莽之中”的落拓者。因此，小说不止揭露和抨击了科举弊端和官场腐败，还借人物之口，无情地亵渎科举。第十三回，铁氏对丈夫童自大说，用银子买春宫画，“不强似当日买监生么，你想想这东西有多少用！你买了一张监生的纸来，放了这几年，可有一点用处么?”第十五回中贾文物吃了老道的春药，阳具“大非昨夜比”，“心中比当日中举、中进士还加倍快活”。

最后，作者憎恨贪官污吏，颂扬海瑞精神。在小说中，他对忠臣义士、清官良吏，如钟情、程国祥、史可法、关爵等人物，无不赞扬备至。在第十六回中，还曾感叹说：

> 叹如今人做了一位知县、知州回来，成千成万的银子驮到家，美酒羊羔、冬裘夏葛、娇妻艳妾、呼奴使婢的受用；何况位至阁老，像这样的清官真是国家的祥瑞，千百年仅见其一者。（夹批：我朝亦有两江总督清端公讳成龙者。）

林氏在第五回回前评中指出：“此书虽系小说，作者胸中原有一番大见解。若大概一看，如何看出，即此段中，亦有剥复之理也，勿忽略看之。”所谓“剥复之理”，即盛衰消长之理。从《姑妄言》中确可看出盛衰消长之理，以及“热极而冷”之类的哲理。但说作者“胸中原有一番大见解”，不过是评者的溢美之词。

如前所说，作者的思想并不高明。第十八回写命儿想采童自大的阳精，结果反被童自大吸干了阴精而死。作者由此议论道：

> 即如楚国的养由基，射了一辈子神箭，手中不知杀了多少的名将，后来反被吴国的兵卒射死。人生世上，恃着这件本事伤人，将来定以此自杀，总是一个循环的道理。

可见作者的思想不过是唯心主义的循环论，他之笃信并竭力鼓吹封建命定和因果报应，皆由此而来。第八回中钱贵的一阕〔木兰花慢〕“骂尽世情”，博得了钟情和梅根的称赞；其实宣扬的“人生贵贱皆前定”，“富贵焉知不败，贫穷岂便无昌”，仍然是封建命定论和循环论。在这种思想指导下，《姑妄言》揭露和抨击晚明（清初）的污浊世态和丑恶人性，只能停留于“借淫说法”，惩恶扬善的层次。

在第二回回前评中，有俗客提问曰：“钱贵既算正生，系要紧的人了，不但写她是妓且又瞽目者何?”林氏回答说：

此别有深意焉。此是作书之人满腹牢骚，借此以抒愤懑。总见世间之须眉男子只知势利，惟以富贵评月旦，尘埃中能物色英雄者为谁？而钱贵以一瞽妓，乃卑污之极矣，而多少富贵中人他皆不取，独注意在一贫穷不堪之钟生，矢心从良，后来竟得全美终身。不过有眼男儿不及一瞽目妓女，此是作者一部大主意，须会得此，方许看此书。

第十六回中，作者亦感慨地说："如郗夫人受钟生之德念念不忘，此等人在须眉中亦鲜。总而言之，堂堂男人不若一个闺阁妇人者甚多！"在这里，林氏又夹批云："此书大主意，不过说世上无情男子不若有义妇人，盖有激之言也！"从此，我们既可看到小说对丑恶的世态人情的揭露和抨击，也能窥见作者推崇钱贵、郗夫人等闺阁女子的进步思想。行文之此，笔者自然地联想到曹雪芹，他在"愧则有余，悔则无益之大无可奈何之日"，自叹不如那些"行止识见皆在须眉"之上的"当日所有之女子"。为此，他在《红楼梦》中如实地写出了一大批贵族小姐和血性女婢的"行止识见"和人生遭际，为的是"使闺阁昭传"。《姑妄言》中，作者浓墨重彩描绘的却是大量道德沦丧的荡妇淫娃，钱贵、郗夫人等胜过须眉的妇女形象寥寥可数。这是曹去晶与曹雪芹，《姑妄言》与《红楼梦》的一大区别。"堂堂男人不若闺阁妇人"，既是作者预定的"大主意"，为何小说的艺术实际不能充分体现这种创作思想？这是个耐人寻味的问题，我想答案只能到作者复杂的世界观，以及他那丰富多彩的生活实践中去寻找了。

《红楼梦》"大旨谈情"，《姑妄言》"大旨讽世"

《红楼梦》"大旨谈情"，是"情书"（花月痴人《红楼幻梦·自序》），并不是说，《红楼梦》是部一般的言情小说。说"一部《红楼梦》读法，尽此十六字（指'因空见色，由色生情，传情入色，由色悟空'——引者），即尽此一情字"（陈其泰《桐花凤阁评红楼梦》第一回眉批），亦不是说，只要抓住儿女之情，就能读懂《红楼梦》。因为《红楼梦》所谈之情，虽包括儿女之情，却并不等同于儿女之情；其历史内涵和文化意蕴，远比女儿之情丰富、深刻得多。《红楼梦》所谈之情，与晚明和清初的汤显祖、冯梦龙和洪昇等人所鼓吹之"情至"，一脉相承而又有了新的发展，其人文主义的精神更为强烈。

《红楼梦》"大旨谈情"，也就是说，作者倾心描写的是贾宝玉与"千红一哭""万艳同悲"的悲剧性情史，亦即贾宝玉与"群钗"的悲剧性情史。"千红"

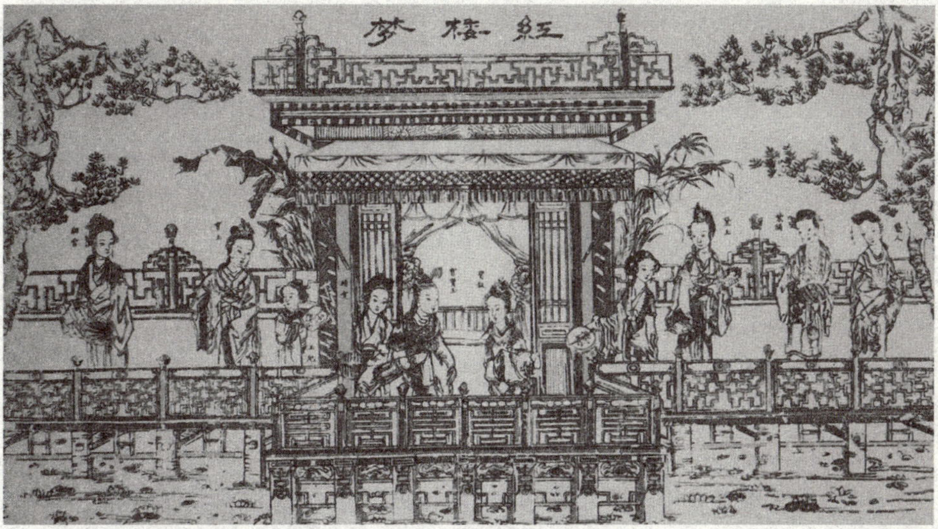

《红楼梦》年画

“万艳”，即是“群钗”，指生活于贾家荣宁二府的众多女儿的形形色色的悲剧。由于她们的悲剧皆因“情”而起，又与贾家荣宁二府（扩大一点是贾史王薛四大家族）的腐败作恶和兴衰际遇以及末世封建社会的黑暗息息相关，故作者要为之“一哭”和“同悲”。《红楼梦》通过贾宝玉和“群钗”的一系列悲剧性情史，各种类型的悲剧形象，从各个角度、各个侧面鼓吹了“情至”观念（歌颂“善情”，批判“恶情”），抨击了封建主义（制度和思想）。

《红楼梦》“大旨谈情”，而《姑妄言》则“大旨讽世”。如果说，《水浒传》是一部“怒书”，《西游记》是一部“悟书”，《金瓶梅》是一部“哀书”的话，（张潮《幽梦影》尝谓：“《水浒传》是一部怒书，《西游记》是一部悟书，《金瓶梅》是一部哀书。”）那么《姑妄言》就是一部“讽书”。《姑妄言》借鉴了《水浒传》“指摘朝政”、《金瓶梅》“借事含讽”的创作经验，对晚明（清初）的丑恶的世态人情，作了集中的揭露和抨击，其笔触涉及当时社会的方方面面，其指摘和讽刺既有喜剧的幽默和风趣，又有悲剧的辛酸和沉郁。

晚明的陆树声在《丘隅意见》（万有文库本）中指出：

> 风俗者，世道之气。风气美，则礼义兴，而治道因之。数年以来，人情巧伪，习尚浇浮。骛声利者，善于超时，饬廉隅者，病其绝俗，以承迎为将顺，以诡遇为通才。

晚明，“人情巧伪，习尚浇浮”已到了无以复加的地步。《姑妄言》集中揭露和

抨击的，正是晚明的“人情巧伪，习尚浇浮”。《姑妄言》叙写的人物和故事，虽以晚明为其历史背景，但它同样反映了作者生活时代的社会现实，这就是作者和评者经常在小说叙说和批语中情不自禁地作今昔对比的原因。

《姑妄言》描写的重点放在京师和以南京为中心的江南大城市的官吏贪暴和风俗侈靡，以及由此而生发的种种污浊世态人情。林氏在末回回前评中提出了一个设问：“此一部书中残寇恶人甚多，竟无一梁上君子。此何故？”他回答道：

> 要知为人臣而不忠者，国家之贼；为人子而不孝者，家庭之贼；读书而不循道理者，圣门之贼；不悌不信无礼无义者，伦常之贼；莅位而虐下者，地方之贼；自暴自弃者，世间之贼。此等贼，本书中不可胜数，其穿窬之贼，故不足道也！

《姑妄言》集中抨击晚明（清初）的污浊世态和丑恶人性，正得力于对书中不可胜数之“贼”的无情暴露和讽刺。《姑妄言》“借种种诸事以说法”：一是“警人当穷而好善”；二是“警人择婿不当以财，而持身无淫妒”；三是“警人改过迁善”；四是“警人贵者当尽忠于国，富者勿刻薄于人”；五是“警人勿造罪堕落”；六是“警人勿恃财自妄，诱人局赌”；七是“警人勿凶险好淫”；八是“警人勿疏弃贫穷骨肉”；九是“警人勿薄弃手足”；十是“警人勿贪赌”；十一是“警人勿昼夜贪于嫖赌”；十二是“警人当自量，不可误少艾妇女”；十三是“警人勿为狡媒所误”；十四是“警人当做好人好事：”十五是“警人当上进，勿蹈下流”；十六是“警人生产中勿见小苛刻”。以上十六“警人”方面，诚如林氏第五回回前评所指出的，皆“书中要紧节目”。通过作者所选用的典型人物和事件的描写，读者可以清楚而具体地把握晚明（清初）的污浊世情和人性的阴暗面。

晚明（清初），拜金主义对于社会和人性的腐蚀已经到了触目惊心的地步。作者对此有刻骨铭心的愤懑，《姑妄言》对此有淋漓尽致的描写，评者对此也有入骨三分的评论。另外，《姑妄言》对于晚明（清初）世态和人性的描写和讽刺，还涉及一些特殊的方面。比如，家奴的被奴役及其反抗（所谓“奴变”），和尚、道士和尼姑的淫乱，庸医的杀人，等等。

从思想和艺术的十个方面，看《红楼梦》与《姑妄言》的异同

尽管曹雪芹创作《红楼梦》的指导思想，要比曹去晶创作《姑妄言》的指导思想更具有人文主义精神；尽管《红楼梦》“大旨谈情”，而《姑妄言》“大旨讽世”；尽管在思想和艺术上的成就，《红楼梦》要远远超过《姑妄言》。但是，

《红楼梦》之所以能“打破历来小说窠臼”，达到明清章回小说的顶峰，与它善于借鉴包括《姑妄言》在内的“历来小说”的经验教训，批判地继承传统文化是分不开的。在这里，我们将从《红楼梦》接受《姑妄言》的影响这个视角，就以下十个方面作一番具体的比较鉴别。

一、《姑妄言》直接取材于现实生活，没有相同的题材可以因袭，完全是在作者耳闻目睹、亲身经历的生活基础上创作而成的。无论是揭露和抨击世情的丑恶，还是讽刺人性的阴暗面，皆能追踪蹑迹，不敢稍加穿凿，强调真传和真情。但是，《姑妄言》仍然不能完全摆脱《三国》《水浒》和《西游》描写兴废争战、绿林好汉、妖魔鬼怪的影响。比如，作者并不擅写金戈铁马，却硬要添上些争战的关目，如官军和地方武装抗击农民军的这几回书；还喜欢夹杂一些剑侠术士和仙狐厉鬼、苗蛮獠猡等不伦不类的关目。它们不仅在思想上是局限，在艺术上也是败笔。

《红楼梦》坚持“大旨谈情”，与此无关的情节和人物皆割爱摒弃，做到了题材、情节、人物与“大旨谈情”的和谐统一。虽然，《红楼梦》也不乏带有神话色彩的故事和人物，比如关于石头的来历，神瑛侍者与绛珠仙草的还泪故事，太虚幻境和仙女们，贾宝玉脖子上的通灵宝玉，贾瑞为之丧命的“风月宝鉴”，以及出现于关键时刻的神秘僧道，等等。但是这些都是浪漫主义和象征主义的表现手法，它们对“大旨谈情”有益而无害。至于马道婆所施展的巫术，赵姨娘的发疯而死，则亦是现实生活的艺术反映。

二、尽管《姑妄言》连篇累牍的性描写，乃是揭露和抨击晚明（清初）的丑恶世情和人性阴暗面所不可或缺的；同时，在性描写的层次上，《姑妄言》也已有了长足的进步；已经出现了相当精彩的性压抑、性幻想和性心理的分析和刻画，借此提示了淫妇们变态性生活的社会、生理和道德等方面的原因。但是，首先在篇幅上，二十四回大书不涉及性描写的寥寥可数，正文九十万言，性描写约占五分之一。在这一点上，它是步《肉蒲团》《绣榻野史》等的后尘，《金瓶梅》及其诸续书也望尘莫及。其次，古代小说中之性描写，种种套数，种种工具，以及有关男女生殖器的细致、夸张的描绘，均出现于《姑妄言》中，从中不难窥见《如意君传》《金瓶梅》《痴婆子传》《肉蒲团》《绣榻野史》等的影响。最后，作者“借淫说法”，笔力贯注于种种骇人听闻的“淫报”，这在愚夫愚妇笃信因果报应的封建社会，也确可起到醒世警人的作用，但其消极影响是不可低估的。总之，令人瞠目结舌的大量性描写，乃是《姑妄言》在思想和艺术上的一大缺陷，这是毋庸置疑的。

正是有鉴于包括《姑妄言》在内的明末清初大量小说中性描写的弊病，曹雪芹才在《红楼梦》第一回要对那种热衷于性描写的“风月笔墨”进行尖锐的批判；同时，在《红楼梦》中摒弃了“以淫说法”之歧路。作者大力鼓吹“情情”和“情不情”，在“意淫”的描写上作了新的探索。仅有的少量性描写，如贾琏与多姑娘的通奸，“王熙凤毒设想思局”中贾瑞的动作，以及薛蟠所唱淫秽小曲等，对刻画人物都有一定的作用，描写亦恰到好处。在性描写方面《红楼梦》对传统的性文化的继承，以及明末清初章回小说性描写的借鉴，做到了蝉脱于秽，后来居上。

三、《姑妄言》中也有“善情”，如钟情和钱贵之情，作者对此是歌颂的。但是，作者描写和歌颂“善情”，是为了反衬“恶情”；他着重描写和抨击的，乃是在人际关系、婚姻和家庭问题上所表现出来的种种“恶情”（即前文所说的十六“警人”），亦即丑恶的世情和人性阴暗面。这种“恶情”正是晚明站在时代前列的具有启蒙性质的思想家所深恶痛绝的。他们所倡导的“情至”新观念中，原包含着对“真情”的歌颂和对“恶情”的批判。《姑妄言》作者爱憎分明，但他为自己确定的是喜剧的责任：揭露和批判晚明（清初）的丑恶世性和人性阴暗面，对此他倾注心血，毫不留情，鞭辟入里。因此，《姑妄言》不可能把过多的力量和篇幅用于对“善情”的描写和歌颂。

《红楼梦》“大旨谈情”，所谈之“情”，亦有“恶情”，比如，王熙凤的弄权贪财和施计杀人；贾雨村的贪赃枉法和落井下石，贾赦、贾琏、贾珍、薛蟠辈的为匪作歹和荒淫无耻；贾母、贾政、王夫人之流的道貌岸然，以理杀人；贾瑞的妄动风月之情；贾芹的风流尼姑庵等，亦属当时世情和人性的丑恶面，均为作者所不齿，揭露和批判亦不遗余力。但是，《红楼梦》重彩浓墨描写的，却是“善情”，贵族和平民的少女少男们的纯真爱情，以及他们为维护自身的人格和憧憬的理想，而与封建恶势力所进行的殊死抗争（尽管最后无例外地以悲剧结局）。

四、《姑妄言》以清兵南下、山河变色、钟情云游不知所终结局全书。虽然其意蕴和神韵远逊于孔尚任的《桃花扇》（如此结局亦可能受《桃花扇》传奇的影响），但是，对《红楼梦》原来的构思：贾宝玉“悬崖撒手”，贾府被一把大火烧光，“落了片白莽莽大地真干净”的悲剧结局，看来也是有启示的。

如果说，在思想内容上，《姑妄言》对《红楼梦》有所启示的话，那么，在艺术形式上《红楼梦》对《姑妄言》则有着更多更明显的借鉴。

五、在人物形象塑造方面，《姑妄言》走的亦是《金瓶梅》的路子：以下层社会的市井小人物为主。但是，无论淫妇奸夫、篾片赌棍，还是贪官污吏、和尚尼姑，就典型人物性格思想的生动性和复杂性，及其所反映的社会本质的深度而言，比之《金瓶梅》有后来居上之势。

> 此一部书内，忠臣孝子、友兄恭弟、义夫节妇、烈女贞姑、义士仁人、英雄豪杰、清官廉吏、文人墨客、商贾匠役、富家显宦、剑侠术士、黄冠缁流、仙狐厉鬼、苗蛮獠猡、回回巫人、寡妇孤儿、谄父恶兄、逆子凶弟、良朋损友、帮闲犁园、赌贼闲汉，至于淫僧异道、比丘尼、马泊六、坏媒人、滥淫妇、娈童妓女、污吏赃官、凶徒暴客、淫婢恶奴、佣人乞丐、逆珰巨寇，不可屈指。世间所有之人，所有之事，无一不备。余阅稗官小说不下千部，未有如此之全者，勿草率翻过，以负作者之心。

林钝翁第一回回前评中所说的这段话，完全符合小说人物塑造的艺术实际。综观《姑妄言》的人物，可大致分为三类：

第一类是“正人君子”和“身为下贱，心比天高”的女子，以钟情、钱贵为代表；梅根和那些清官良吏、仁人志士亦属此类。

第二类是“贼”，诚如前文林氏所概括的有“国家之贼”“家庭之贼”“圣门之贼”“伦常之贼”“地方之贼”和“世间之贼”。

第三类是由“贼”向“正人君子”转变的人物，以宦萼、贾文物和童自大为代表。

由于《姑妄言》“大旨讽世”，以暴露黑暗为主，全方位地揭露和抨击了晚明（清初）的丑恶世情和人性的阴暗面，因此以写“贼”（又以权奸贪官、赌棍篾片、淫妇奸夫和淫僧恶道为重点）为主。小说中的邪恶小人比正人君子写得丰富而深刻；转变人物，由于充分展示了他们在主客原因的影响下，其思想性格的变化发展，又比反面人物更为生动、有趣。比如，竹思宽、邬合、嬴阳、游混公、卜通等下流至极的人物，由于作者善用“特犯不犯”之法，作多侧面的刻画，不仅个性鲜明，还写出了他们的同中之异，从他们身上可以看出特定社会的特殊色彩，尤其是世态人情的丑恶面。

“大旨谈情”的《红楼梦》，描写的重点则是贾宝玉与“千红一哭”和“万艳同悲”的悲剧性情史，亦即贾宝玉与“群钗”（以“金陵十二钗”为核心）的悲剧性情史。曹雪芹在《红楼梦》中通过“三个世界”，即太虚幻境——女仙世界，大观园——群钗世界，荣宁二府——国贼禄蠹世界来展开情节，塑造人物。在继承包括《姑妄言》在内的章回小说的传统手法，尤其在用“特犯不犯”之法

塑造一系列同中有异的各具个性的贵族小姐及其丫环的典型上，显出了它的突出成就。尚须指出的是，从甄士隐、冷子兴和刘姥姥的身上，我们自然会联想到《姑妄言》中应天府的一个闲汉，姓到名听，字图说。其姓名的谐音“道听途说”的寓意，与《红楼梦》中的“假语村言”，何其相似乃尔！而《红楼梦》中贯穿始终又或隐或现的一僧一道，又使我们想到《姑妄言》中的峨嵋山道士和接引庵黑尼姑。

六、《姑妄言》的结构，在明清章回小说史上可谓别具一格，这是曹去晶的一大创造。《红楼梦》的结构艺术，则被论者视为明清章回小说中的最佳结构，誉之为“《红楼梦》结构”。笔者认为，两者之间亦存在着继承和发展、借鉴和创新的关系。

《姑妄言》有三条情节线索贯穿全书：

其一，是竹思宽这个篾片、赌棍兼龟子的浪史，以及由他引出的市井风俗的丑史。诚如林氏在第二十四回回前评中所说：“竹思宽、郝氏初遇，一部书淫事起头，竹思宽、火氏同死，一部淫案总结。思与丝同意，谓以一丝总贯二十四回大书也，是一部大关锁。”

其二，是正人君子钟情与瞽妓钱贵的悲剧性情史。先是瞽妓独钟情于“贫穷不堪之钟生，矢心从良；后来竟得全美终身”。而钟情高中举人、进士之后，坚守盟约，与钱贵成婚，伉俪情笃；明亡清兴以后，钟情云游四方，不知所终。

其三，是宦、贾、童三人从依杖财势胡作匪为，到弃恶从善、大做好事的转变史。宦、贾、童之所以能由恶人转变为善人，除了阉党垮台和钟情的宽容善待等客观原因之外，也有其主观上的原因：他们的罪恶“未至于杀人淫人，天良未泯灭。一朝悔悟，便能出人头地，非异常也”。

由于钱贵之母郝氏，与竹思宽先私通，后姘居，故竹思宽的浪史连带市井的风俗丑史，便与钟情、钱贵的悲剧性情史勾连了起来；由于钟情的宽容和善待宦、贾、童，以及宦、贾、童的真诚改邪归正，他们三人的转变史，又与钟情、钱贵的悲剧性情史发生了密切的关系；而宦、贾、童的大做好事，世与竹思宽的浪史和市井的风俗丑史则有着内在的联系。这样，《姑妄言》中贯穿全书的错综复杂又互相联系的三条情节线索，便组成了一张上联朝廷重臣、京华大老，中接地方官吏、土豪劣绅，下结地痞流氓、平民百姓的巨大网络，把晚明（清初）封建社会的方方面面都涵盖其中。同时，《姑妄言》不像《金瓶梅》那样，集中通过西门庆一家反映一个社会和一个时代。它写了钟、钱、宦、贾、童五个家庭的故事。就篇幅而言,写宦、贾、童三家远远超过了写钟、钱二家。因此关于《姑妄言》的艺术结构,可以作这样的概括:小说通过贯穿全书的三条性质和色彩迥异的情节线索以及五个形态各不相同的家庭,全方位地揭露和抨击了晚明(清初)的恶浊世态和人性阴暗面。

《红楼梦》的结构,既有对明代“四大奇书”和清代前期诸章回佳作,尤其是世情小说结构艺术的借鉴和吸收,更有与其丰富、奇特的内容,以及“大旨谈情”相适应的创新。它有一人一事(贾宝玉的故事)贯穿全书,又叙“群钗”的悲剧;它写四大家族,但突出的是贾家荣、宁二府的兴衰际遇;它情节复杂,包括了现实故事和神话故事;它还运用了倒叙的手法,以神话方式从结局写起,以虚带实地倒叙了“石头”在红尘中的经历。值得一提的是,《红楼梦》中,甄士隐、贾雨村、刘姥姥以及一僧一道在结构上的作用,很容易使人联想到《姑妄言》中的到厅、峨嵋山道人和接引庵黑尼姑在结构上的作用。

七、《姑妄言》的语言是一种纯净的白话语言,但也夹杂一些吴地方言和下江官话,其风格特点则是汪洋恣肆,挥洒自然,幽默诙谐。人物语言极富个性,对话尤为精彩,“移于他人不切”(林钝翁第二十四回回前评)。比如,第二十四回,写宦萼做好事,酒醉于卖酒人家的一段关目,有叙述,有环境描写,有醉态形容,有心理刻画,有人物对话(因卖酒娘子系苏州人,故杂有地道的苏州方言),有极强的艺术表现力。“此部书内,或诗,或词,或赋,或赞;或四六句,或对偶句,或长短句,或叠字句;或用韵,或不用韵,虽是打油,然而较诸小说中无一不备,真可谓善于说鬼话矣,正与《姑妄言》名相合。”(林钝翁第十四回回前评)大量运用富有生命力的古语和方言俗语,夹杂为数众多的诗词曲赋和民歌、赞语、联语,确是《姑妄言》在语言上的一大特色。尤其是古语和俗语,几乎每回皆有,少则三四处,多则十多处,且皆用得恰到好处,切合情节关目和人物个性,艺术效果极好。至于小说中的诗词曲赋,则有雅俗之分,就总体而言,雅类作品既无特色,亦不高明;俗类作品虽然粗俗,甚至下流,不堪入目,却个性鲜明,别具风采。

《红楼梦》的语言历来为论者所赞赏。它同样是纯净的白话语言,亦夹杂少量的北京方言和吴地方言;同样人物语言极富个性,对话尤为精彩,“移于他人不切”。《红楼梦》中亦有大量的诗词曲赋,但以典雅,婉约为主,与《姑妄言》大相径庭。不过,根据情节和人物的需要,有些场合的词曲亦显得十分鄙俗。读到第二十八回薛蟠所唱的“哼哼韵儿”,不禁使人想到了《姑妄言》中淫妇奸夫、恶奴滥婢们不堪入耳的下流之作。

八、《金瓶梅》以后的世情小说，随着人物的性格的日趋复杂化，作者对人物心理的描写，除了动态、写意的传统笔法之外，也开始采用静态、工笔的刻画。《姑妄言》在人物性心理的描写方面（如第八回对于宝儿，第十一回对于香姑的性心理分析），以及人物复杂的内心活动（如第十五回对宦、贾、童三人的自我忏悔），就已比《金瓶梅》前进了一步。而《红楼梦》在人物心理的静态描写和分析方面，则又较《姑妄言》大大地前进了一步。曹雪芹十分重视心理描写，心理描写已成了他刻画人物性格的重要手段，各种形态的心理描写可谓所在多有。除大家熟知的第三十二回和三十四回细致地分析、描写黛玉复杂的心理之外，例子不胜枚举。比如，第四回写金寡妇的愤懑心理；第十六回写凤姐协理宁国府后的得意忘形心理；第二十二回写贾政看了元春、宝玉与众妹妹的猜谜诗后的悲叹心理；第二十七回写滴翠亭宝钗戏彩蝶时嫁祸于人的心理；第二十八回写宝玉听到葬花词时的心理，第二十九回写宝玉、黛玉、袭人、紫鹃四人"无言对泣"时的"各人心事"等，足以窥测《红楼梦》在人物心理描写方面达到的艺术高度。（关于《红楼梦》的心理描写，笔者将另撰专文探讨）

九、明清章回小说很重视环境描写，张竹坡《杂录小引》联系《金瓶梅》曾专论房屋环境的艺术作用说：

> 写其房屋是其间架处，犹欲耍狮子，先立一场；而唱戏，先设一台。恐看官混混看过，故为之明白开出；使看官如身入其中，然后好看书内有各人数进进出出，穿穿走走，做这些故事也。

《姑妄言》有不少静态的环境描写，也有些近乎西方小说中写物化的环境。比如，第三回为写火氏与竹思宽在书房内偷情，作者先对铁化家的房屋作了不厌其烦的描写。又如，第九回通过邬合之眼，对童自大家从大门外到大厅上的细致描写，就有力地衬托出了这位作为财主、监生以"效官样"的人物的个性特色，耐人寻味，引人发笑。

《红楼梦》继承和借鉴了包括《姑妄言》在内的众多章回小说的创作经验，在环境描写方面同样更上一层楼。比如，第六回通过刘姥姥的眼睛，描写了凤姐住处的环境（突出地描写了发出咯当、咯当响声的自鸣钟），以及众丫环手捧物件进来服侍凤姐的"服食陈设"，"活画出一乡里老妪到富贵人家光景，真是写生之笔"（《红楼梦》三家评本护花主人评语）。第三回，读者随着黛玉初进贾府，诚如张新之在一则夹批中所指出的，作者"又以所在房舍周历写出，以便安顿后面百二十回许多事迹之地，布局岂易言哉！"（《红楼梦》三家评本张新之夹批语）第五回，写宝玉随秦可卿等人走进秦氏闺房，便详细渲染房内的装饰布置，这是“写陈设而述其人”（《红楼梦》三家评本张新之夹批语），即把环境描写和人物刻画结合了起来。值得一提的是第十七回，作者对新落成的大观园作了极为详尽的描写，诚如脂批所指出的：“此回乃一部之纲绪，不得不细写，尤不可不细批注。盖后文十二钗书出入往来之境，才不能错乱，观者亦如身临足到矣！”（庚辰本《石头记》第十七回至十八回夹批语）但是，作者对大观园的细写，并不采用静态的客观的描写，却巧妙地用人物的“游园题额”，代替了“演说”（即叙说，介绍）。通过题写“对额”，既细致、生动地介绍了大观园的各个风景点，测试了宝玉之才，又艺术地反映了贾政、宝玉父子在人生观和审美观等方面的严重分歧，可谓一箭三雕。如此描写大观园，是写景，更是写人物，尤其是写宝玉，故脂批认为，如此写法，“却是宝玉正传”。

十、《姑妄言》擅长借梦境以推进情节的进展，通过梦境反映人物隐蔽或潜在的心理活动。全书二十四回，梦境描写多达十余次，且有夫妻同梦、多人同梦等不同形态。

王希廉《红楼梦总评》指出：

> 从来传奇、小说，多托言于梦。如《西厢》之草桥惊梦，《水浒》之英雄噩梦，则一梦而生，全部俱归梦境。《还魂》之因梦而死，死而复生；《紫钗》仿佛相似，而情事迥别。《南柯》《邯郸》，功名事业，俱在梦中，各有不同，各有妙处。《红楼梦》也是说梦，而立意作法，别开生面。前后两大梦，皆游太虚幻境，而一梦是真梦，虽阅册听歌，茫然不解；一是神游，因缘定数，了然记得。且有甄士隐梦得一半幻境，绛云轩梦语含糊，甄宝玉一梦而顿改前非，林黛玉一梦而情痰愈锢。又有柳湘莲梦醒出家，香菱梦里作诗，贾宝玉与甄宝玉相合，妙玉走魔噩梦，小红私情痴梦，尤二姐梦妹劝斩妒妇，王凤姐梦人强夺锦匹，宝玉梦至阴司，袭人梦见宝玉，秦氏、元妃等托梦及宝玉想梦无梦等，穿插其中。

王氏在这里虽未提及《姑妄言》，但在梦境构思和描写方面，《姑妄言》对《红楼梦》当亦有所启云。比如，第一回到听醉卧古城隍庙的一梦，其作用就颇似《红楼梦》第五回中贾宝玉的神游太虚幻境。

综上所述，在思想内容和艺术形式上，《红楼梦》对《姑妄言》的继承和创新，真正做到了青出于蓝，蝉脱于秽。

2005 年，原载《东南大学学报》

从明初的“水浒戏”看《水浒传》祖本的成书年代

今传《水浒传》祖本成书的时代，过去一般认为在元末明初。近年来，随着对《水浒传》研究的深入，有的同志提出了新的看法：郭勋刻本《水浒》，亦即《水浒》祖本，其成书和刻行当在16世纪30年代，即明嘉靖十一至十二年(1532—1533)(《江汉论坛》1982年一期张国光著《〈水浒〉祖本探考》)。这样的看法很值得重视，笔者想就元末明初的现存几部“水浒戏”这个角度，探讨一下今传《水浒传》祖本问题。

元代杂剧中的“水浒戏”，数量不少，佳作亦多，战斗性强，为当日群众所喜闻乐见。可是，在主题、人物和情节、关目等方面，它们与《水浒传》异多同少。在“水浒”故事的演变和《水浒传》的成书过程中，元剧“水浒”戏是一个不可或缺的环节，却并不占重要位置。元末明初，取材于“水浒”故事的杂剧，现存六种，除朱有燉的两种外，其余四种均为无名氏所作，具体创作时间亦不详。从总体上来考察，元末明初的“水浒戏”，在思想和艺术上不及元剧“水浒戏”。但是，就“水浒”故事演变和《水浒传》的成书过程这个角度而言，这六本“水浒”杂剧弥足珍贵，它们对于我们探究今传《水浒传》祖本的成书时代，很有参考价值。

一

朱有燉(1379—1439)，明太祖朱元璋第五子周定王朱橚长子。洪熙元年(1425)袭封周王，死后谥宪王。他的杂剧《诚斋乐府》，直到明代中叶仍盛演不衰。李梦阳(1472—1527)《汴中元宵绝句》云：

> 中山孺子倚新妆，赵女燕姬总擅扬。齐唱宪王新乐府，金梁桥外月如霜。

王世贞《曲藻》亦指出：“(周宪王)所作杂剧凡三十种，散曲百余，虽才情未至，而音调颇谐，至今中原弦索多用之。李献吉《汴中元宵绝句》云：‘齐唱宪王新

乐府，金梁桥上月如霜。'盖实录也。"(《诚斋乐府》今知者共三十一种，皆有传本行世)

《诚斋乐府》中有两本"水浒戏"，这就是《黑旋风仗义疏财》和《豹子和尚自还俗》(以下简称《黑》剧和《豹》剧)。由于历来治戏曲史和文学史者，对朱有燉这位皇族作家只有贬斥批判，并无全面介绍；对这两本"水浒戏"亦缺乏实事求是的评价，以致没有引起《水浒》研究者应有的重视。

《黑》《豹》两剧，最早见于明高儒《百川书志》(自序于嘉靖十九年)，题曰"皇明周府殿下锦窠老人全阳翁著"。《黑》剧宣德间周藩原刻本，卷首标名"新编黑旋风仗义疏财"，"题目"曰：《赵都巡强娶裙钗　李撇古感叹伤怀》，"正名"曰：《张叔夜平蛮挂榜　黑旋风仗义疏财》。万历时脉望馆钞校内府本，"题目"曰《赵都巡行凶倚势》；"正名"曰《黑旋风仗义疏财》。《豹》剧，宣德八年(1433)周藩原刻本，卷首标名"新编豹子和尚自还俗"，"题目"曰《修行办道僧做僧　厮打相争贼见贼》，"正名"作《虎皮客人胡索债　豹子和尚自还俗》。此刻本首载"宣德八年在癸丑腊月初吉锦窠老人书"之《豹子和尚自还俗传奇引》。

周藩的这两本"水浒戏"，有以下几点值得重视。

首先，明祁彪佳《远山堂剧品》，列《豹》剧和《黑》剧入"雅品"，分别评论曰：

> 元人多喜制水浒传词，然皆非罗贯中所作。周藩亦戏撰《豹子和尚》一剧，虽极意摹元，而实自得三昧之妙。
>
> 粗豪之曲，而独于假新妇处冷然入趣。即如《货郎》数调，反令元人望后尘矣。北词五折，两人唱，此变体也。

所谓"水浒传词"，即指取材于"水浒"故事的元杂剧。"然皆非罗贯中所作"，则说元剧"水浒戏"，与罗贯中的《水浒传》显然不同。祁氏是明末人，他认为《水浒传》乃罗贯中所作，这是不奇怪的。[①]而他指出元剧中的"水浒戏""皆非罗贯中所作"，是完全符合现存剧作实际的。更值得注意的是，祁氏认为周藩所作《豹》《黑》两剧，"虽极意摹元"，可是，不止在形式上开创了"北词五折，两人唱"这样的北曲杂剧"变体"，在情节关目的处理和剧作旨意等方面，亦"实自得三昧之妙"。这就是说，周藩的"水浒戏"，与元人的"水浒传词"一样，"非罗贯中所作"，它们所敷演的并不是今传《水浒传》故事。

其次，《豹》《黑》两剧，有不少情节关目，与今传《水浒传》有很大的不同。比如，关于宋江的上梁山，《黑》剧中宋江自我介绍说：

某姓宋，名江，字公明，绰号顺天呼保义。某曾为郓州郓城县把笔司吏，因带酒杀了阎婆惜，被巡军拿某到官，脊杖六十，迭配江州牢城营。打梁山过，有某八拜交的晁盖哥哥，知某有难，引半垓来小偻罗下山救某，将监押人打死，救某上山，就让我坐第二把交椅。晁盖哥哥因三打祝家庄身亡之后，众兄弟让某为头领。……

由此可见，宋江杀惜被捕后，即被晁盖率梁山人马救上梁山，与今传《水浒传》描述宋江上梁山的曲折过程有明显的不同。至于晁盖之死，周藩的处理与元剧“水浒戏”一样，即死于“三打祝家庄”之战。有意思的是，“晁盖哥哥因三打祝家庄身亡之后”，万历钞本作“晁盖哥哥因打曾头市身亡之后”。这样的改动，显然受了今传《水浒传》的影响。周藩的“水浒戏”不同于今传《水浒传》，今传《水浒传》不可能成书于周藩时代，这是一个有力的旁证。

又如，《黑》剧敷演山儿李逵“仗义疏财”，惩处“将百姓每忒欺凌”的“淫滥官宦”的“水浒”故事，歌颂了梁山的为民除害；描绘了受迫害的百姓告状告到梁山的情景，其旨意与元剧“水浒戏”是完全一致的。但是，李逵假扮李撇古之女，冒充“新娘”，在洞房中痛打“新郎”赵都巡这段关目，却是周藩的艺术创造（当然可能元末明初民间亦有类似的传说）。在今传《水浒传》中，类似的情节也是有的，不过其主人公是鲁智深，被打的“新郎”亦非滥官污吏，而是落草英雄小霸王周通。

再如，今传《水浒传》中，鲁智深曾出过家（那是不得已的上五台山，到大相国寺），也还过俗（为造反而落草二龙山，最后逼上梁山）；在征方腊后，他因“不愿为官，只图寻个净了去处，安身立命”，在浙江出家“坐化”，了结一生。可是，在《豹》剧中，鲁智深的出家和还俗，完全是另一番情景。请看鲁智深的上场白：

贫僧姓鲁，俗名智深，原是南阳广慧寺僧人，因幼年戒行不精，被师嗔责，还俗为民。跟着宋江哥哥，在梁山泺内落草为寇。带着我亲母，如今年老，朝夕侍奉，自去年被我哥哥宋江打了我四十大棍，我受不得这一口气，走来这清溪港清静寺内出家做个和尚，看了这修行办道的人，不强如那做贼的也呵！

后来，在李逵、鲁妻和鲁母等人的戏劝和计赚之下，鲁智深终于“不在清溪住，径往梁山住去”。“老母相完聚，兄弟同居处，永欢娱，永欢娱”；“我向那蓼花滩八百里梁山路，兄弟同居处，永欢娱，永欢娱”；“我向那蓼花滩八百里梁山路，常着那昧己瞒心的多吃我些醮金斧！”这本杂剧的主题虽有消极落后的一面，但从中却可窥见元末明初，在民间传说中，鲁智深并非是个“赤条条来去无牵挂”的角色，亦是一个有家有室、有情有义的人物。

再次，《黑》剧宣德刻本，与万历钞本，除了词曲和宾白方面的一些不同之外，刻本于第二折后，有张叔夜出榜招安，宋江等接受招安，协助张叔夜征服方腊一段情节，故刻本“正名”中有《张叔夜平蛮挂榜》之名。钞本则淘汰了这段情节。这就是说，刻本原有五折戏，而舞台演出用的钞本仅存四折。祁氏《远山堂剧品》，标题下注明“北四折”，评语中却说“北词五折”，原因就在于他混淆了两种版本。从思想性和艺术性来说，删汰有关征方腊的一折戏是非常必要的。可是，原刻本却提供了这样一个历史事实，那就是在元末明初，“水浒”故事中已有宋江等受招安、征方腊的内容。

最后，关于宋江等三十六人的座次、绰号和姓名，《豹》剧开场后，通过宋江之口，念了一张名单，与今传《水浒传》第七十回“石碣”上三十六天罡星，差异颇多。这对于我们追索《水浒传》祖本，亦是很值得玩味的。为节省篇幅，不一一罗列。

二

最初见于《也是园书目》古今无名氏“水浒故事”杂剧目著录的四种剧本：《梁山五虎大劫牢》《梁山七虎闹铜台》《王矮虎大闹东平府》《宋公明排九宫八卦阵》，虽然作者姓名、创作时间均无可考，现存最古孤本又是万历四十三年（1615）脉望馆赵清常钞校内府本，但从内容和形式的特点来考察，它们都出于元末明初人之手，这是可以肯定的，也就是说，这四本“水浒戏”，与周藩的《豹》剧和《黑》剧差不多是同一个时代的产物。因此，它们对于我们今天考证今传《水浒传》祖本的成书时代，同样有着重要的意义。

《梁山五虎大劫牢》，五折，“题目”曰《李应酬恩韩伯龙》，“正名”曰《梁山五虎大劫牢》。其故事，正末李应在末折的下场诗作了这样的概括：

> 久镇梁山显姓名，替天行道有功能；拔刀相助扶危困，骤马逢迎敢战争。忠义堂前英勇将，扶持寨主宋公明；点差李应离山寨，亲去招安韩伯龙。李应放火烧房舍，武松四将逞威风；今日饮罢庆功酒，永息干戈享太平。

宋江因听说滦州韩伯龙“使一条铁棒，打天下无对”，“有心招安此人上山”，便派扑天雕李应下山智赚韩伯龙。这个故事并不见诸今传《水浒传》，在元剧“水浒戏”中亦未出现过。今传《水浒传》第三十三回，写《霹雳火夜走瓦砾

场》，倒与本剧第四折关目颇有相似之处。另外，这本杂剧与《黑》剧一样，也提到“晁盖因三打祝家庄身亡”之事。关于宋江的上梁山，亦是一致的。

《梁山七虎闹铜台》敷演卢俊义上梁山的故事，与今传《水浒传》有关宋江逼卢俊义上梁山的几回书，在大体上也是一致的。但是也有明显的不同，比如，剧作在楔子和第一折，写张顺奉命去铜台城内打听米价，因路见不平，痛打“一迷里专把人坑”的监仓官，被官兵追捕，潜水进入了卢俊义家后花园，无意中听到卢妻贾氏和李固幽会。回山禀报宋江，宋江才派吴用下山“智赚卢俊义”。又如，吴用赠给卢俊义的四句诗，亦即后来梁山好汉所唱的山歌，剧作与今传《水浒传》亦不同。杂剧中是这样四句：

> 芦花荡内一扁舟，俊义身危可去游。若肯山中寻保义，那时方斩逆贼头。

到了今传《水浒传》有了较大的变化：

> 芦花滩上有扁舟，俊杰黄昏独自游。义到尽头原是命，反躬逃难必无忧。

有的刻本则作：

> 芦花丛里一扁舟，俊杰俄从此地游。义士若能知此理，反躬逃难可无忧。

两者比较，杂剧中的四句话，不仅贴切剧情，亦富有造反精神，这较今传《水浒传》高明。

《梁山七虎闹铜台》还有一个值得提出的问题是，剧中的宋江和其他梁山好汉，都存在强烈的招安思想。宋江的理想是：“安邦护国称保义，替天行道显忠良。一朝圣主招安去，永保华夷万载昌。”吴用说明设计赚卢俊义上山，“非是咱下狠心无情短幸，则是要忠义堂更添发愤”，“他若肯投咱入伙，辅皇朝替天发愤”；并向卢俊义表白说：“俺则要忠心为国报君恩，并不去鼠窃狗盗费精神，则是要招聚豪杰立功勋，施谋设智细铺陈。尊也么兄，今朝到此中，暂且权安分。”张顺同样认为，梁山“秉心行正直，替天辅皇朝”，并盼望“有一日圣明主招安去，扫蛮夷。辅圣朝，麒麟阁都把名标”。

《宋公明排九宫八卦阵》，敷演梁山“归宋征辽国”过程中宋江排九宫八卦阵、战胜兀颜统帅的故事。其情节关目，与今传《水浒传〕第七十二回《宋公明奉旨破大辽　陈桥驿泪滴斩小卒》、第七十六回《宋公明破阵成功　宿太尉颁恩降诏》基本上是一致的。令人感兴趣的是，主唱角不是宋江，而是李逵，并且相当突出地描绘了李逵在受招安后的苦闷和不满。“往常我纵横自在，今日个身受拘拴。”当听说身为“征北总兵”的宋江有职无权，更萌生了重回梁山的思想：“既然你难主张，不如俺及早还。”“倒不如归山且去闲消散，又无那怒气恼心烦。”另外，剧作也写到梁山大军在陈桥驿集中之事，但并无宋江“滴泪斩小卒”的关目。

当然，这本杂剧的基调是歌颂投降主义的，李逵之所以怀念梁山的造反生涯，主要还是为了宿太尉没有任命他为征辽先锋，而宋江对此又无昵为力。所以当他后来与杨志一起当先锋后，在“奉命征大辽”中，仍立下了汗马功劳，并高唱起“愿皇图万载，则愿的天长地久永无灾”的颂歌。可是，剧作中的宋江征辽，以击败辽国兀颜统军，活捉其大将李令吾等，恃复了北地四州作结，并不像今传《水浒传》那样通过征辽露骨地宣扬了民族投降主义。

在今传《水浒传》中，王矮虎初次出场是在第三十一回。他原是清风山的头领，由于他的劫掠清风寨知寨刘高的恭人，引出了花荣大闹清风寨，以及镇三山黄信和霹雳火秦明等被逼上梁山的故事。伊于一丈青扈三娘的故事，始于第四十六回的宋江初打祝家庄，而在打下祝家庄后由宋江做主，王英和扈三娘结成了夫妇。在今传《水浒传》中，王矮虎和一丈青的故事，尽管也是挺吸引人的，但王矮虎上梁山之后并不是一个突出的人物，亦无惊人的作为。可是，在《王矮虎大闹东平府》中，王矮虎却是主唱角，他的击败吕彦彪，大闹东平府，大长了梁山的威风。所谓“不争我东平府里施英勇，显的这梁山上志气高”。这本杂剧四折，“题目”曰《吕彦彪打擂元宵节》；“正名”曰《王矮虎大闹东平府》。剧情梗概是这样的：梁山好汉为庆贺元宵佳节，特派王英和徐宁下山去搏平府购买花灯。由于吕彦彪摆擂台，目中无人，王矮虎不听徐宁劝告，上台打擂，结果击败吕彦彪，并道出了真名。知府得知梁山好汉进城，便派衙内率兵追捕王矮虎和徐宁，半路上被宋江派来接应的关胜、呼延绰截击，

《水浒传》插图

并活捉了衙内。在今传《水浒传》中，没有这样的情节。另外，在今传《水浒传》中，一丈青是个敢作敢为的梁山女英雄。但在这本杂剧中，王矮虎无愧于梁山好汉的称号，而一丈青则被描绘成一个胆小怕事的贤妻良母的妇女。

三

通过以上的简略评介，可以清楚地看到，元末明初取材于“水浒”故事的杂剧，在情节关目、人物处理和主题思想等方面，与今传《水浒传》不同之处颇多；同时，在这些杂剧中已有敷演梁山接受招安，奉旨征辽的故事，以及被张叔夜招降，南征方腊的故事；可是却从未提及梁山队伍征田虎和伐王庆之事。这些方面对于研究今传《水浒传》祖本问题，无疑是值得重视的。

在对元末明初的六本“水浒戏”作了初步考察之后，关于今传《水浒传》祖本成书的年代，笔者得出了这样几点不成熟的看法：

首先，今传《水浒传》祖本不可能产生在元末明初，更确切地说，不可能产生在朱有燉的时代；否则上述六本“水浒戏”与今传《水浒传》的种种不同就无敞作出合理的解释。

其次，认为郭勋刻本就是今传《水浒传》祖本的看法，虽有一定的道理，但证据尚不足，说服力不强。笔者认为，在郭勋刻本之前，当另有《水浒传》祖本，它大约成书于15世纪30年代（亦即朱有燉创作《豹》剧和《黑》剧之时）到16世纪30年代这一百年中间。

---

① 嘉靖以降，明刻本《水浒传》作者的署名，不外有这样几种：“钱塘施耐庵的本　罗贯中编次”（高儒《百川书志》），“施耐庵集撰罗贯中纂修”（翻嘉靖汪道昆刊本），“中原贯中罗道本名卿父编辑”（日本所藏残本《高本增补校正全像忠义水浒志传评林二十五卷》，也是园书目著录的《水浒传》称之为《旧本罗贯中水浒传二十卷》）。

1984年，原载《水浒争鸣》

《如意君传》·《金瓶梅》·《肉蒲团》

——兼论古代小说性描写的评价问题

在性描写上,《如意君传》《金瓶梅》和《肉蒲团》,既一脉相承,又各有特点。对这三部小说中的性描写进行比较研究,对于正确认识和评价中国古代小说的性描写,无疑是很有裨益的。同时,这三部小说,原来被卫道者相提并论,斥之为“淫秽小说”。实际上,无论是在思想内容上,还是在艺术创造上,它们是不可同日而语的。《金瓶梅》在性描写上,对《如意君传》有所继承和借鉴,对《肉蒲团》则有所启示和影响。但是,它在思想和艺术上的成就,足与《三国演义》《水浒传》和《西游记》相媲美,列于明代“四大奇书”,列于同时代世界小说之林,皆毫无愧色。

一

《如意君传》,简称《如意传》,国内外流传的刻本极少。近年笔者见到的刻本,卷首有甲戌秋华阳散人所撰《如意君传序》;正文题为《阃娱情传》,当是这篇小说的别名。作序的华阳散人,不知何许人?关于华阳散人序文的写作年代,以及《如意君传》的刊刻年代,刘辉同志作了考证,颇有说服力。刘辉同志根据嘉靖《读书一得》(黄训撰)卷二中载有正德年间,故华阳散人撰序之甲戌年,当是正德九年(1514),卷末作跋之庚辰年,应为正德十五年(1520)。

现存《金瓶梅词话》的最早本子,刊刻于万历四十五年(1617)。《如意君传》既刊刻于正德年间,在性描写方面,是《如意君传》影响了《金瓶梅》,这是毋庸置疑的。关于《如意君传》在性描写方面对《金瓶梅》的直接影响,刘辉同志在《〈如意君传〉与〈金瓶梅〉》一文中,已作了详尽的论说,笔者同意他的见解,本文不再赘说,需要补充的是,在性描写上,并非只有《如意君传》对《金瓶梅》产生过影响,而小说中的性描写亦非始于《如意君传》。

作为一篇近万字的文言小说,《如意君传》在性描写方面,曾受到过历代笔记和唐宋传奇中诸如《赵飞燕传》《游仙窟》《大业拾遗记》《迷楼记》以及

《辍耕录》《夷坚志》中某些记载的影响，这是显而易见的；而像宋元话本《金主亮荒淫》《张于湖误宿女观记》，还有王伯成的《天宫遗事诸宫调》等作品，在性描写方面也难说对《如意君传》没有影响。笔者认为，由于题材相同，《赵飞燕外传》《天宫遗事诸宫调》这类专写帝妃宫闱淫乱生活的小说、戏曲作品，对《如意君传》的影响，可能更为直接和突出。

"如意君者"，武则天女皇的男宠薛敖曹也。小说写到，有次当薛敖曹极大地满足了武则天的淫欲之后，"后抚敖曹肩曰：'卿甚如我意，当加卿号如意君也，明年为卿改元如意矣'"。武则天确有如意的年号，但小说中的这个细节，不过是小说家借附会以针砭武则天之荒淫而已。小说名为《如意君传》，"如意君"薛敖曹当然是个重要角色，但真正的主人公无疑是女皇武则天。华阳散人序文指出："《如意君传》者何？武则天中冓之言也。……则天武后强暴无纪，荒淫日盛……"由此可见，《如意君传》实际上是"武则天外传"。在封建正统派看来，武则天的罪恶，一是"强暴无纪"，二是"荒淫日盛"。在《如意君传》中，作者并没有直接描写武则天的"强暴无纪"，只是从侧面提到了她的"废太子自立"。作者着意渲染的，乃是这位女皇帝的"荒淫日盛"：她和冯小瑶、怀义和尚以及张昌宗、张易之兄弟淫恶至极的性生活。

作者创作《如意君传》，意在声讨和揭露武则天的滔天罪恶。同时，小说写薛敖曹死谏武则天，终于促使武则天"召回庐陵王，复为皇太嗣"，结果得到了好报。直到天宝年间，薛敖曹仍然"羽衣黄冠，童颜绀发，如二十许，人谓其得道云"。小说通过这种描写，宣扬了欲海茫茫、回头是岸的佛家思想。应该说，作者的这种创作意图，尽管含有消极因素，却无可厚非；小说的客观效果也确实大不利于女皇武则天。问题在于，作者带着欣赏的心态，一次再次地绘形绘色地详细描写武则天与薛敖曹的性生活，而这种性生活的描写，又集中在性交动作、性交姿势和性交过程中的种种淫态上，这是一；其二，纵欲于这种性生活的武则天，是位年已六七十的老妇。这就难免使读者产生这样的想法：作者如此肆意诬诋、丑化武则天，既有其可鄙的政治目的，又难辞导淫宣欲之咎。

《肉蒲团》的创作年代，以及作者的姓名，缺乏资料查考；但产生于《金瓶梅》之后。这是可以肯定的。《金瓶梅》通过西门庆的发迹史和罪恶史反映一个时代的宏伟艺术构思，它对封建末世的人情世务的如实、精细刻画，开创了明清小说的新纪元。与此同时，在性描写方面，《金瓶梅》不止接受了包括《如意君传》在内的小说、戏曲作品的构思和笔法；由于笑笑生是大手笔，小说篇幅又长达百回，书中的性描写，无论就篇幅还是写作技巧来说，也达到了一个新的阶段。因此，从《金瓶梅》的社会效果来考察，明末清初出现了三种情况：一部分有识之士，确认《金瓶梅》是“寄意于时俗”，“盖有所刺”的“奇书”，他们激赏它的艺术，誉为“稗官之上乘，炉锤之妙手”（谢肇淛《金瓶梅跋》）。而抨击、斥责《金瓶梅》是“淫秽之书”，说它“书丽，贻讥于诲淫”者，更大有人在。正由于此，张竹坡特作《第一奇书非淫书论》，进行批驳。第三种情况是，出现了不知笑笑生创作《金瓶梅》之旨，只对书中的性描写感兴趣的低级的效颦者。他们不是炮制名副其实的淫书，如《浓情快史》《浪史奇观》等，赤裸裸地导淫宣欲，坏人心术，就是创作所谓“借淫事说法”的“风流小说”，名曰“为世戒”，实则“为世劝”。1705 年日本宝永刊本的《肉蒲团》在扉页上就标有“天下第一风流小说”八个大字。

《肉蒲团》，又名《觉后禅》《耶蒲缘》《钟情缘》《循环报》《巧姻缘》《野叟奇谈》。这些异名，包含了这部小说“借淫事说法”的具体内容。全书四卷，每卷五回，共二十回。

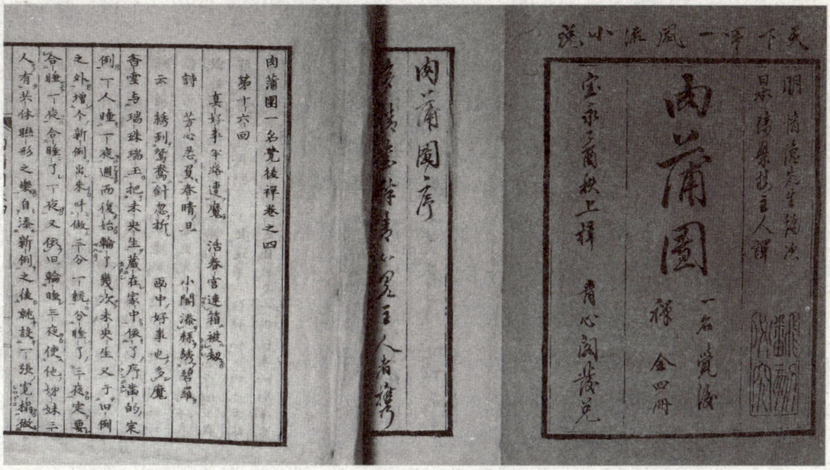

《肉蒲团》书影

《肉蒲团》的作者，或题“情隐先生”，或题“情痴反正道人”。康熙年间的刘廷玑，认为“情隐先生”乃李渔的化名。（《在园杂志》卷二）鲁迅和孙楷第先生亦皆疑《肉蒲团》作者是李渔。不过，此说尚无有力佐证，还须进一步查考。《肉蒲团》第一回中有这样一段话：“近日的人情，怕读圣贤传，喜看稗官野史；就是稗官野史里面，又厌闻忠孝节义之事，喜看淫邪诞妄之书。风俗至

今日，可谓靡荡极矣！”李渔亦曾指出，近人“喜读闲书，畏听庄论”（《闲情偶寄·凡例》）。又说：“今人喜读闲书，十人而九；名人诗集，问者寥寥。”（《笠翁文集·徐冶公二札》）两相比较，见解颇为相似。但据此亦难以断定《肉蒲团》出于李渔之手。

《肉蒲团》可说是未央生与众淫妇的奇淫史，也是他“淫人妻子，妻子淫人”的报应史。“未央生是一本戏文的正生”（第二回回末评，评者姓名无考），小说集中笔墨描绘了未央生与妻子玉香，与外遇丑妇、艳芳、香云、瑞珠、瑞玉、花晨等人的丑恶性生活；同时插写艳芳丈夫权老实为了复仇，设计入佣未央生的岳父家，勾引玉香，同样渲染了他们的丑恶性生活。最后权老实把玉香卖入妓院，而未央生嫖妓，与妻子不期而遇，于是觉悟而看破红尘。此书写“未央生的淫恶已达到极处”（第十八回回末评），在性交动作、姿势和淫态的描写上，与《如意君传》和《金瓶梅》相比，可谓青出于蓝。至于未央生的“扶阳痛哭”，盟友赛昆仑为他“割狗肾补人肾”，以及老妓顾仙娘的“三种绝技”，乃是作者的新“发明”。

“情隐先生”创作《肉蒲团》，自有其一片苦心。这在第一回故事开始前，他就作了详细的介绍。

“情隐先生”有一个观点，叫做“世间真乐地，算来算去，还数房中。不比荣华境，欢始愁终”。所谓“房中”之乐，就是指“男女交媾之情”。他认为，“房中”之乐，这是“开天辟地的圣人”特地制造出来“与人息息劳苦，解解愁烦，不至十分憔悴”。因此，在他看来，“挣开眼，乾坤覆载，一幅大春宫”。

在这种思想指导下，创作出《肉蒲团》这样的所谓“风流小说”，是毫不奇怪的。诚如作者自己所指出的，《肉蒲团》的特色是，肆意渲染“色欲之事”，“形容交媾之情”，“摹写房帏之乐”，“等他看到津津有味之时，忽然下几句针砭之语”，“又等他看到明彰报应之处，轻轻下一二点化之言”，以促使读者不沉溺于欲海，而能瞿然叹息，幡然大悟。（以上引语见第一回）实际上，这种想法和作法，不是自欺欺人，也是一厢情愿。试想，“几句针砭之语”怎能敌得过连篇累牍的性生活描写？“一二点化之言”，又如何把沉溺于色欲的人们引上正道？艺术形象的力量，大于空洞的说教，“情隐先生”的所谓“借淫事说法”，不是无知，就是导淫宣欲的遁词。

二

张潮在《幽梦影》中尝评论说：

> 《水浒传》是一部怒书,《西游记》是一部悟书,《金瓶梅》是一部哀书。

在《金瓶梅》是“淫书”之说甚嚣尘上的时代,张潮说它是一部“哀书”,这无疑是有胆略和识见的看法,值得研究者重视。

人生遭际坎坷,有不幸,有悲剧,才谈得上哀痛;社会动乱,生灵涂炭,政治腐败,才令人悲哀。《金瓶梅》中有什么人与事值得悲哀的呢?是哀西门庆这位“新兴商人”的悲剧吗?是哀金、瓶、梅以及其他与西门庆纵欲淫乱的妇女吗?

在解释为何“独以潘金莲、李瓶儿、春梅命名者”时,东吴弄珠客在序文说:“盖金莲以奸死,瓶儿以孽死,春梅以淫死,较诸女为更惨耳。”小说中金、瓶、梅分别“以奸死”“以孽死”和“以淫死”,就值得哀怜吗?当然,如果脱离了小说中有血有肉的艺术描写,抽象地看问题,仅把金、瓶、梅之流看成被压迫、被侮辱和被损害的妇女,那么,她们的遭际和死亡,确有其值得哀怜、同情之处。可是,我们能这样评论小说中的艺术形象吗?金、瓶、梅式的人物,原本值得人们哀其不幸。但读完《金瓶梅》又有多少人对这样的妇女产生怜悯之心,哀其不幸呢?这正是《金瓶梅》在思想和艺术上的一大缺憾。究其原因,还在于作者不适当地渲染了她们与西门庆的性生活,又未能真实地写出她们在与西门庆进行性生活时的复杂的性心理,并深挖其社会的、伦理的、文化的原因。结果,小说中有关她们与西门庆的性生活的描写,仅仅停留于本能的、低级的、粗俗的浅层。这就必然会抵消、冲淡她们身上原有的值得人们哀怜的成分。《金瓶梅》这种思想和艺术上的缺憾,固然与笑笑生缺乏崇高的美学理想有关。但这并不是唯一的原因,夸大这个原因,评论既不公允,认识亦不深刻。笔者认为,《金瓶梅》性描写的这种缺憾,既与笑笑生深恶痛疾那个世风日下、人欲横流的现实社会,企图赤裸裸地暴露其丑恶面目的创作思想,有着内在的联系;也与笑笑生只知继承、借鉴,甚至抄袭自《赵飞燕外传》以来的小说、戏曲作品,特别是《如意君传》中的有关性描写,而对性描写在小说创作中的地位和作用缺乏正确的认识有关。

如此说来,又怎样理解和评价“《金瓶梅》是哀书”之说呢?

西门庆的众多妻妾,以及与他淫乱的众多妇女(从娼妓到贵夫人),其种种不幸遭际和悲剧结局,皆起因于对色欲、财欲和权欲的追求,咎由自取,不值得哀。至于西门庆,更是罪魁祸首。在16世纪的中国封建社会中,像西门庆这样的恶霸、商人和官僚三位一体的特殊人物,是社会的蠹贼、地方的祸

根，并非什么“新兴商人”的代表。他淫人妻子，包占娼妓，视各色妇女为泄欲工具，其纵欲身亡，更是死有余辜。他的当官，靠的是钱财；而他的发家，又是凭借政治势力巧取豪夺的结果。他开设的众多店铺，虽具有资本主义萌芽的成分，但小说着意描写的，并不是他作为“新兴商人”的所作所为，而是他作为恶霸兼官僚的胡作非力。因此，西门庆的罪恶累累的一生，他的滑精而死，以及死后家族的败落，并非什么“新兴商人的悲剧”。

但是，《金瓶梅》中确有令人悲哀、痛心之事，也有值得怜悯的真正悲剧人物，宋蕙莲就是个值得哀其不幸的悲剧人物。张竹坡认为，写宋蕙莲故事，“本意止谓要写金莲之恶”（第二十六回回评），说什么“书内必写蕙莲，所以深金莲之恶于无尽也，所以为后文妒瓶儿时，必试引道端也。……卒之来旺儿死而未死，蕙莲何以不死而竟死，皆金莲为之也”。此评尚是皮相之见。其实，“杀夫夺妻，取其财庇，杀主之奴，卖朝廷之法”（《张竹坡〈金瓶梅读法〉》），这本是西门庆的拿手好戏。西门庆才是杀来旺儿、逼得宋蕙莲走上绝路的元凶。“蕙莲本意无情西门，不过结识家主为叨贴计耳，宜乎不甘心来旺之去也。文字俱于人情深浅中，一一讨分晓，安得不妙?”（张竹坡第二十六回回评）正由于此，宋蕙莲之不幸遭遇和“含羞自缢”，才值得同情和哀怜。

不过，《金瓶梅》中像宋蕙莲这样值得哀怜和同情的人物，实在太少了。说“《金瓶梅》是一部哀书”，主要还得从书中的“因西门一份人家，写好几份人家”，“因一人写及全县”，概括了一个时代。从而形象地真实地反映了16世纪中国社会的种种病态和丑恶世风。这种世纪末的疯狂追求色欲、财欲和权欲，这种堕落社会的光怪陆离景象，读后岂不令人悲哀，发人深思。《金瓶梅》是哀书，实哀社会之堕落，哀世风之丑恶，哀男女之沉沦也！

在性描写上对《金瓶梅》有过直接影响的《如意君传》，却既非“怒书”，亦非“哀书”，更非“悟书”，而堪称“谤书”。借小说诽谤，诬诋某个人或某派人，这也并非始于《如意君传》。“谤书”之谤，不出三类写法：从政治上诽谤；从私生活上诽谤；政治上和生活上双管齐下进行诽谤。《如意君传》专写“则天武后中冓之言”，集中揭这位女皇的荒淫性生活之丑，是“谤书”中的下流之作。它开了晚清专揭人隐私的黑幕小说的先河。需要指出的是，《如意君传》产生于明正德年间。众所周知，正德皇帝朱厚照以荒淫无耻闻名于史，筑“豹房”宣淫，嫖妓女刘娘娘，则是他的“杰作”。《如意君传》的作者是很可能有借“武后中冓之言”以影射武宗的淫佚宫廷生活的意图。

至于《肉蒲团》，则是一部在“借淫事说法”的幌子下，肆意导淫宣欲的淫书。第十八回《妻子落风尘明偿积欠　弟兄争窈窕暗索前逋》，回末评指出："一部淫书看到头，无一人不报。稍有风流罪过之人，未有不通身下汗者。如此淫书，不可不读也。"读读此种淫书，当然也可增加对世情的了解；作者强调因果报应，也可能确有其"说法"为世戒的良好动机。但是，二十回书，重彩浓墨地详写了男女犹如狂疾般的性生活，在性交动作、姿势和淫态上大做文章，其客观效果，只能是导淫宣欲。读者读完了《肉蒲团》之后，除了深信"世间真乐地，算来算去，还数房中"的说教，并深受性的感官刺激和煽惑，岂有他哉！

尽管，《如意君传》是部"谤书"，《金瓶梅》是部"哀书"，而《肉蒲团》是部"淫书"，它们的思想内容和艺术形式，社会意义和美学价值，不可同日而语。但是，这三部小说在性描写方面，却有许多共同之处。

首先，对小说中性描写的主观意图，三位作者是相同的。他们描写小说人物的性生活，并非为了美化，而是为了丑化小说人物。《如意君传》中的薛敖曹，作者虽指出了他为"以肉具为进身之阶"而感到可耻，但小说既没有对薛敖曹的这种特殊心态作深入的刻画，又并不因此而影响对薛敖曹和武则天性生活的尽情渲染。"以肉具为进身之阶"，诚然可耻、可怜，但薛敖曹的形象仍然是丑恶的。至于西门庆和未央生以及与他们滥交淫乱的诸妇人，其丑恶就更不必说了。

其次，三位作者对小说中性描写的态度也是共同的。他们皆是以一种欣赏的态度来描写小说人物的丑恶性生活的。《如意君传》中的性描写，占了全书篇幅的三分之二；《金瓶梅》一百回，其中四十五回书中有性生活的描写；《肉蒲团》二十回，整回描写性生活的占三分之二以上。如此连篇累牍地大写特写小说人物的性生活，难道还不足以说明作者在津津有味地欣赏吗？

再次，小说中的性描写，可大致分两大类。一类是专写性交动作、姿势和性交过程中的淫态，这是低层次的感官刺激型；另一类则从文化角度着重于性意识和性心理的刻画，这是高层次的理性反思型。性意识和性心理，是"带着自己心理底整个复杂性的人"（高尔基《俄国文学史序》中语）的复杂性的一个方面。小说的性描写，若不能揭示人物的性意识和性心理，就难以达到高层次的领域。《如意君传》和《肉蒲团》的性描写，皆属于感官刺激型；《金瓶梅》从总体上考察，其性描写亦属于感官刺激型。它们充其量只能从浅层反映明代中叶以迄清初的堕落世风，却无法使读者从性这个特殊的角度，认识当时市井男女对现存制度的叛逆意识和心理，从而获得特殊的美的享受。

最后，通过"淫人妻子，妻子淫人"的故事情节，宣扬"祸因恶积，福缘善

庆，种种皆不出循环之机”（欣欣子《金瓶梅词话序》），这三部小说也是相同的。《如意君传》中的薛敖曹，由于乘淫进谏，救了皇太子；后来又“急流勇退”，走出深宫，逃出王府，最后得道善终。《金瓶梅》中的西门庆，《肉蒲团》中的未央生，则皆恶有恶报。尽管“借淫事说法”的效果值得怀疑，但三位作者确有这种创作思想，这也是毋庸讳言的。

三

看到小说中有性生活的描写，就简单化地斥之为“淫书”“秽书”，这是封建时代正统派文人的评论。他们或出于卫道，或出于无知。但不论其出于何种思想指导，把性描写等同于“淫书”的评论，皆不足为法。

性生活是正常人的正常要求，因此作为“人学”的文学作品，为了多侧面地真实地刻画人物形象，写性生活，从文化的角度揭示人物的性意识，刻画人物的性心理，乃是艺术创作领域中的正常现象。欣欣子《金瓶梅词话序》曾指出：“比如房中之事，人皆好之，人皆恶之，人非尧、舜圣贤，鲜不为耽。”后来金圣叹在批驳“《西厢记》是淫书”谬论时，亦强调说：“人说《西厢记》是淫书，他止为中间有此一事耳。细思此一事，何日无之，何地无之？不成天地间有此一事，便废却天地耶？”小说戏曲中描写男女对于性爱的追求，甚至出现“房中之事”，欣欣子和金圣叹认为这是十分自然的。虽然他们并没有对小说、戏曲中的性描写进行深入的研究，但他们的观点是可取的，仍然可以成为我们今天认识和评价古代小说中性描写的重要观点。这是一。

其次，对古代小说中的性描写进行评价，不能一概而论，应该因人而异，因书而异，从艺术实际出发。前文已经指出，《如意君传》《金瓶梅》和《肉蒲团》，在性描写方面虽一脉相承，也有不少共同点。但是，《金瓶梅》作为文学杰作，与《如意君传》和《肉蒲团》不可相提并论。洋洋七十多万字的《金瓶梅》，作为一部“哀书”，它在描写特定历史时期的人情世务方面，在人物塑造、艺术结构和白话运用等方面，皆有其创造性的杰出成就，这绝不是其中一万多字的淫秽性描写所能掩盖得了的。

明末清初的有些评论家，为了批驳《西厢记》，《金瓶梅》是淫书的谬论，曾提出了“淫者见之谓之淫”（《读第六才子书〈西厢记〉法》），“想必伊止看其淫处也”（张竹坡《金瓶梅读法》）的见解。这种“淫者见淫”说，对妄图用“淫书”来全盘否定《西厢记》和《金瓶梅》的思想、艺术成就的封建卫道者来说，不啻有力的一击。但“淫者见淫’说，并不能对《西厢记》，尤其是《金瓶梅》的性描写作出正确的评价。当时也有一些评论家,则提出了“欲要止淫,以淫说法;欲要破迷,引迷入悟”的理论(《在园杂志》卷二),并以此来审视《金瓶梅》中的性描写问题。这种“以淫说法”论,与《肉蒲团》作者的“止淫风借淫事说法,读色事就色欲开端”说,如同一辙。这种所谓“就事论事,以人治人之法”(以上引语见《肉蒲团》第一回),只能为某些下流的作者炮制地道的淫书提供理论根据,而无法对《金瓶梅》等小说的性描写作出科学的评价。

直到今天,如何评价《金瓶梅》的性描写,国内外的研究者仍有较大的分歧。

有的研究者说:“在反禁欲主义的时代,有一些充满淫秽描写的作品,其精神实质表现了对于宗教、封建社会和理学对于人性禁锢的批判精神,与欧洲人文主义时代讽刺和揭露宗教的虚伪的作品,如薄伽丘的《十日谈》有许多相似,具有浓厚的人文主义的色彩。”② 有的研究者则认为,《金瓶梅》的性行为描写里有劝诫性和丑陋性。《金瓶梅》的性行为描写,同“资本主义萌芽”“个性解放”以及“封建礼教的反叛”,都没有必然的联系。《金瓶梅》性行为描写是丑陋的,粗俗的,低层次的,要从中去找出“深层意识”,只能属于“追加美学”的范畴。③

日本有位学者发觉,在中国,“从《金瓶梅》刚问世到第二次学术讨论会(引者按,指第二届全国《金瓶梅》讨论会)的论说及评介中,都包含着令人费解之处。其中最大的原因,大概就是作这些评论的人,内心深处都还存在着‘淫秽书’这一自古遗传的亡灵。因此,没有推心置腹地作出评论,大概还有‘祸从口出’之恐吧”。他对于《金瓶梅》的性描写作了这样的评价:

> 《金瓶梅》在艳词和缠绵的男女之情中,重点突出了那些淫秽描写,大量出典了人的本能奔放,以及那些人间本来的性面貌,这是细致的写实。如果,像过去的小说那样简洁,或如像《红楼梦》那样含蓄,就不成为问题了。
>
> 但是这在当时并不算什么问题,所写的不过是那些人人皆知,而人人又都如此的事情。只不过没人写,也不准人说和写罢了。在中国小说中首次深刻地暴露了这些家庭内情、特别是妇女的性态描写的,正是笑笑生之笔。
>
> 因此若删掉这些描写,不仅《金瓶梅》的价值会减半,笑笑生想表现的意图也就被抹杀了,这不就等于笑笑生没有写《金瓶梅》吗?④

笔者不同意从“精神实质”上来抽象地肯定“一些充满淫秽描写的作品”，说它们“表现了对于宗教、封建社会和理学对于人性禁锢的批判精神”。《金瓶梅》不用说了，《如意君传》和《肉蒲团》也产生于“反禁欲主义的时代”。请问，它们的淫秽描写，其“浓厚的人文主义色彩”到底具体表现在什么地方？

笔者赞同这样的看法，《金瓶梅》中的性描写，同资本主义萌芽、个性解放，以及封建礼教的反叛，并无必然的联系。《金瓶梅》中的性描写，曾受到《如意君传》的直接影响，而《如意君传》中的性描写，又受到《赵飞燕外传》以来众多小说、戏曲的多方面影响。一定要把《金瓶梅》中的性描写，与新的经济因素和新的思想意识联系起来，那么，我们又该如何评价《如意君传》，以及曾对《如意君传》在性描写方面产生过影响的作品呢？

笔者亦不主张轻率地删掉《金瓶梅》中有关性描写的段落和字句。事实上，性描写是《金瓶梅》的一个有机组成部分。它是历史的存在，根本无法删掉。当然，出版社出版节本，这是另外一回事，为的是让更多的读者一窥这部奇书的庐山真面目。笔者赞同池本义男先生的见解，的确，如若无视《金瓶梅》中的性描写，“不仅《金瓶梅》的价值会减半，笑笑生想表现的意图也就被抹杀了”。但是，我们不能因此而肯定甚至赞美《金瓶梅》中的性描写。前文已经指出，《金瓶梅》中的性描写，从总体上来看，同样属于低层次的感官刺激型。它们没有反映出新的性意识，因此也谈不上有什么文化价值和审美意义。

作家创作小说，“为世戒”，主观动机无可非议。中国古代的小说、戏曲历来强调惩恶扬善的道德功能。问题是像《如意君传》《金瓶梅》和《肉蒲团》这样的性描写，由于停留于低层次的感官刺激，实际上并不能收到警戒的效果，只会产生诱惑的作用。对这类小说中的性描写，若没有正确的认识和评价，恕我直言，读后“生欢喜心”的“小人”、“生效法心”的“禽兽”，肯定大大多于“生畏惧心”的“君子”、“生怜悯心”的“菩萨”。

---

① 有的研究者认为《如意君传》产生于万历年间，这就说不清在性描写方面是《如意君传》影响了《金瓶梅》，还是相反。参见《关于〈金瓶梅〉中的情欲描写》，载《徐州教育学院学报》1988 年第二期。

② 卢兴基《十六世纪一个新兴商人的悲剧故事——《金瓶梅》主题研究》，载《金瓶梅研究集》，齐鲁书社 1988 年第一版。

③ 参见《〈全瓶梅〉评价的新思维——第三届全国〈金瓶梅〉讨论会新观点概述》，载江苏省社科联主办《社科信息》1988 年第十二期。

④ 池本义男《论〈金瓶梅〉及其研究——〈金瓶梅词话〉文献研究丛书十五编之九序言，译文载《徐州教育学院学报》1988 年第一期。

1989 年，原载《徐州教育学院学报》

《姑妄言》艺术特色初探

章回形式的创新，是《姑妄言》在艺术上首先值得重视的一大特色。

明清章回小说的体式，有一个逐步成熟的演变过程，大致到明中叶已趋于定型。但明末清初，章回体式又有所新变。《姑妄言》每回篇幅长达三四万字，这是明清章回小说中前无古人、后无来者的独创，此其一。其二，《姑妄言》各回既有一般章回小说的以一对联语为回目，作为正题；又以另一对联语为回目，作为副题。窃以为这是受《照世杯》等作品的启示演变而来的。台湾《思无邪汇宝》所收《姑妄言》的出版说明指出，回目之外，又加附目，“此实因此本各回文字比较任何古本小说为多，所包含故事内容亦较复杂，非一联语所能概括，故又加一联，使回目能更详尽反映该回内容之故，此亦为回目中一创例也”。此说良是，唯细察《姑妄言》回目，各回及“附”的联语（回目），尚有正目简略，附目复杂；正目复杂，附目简略；正目和附目均较复杂，以及正目和附目比较匀称四种情况。故对《姑妄言》章回体式的新变，尚有深入研究的必要。

用幽默、冷峻的喜剧手法和语言，塑造了众多须眉跃然、如在目前的人物形象，其中各色社会丑类尤为精彩，这是《姑妄言》在艺术上的突出成就。

明代“四大奇书”，及清初的《醒世姻缘传》《林兰香》等章回名著，无不以人物众多著称，其中堪称典型者，少则十多人，多达数十人。在这方面，《姑妄言》亦复如此。在人物形象塑造方面，《姑妄言》走的是《金瓶梅》的路子。但笔者以为，无论淫妇奸夫、贪官污吏、篾片赌棍，《姑妄言》中的典型人物，就其生动性和复杂性，以及他们所反映的社会本质深度而言，不仅可以媲美《金瓶梅》，且有后来居上、青出于蓝之势。

> 此一部书内，忠臣孝子、友兄恭弟、义夫节妇、烈女贞姑、义士仁人、英雄豪杰、清官廉吏、文人墨客、商贾匠役、富家显宦、剑侠术士、黄冠缁流、仙狐厉鬼、苗蛮獠猡、回回巫人、寡妇孤儿、谄父恶兄、逆子凶弟、良朋损友、帮闲梨园、赌贼闲汉、至于淫僧异道、比丘尼、马

泊六、坏媒人、滥淫妇、娈童妓女、污吏赃官、凶徒暴客、淫婢恶奴、佣人乞丐、逆珰巨寇，不可屈指。世间所有之人，所有之事，无一不备。余阅稗官小说不下千部，未有如此之全者，勿草率翻过，以负作者之心。（林钝翁第一卷回前评）

林氏之评，完全符合小说人物塑造的艺术实际。综观《姑妄言》的人物，可大致分为三类：

第一类是“正人君子”和“身为下贱、心比天高”的女子，以钟情、钱贵为代表；梅根和那些清官良吏、仁人志士亦属此类。

第二类是“贼”，诚如林氏所概括的有“国家之贼”“家庭之贼”“圣门之贼”“伦常之贼”“地方之贼”和“世间之贼”。（参见末卷回前评）

第三类则是由“贼”向“正人君子”转变的人物，以宦萼、贾文物和童自大为代表。

第一类人物是作者所歌颂的人物，在他们身上寄托着作者的理想；第二类人物是作者所憎恶、鞭挞的人物，他们集中体现了晚明（清初）的丑恶世情和人性阴暗面；对第三类人物作者持赞赏的态度，通过他们的改邪归正，表达了作者期望美好人性的复归。值得指出的是，作者刻画这三类人物，须臾不离晚明（清初）这个大环境和大气候；而通过这三类人物对恶浊的世态人情的不同反应，又广泛而深刻地揭露和批判了这个特定历史阶段的封建主义。

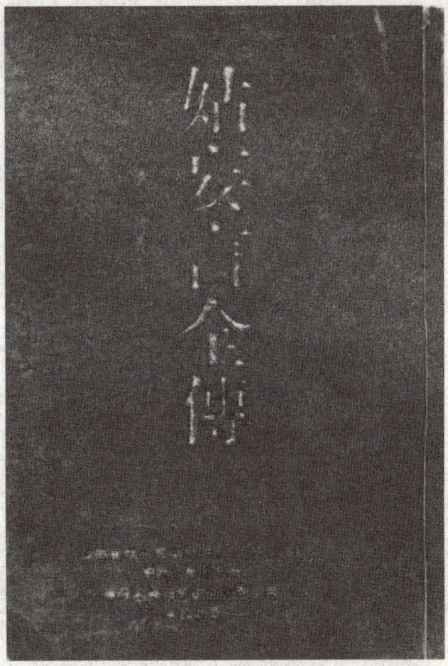

思无邪汇宝本《姑妄言》书影

在塑造人物形象方面，《姑妄言》有以下一些鲜明的特点：

首先，《姑妄言》就其反映时代而言，以暴露黑暗为主，全方位地揭露和抨击了晚明（清初）的丑恶世情和人性的阴暗面；就人物形象体系作考察，则以写“贼”（又以权奸贪官、赌棍篾片、淫妇奸夫和淫憎恶道为重点）为主。小说中出现了数以百计的各色人物，绝大多数是踩入了罪恶深渊而不能自拔的角色；当然，也有少数洁身自好、有理想有操守的人物；还有一些人物，虽踩入了罪恶深渊，终于觉醒而走上了改邪归正之路。另外,小说中的反面人物(邪恶小人)比正面人物(正人君子)写得丰富而深刻;而转变人物,由于充分展示了他们在主客观原因的影响下,思想性格的变化发展,又比反面人物更为生动、有趣。比如,竹思宽、邬合、嬴阳、游混公、卜通等下流至极的人物,由于作者善用“特犯不犯”之法,作多侧面的刻画,不仅个性鲜明,主体感强,并写出了他们的同中之异和异中之同。从他们身上可以看出特定社会和时代的特殊色彩,尤其是世态人情的特色。

其次,《姑妄言》刻画人物,既能抓住个性特点,多角度地给以强化和渲染,又能充分注意到人物思想性格的复杂性,决不作简单化、漫画化的处理。比如塑造铁化,既突出了他的顽劣,又极写其贪淫、嗜赌和惧内。又如宦萼、贾文物和童自大,是小说用力最多也最有艺术光彩的人物形象。小说通过许多情节关目有力地揭示了他们的鲜明个性:宦萼的疾顽公子性儿;贾文物的假斯文和酸腐气;童自大的视钱如命和啬刻成性,“三人迥不相掌”(林钝翁第九卷回前评语),此其一。其二,小说对宦、贾、童的共同点,即好色贪淫,惧内到令人喷饭的程度,以及依仗其财势骄矜使气,干了不少坏事,也作了极为生动的描绘。其三,小说写他们的“忽尔洗心改变,刻意要做好人”(林钝翁第二十四卷回前评)的转变,不仅合情合理,更妙在转变过程中和转变之后,仍时刻流露出他们的个性特点和人性的阴暗面,如宦萼的痴顽公子性儿,贾文物的酸腐气和童自大的贪淫,还有三人共同的“惧内”和“以淫制内”行为。

再次,作者刻画邪恶小人,以及转变人物的思想性格,笔端常带幽默和讽刺。因此小说具有浓郁的喜剧情趣,读者对这类人物的可笑、可恨、可怜又可悲的复杂感情也会油然而生。与此有关的是,作者常让邪恶小人(尤其是淫妇奸夫)和转变人物(转变之前)大讲淫秽下流的笑话,借以描写其无耻的浪态淫姿,反映其丑恶的内心世界。这种刻画人物的手法凝聚着作者讽世的热泪,愤懑的冷笑,也自然会收到一种讽刺喜剧的效果。另外,作者刻画人物也很重视肖像和打扮,而这种肖像和打扮的描写又往往带有讽刺喜剧的色彩,给人以一种喜剧所特有的美感。第二十四回写竹思宽到铁化家去会姘妇火氏,“戴了一顶马尾瓦楞帽儿,穿了一件新葛布袍儿,凋漂白水袜儿,浅脸黄草鞋儿,拿着一个青阳扇儿,拴着一个阿魏扇坠儿,一气走到铁家”。在火氏与竹思宽白日宣淫之后,作者又对竹思宽眼中的火氏作了别具一格的描写:

竹思宽久别娇客,仔细把她一看,虽然年过三旬,丰韵如同昔日。黑油油的头发,高高的吊着个桃儿;两边刷的光蓬蓬的鬓儿,挽着个苏州纂儿，插着两根金簪儿，戴一枚香喷喷的茉莉花儿；白白的眼儿，红红的嘴儿，弯弯的眉儿，直直的鼻儿，水汩汩的眼儿，齐斩斩的牙儿，金丁香坠儿；外面穿着金坛葛布衫儿，黑面桃红生纱衬衣儿，下系着玉包露地纱裙儿，显着红通通纱裤儿；一弯小脚儿，嫩尖尖手儿，诚然可爱！竹思宽每常都是灯下相会，今日白昼，看得分外真切，爱到万分，搂住又亲了几个嘴，抱她在怀中坐着，各诉相思。

作者写竹思宽的打扮，连用六个“儿”字；渲染白日宣淫后的火氏丰韵，连用十八个“儿”字，这不止描绘细腻，形容逼真，且别有一种讽刺喜剧的情趣。

第四，《姑妄言》既重视人物的心理刻画，也很注意人物生活的环境描写。

《姑妄言》在人物性幻想、性心理的描写方面，比之《金瓶梅》和《肉蒲团》等已有长足的进步。像第八回中对于宝儿，第十一回中对于香姑的性心理、性幻想的描写，对于刻画这两个性格和经历同中有异的淫妇的性格，显然是大有好处的。又如，第十五回，写宦萼正与贾文物和童自大在钟情、钱贵家捣乱，忽得父亲密信，知阉党已经失势，于是急忙回家；后与贾、童二人商量，决定亲自去钟情家赔礼道歉，先派邬合去探听虚实。结果钟情善待邬合，邬合回来告诉宦萼，说钟相公“真个绝顶的好人，谦和至极，说的话都是真心真意，连待晚生的那一种礼貌也谦虚得了不得，一毫狂妄之气儿也没有”。接着小说便通过宦、贾、童的对话，让他们三人对自己的作为作了自我剖析和忏悔。这种巧妙的心理描写，对于塑造这三个改邪归正的人物形象可谓妙处无穷。尚须提出的是，作者还擅借梦境以推进情节的发展，通过梦境反映人物隐蔽或潜在的心理活动。全书二十四回，梦境描写多达十余次，且有夫妻同梦，多人同梦等不同形态。限于篇幅，恕不详述。

《姑妄言》有不少静态的环境描写，它们为人物活动提供了合理的场所，并起到了衬托和烘托人物性格的作用。比如，第三回为写火氏与竹思宽在书房内幽会，作者先对铁化家的房屋作了不厌其烦的描写。又如第九回，小说通过邬合之眼，对童自大家从大门外到大厅上的细致描写，就有力地衬托出了这位作为财主、监生以“效官样”的人物的个性特色，耐人寻味，引人发笑。

最后，《姑妄言》常常引用戏曲名作中的有关情节、关目、唱词、说白，借以刻画人物的思想性格和内心世界。比如，第八回写阮最勾引、调戏庶母娇娇（女旦出身），即引用《西厢记》和《水浒记》中有关人物调情的曲白。诚如林钝翁夹批所说的，阮最“因娇娇是小旦，即以戏中之曲白诱之，省用别的口舌，妙！”又如，第十回写宦、贾、童整日蛮吃，感到无趣时，先讲庸俗不堪的笑话，

又叫邬合唱淫秽小曲，然后三人也唱一曲。这段关目不仅写出了三人的无聊和鄙俗，更妙在宦、贾所唱《占花魁》万俟公子游湖、《琵琶记·考试》中的几句唱词，都是二人各道本色，可谓"自报家门"和自我嘲弄；而那位不会唱曲，罚学驴叫的童自大同样自道本色，自我暴露。

尚须补充一提的是，《姑妄言》在小说人物的命名上，也表现了作者对晚明（清初）恶浊世风和人性阴暗面的针砭，而如此命名人物也是小说塑造人物的一个特色。第一回"南京应天府有一个闲汉，姓到名听，字图说"处，林钝翁特加夹批指出："一部书，头一个出名的便是道听途说的闲汉。"章回小说人物的姓名用谐音以寓某种意义，并不始于《姑妄言》。但《姑妄言》中如此命名的人物之多，在明清说部中实属罕见。作者所赞颂的人物，如钟情、真佳训、鲍德等也寓有褒义；小说所否定、抨击的人物，其姓名则无不因谐音而寓有贬义。如宦萼（万恶）、贾文物（假文物）、童佐弼（懂作弊）、聂变豹（孽便报）、游系（游戏）、游夏流（游下流）、竹思宽（竹丝而宽即篾片）、卜通（不通）、富新（负心）、卜孝（不孝）、王恩（忘恩）、司进朝（色精骚）、牧德厚（没得后）等，其谐音意义皆有关恶浊世风和人性阴暗面之揭露。作者创作《姑妄言》这部讽世小说和塑造为他所不齿的丑恶人物的良苦用心，于此亦可见一斑了！

在艺术结构上，《姑妄言》也颇有创新。它的结构，就世情小说作比较，既不同于《金瓶梅》，又与《醒世姻缘传》和《林兰香》有明显的差别；与问世于其后的《红楼梦》也大异其趣，在明清章回小说史上可谓别具一格，这是作者曹去晶的新创造。

《姑妄言》有三条情节线索贯穿全书：

其一，是竹思宽这个篾片、赌棍兼龟子的浪史，以及由他引出的市井风俗的丑史。诚如林钝翁所说："竹思宽、郝氏初遇，一部书淫事起头；竹思宽、火氏同死，一部淫案总结。思与丝同音，谓以一丝总贯二十四回大书也，是一部大关锁。"（第二十四卷回前评）

其二，是正人君子钟情与瞽妓钱贵的悲剧性情史。先是瞽妓独钟情于"贫穷不堪之钟生，矢心从良；后来竟得全美终身"（林钝翁第三卷回前评）。而钟情高中举人、进士之后，坚守盟约，与钱贵成婚，伉俪情笃；唯国亡后钟情云游四方，不知所终。林钝翁认为，若把小说作为"一部传奇……钱贵犹之正生，钟生反是正旦角色"，而作者如此构思，"不过借传奇以做譬喻耳，……借此以抒愤懑，总见世间之须眉男子只知势利，唯以富贵评月旦，尘埃中能物色英雄者为谁？"（第一卷回前评）

其三，是宦、贾、童三人从依仗财势胡作匪为，到弃恶从善、大做好事的转变史。宦、贾、童之所以能由恶人转变为善人，除了阉党垮台和钟情的宽容善待等客观原因之外，也有他们主观上的原因："宦萼之恶，不过一片呆公子气习未除，心性暴戾；贾文物不过欺世盗名；童自大不过鄙吝刻啬。虽皆为造物所忌，然其罪未至手杀人淫人，天良未泯灭。一朝悔悟，便能出人头地，非异常也。"（林钝翁第十五卷回前评）林氏的这种分析，说明宦、贾、童虽然做了不少坏事，但其人性尚未泯灭，所以弃恶从善是完全可能的。期望人性复苏，人人变善，从而使社会风俗变醇，这原是作者的愿望，也是他创作《姑妄言》的目的之一。

由于钱贵之母郝氏，与竹思宽先私通，后姘居，故竹思宽的浪史连带市井的风俗丑史，便与钟情、钱贵的悲剧性情史勾连了起来；由于钟情的宽容和善待宦、贾、童，以及宦、贾、童的真诚改邪归正，他们三人的转变史，又与钟情、钱贵的悲剧性情史发生了密切的关系；而宦、贾、童的大做好事，也与竹思宽的浪史和市井的风俗丑史有着内在的联系。这样，《姑妄言》中贯穿全书的错综复杂又互相联系的三条情节线索，便组成了一张上联朝廷重臣、京官大老，中接地方官吏、土豪劣绅，下结地痞流氓、平民百姓的巨大网络，把晚明（清初）封建社会的方方面面都涵盖其中。我们很难说小说以钟情、钱贵的悲剧性情史为主线；当然把竹思宽的浪史和市井风俗丑史，或宦、贾、童的转变史作为主线，也不确当。同时，《姑妄言》不像《金瓶梅》那样，通过一个家庭反映一个社会和一个时代。事实上，它重点写了钟、钱、宦、贾、童五个家庭的故事。就篇幅而言，写宦、贾、童三家远远超过了写钟、钱二家。因此，对《姑妄言》的艺术结构，是否可以作这样的概括：小说通过贯穿全书的三条性质和色彩迥异的情节线索，以及五个形态各不相同的家庭，全方位地揭露和抨击了晚明（清初）的恶浊世态和人性阴暗面。

《姑妄言》的语言是一种纯正的白话语言，其风格特点则是汪洋恣肆，挥洒自如，幽默诙谐。请先欣赏第二十四回中嬴阳与"把淫思尽息"后"颇有良心"的妻子阴氏的一段对话：

> 他夫妻年俱半百，嬴阳时常叹道："我家世代单传，今到了我，却断了根了！"阴氏道："我是不能生的了，你娶个小，或者还生得出，也不可知。"嬴阳笑道："我这样人弄了一顶纱帽在头上，不过如在场上一般，为人要自己知道出处，我们今日享受朝廷一命之荣，已是过分，又想娶小生子，真是要想折福了。我有个笑话说给你听：当日一个女人嫁了丈夫，总不生育。她有一个亲戚妇人同她闲话，问道：

‘你同你爷是不的么,怎再不生产?’那妇人答道:‘倒也不不呢。’那妇人道:‘既不不,你不生产是怎么缘故?’她道:‘这个道理连我不明白,若说不生,我在家做女儿时,也生过几个;要说生,自从嫁到这里,竟不生一个。’即如你,若说不生,当初怎生皎皎来,虽说是金家的种,到底有我的气儿,就是你心里,也未必辨得出是那一个的骨头;要说你生,这二十多年种也下过几千次,我的精脉也去了几盆,总不见个影儿,可见命中该绝了。命既如此,就寻个小来,也未必能有。我年力精壮,你也不受胎,今日衰了,越发没用,何苦白担误人家女儿。”阴氏笑了一会道:“事情不是这样论,这叫做撞造化必定有个可生的东西,你去撞了看,或者撞着了,竟生个儿子亦未可料。我如今是不能生的了,你就撞塌了头皮,也是没用。”嬴阳道:“你要想男儿诞子之事,图侥幸你自己生出个儿子来,妇人家到了五十岁还不能生育,何况于男子,谅越发不能,劝你不要痴想。”夫妻大笑了一会。

这一段对话,不止可见《姑妄言》白话语言的独特风采,诚如林钝翁回前评所指出的:“他夫妻谈笑一段,甚趣;确是他二人的话,移于他人不切。”

“亘古及今,极坏的事非极聪明的人做不来。非谓聪明人则坏,特恨其错用聪明耳。如铁化之尖酸促恰,岂非一段聪明,然坏了许多心术。”(林钝翁第二卷回前评)由于心术不正,铁化的聪明变成了尖酸促恰(促恰,一作促狭,吴语,意为说不出的恶劣),小说通过戏剧性的关目和生动的细节描写(如戏弄老师,作弄游船的相公和母亲等人),对铁化的个性刻画,充分表现了它那白话语言的风格和魅力。再如,第二十四回,写宦萼做好事,酒醉在卖酒人家里的一段关目,有叙述,有环境描写,有醉态形容,有心理刻画,有人物对话(虽杂着地道的苏州方言,因卖酒娘子系苏州人),却有极强的艺术表现力。《姑妄言》从人物对话可以看出个性,这也是生动的一例。

“此部书内,或诗,或词,或赋,或赞,或四六句,或对偶句,或长短句,或叠字句,或用韵,或不用韵,虽是打油,然而较诸小说中无一不备,真可谓善于说鬼话有矣,正与《姑妄言》名相合。”(林钝翁第二十四卷回前评)大量运用富有生命力的古语或方言俗语,夹杂着为数众多的诗词曲赋和民歌、赞语、联语等等,这确也是《姑妄言》在语言上的一大特色。尤其是古语和俗语的运用,几乎每回皆有,少则三四处,多则十余处,且皆用得恰到好处,切合情节关目和人物个性,艺术效果极好。至于小说中的诗词曲赋和民歌、赞语和联语等,则有雅俗之分:正人君子、理想人物,如钟情、梅根、钱贵所作属于雅类;邪恶小人和转变人物，尤其是淫妇奸夫、恶奴滥婢，则多俗不可耐。但就其总体而言，俗类作品胜于雅类作品。雅类作品既无特色，亦不高明；俗类作品虽然粗俗，甚至下流，不堪入目，却个性鲜明，别具风采。

在艺术上，《姑妄言》虽冲破了明代“四大奇书”的束缚，创新之处颇多。但其缺陷和遗憾也不少。择其要者，略作评论。

第一，小说有几处大段摘引历史文献和笔记材料，如第八回引用《明史·杨涟传》中的奏文，以声讨魏阉的罪行；第十一回引用陈鼎《黔游记》《滇行纪程续钞》；第二十四回引用陈鼎《留溪外传》、周清源《游雁荡山记》。此类大段引文，评点者林钝翁认为一可让读者“一开卷如同卧游，亦一快事也”；二是“夹叙此一段，亦有谓焉，如演戏至半本时，杂以跌打弹唱做一间断，使眼目略新一新，然后戏子重复上场，亦更有趣味”。（第十一卷回前评）但以笔者之见，如此大段引文和夹叙使故事情节和人物活动突然停顿，纯属外加的可有可无的内容，并不符合小说艺术的规律。

第二，庸俗下流的诗词曲赋和赞语、笑话，以及对于男女生殖器的夸张渲染，男女采战术的详尽介绍，淫妇与狗、猴、驴交媾的细节描写等，分量太重，篇幅过多，使小说的有些部分流入了色情小说的邪路，冲淡和削弱了这部现实主义世情奇书的批判力量。

第三，小说中夹杂了剑侠狐精和神仙鬼怪等不伦不类的故事，这与揭露和抨击世情的恶浊和人性的阴暗面这个主旋律很不协调。另外，作者不擅写金戈铁马，却又硬要添上些争战的情节关目。小说写官军和地主武装抗击农民义军的这几回书，不仅在思想上是局限，在艺术上也是败笔。

第四，《姑妄言》的最后几回与前文比较，无论思想和艺术，都表现出强弩之末的态势。这既与小说所写的历史背景有关，也与作者对农民义军、明王朝和清王朝三者关系的处理失当有关。小说以清兵南下，山河变色，钟情云游不知所终结局全书，与后来《桃花扇》的构思颇有相似之处，但其意蕴和神韵则远逊于孔尚任的传奇。

第五，“好有好报，恶有恶报”这种基于封建因果论的道德说教可谓所在多有，实在令人厌烦，这不仅是思想上的局限，也是艺术上的缺憾。

2002 年，原载《福州师专学报》

集中攻击晚明恶习的世情小说

——曹去晶《姑妄言》思想内容初探

中国小说的研究者，无不熟谙纪昀的《阅微草堂笔记》中的《姑妄言》，但清代雍正初年辽东曹去晶创作的章回小说《姑妄言》却鲜为人知。直到台湾《思无邪汇宝》于 1997 年初问世，人们才见到收入该丛书的《姑妄言》校刊本，其时离此书的定稿已有二百六十余年了。

笔者读完《姑妄言》，突然想起了李健吾先生评论法国喜剧大师莫里哀的话："爱憎分明使他才能鞭辟入里，完成他给自己指定的喜剧的责任：攻击我们世纪的恶习。"（《李健吾戏剧评论选·莫里哀的喜剧》）如果说《金瓶梅》是一部悲喜剧，《红楼梦》是一部悲剧，那么《姑妄言》可说是一部讽刺喜剧，作者同样"爱憎分明使他才能鞭辟入里，完成他给自己指定的喜剧的责任"：抨击晚期（清初）的世事人情的恶习。窃以为《姑妄言》的特色、价值和艺术魅力主要就在这里。

关于《姑妄言》作者曹去晶的生平尚不清楚，有待查考。但他创作这部小说的缘起和命名，在《自序》和挚友林钝翁的批语中却有明确的交代。小说第一回劈头这样说：

> 话说前朝有一奇事，余虽未曾目睹，却系耳闻，说起来诸公也未必肯信，但我姑妄言之，诸公姑妄听之，消长昼祛睡魔可耳！（林钝翁夹批：二十四回书，从这两个"妄"字生出。）

"姑妄言之"，"姑妄听之"，这是作者命名小说为《姑妄言》的缘由。不过，这只是表层上的原因，其深层原因则在于作者的愤世嫉俗。请看其《自序》：

> 夫余之此书不名曰真，而名曰妄者，何哉？以余视之，今之衣冠中人妄，富贵中人妄，势利中人妄，豪华中人妄，虽一举一动之间而未尝不妄，何也？以余之醒视彼之昏故耳！至于他人闻余一言曰妄，见余一事曰妄，余饮酒而人曰妄，余读书而人亦曰妄，何也？以彼之富视余之贫故耳！我既以人为妄，而人又以我为妄，盖宇宙之

内彼此无不可以为妄。呜呼,况余之是书孰不以为妄耶!故不得不名之妄言也。然妄乎不妄乎,知心者鉴之耳!

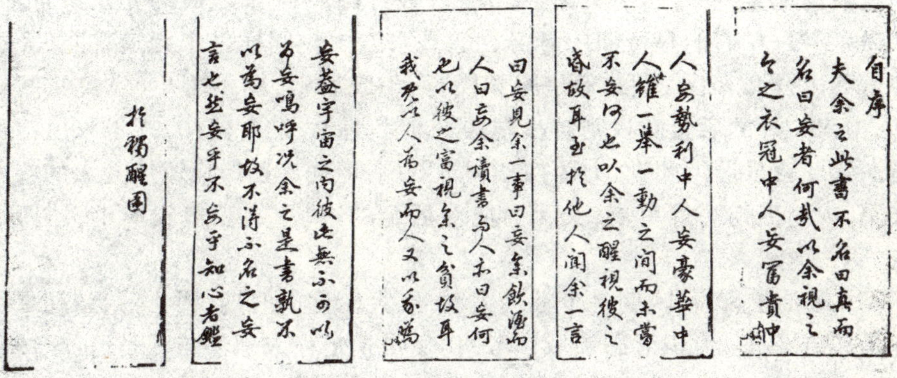
自序
夫余之此書不名曰真而名曰妄者何哉以余視之今之衣冠中人妄富貴中人妄勢利中人妄豪華中人雖一舉一動之間而未嘗不妄何也以余之醒視彼之醉故耳至於他人聞余一言曰妄見余一事曰妄余飲酒人曰妄余讀書而人亦曰妄何也以彼之富視余之貧故耳我亦以人爲妄而人又以余爲妄蓋宇宙之內彼此無不可以爲妄嗚呼况余之是書孰不以爲妄耶故不得不名之妄言也然妄乎不妄乎知心者鑒
於獨醒園

《姑妄言》自序

在小说末回,作者是这样结束全书的:

予固知此凿凿,故著成一帙,以娱观者之目。但信之者少,非之者众,故不得不为之妄言也。予尚有八句,实不成诗,亦名之曰妄言,不过因此一部妄言之后,持续此数句,以证此"妄"字耳!

为报诸公识我么,我心惟只与天那。
醒观世俗伤心重,醉著新编入意多。
兴到高谈刘子能,闷来豪放宁生歌。
妄言一任他人议,且自优游安乐窝。

与《自序》一样,结尾和七绝亦洋溢着作者的愤世嫉俗之情。另外,作者之《自序》和《自评》,皆标明书于"独醒园",显然寓有"众人皆醉余独醒"之意,同样反映了他憎恶现实之情。

明末清初的张潮尝谓:"《水浒传》是一部怒书,《西游记》是一部悟书,《金瓶梅》是一部哀书。"(《幽梦影》)在笔者看来,《姑妄言》是一部讽书。明代陈氏尺蠖斋《东西晋演义序》指出,《水浒传》"指摘朝纲",《金瓶梅》"借事含讽"。窃以为,《姑妄言》借鉴了《水浒》之"指摘朝纲",尤其是《金瓶梅》之"借事含讽"的创作经验,并有所创新。《姑妄言》的"指摘朝纲"和"借事含讽",涉及到晚明(清初)社会的方方面面,其指摘和讽刺不仅仅幽默风趣,且有相当的深度和力度。

《姑妄言》的故事始于明万历年间,终于甲申、乙酉之变,这正是政治最腐

败、社会最黑暗的晚明时期。明神宗朱翊钧是个无道昏君，在他统治的四十八年间，朱明王朝已“世人乱萌”，诚如吕坤所形容的：“国势如溃瓜，手一动而流液满地矣！”(《去伪文集》卷五《答孙月峰》)神宗之后的光宗朱常洛，只做了一月左右的皇帝即中毒身亡。熹宗朱由校同样是个无道昏君，大权旁落魏忠贤和客氏之手，于是阉党横行，朝政腐败，民不聊生，农民义军蜂起，山海关外的后金政权则越战越强。熹宗七年，朱由校死，八年朱由检接位。崇祯帝虽严惩阉党，力图挽狂澜于既倒，但面对已燃成燎原大火的农民义军，朱明王朝一筹莫展，又无力应对后金的进攻，终于遭到甲申、乙酉之变，明亡而清兴。

从政治上来说，晚期是个社会大动摇、大变化的时期，明亡清兴，朝更世变是其结果。就意识形态领域作考察，晚明先是程朱理学与王学、王学左派进行着激烈的斗争，进而掀起了影响深远的反理学思潮，萌生了以张扬人性为旨归的新思想。比如，汤显祖等人的鼓吹“情至”，冯梦龙的倡导“情教”，公安派的标榜“独抒性灵”。与此同时，伴随着肯定“好货好色”等正常人欲，金钱万能、享乐至上、损人利己甚嚣尘上，于是世风日下，人欲横流，道德败坏。晚期的陆树声尝曰：

> 风俗者，世道之气。风气美，则礼义兴，而治道因之。数年以来，人情巧伪，习尚浇浮。鹜声利者，善于超时，饬廉隅者，病其绝俗人，以承迎为将顺，以诡遇为通才。(《丘隅意见》万有文库本)

晚明，“人情巧伪，习尚浇浮”已到了无以复加的地步。《姑妄言》集中揭露和抨击的，正是晚明的“人情巧伪，习尚浇浮”。必须指出的是，《姑妄言》叙写的人物和故事，虽以晚期为其历史背景，但它同样反映了作者生活时代的社会现实。尽管“康乾盛业”与晚明不可同日而语，一个是新王朝的兴旺向上时期，一个是旧王朝的末世，但就其封建社会的本质和痼疾而言，两者之间又有着很多共同或相似之处。“人情巧伪，习尚浇浮”，清初和晚明就并无两样，这就是作者和评者经常在小说叙说和批语中情不自禁地作今昔对比的原因。

《姑妄言》写到了阉党弄权乱政，以及甲申、乙酉之变等晚明重大政治事件。但就全书的构思和艺术实际来看，它们主要作为社会背景；小说也写到了农民和市民之贫困，以及由此所造成的种种悲剧，但这些亦非主要的情节关目。全书重点放在京师和以南京为中心的江南大中城市的官吏贪暴和风俗侈靡，以及由此而生发的种种污浊世情和人性的阴暗面。林钝翁在末卷回前评中提出了一个设问：“此一部书中残寇恶人甚多，竟无一梁上君子。此何

故?”他回答道:

要知为人臣而不忠者,国家之贼;为人子而不孝者,家庭之贼;读书而不循道理者,圣门之贼;不悌不信无礼无义者,伦常之贼;莅位而虐下者,地方之贼;自暴自弃者,世间之贼。此等贼,本书中不可胜数,其穿窬之贼故不足道也!

《姑妄言》集中抨击晚明(清初)的污浊世态和丑恶人性,正得力于对书中不可胜数之“贼”的无情暴露:“国家之贼”,如擅权乱政误国的魏忠贤阉党、马士英、阮大铖之流阉党余孽。“家庭之贼”,如卜校、伍氏夫妇“忤逆之孝”者,不如“父母妻子为何物”的“与利为徒之人”。“圣门之贼”,如游系、卜通之类“不堪之先生”,“专一把持衙门调唆争讼,无风生浪,以便于中取利”的生员计德。“伦常之贼”为数量多,其表现形式也最多样。如阮大铖父子之聚麀;姚华胄一家之淫乱,以致“和尚道士宣淫于姚宅”;“游混公干子后庭”;为争家财,“同室操戈,推刃同气”的钟氏兄弟;药死儿子,卖了媳妇的赌棍曾嘉才;“借种家奴”的易于仁;“因夫贫而欲弃夫”的权氏;因妻穷而背盟的咸平;弑父之艾鲍、艾福;为求靠山,主动将女儿献给阉党走狗魏广微的“忘恩的小人”王恩夫妇,以及形形色色的淫妇奸夫。至于“地方之贼”,如贪赃知县臧继仲;昏官镇江府刑厅荀思;苦难犯人的北京刑部司狱司崔司狱;“挥欺寡妇孤儿,谋求其财”的刁千户;设计鸡奸嬴阳的恶霸聂变豹。“世间之贼”,如自甘下流的游夏流;卜通之子卜不仕。小说对上述诸“贼”的叙写、暴露和抨击,充分说明了“世风蝓薄,千奇百怪的事无所不有”(此乃第十四回中梅生之语)。

第十九卷回前评,林钝翁有一则曰:

宦萼初次出门,头一个便是寒无俦匹的,可见那时民空财尽,天下穷人而无告者多也。

“民穷财尽”,“穷人无告”,而官吏贪暴,于是便酿成了许多人间悲剧,世风也因此而日趋浇薄。《姑妄言》从第十九回起,连续用二回大书叙写改过自新的宦萼大做其好事,如评者所说,“这一回内,只算是宦萼一本《行善录》”。作者通过宦萼的《行善录》,固然使读者看到他确实已弃恶从善,但更重要的还在于多角度多层次地暴露和抨击人性的阴暗面和污浊的世态人情。

《姑妄言》“借种种诸事以说法”:一是“警人当穷而好善”;二是“警人择婿不当以财,而持身无淫妒”;三是“警人改过迁善”;四是“警人贵者当尽忠于国,富者勿刻薄于人”;五是“警人勿造罪堕落”;六是“警人勿恃财自妄,诱人局赌”;七是“警人勿凶险好淫”;八是“警人勿疏弃贫穷骨肉”;九是“警人勿

薄弃手足”；十是“警人勿贪赌”；十一是“警人勿昼夜贪于嫖赌”；十二是“警人当自量，不可误少艾妇女”；十三是“警人勿为狡媒所误”；十四是“警人当做好人好事”；十五是“警人当上进，勿蹈下流”；十六是“警人生产中勿见小苛刻”。以上十六个方面，皆谓“书中要紧节目”，通过它们读者不难窥见晚明（清初）的污浊世情和人性的阴暗面，这对认识黑暗的封建社会无疑是大有裨益的。

晚明（清初），拜金主义对社会和人性的腐蚀已经到了触目惊心的地步。作者对此有刻骨铭心的愤懑，《姑妄言》对此则有淋漓尽致的描写，评者对此也有入骨三分的评论。

“宦、贾、童结盟一段，作者非有二十分愤懑，二十分伤心不能道也。何以见之？但看他三人口中所说的话，无非是富贵他人合，贫穷亲戚离之意耳”；第九回写宦萼、贾文物和童自大三人的相识和结盟确是一大奇事，而他们“只愿同年同日生，不要同年同日死”的盟誓则是一篇千古奇文。小说中的宦、贾、童本来因无聊寻找臭味相投的朋友，他们结成“酒肉社”并不奇怪；值得注意的是“近之结盟者，皆不过是酒肉社，特美其名为结盟耳！”（以上引文见林钝翁第九卷回前评）世情可笑可悲到如此地步，难怪作者要愤懑、伤心到二十分，评者要感慨系之了！

第七回，通过嬴阳和阴氏从南京回到家乡昆山，把贫穷时无人雪中送炭，发迹后个个锦上添花的势利，以及认钱不认人，只要“有钱就尊敬”的时尚揭露得毫发毕露。而作者冷峻的叙述，评者尖锐的针砭，则充分表现了他们对如此世情和人性之愤懑和伤心！

《姑妄言》对于晚清（清初）世态和人性的描写，还涉及一些特殊的方面。比如，家奴的被奴役及其反抗（所谓“奴变”），和尚、道士和尼姑的淫乱，庸医的杀人，等等。小说中出现了不少与主子、主母通奸的淫婢和恶奴，作者和评者对此持鞭挞态度；但他们对官宦、财主、地主和恶霸家的家奴的被奴役、被压迫，以及“奴变”，又是同情的。第十一回，马士英媳妇牛氏与和尚通奸，被家奴们发觉，牛氏恼羞成怒，无理责打家奴，结果吴知等五个家奴抬着小主人马台，当场捉奸捉双，并把牛氏和和尚押往衙门，一路上出尽了马家之丑。尽管由于御使寿可托的徇私枉法，反锁靠了五个家奴，但马家家奴们的被凌辱，以及他们的反抗，从此奇闻中还是能看得一清二楚的。第十三回，写阮大铖家小厮爱奴，先与阮大铖媳妇郑氏通奸，后因郑氏与其小叔阮优通奸，冷淡了爱奴，爱奴为报复又诱奸了阮优之妻花氏。阮优发觉后，便借故把爱奴吊在空屋里，几乎打死。爱奴由此怀恨在心，终于勾结花氏杀了阮优和郑氏。小说中的爱奴虽亦是个好淫的恶仆，但透过他的复仇杀主行动，亦可窥见当时世家大族家奴的反抗情况。

在《姑妄言》中，不少不法之徒，皆藏身于佛门、道观和尼庵。作者和评者对晚明（清初）的佛道僧尼可谓大不敬之极，他们对和尚、道士和尼姑们的种种亵渎宗教的行为的大胆揭露，也是对当时丑恶世风的有力抨击。第一回，写峨嵋山道士与接引庵黑尼姑交媾时，林钝翁有则夹批曰：“一部书若许奸夫淫妇，却以一尼一道开首，见此辈中能戒律者少。大书之，为彼等下针砭耳！”全书约有三分之一的篇幅中，写到僧道尼姑的淫乱，作者之痛下针砭足见其对现实生活中此辈淫毒作为的深恶痛绝。第五回中的万缘和尚，非但写他“以见缁流之坏“，还借他揭了“过去的和尚”，即姚华胄的祖父——助燕王朱棣篡逆的“真僧”姚广孝之丑。第六回中肆意奸淫嬴氏的了缘和尚，原是越狱逃走，出家避难的江洋大盗。为此，林钝翁在回前评中感慨地说：“僧人中如了缘者正复不少，缁流一途，原是盗贼藏垢纳污之所，奈愚人往往为其惑。有守土之责者，不可不严察此类。有佞佛之流，见余此评，必合掌曰：‘枉口白舌，何苦谤僧。’孰不知余非谤之，正是为大雄氏做功臣耳！”《姑妄言》揭露万缘、了缘之流淫僧的罪恶，确非“谤僧”，而是佛门之功臣。第十八回极写慈悲庵崔命儿等尼姑与本阳道姑（实乃有缩阳术的男子）的淫乱，以及本阳的诱奸蔺佛姑。林钝翁的回前评认为，这同样是“借淫说法”，“正是劝人好真佛，虔心信佛，虔心行善，不可被说假佛者哄诱”。第十九回写好色的单于学因“家中摆设着这些花枝般的娇妻美妾艳婢，终日眼饱肚饥，如何过得，心中着急”。偶然听说翟道人“善能壮阳固本，有养鱼妙术”，便敦请来家。结果引狼入室，“娇妻美妾艳婢”皆被翟道人奸淫，连贤贞之妻甄氏，“亦难免贼道之污以自杀”。甄氏自杀之前，愤而杀死了翟道人，以及与他串通奸污她的单氏妾婢。为此，林钝翁在回前评中又一次提醒读者：“世间僧道之流，皆如蜂虿之贼，不可不远避而紧防之也！”

作者对晚明（清初）污浊世风和人性阴暗面的针砭，还表现在小说人物的命名上。第一回写到“南京应天府有一个闲汉，姓到名听，字图说”处，林钝翁特加夹批指出：“一部书，头一个出名的便是道听途说的闲汉。”小说人物的姓名用谐音以寓某种意义，并不始于《姑妄言》。但《姑妄言》中如此命名的人物之多，在明清说部中实属罕见。虽然作者所赞颂的人物，如钟情、真佳训、鲍德等也寓有褒义，但小说所否定、鞭挞的人物，其姓名则无不因谐音而寓有

贬义。如宦谔(万恶)、贾文物(假文物)、童佐弼(懂作弊)、聂变豹(孽便报)、游系(游戏)、游夏流(游下流)、竹思宽(竹丝而宽即篾片)、卜通(不通)、富新(负心)、卜孝(不孝)、王恩(忘恩)、司进朝(色精骚)、牧德厚(没得后)等,其谐音意义皆有关污浊世风和人性阴暗面之揭露。作者之良苦用心,以及他对现实社会的不满,于此亦可窥豹一斑。

《姑妄言》在思想内容上的历史局限,主要表现在以下三个方面:

一是小说竭力宣扬封建因果报应,这虽有其揭露和抨击污浊世情和丑恶人性的积极作用,但其消极的负面影响也是显而易见的,这是必须严加批判的封建性糟粕。

二是“以淫说法”,作者主观上意在“说法”,但有意无意间渲染了“淫”;由此而来的大量性描写,冲淡了小说讽刺艺术的深度和严肃性。《姑妄言》虽然具有讽刺喜剧的特色,还够不上讽刺小说的要求,与此颇有关系。

三是小说最后的几回,与前文比较,无论思想和艺术,皆明显地表现出强弩之末的态势。这既与小说所写的历史背景有关,也与作者对农民起义军、清王朝和明王朝三者关系的处理失当有关。小说对李自成及其农民义军的描写,显然存在着歪曲和污蔑,这是作者封建地主阶级政治立场的反映。小说以清兵南下,山河变色,钟情云游不知所终结局全书,与《桃花扇》的构思颇有相似之处,但其意蕴和神韵则远逊于孔尚任的传奇。

2001 年,原载《福州师专学报》

《姑妄言》性描写评议

台湾地区收入《思无邪汇宝》的校刊本《姑妄言》出版说明认为,《姑妄言》"可视为古本色情小说中集大成之作","实可称为真正性文学长篇"。笔者不同意将中国古代的艳情小说等同于色情小说,并将《姑妄言》划入色情小说的范畴,但赞赏《姑妄言》是中国古代小说性描写的集大成之作的看法。

《姑妄言》的性描写确令人瞠目结舌。首先,在篇幅上,二十四回大书不涉及性描写的寥寥可数,正文九十万言,性描写约占五分之一。在这一点上,它是步《肉蒲团》《绣榻野史》等后尘,《金瓶梅》及其诸续书皆望尘莫及。

其次,诚如《〈姑妄言〉出版说明》所指出的,"所写者有一女多男,一男多女及男女混交、乱伦、男女同性恋,人兽杂交如人狗交、人驴交、人猴交等。写采战法则有采阴补阳,采阳补阴,因采人反被采而死,仙狐采人阳精反失丹。写春宫图册、春药如揭被香、金枪不倒、紫金丹、如意丹等。缅铃、白绫带子及角先生等淫具亦时常出现。古代色情小说中之种种套数,种种工具,均出现在此小说中,我们可以从中看到《如意君传》《绣榻野史》《金瓶梅》《痴婆子》《肉蒲团》等小说的影响"。

再次,作者"借淫说法",笔力贯注于种种骇人听闻的"淫报",这在愚夫愚妇笃信因果报应的封建社会也确可起到醒世警人的作用。但是,《姑妄言》在性描写方面的以上特点,只是表明其沿着《金瓶梅》和《肉蒲团》的创作路子而后来居上而已,尚未能显示其创新的风貌。在笔者看来,连篇累牍的性描写,乃是《姑妄言》揭露和抨击晚明(清初)的丑恶世情和人性阴暗面的一种手段。小说中有不少性描写对于揭露和抨击丑恶世情和人性的阴暗面来说是不可或缺的,此其一。其二,在性描写的层次上,《姑妄言》已有了长足的进步。小说中虽仍有大量的各种性交动作、形式和过程的描写,但已有相当精彩的性压抑、性幻想和性心理的分析和刻画,借此揭示了淫妇们变态性生活的社会、生理、道德等原因。这才是《姑妄言》在性描写上的新成就和新特点。

作者认为"枕席上之事",就正常的夫妇而言,乃人之"常情,不足为责"。

因此《姑妄言》中凡作者所歌颂的正面人物，如钟情与妻妾钱贵、代目，即使是新婚之夜，对他们的"枕席之事"，亦采用略写，绝不作渲染。而对他所痛恨、鞭挞的人物，诸如魏忠贤、马士英、阮大铖、姚华胄和姚泽民等乱臣贼子，聂变豹、易于仁等恶霸劣绅，宦萼、贾文物、铁化等世家子弟，童自大等财主富商，竹思宽、人屠户等赌棍篾片，游系、卜通等儒门败类，以及他们的妻妾子女以至丫环仆妇，则必大肆渲染其性生活的糜烂、淫乱和变态，甚至详尽地描绘淫妇之与狗、驴和猴嬉戏和交媾，奸男之舔阴等不堪入目的情节关目；同时作者也必定要写出其淫乱、变态而遭恶报而不得好死的结局。事实上，上述这些人物形象，不只是人性泯灭，道德沦丧，胡作非为，其"枕席上之事"，也确是腐朽不堪，无耻之极。小说如此夸张地渲染，恣意暴露，虽是现实生活的反映，不过犯了自然主义的毛病。

晚明淫乱成风，道德沦丧已到了无可救药的地步，这就是《姑妄言》差不多回回写到性，人人难免淫，奇淫之事层出不穷、匪夷所思的社会原因。小说中有不少奸男淫妇，由于环境（大到社会、小到家庭）的影响，尤其是父母的失教，甚至做出坏榜样，他们从幼年、少年时代起已走上了淫乱的邪路。第四回写十三岁的昌氏，与邻家小厮的调戏；第十八回写贾文物十三岁时奸淫丫头含香；第十四回写多银主动勾引卖花小子、摇鼓儿卖线的和讨饭花子与她淫乱，都是比较典型的例子。而第六回细致描写的私塾中七个男学生引诱和朋奸女学生阴姑娘，更是惊心动魄。这类性描写是《姑妄言》的创新，值得另眼相看。

林钝翁在回评中一再指出，"书中淫妇人不少"；"一部书偷汉之妇人不少"；"此一部书偷汉之妇人不少"；"此一部大书中，妇女贞烈贤淑者少，淫滥泼悍者多"。大写特写淫妇之偷汉和淫滥，无疑是《姑妄言》在性描写方面的一大特色。但难能可贵的是，小说通过众多淫妇之偷汉过程的描述，对偷汉淫妇如此之多的原因作了认真的分析，不仅触及了不合理的封建婚姻制度，也惟妙惟肖地刻画了淫妇们的性幻想、性变态和性心理。综观全书的淫妇及其偷汉故事，不外有这样几个原因：

一、她们原以卖淫为生，如"半开门""零碎嫁"的昌氏、郝氏。

二、她们原是良家妇女，或受恶少匪人之诱惑，或受淫滥丈夫的影响，走上了贪淫之路，如阴姑娘、宦萼之妻铁氏、贾文物之妻富氏。

三、由于不合理的婚姻制度（或讲究门当户对，或看中对方的钱财地位……），出现了小丈夫娶大媳妇，如铁氏之嫁贾文物；丈夫是天阉，如嬴氏之夫郐合；丈夫阳痿，如嬴阳；丈夫是白痴，如牛氏之夫马台。诸如此类的夫妻，妇女因正常的性生活得不到满足，发展到偷汉以至淫滥，在《姑妄言》中占了极大的分量。

四、世家大族的丫环仆妇几乎都是淫娃荡妇，她们或与小厮通奸，或与主人勾搭，或助主母偷汉，甚至同性淫恋，这以阮大铖和姚华胄两家最为突出。这种现象当然与丑恶的世风和家风息息相关，但从这种被扭曲了的现象中，读者也不难窥见晚明（清初）女奴们的被压迫、被奴役的非人生活，以及奴婢制度对正常人性和人欲的压抑。

五、还有一些原本是恪守闺训的妇人，或因丈夫的狂嫖滥赌，由不满而反抗而报复，终于变成了偷汉的淫妇。请听第五回中桂氏准备私通马夫盛旺时的自白："男人没良心恋着后娘、庶母，弃了我，我怕的是甚么，也落得快乐！"

由于作者对妇人之淫及其偷汉，有着理性认识的指导，他不厌其烦地描写众多淫妇偷汉而终获恶报的种种怪奇故事，为的是揭露和抨击污浊世风和丑恶人性，"借淫说法"，以警醒淫妇奸男改邪归正，过一种正常安定的夫妻生活。正由于此，作者在描写淫妇偷汉的秽事时，特别重视对妇女性变态和性心理的刻画。前文所述七个男生诱奸一个女生的淫亵故事中，作者对阴姑娘的性心理就有合乎情理和生理的描写。又如第八回写阮最之妻郏氏这个宦家女，从"端正"到"骚淫"的心理变化过程，也异常真实、生动。第十一回写嫁了小呆子马台的香姑的性幻想和性心理，不仅精彩，且令人捧腹。诸如此类对特定情境中的男女的性幻想、性心理和性变态所作的细腻描写，对写活一个具有正常人欲而性格复杂的人物，其作用是不言而喻的。这类性幻想和性心理的成功描写，在《金瓶梅》及其诸续书和《肉蒲团》中是难以见到的。另外，第十五回，作者为了揭露姚华胄和姚泽民父子之不堪，小说不只写"和尚道士宣淫于姚宅"，还力写"众妇人不堪处"，其中"裘氏同众妾叫仆妇们说白话（指奇异之淫秽故事），长舌妇讲笑话（有关淫秽的故事），见得一伙淫妇相聚无聊之极"（回前评语），这也反映了淫妇们的性幻想和性心理，可谓别具一格。另外，小说中还有"借淫"揭露司法黑暗的关目，第七回极写阴氏在狱中受尽狱卒色痨和钱癖的轮奸，就是突出的事例。

古人描写性很容易滑向色情的渲染，作者难免有津津乐道性描写之嫌。这是明清小说的通病，《姑妄言》亦不例外。毋庸讳言，《姑妄言》中确有不少与情节、人物并无必然联系的色情描写。第十二回极写水氏与众轿夫的乱淫；第十四回渲染"杂种牛宅"的群媾，以及阴阳人奇姐的因淫而死，就是赤裸

裸的色情描写。《姑妄言》中还有不少满足于性动作、性姿态等低层次的性描写。至于详细描写火氏之“同狗取乐”，卜氏之与大黑狗交媾，卜氏之与驴交而死，容氏之与猴交并生子；还有一而再、再而三地介绍采阴补阳和采阳补阴，以及童自大和狐狸精之采战；为数相当多的用诗词曲对男阳和女阴所作的形象比喻和夸张描绘，更纯属低级趣味的表现。凡此种种，无疑都是《姑妄言》中的封建性糟粕。

2002年，原载《明清小说研究》

简评《蜃楼志全传》

一

汤显祖《合奇序》曰：

> 予谓文章之妙不在步趋形似之间。自然灵气，恍惚而来，不思而至。怪怪奇奇，莫可名状。非物寻常得以合之。

《合奇》乃汤氏同乡邱毛伯所选，收“海内合奇文”百余篇。汤氏上面这段话，虽就文章而言，也适用于戏曲和小说的创作。汤氏本人面对前驱者的名篇佳作，不是“步趋形似”，而能独辟蹊径。他在“情至”新观念指导下，充分发挥了“自然灵气”，终于创作出“怪怪奇奇，莫可名状”的“临川四梦”。从清代的小说创作来看，“步趋形似”明代“四大奇书”，几乎成了一种时尚。其结果，作者虽能取法乎上，却因才力不支，难免落入俗套。康熙后期问世的《林兰香》，作者不止追步“四大奇书”，且有“集四家之奇以成一家之奇者”的雄心；确是部上继《金瓶梅》，下承《红楼梦》的杰构。不过，“步趋形似”《三国演义》《水浒传》和《西游记》，并没有给《林兰香》带来思想和艺术上的光彩，恰成了这部世情小说的致命伤。

鲁迅《中国小说的历史的变迁》指出：“总之，自有《红楼梦》出来以后，传统的思想和写法都打破了。——它那文章的旖旎和缠绵，倒是还在其次的事。”显然，《红楼梦》之所以能一新天下人耳目，成为我国章回小说的艺术高峰，与它打破了“传统的思想和写法”是分不开的。在《红楼梦》之后，章回小说面临着更为艰巨的任务：如何在借鉴明代“四大奇书”和《红楼梦》的优良传统和艺术经验的基础上，根据新的时代和新的生活，继续走创新之路，创作出青出于蓝的巨著？小说发展的历史告诉我们，《红楼梦》之后的小说家并没有人能够出色地完成这个任务。个中原因，当然是多方面的。但其关键还在于对明代“四大奇书”和《红楼梦》，一味“步趋形似”，而未能在继承的基础上大胆地推陈出新。《蜃楼志全传》在这方面提供了正反两方面的经验，所以值

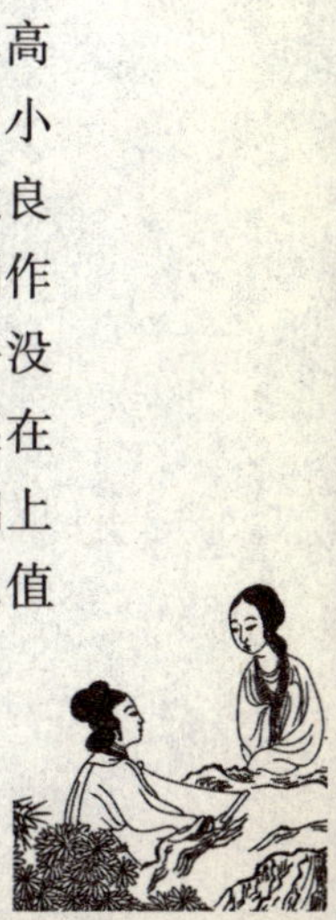

得我们探讨和研究。

二

百花文艺出版社出版的《蜃楼志全传·校点后记》谈及此书作者问题时说：

旧题清“庾岭劳人说，禺山老人编”（嘉庆十二年刊本“禺山老人”作“禺山老子”）。然而，罗浮居士的序中，仅云“劳人生长粤东，熟悉琐事，所撰《蜃楼志》一书”，并未言及“禺山老人”。“罗浮”即罗浮山，在广东中部。“庾岭”即大庾岭，在广东与江西交界之处。“禺山”在浙江德清县。……小说的作者应是庾岭劳人，禺山老人者或是在小说刊刻之前的修订人而已。关于作者的姓名及生年籍里尚有待考证。

说“禺山”在浙江德清县，这不正确。此“禺山”，当指广州的禺山，其证据就在小说之内。第四回《折桂轩鸳鸯开谱　题糕节越秀看山》曰：

日月如梭，转瞬重阳已到。这省中越秀山，乃汉时南粤王赵佗的坟墓，番山、禺山合而为一山，在小北门内。坐北面南。所有省内的景致，皆一览在目。

可见禺山与浙江德清无关。就小说内容而言，确实“不过本地（即广州及其附近地区）风光”。唯从全书很少使用粤东方言俗语来看，或如“校点后记”所推测的：“曾为禺山老人改过”。因此笔者推测，禺山老人是位寓居广州、熟悉广东方言俗语的非广东籍人士。从十七回中船家所唱山歌，可知这位禺山老人亦通苏州方言。

作者的姓名和生平，虽有待于查考，关于他的思想、性格和创作《蜃楼志》的动机、意图，却可以从若干回的开场诗（词）中略见一斑。请看：

瑞雪何曾到岭南，秋风依旧卷层岚。菊花突向壶中绽，海气横随笔底酣。笑我登高逢白露，阿谁携酒买黄柑。只应愁绝江湖客，旅馆回头最不堪。（第四回）

心事一生谁诉，功名半点无缘。欲拈醉笔谱歌弦，怕见周郎腼腆。　　妆点今来古往，驱除利锁名牵。等闲抛掷我青年，别是一般消遣。（第二十四回）

以上一诗一词告诉我们，作者是位虚度了青年时代的“江湖客”，他“功名半点无缘”。他“利锁名牵”虽已驱除，“心事一生”却何人可诉，于是借小说人物浇胸中垒块。作者的这些情况在第一回的开场诗中说得更清楚，〔鹧鸪天〕云：

捉襟露肘只阑珊，百折江湖一野鸥。傲骨尚能强健在，弱翎应是倦飞还。　春事暮，夕阳残，云心漠漠水心闲。凭将落魄生花笔，触破人间名利关。

紧接着这词的一段议论，进一步指出，为了“触发人间名利关”，《蜃楼志》取材于天下“何所不有”的“怪怪奇奇”，而描写的重点有二：一是“男女居室之私”，这是“一日一夜，盈亿盈兆，而托名道学者必痛诋之”的事；二是“宵小窃发之端”，这是“由汉迄宋，蜂生蚁附，而好为粉饰者必芟夷之”的事。由此亦可窥见作者对世态人情的认识，以及他的创作思想。

罗浮居士在序中称赞《蜃楼志》说：“其书言情而不伤雅，言兵而不病民，不云果报而果报自彰，无甚结构而结构特妙，不求异于人而自能拔戟别成一队者也。”近人郑振铎无意中在巴黎读了《蜃楼志》，深觉欣慰，并为这样的“名作”几乎湮灭而感叹系之。戴不凡的《小说闻见录》，则对《蜃楼志》作了这样的评价：“就我所看过的小说来说，自乾隆后期历嘉、道、咸、同以至于光绪中叶这一百年间，的确没有一部能超过它的。”

这样的评价是否允当呢？笔者认为，从《蜃楼志》的艺术实际来审视，从明清小说发展史的角度来考察，上述三家之说，尚有商榷之必要。

《蜃楼志》插图

三

《蜃楼志》的故事，虽假托于明代嘉靖年间。实际上，它是清代乾隆后期、嘉庆初年的现实生活的艺术反映。小说以鸦片战争前夕的广州为背景，以洋行商总苏万魁及其子苏笑官两代人的悲欢离合兴衰遭际为主线，以侠士姚霍武的起义和恶僧摩勒的作乱为纬线交织而成。

“蜃楼志”者，“志蜃楼”也。卷终，作者借李匠山之口，对小说的立意，曾作了这样的总结：

匠山道：“人生聚散，是一定之势，是偶然之理，吉士何必恋恋多情？想

> 着从前在此教授之时，不过四更寒暑。赫致甫骄淫已甚，屈抚台拙拗生性，都罹法网；岱云无赖，不必说他；春郎竟掇高魁，大是奇事；荫之、微省与你三人，曾几何时，各干一番事业；又不意中遇着姚孟侯兄弟，闹到搅海翻江。我李匠山的一生，不过为他人作嫁衣裳耳。”霍武道：“兄弟若无苏先生与哥哥搭救，此时求为赫、屈二公而不可得矣。”匠山道：“天下的事，剥复否泰，那里预定得来？我们前四年不知今日的光景，犹之今日不能预知后四年的光景也。”总之，“酒色财气”四字，看得破的多，跳得过的少？赫致甫四件俱全，屈巡抚不过得了遍气，岱云父子汲汲于财色，姚兄弟从前也未免好勇尚气，我也未免倚酒糊涂。惟吉士嗜酒而不乱，好色而不淫，多财而不聚，说他不使气，却又能驰骋于干戈荆棘之中，真是少年仅见，不是学问过人，不过天姿醇厚耳。若再充以学问，庶乎可几古人！

这就是说，人生如海市蜃楼，变幻莫测，切勿为光怪陆离的现象所迷惑；“天下的事，剥复否泰”，难以把握。因此，对“酒色财气”不仅要“看得破”，还需“跳得过”。这样的立意，迂腐之极，当然不足为训。

作为一部世情小说，《蜃楼志》走的是《金瓶梅》所开创的路子；更精确地说，走的是《林兰香》的创作路子。这也就是说，它效法《金瓶梅》，着意于琐碎生活和芸芸众生，在描摹世态人情上下功夫；又忘不了《三国演义》《水浒传》和《西游记》中的英雄、豪杰、神魔、鬼怪，刻意追求传奇之美。由于《蜃楼志》成书于《红楼梦》已经不胫而走，创作《红楼梦》续书和《红楼梦》戏曲方兴未艾的嘉庆前期，所以，从内容到形式，它又不可能不受到《红楼梦》的影响。这是我们评价《蜃楼志》应该把握的一个基本事实。

《蜃楼志》全书二十四回，以苏笑官这位广州洋商巨头的公子为贯穿始终的中心人物，由三条情节线索交织而成：

A. 广州洋商苏万魁、苏笑官父子：新的世界，新的人物，新的矛盾；

B. 广州海关关差赫致甫、番禺县河伯所小吏乌必元及其子乌岱云：旧的生活，旧的官吏，旧的手段；

C. 义士姚霍武的起义，恶僧摩勒的作乱：前者与 A 有关联，后者则与 B 有瓜葛。

以上这三条情节线索，A 线与明代“四大奇书”和《红楼梦》相比较，显然具有新的时代特色、社会意义和审美价值，可惜未能充分展现。若能深化、扩展和充实这条情节线索上的人物和内容，《蜃楼志》就可能成为“四大奇书”和《红楼梦》之后的又一杰作。B 线尽管情节、人物和手法似曾相识，因它与 A 线相辅相成，虽创新不足，因袭有余，但旧中有新，为后来的“谴责小说”在思想和艺术上开了先河。至于 C 线，则纯属败笔。作者与《林兰香》的作者犯了同样的错误：当他们沿着《金瓶梅》所开创的世情小说路子创作自己的作品时，又迷恋于英雄传奇、神魔小说和武侠小说中常见的一些情节、人物和手法，于是硬出现了这不协调的 C 线。

就人物塑造而言，A 线上的苏万魁是有特色的新人，但作为广州十三洋行总商，其形象又缺乏丰富性和生动性。其子苏笑官虽是个贯穿全书的中心人物，在他身上所透露的新意，还不及乃父。综观其一生作为，不过是个封建世家的花花公子而已，只是多一些近代洋商的气息。比如，他挥金如土，既迷恋色欲，又对相好者有一定的情意；虽在情场孽海鬼混，却尚未泯灭人性等。末回，作者借李匠山之口，说他在一定程度上能看破和跳出“酒色财气”，大体上符合小说的艺术实际。苏笑官并非西门庆一流人物，与贾宝玉亦有本质上的不同。这只要考察一下他对女性的态度就一清二楚了。由于作者对苏笑官的刻画，偏重于他的风流生涯；在性心理和性生活的描写方面，以《金瓶梅》为模式而又青出于蓝，结果这个人物的鲜明个性和时代特色受到了严重的损害。

A 线上的其他人物，如苏家塾师李匠山，亦是个贯穿始终的重要人物。不过，他仍然是明清小说中常见的清高名士，并无多大特色。至于与苏笑官有爱情或色欲关系的众多女子，如温氏姊妹，乌家小乔，施家小霞，以及巫云、岫姻、也云和茹氏等，除了温素馨描写得比较细致、充分，性格亦还鲜明之外，其余不过是为了突出苏笑官的风流生活，及其“好色而不淫”的性格而设置的工具罢了。值得指出的是，正是在描写苏笑官与这些女子的爱情和色欲方面，《蜃楼志》借鉴了《红楼梦》的某些艺术表现手法（如“特犯不犯”、心理描写、从对话看出人物等），显示了作者有素的艺术功力。

B 线上的赫致甫与乌必元，写得颇为生动，给人印象较深。赫关差“三十内外年纪，七尺上下身材，为人既爱银钱，又贪酒色”。他“因慕粤东富艳，讨差监税，挈眷南来”。为了捞回谋差所用的钱财，他“拘集洋商”，计赚商总苏万魁，可谓工于心计，生财有道。作者凭其生花妙笔，以及对广州官场情况的熟悉，在第一、第二回就使一个新的封建官僚形象站到了读者的面前。遗憾的是，在敲诈得手后，作者的笔锋便转向赫关差的骄奢淫逸的生活，于是关差衙门变成了西门大官人的府第，赫致甫也与西门庆没有多少差别了。当情节进展到乌必元推荐恶僧摩勒入关差府，小说更转入了邪路，这当然严重地影

响了对赫致甫这一重要人物的深入发掘和精细刻画。至于乌必元，他原是个“管花艇”和“收花税”的河泊所小吏，后来靠钻营成了赫关差的亲信。这个人物的所作所为，他的卑鄙无耻，使人自然想到《金瓶梅》中的应伯爵之流。不过，乌必元的时代特色和地方特色还是相当鲜明的。

C 线上的人物，姚霍武也好，摩勒也好，充其量只不过是英雄传奇小说中的绿林好汉和妖道恶僧，从思想到艺术皆不足称道。作者花了大量的篇幅（约占全书的一半）写姚霍武的被“逼上梁山”，以及摩勒的宣淫关府和作乱潮州，表面上看起来，光怪陆离，热闹非凡。实际上，“可怜无补费精神”，荒诞不经的情节，模仿因袭的手法，不仅无法为小说增添光彩，适足以暴露出作者思想上的局限和艺术上失败。

《蜃楼志》虽称不上古典小说名作，但在思想和艺术上还是有特色的。这种特色，既与作品产生的时代有关，也是作者创新的结果。至于它思想上的平庸，以及艺术上的缺陷，究其原因，主要在于作者对“四大奇书”和《红楼梦》因袭模仿多，借鉴其经验，独辟蹊径少。“文章之妙不在步趋形似之间。”“步趋形似”，即使以第一流的巨著为楷模，亦创作不出青出于蓝的杰作。这是《蜃楼志》，以及为数众多的《蜃楼志》式的明清小说，提供给后来者的有益教训，也是屡试不爽的艺术规律。

1989 年，原载《明清小说研究》

《儒林外史》是突出“儒林丑史”的讽刺小说

——兼论卧闲草堂本的有关回评

《儒林外史》写的是“儒林丑史”，还是“儒林痛史”？它是部“具有鲜明批判现实主义特色的小说”，还是“讽刺小说”？近年来研究者是有不同看的，且已引起了争鸣。这是个关系到这部古典名著的主题思想和艺术特色的重要问题，值得进一步研讨。

卧闲草堂本回评的作者已难考知，但五十回回评（另有六回无回评），不止具体地评析了《儒林外史》的艺术特色，集中地论述了《儒林外史》的主题思想，还涉及许多小说美学问题，别具只眼、启人思索的精辟之论不胜枚举。本文仅就卧闲草堂本回评（以下简称“卧评”）的有关评论入手，联系当前学术界的争鸣，对《儒林外史》思想和艺术上的突出成就，谈一点管窥之见。

一

有的研究者认为：“‘丑史’说概括不了《儒林外史》的丰富内容，‘讽刺’说似也未能道出《儒林外史》的艺术深蕴。”对此论断，笔者实难苟同。在我们看来，评论《儒林外史》，在内容上强调它是“丑史”，在艺术上突出它的“讽刺”，不是贬低了这部杰作的思想和艺术上的成就，恰恰抓住了它有别于其他小说名著的主要东西和主要价值。斯大林曾正确地指出，作品的价值是由它的“总的倾向决定的”，“丑史”和“讽刺”正是《儒林外史》的“总的倾向”的集中体现。吴敬梓运用高超的讽刺艺术方法，通过独特的艺术形象体系和艺术结构，着重描绘和揭露了封建末世的“儒林丑史”；使人们透过光怪陆离的喜剧式甚至闹剧式的人物和情节，看到了这个腐朽透顶的社会的悲剧性的本质的某些方面，这就是《儒林外史》的主要价值和永恒的艺术魅力之所在。

为什么“用主要力量分析它的讽刺艺术”，就会“把《儒林外史》研究局限在一个颇小的开采面里，阻滞了向主矿脉前进的步伐”？《儒林外史》的“主矿脉”到底在哪里，它在思想和艺术上的突出成就到底是什么？嘉庆八年

(1803)的卧评可以给我们以启迪和借鉴。

闲斋老人在序中指出,《儒林外史》"其书以功名富贵为一篇之骨";卧评则强调:"功名富贵四字是全书第一着眼处","功名富贵四字是此书之大主脑,作者不惜千变万化以写之"。这是抓住了《儒林外史》思想内容要害的有识之见。

《儒林外史》中醉心于功名富贵的恶儒和假儒,他们猎取功名富贵的手段不同,为非作歹的情况各异,但无例外都是不讲文行出处的无耻之徒,有辱斯文的儒林丑类。第四十九回,迟衡山说过这样的话:

> 讲学问的只讲学问,不必问功名;讲功名的只讲功名,不必问学问。若是两样都要讲,弄到后来,一样也做不成。

令人可笑又发人深思的是,吴敬梓笔下的否定人物,无一不是"讲功名的",偏要"讲学问"。他们"讲学问",为的是功名富贵。所以"学问"讲得愈多,追逐或骗取"功名富贵"的卑鄙企图也暴露得愈彻底,至于作者所肯定的"真儒",除了"不独不要功名富贵,并且躲避功名富贵"的王冕,以及装病不受征辟的杜少卿之外,虞博士、庄绍光、迟衡山、虞华轩、余持等人。他们"讲学问",但亦难以"不问功名"。卧评说得好:"庄绍光是极有学问的人,然却有几分做作,""做作"来自这类正人君子虽不醉心于功名富贵,但并不"躲避功名富贵"。庄绍光辞爵还家,却优游于皇帝所赐的玄武湖,能说"躲避功名富贵"吗?这是最大的"做作",待人接物方面的"做作"倒还在其次。"讲功名的"偏要装腔作势"讲学问","讲学问的"又不能离开"功名富贵",这正是《儒林外史》用大量篇幅花巨大力气描写的内容,也是吴敬梓时代现实生活的反映。

必须指出的是,作者笔下的那些形形色色的儒林丑类,以及他们的所作所为,并非只是个人道德品质问题,每每都与封建末世的科举制度和薄俗浇漓有着密切的关系。读书人追求功名富贵,这是封建统治阶级推行科举制度的必然结果。作者写"儒林丑史",总是把科举制度和薄俗浇漓看成比之个人的因素更有决定性作用的社会因素,因此小说具有巨大的思想深度。如卧评所言,"醒世之晨钟也"。

《儒林外史》描绘了为数不少的名士,按其所作所为可以分为两类:一类是真名士,以杜少卿为代表,"其性与人殊","难与世间人同嗜好"。他们粪土功名富贵,蔑视现实社会的礼法,向往远古时代的淳朴,这是作者所赞美歌颂的人物。在这类真名士身上,时代和阶级的局限性是非常鲜明的。可是,放在那个时代的历史范围内加以考察,把他们看成封建末世上流社会读书人中分化出来的新的一代是不为过的，真名士具有一种初步的民主主义思想，确实迥异于热衷功名富贵的恶儒、腐儒和假名士，亦不同于虞博士、庄绍光、迟衡山等“真儒”“贤人”，后者只不过是统治阶级中比较正派的人物，他们讲究文行出处，但并无新的思想光彩。

另一类是形形色色的假名士，亦即卧评所贬称的斗方名士。假名士历代都有，可是，在儒林中占有相当的比重，显得特别活跃，却是末代社会的奇特现象。在《儒林外史》中，这批角色在社会大舞台上作了种种精彩表演。他们或以山人的面目出现，或装扮成侠客；或靠打秋风混日，或以看风水骗钱；或冒死人之名沽名钓誉，或批文选书自吹自擂，诸如此类，不一而足。“心艳功名富贵而媚人下人”，不择手段到惊人的地步，自命不凡，丑态百出，不知天下有“羞耻”二字，乃是这类假名士的共同特点。

《儒林外史》插图

在小说中，作者通过对比，把真名士和假名士区别得泾渭分明，有一个事例很能说明作者对他们的爱憎。

第二十八回，当鲍廷玺悄悄问季苇萧道：“姑爷，你前面的姑奶奶不曾听见怎的，你怎么又做这件事（指娶妻）？”季苇萧“指着对联与他看道：你不见才子佳人信有之，我们风流人物只要才子佳人会合，一房两房何足为奇！”自命风流人物的季苇萧，就是这样一个灵魂丑恶的假名士。

在三十四回，就是这个季苇萧劝杜少卿娶妾及时行乐，他说：“少卿兄，你真是绝世风流。据我说，镇日同一个三十多岁的老嫂子看花饮酒也觉扫兴，据你的才名，又住这样的好地方，何不娶一个标致如君又有才情的才子佳人及时行乐。”杜少卿于是发表了一通反对娶妾的“风流经济”，他说：

> 苇兄岂不闻晏子云：“今虽老而丑，我固见其姣且好也。”况且娶妾的事，小弟觉得最伤天理。天下不过是这些人，一个人占了几个妇人，必有几个无妻之客。小弟为朝廷立法，人生须四十无子，方可许娶一妾，此妾不生子，便遣别嫁。是这等样，天下无妻子的人，或者也可少几个，也是培补元气之一端。

这篇“风流经济”，虽仍有其局限性，也不像迟衡山所说，“宰相若肯如此用心，天下可立致太平”。可是，与季苇萧的“才子佳人会合，一房两房何足为奇”的谬论相比较，不止可知真假名士的思想分野，亦能看到杜少卿的初步民主主义思想。在这一点上，杜少卿比贾宝玉还要开明得多。

牛浦郎是斗方名士中的又一个典型，作者写他借牛布衣之名招摇撞骗的故事，深刻地剖析了这类儒林丑类的丑恶灵魂。卧评对作者塑造出这个典型人物极为赞赏，他说：

> 牛浦乃势利薰心，卑鄙不堪之人，一出门即遇见牛玉圃，长随之盛，食品之丰，体统之阔，私心艳羡。犹夫狗偷热油，又爱又怕，认叔公固其情愿。观于板缝里偷张时，早已醉心欲死矣！

在小说中，作者把斗方名士活动的地方，集中在以杭州、南京和扬州为中心的花柳富贵之乡，这是极有匠心的。封建末世的城市，畸形繁荣，无奇不有，往往既是人文荟萃之地，又是藏垢纳污之所，这正是斗方名士大肆活动各显神通的环境。“心艳功名富贵而媚人下人”的斗方名士，要自欺欺人，必然要与“倚仗功名富贵而败人傲人者”发生关系，小说最引人入胜和耐人寻味的部分，正是发生在杭州、南京和扬州的这两类儒林丑类狼狈为奸所演出的一幕又一幕丑剧。

小说以“功名富贵”为“骨”和“大主脑”是多角度和多侧面的，手法则是千变万化的。比如，二严和二王的故事就突出了一个“富”字，卧评说得好：

> 此篇是从“功名富贵”四个字中，偶然拈出个“富”字，以描写鄙夫小人之情状。看财奴之吝啬，荤饭秀才之巧点，一一画出，毛发皆动，即令龙门执笔为之，恐亦不能远过乎此。

总之，“功名富贵”为全书之“骨”和“大主脑”的论断，完全符合《儒林外史》的艺术描写实际。小说第一着眼处是“功名富贵”，“作者不惜千变万化以写之”，这就决定了《儒林外史》突出的是“儒林丑史”，而非“儒林痛史”。清末黄安谨在《儒林外史评序》中曾指出，“作者之意为醒世计，非为骂世也”。吴敬梓在小说中突出地暴露和批判了科举制度和封建社会，用讽刺手法描绘了一幅热衷功名富贵、看轻文行出处的儒林百丑图，刻画了各色各样的儒林丑类的典型，目的就在于唤醒天下读书人，跳出“功名富贵”的圈子，走王冕、杜少卿的人生道路。这是作者创作意图的一个方面。另一方面，联系吴敬梓的家世和生平，不难看出，他之所以发愤著书，是为了寄托自己的感慨，倾吐心中之不平。第一回有则卧评曰：

> 秦老是极有情的人，却不读书，不做官，而不害其为正人君子，作者于此寄慨不少。

在第四十回，卧评又云：

> 萧云仙在青枫，能养能教，又能宣上德而达下情，乃是有体有用之才，而限于资格，卒为困鳞。此作者之所以发愤著书，一吐其不平之鸣也。

正由于吴敬梓认识到“不读书，不做官”，而“不害其为正人君子”；相反，读了书，做了官，却往往成为社会的蟊贼、儒林的败类，因此，《儒林外史》既突出了“儒林丑史”，但并不停留在对儒林丑类的嘲讽上，更非借此泄私愤，或用影射法进行人身攻击，总能深挖出儒林丑类产生的社会根源，把批判矛头指向科举制度和封建社会。同时，对那些中八股取士制度之毒而不自觉的腐儒，在讽刺、批判的同时，又多少有些同情。从这个意义上说，《儒林外史》亦包含有“儒林痛史”的内容。但是，“儒林痛史”说，既难以解释全书以“功名富贵”为“骨”和“大主脑”的艺术构思，亦不符合此书被讽刺、被批判、被否定的形象体系特别精彩的艺术实际。

在我们看来，说《儒林外史》是“儒林丑史”，还有个重要原因，就是小说中儒林正面人物，除了极个别的是例外，他们大多数只是作者思想的传声筒，由于作者“过分欣赏自己的主人公”，把他们理想化的结果是“个性消融到原则里去了”，因此，这类正面人物，形象很单薄，根本显示不出这部杰作的艺术特色，这是一。其二，在这些被作者视为“真儒”和“贤人”的人物身上，不仅没有显示什么新的思想光彩，他们的理想适足以暴露了作者世界观上的局限性。

例外的人物，只有一个杜少卿。这是个身处儒林丑类表演的时代，却具有初步民主主义思想，本质上与贾宝玉一类的人物。迟衡山曾赞美说：“少卿是自古至今难得的一个奇人。”他确是个值得肯定的“奇人”。至于虞、迟、庄、萧等人，与儒林丑类相比较，他们无疑是正派人物。但他们与杜少卿的“气味”却是不同的。卧评曾指出：

> 杜少卿乃豪荡自喜之人，似乎不与迟衡山同气味。然一见衡山，便互相倾倒，可知有真性情者，亦不分定在气味之相投也。

这是颇有眼力的评论。

《儒林外史》中的“市井奇人”，包括沈琼枝、凤四老爹和最后几回中出现的四个人：写字的季遐年、卖火纸筒的王太、开茶馆的盖宽和做裁缝的荆元等。这些市井中的“奇人”，奇就奇在他们虽有文化，但“不要做雅人”，亦即无

意用读书识字作敲门砖以猎取功名富贵，他们尊重人格的独立，以自食其力为光荣。在他们看来，读书识字与从事某种职业并不矛盾，荆元说得好："难道读书识字，做了裁缝就玷污了不成！"他们行侠仗义，不是沽名钓誉，更非为了图报答，凤四老爹的口头禅是："这不过是我一时高兴，那里要你谢我！"毋庸置疑，比之儒林中的"真儒"和"贤者"，"市井奇人"更值得赞美；作者歌颂这些下层人民，同样说明他具有初步民主主义思想。不过，这些"市井奇人"只是真实地反映了明代中叶以来市民阶层的意愿和思想，并没有多少作者生活时代的时代特色。

卧评对儒林"真儒"和"贤者"，以及他们的得意杰作——祭泰伯祠，也是赞颂备至的。如说庄绍光"风流儒雅，高出诸人一等"；对虞博士更是捧上了天，赞他是"书中第一人，纯正无疵"，说"博士去而文坛自此冷落矣！虞博士是书中第一人，祭泰伯祠是书中第一高，自此以后，皆流风余韵"。但是，这类评语并不表明评者独具慧眼，恰恰说明了他的评论与作者一样，也带有历史和阶级的局限性。至于对"市井奇人"，卧评同作者一样，亦赞不绝口。他称颂沈琼枝是"豪杰"，他认为"天下极豪侠，极义气的事，偏是此辈不读书，不做官的人做得出来。此是作者微辟，亦是世界真事"。对于鲍文卿更发表了这样的评论：

> 鲍文卿做戏子，乃其祖父相传之世业。文卿溷迹戏行中，而矫矫自好，不愧其为端人正士，虽做戏子庸何伤！天下何尝不有士大夫而身为戏子所为者，则名儒而实戏也。今文卿居一戏子而实不愧于士大夫之列，则名戏而实儒也。《南华》云：吾将为名乎，名者，实之宾也。吾将为宾乎？

在这里，借题发挥在对儒林丑史类的批判；对鲍文卿的肯定，却同样闪耀着初步民主主义思想的光芒。

二

说《儒林外史》是部现实主义杰作，这是大家都能同意的。《儒林外史评序》早就指出：

> 《儒林外史》一书，盖出雍乾之际，我皖南北人多好之。以其颇涉大江南北风俗故事，又所记大抵日用常情无虚无缥缈之谈，所指之人，盖都可得之，似是而非，似非而或是，故爱之者几百读不厌。

在这里，黄安谨虽没有用"现实主义"这个术语，但对小说的故事和人物具有高度的真实性和典型意义，还是作了充分的估价的。

现在需要进一步研究的是，作为一部现实主义杰作，《儒林外史》在艺术上最显著的特色和最突出的成就到底是什么？

鲁迅在《中国小说的历史的变迁》中曾指出，《儒林外史》“变化多而趣味浓，在中国历来作讽刺小说者，再没有比他更好的了”。“变化多而趣味浓”，显然是就讽刺艺术的特殊手法而言，鲁迅的这个看法是完全符合《儒林外史》的讽刺艺术实际和中国小说的发展实际的。

从思想内容和艺术表现来作全面的分析，就其总倾向而言，《儒林外史》是部有现实主义深度的讽刺小说，或者如有的同志所说的，是一部具有浓烈讽刺特色的现实主义作品。在艺术上离开了“讽刺”二字，在思想内容上离开了“功名富贵”四字，侈谈批判现实主义的精神和原则，不可能正确把握《儒林外史》的个性特点和突出成就。

关于《儒林外史》抓住“功名富贵”这个全书之“骨”和“大主脑”，对封建末世的科举制度和丑恶世风作了全面深刻的批判，前文已略作论述。这里再谈谈这部小说运用自如的讽刺艺术的特殊手法。

卧评对《儒林外史》在艺术上的个性特点，也有比较明确的认识。因此结合情节和人物的分析，对这部讽刺小说在运用讽刺艺术特殊手法方面的经验，也作了极有价值的理论总结。

第四回，有三则卧评，可说指出了《儒林外史》三种基本的讽刺手法。先看评语：

> 才说不占人寸丝半粟便宜，家中已经关了人一口猪。令阅者不繁言而已解，使拙笔为之，必且曰“看官听说原来严贡生为人是何等样”，文字便索然无味矣！
>
> 上席不用金镶杯一段，是作者极力写出。盖天下莫可恶于忠孝廉节之大端不讲，而苛索于末节小数。举世为之而莫有非之，且效尤者比比然也。故作者不以庄语责之，而以谑语诛之。
>
> 张静斋劝堆牛肉一段，偏偏说出刘先生一则故事。席间宾主三人侃侃而谈，毫无愧怍。阅者不问而知此三人极不通之品。此是作者绘风绘水手段，所谓直书其事，不加断语，其是非自足也。

第一则评语是就严贡生的恶行而言的，不过，摆出儒林丑类的言与行之间的矛盾的事实，“令阅者不繁言而已解”，却是《儒林外史》经常运用的讽刺手法。对于像严老大这样“一生所说之话，大概皆谎也”而又有“一副老面皮”

的儒林恶人，用此法最能收到讽刺艺术的效果。《儒林外史》的读者，有哪个不记得严贡生的丑恶形象？

第二则评语针对范进在宴会上装腔作势所作的批判，范进不同于严贡生，作者对他多少有点同情，故往往笔下留情。对如此可笑、可悲、可恨的角色，采用“不以庄语责之，而以谑语诛之”，原是恰到好处。

第三则评语。主要矛头是指向张静斋的。对于这位乡绅的丑恶形象和卑劣灵魂，作者采用了“直书其事，不加断语”的手法。范进中举之后，他主动上门，赠钱赠房；范母死后，他又主动陪伴范进到高要县去打秋风。“绘风绘水手段”，对此类人物的刻画常常入木三分。

除了上述三种基本的讽刺手法之外，根据讽刺对象的不同特点，以及作者对他们的不同态度，《儒林外史》还成功地运用了其他一些讽刺手法。对此卧评亦一一作了介绍和评说。

比如，在平淡无奇的事件中突起波澜，从而产生一种强烈的喜剧情趣，起到讽喻的作用。娄氏两公子与杨执中的交往，就是这方面极为生动的一例。第九回写娄氏两公子想慕杨执中，屡访不遇，既逸韵横生，又蕴含讽刺。卧评曾作了详细的剖析：

> 娄氏两公子因不能早年中进士，入词林，激成一肚子牢骚，是其本源受病处。狂言发于蘧太守之前，太守遂正色以拒之。不意穷乡之中，乃有不识字之村父，其见解竟与己之见解同，虽欲不以为知言，焉可得已。一细叩之，而始知索解者别有人在。此时即有百口称说杨执中为不通之老阿呆，亦不能疏两公子纳交殷也。故执中愈不来，而公子想慕执中之心愈浓愈确，其中如看门之老妪，卖菱之童子，无心点逗，若离若合，笔墨之处逸韵横生。
>
> 冒姓打船家一段，与上文吩咐晋爵赎杨执中一段。两两相勘，才夹出真乡绅身份，非如严贡老时时要写贴子，究竟不曾与汤父母谋面者比。且文字最嫌直率，假使两公子驾一叶扁舟，走到新市镇便会见杨执中，路上一些事也没有，岂非时下小说庸俗不堪之笔墨，有何趣味乎！

第十一回，写杨执中在家恭候娄氏两公子，卧评又说：

杨执中是一个活呆子，今欲写其呆状呆声，便欲笔为之，将从何处写起。看此文只用摩弄香炉一段，叙说误认姓柳一段，闯进醉汉一段，便活现出一个老阿呆的声音笑貌，此所谓颊上三毫，非绝世文心未易。

忽然外面敲门，必以为公子至矣，却是闯进一个稀醉的醉汉。能令阅者光一闪，真出诸意外。极平实的文字，偏有极奇突的峰峦。于此知文章出落处最为吃紧，万不可信笔拖出去也。

讽刺艺术离不开鲜明强烈的对比，善用侧笔、反笔"以形击之"，也是一种巧妙的对比。例如，小说写鲁编修父女，抓住一个"俗"字做文章。写鲁小姐之俗，也就是写鲁编修之俗。第十一回卧评对此作了很有见地的分析，他说：

> 娴于吟咏之才女，古有之，精于举业才女，古未之有也。夫以一女子而精于举业，则此女子之俗可知。盖作者欲极力以写编修之俗，却不肯用一正笔，处处用反笔、侧笔以形击之。写小姐之俗者，乃所以写编修之俗也。

为了给鲁小姐这位"举业真当行"以辛辣的讽刺，小说在蓬公孙与鲁小姐吉期饮宴时，特地安插了"两件奇事"：老鼠从梁上掉在滚热的汤里，钉鞋飞到菜桌上打烂了点心。"阅者至此，惟觉峰飞天外，绝倒之不暇，亦不足寻味其中线索之妙。"这里卧评所说的"线索之妙"，是指"两件奇事是埋伏后文编修将病而死"。这种迷信说法，当然不足称道。不过，如此场合发生如此"奇事"，对满身俗气的鲁小姐不啻是一种绝妙的讽刺，确能令人绝倒。

把一个反面人物的"性情举动——描摹尽致"也可以产生极大的讽刺力度。第十六回、十七回采用此法，把王太太和媒婆沈大脚刻画得惟妙惟肖，就是一例。

关于王太太其人的"性情举动"，先是通过金次福、沈天孚和沈大脚为鲍廷玺说亲，前后用了峭拔措辞的三段描写；接着进门又于新婚"礼节上生波"，"近情着理，不枝不蔓"地作了进一步的刻画，特别她给沈大脚涂以一脸臭屎的细节描写，真是神来之笔，具有"生龙活虎之妙"。作者的憎恶之情溢于言表。

讽刺艺术同样离不开具有典型性的细节描写，第七回写陈山人嚼舌骗人是又一个极生动的事例。卧评指出：

> 写山人便活画出山人的口声气息，荒荒唐唐，似真似假，称谓离奇，满口嚼舌。最可笑是关帝亦能作〔西江月〕词，略有识见者，必不肯信，而王荀二公乃至悚然，毛发皆竖。写无识见的人，便能写其人之骨髓也。

关帝作〔西江月〕词，这可笑的细节描写，既讽刺了陈山人的"满口嚼舌"，又嘲笑了王荀二公的"无识见"，可谓一箭双雕。

第十六回卧评曰：

> 譬如吴道子画鬼，画牛头已极牛头之丑恶矣，及画马面，又有马面之丑恶。吾不知作者之胸中能容得多少怪物耶！

是的，吴敬梓胸中确装满了封建末世社会、特别是儒林中形形色色的“怪物”，又有“一肚子牢骚”和“一肚皮眼泪”。因此，凭借高超的讽刺艺术手段，《儒林外史》能把“世界最平实而为万目所共见”的人与事，写出其骨髓。卧评作者的友人惺园退士说：“慎勿读《儒林外史》，读之乃觉身世酬应之间，无往而非《儒林外史》。”这是“是书的评”，也是当时人们对这部讽刺小说的思想和艺术成就的充分肯定。

1988 年，原载《徐州教育学院学报》

别具一格的世情小说

——《镜花缘》新论

一

《镜花缘》是一部什么性质的小说？至今论者颇有分歧。20 世纪 20 代初，鲁迅的《中国小说史略》将《镜花缘》归入“清之以小说见才学者”，不言而喻，鲁迅认为《镜花缘》是才学小说。后来的研究者，大多首肯鲁迅此说，但也有许多不同的看法。

20 世纪 20 年代初，在新标点本《镜花缘》卷首《引论》中，胡适着眼于思想内容，认为《镜花缘》是一部讨论妇女问题的小说。之后，旅美学者夏志清确认《镜花缘》是才学小说，并针对胡适的观点指出，《镜花缘》“纯粹是部写给朋友消愁解闷的炫耀才学的作品，以娱悦和自己性情相通的学士，儒学思想是其全书主题，一百个才女人人裹小脚，根本没有男女平等的思想”。孙楷第《中国通俗小说书目》则将《镜花缘》归入“灵怪第二类”。郭箴一《中国小说史》认为《镜花缘》是一部发抒学问的小说，他评曰：“《镜花缘》凡一百回，以描写女子为全书中心，似已受了弹词的影响。但作者宗旨却也是在发抒他生平所得到的学问。”谈凤梁则将《镜花缘》归之于世情小说。（《中国古代小说简史》）1986 年 8 月连云港举办《镜花缘》学术讨论会，与会者一致认为《镜花缘》属杂家小说。

在《儒林外史》和《红楼梦》之后问世的《镜花缘》，不是简单地模仿这两大奇书，而是在艺术上有另辟新路的雄心壮志，所谓“镜花能照真才子，花样全翻旧稗官”。尽管，艺术实践的结果并不令人满意，但这种艺术创新精神还是难能可贵的。

众所周知，在明清章回小说发展史上，明代“四大奇书”是一个难以超越的艺术高峰；清代的《儒林外史》和《红楼梦》是另一个更难超越的艺术高峰。明代“四大奇书”分别开创了历史演义、英雄传奇、神魔小说和世情小说的创

作路子。明清两代这四类章回小说，作品虽多，但在思想和艺术上都未能达到明代“四大奇书”的水平，更毋论超越了。清朝中期，《儒林外史》开创了讽刺小说的创作新路，《红楼梦》则将世情小说推向了章回小说的艺术最高峰。在它们之后问世的讽刺小说和世情小说无不相形见绌，难以望其项背。由此可见，上述六部章回小说杰作，既是后人学习的榜样，又是后人难以超越的高峰。

然而，在明清章回小说发展史上，仍然有一些勇于探索的小说家，他们在创作时都有突破“四大奇书”、《儒林外史》和《红楼梦》的雄心壮志。清初的《林兰香》和《姑妄言》的作者，都曾有意识地另找新路，想创作出一部兼有明代“四大奇书”之长的作品；乾嘉时期的李汝珍则试图“花样全翻旧稗官”，这“旧稗官”中，理应包括“四大奇书”以及《儒林外史》和《红楼梦》。

随缘下士编辑、寄旅散人评点的《林兰香》，当作于康熙后期。作者创作《林兰香》，不仅追踪明代“四大奇书”，且有超越其上的雄心壮志。𤑮䔖子在序中评曰：

> 近世小说脍炙人口者，曰《三国志》，曰《水浒传》，曰《西游记》，曰《金瓶梅》。皆各擅其奇，以自成为一家。惟其自成一家，故见者从而奇之。使有能合四家而为之一家者，不更可奇乎？偶于坊友处睹《林兰香》一部，始阅之索然，再阅之憬然，终阅之忧然，其立局命意俱于开卷自叙之中，即不及贬，亦不及褒。所爱者有《三国》之计谋而邻于谲诡，有《水浒》之放浪而未流于猖狂，有《西游》之鬼神而未出于荒诞，有《金瓶》之粉腻而未及于妖淫，是盖集四家之奇以成为一家之奇者也。

𤑮䔖子此评，虽有溢美之词，亦不无道理。首先，《林兰香》是一部世情小说，它走的是《金瓶梅》的创作路子，但又有所推陈出新，在许多方面可以说开了《红楼梦》的先河。其次，《林兰香》不仅具有《金瓶梅》之奇，还兼有《三国演义》《水浒传》和《西游记》之奇，亦有集四家之奇以成一家之奇的艺术特色。《林兰香》并非纯粹或典型的世情小说，它兼有历史演义、英雄传奇和神魔小说的某些特点。比之《金瓶梅》，它具有更浓郁的以奇为奇色彩；比之《三国演义》《水浒传》和《西游记》，它又有更多的不奇之奇特点。当然，作者的美学追求并没有实现，《林兰香》在思想和艺术上还存在着不少缺憾，在集四家之奇以成一家之奇方面，更有许多不足，在总体上，尚无法与明代四大奇书耀美争辉。

《姑妄言》是一部创作于雍正初年的世情小说，它集中地揭露和抨击了晚明（清初）丑恶的世态和人性。作者曹去晶继承和发展了《金瓶梅》的创作风格，对《儒林外史》和《红楼梦》有着明显的启迪。小说作者以及评者林钝翁虽没有像《林兰香》评者那样，公然宣称要冲破明代“四大奇书”的束缚，创作一部集四家之奇以成一家之奇的新小说，但是，《姑妄言》的艺术描写又充分显示了它同样是一部创新之处颇多的世情奇书。

在笔者看来，《姑妄言》是沿着《金瓶梅》的创作路子走的，但受到了淫秽小说的严重影响。在艺术构思上，《姑妄言》也可能受《醒世姻缘传》“两世姻缘”的启示。《姑妄言》和《林兰香》继承、发展了《金瓶梅》描写世情的传统，但都有所创新。不过，《林兰香》重点描写上流贵族官僚家庭生活，作者以悲剧的观念和手法来处理其情节和人物；《姑妄言》则面向下层社会，作者以喜剧的观念和手法来处理其情节和人物，因此它们在思想和艺术上也就大异其趣。《姑妄言》对晚明（清初）封建社会丑恶的世情和人性的揭露、讽刺和抨击是十分强烈的。遗憾的是，由于夹杂着大量的低层次的性描写，冲淡和削弱了讽刺和批判的力量，与真正的讽刺小说尚有一定的差距。但是，《姑妄言》在讽刺艺术上取得了新的成就，这就是对明代“四大奇书”的突破。它在运用讽刺艺术，特别是通过白描手法揭露丑恶的世情和人性，熔喜剧和悲剧于一炉以及塑造喜剧人物形象等方面，对《儒林外史》的启迪也是毋庸置疑的。

与《林兰香》和《姑妄言》的作者不同，李汝珍在创作《镜花缘》时，在“花样全翻”的“旧稗官”中，不止有明代的“四大奇书”，还有问世不久而社会影响巨大的《儒林外史》和《红楼梦》，因而想要“花样全翻”，其难度更大。

《镜花缘》插图

在《镜花缘》中，我们可以找到许多学步明代“四大奇书”的痕迹，感受到《儒林外史》和《红楼梦》对它的影响。比如，末几回描写反武氏集团的义军与武家军的对阵决战，既近似历史演义，又颇有神魔斗法的特色；描写唐敖、林之洋和多九公遨游海外各国，作者由奇人奇事生发的针砭时弊之笔，与世情小说在本质上并无二致；至于才女中那些女剑侠

的行为，又与路见不平、拔刀相助的传奇英雄有异曲同工之妙。从《镜花缘》第一回至第六回故事楔子的设置和描写以及第四十八回中的才女“天榜”来看，人们自然地会想起《红楼梦》的前五回以及《儒林外史》中的“幽榜”和《红楼梦》中的“情榜”。第七回小说故事正式开始时，唐敖的“梦神观”神像托梦关目以及第四十八回中有关泣红亭的图章、对联和诗作，与《红楼梦》第五回“宝玉梦游太虚幻境”十分相似。另外，《镜花缘》对百名才女的才情以及她们为巾帼争光而应试、中试，并在“红文馆”内炫耀诗词和古典才艺的描写，使人联想到《红楼梦》大观园中“群钗”诗酒唱酬的动人情景。至于通过白描手法、奇特的情节关目以及人物语言行动的悖理，对丑恶世情和人性的讽刺，则又明显地可以看到《姑妄言》和《儒林外史》的影响。

既然《镜花缘》与明代“四大奇书”以及清代的《儒林外史》和《红楼梦》有着如此密切的继承和发展关系，那么作者“花样全翻旧稗官”，又表现在哪里呢?

一言以蔽之，李汝珍要在包括明代“四大奇书”以及清代《儒林外史》和《红楼梦》所开创的创作路子之外，另辟章回小说之蹊径。具体地说，首先，篇幅特长，有两百回之多。其次，有明确的指导思想：关注妇女问题，反对男尊女卑，倡导男女平等，揭露和抨击丑恶伪世情和人性。最后，在艺术上，集明清诸奇书之奇以成一家之奇。

《镜花缘》中有历史演义的成分，比如，武则天称帝，徐敬业、骆宾王等反周失败，武氏集团与反武氏集团的争战，武则天退位归政等；有英雄传奇的色彩，比如，女剑侠的侠义之举以及反武氏集团占山为王等关目；有神魔小说的幻想；更有世情小说揭露、讽刺世态人性之丑恶面的描写。但与明代“四大奇书”相比较，《镜花缘》又有所创新，第二十一回写怪兽与怪鸟的争斗；第四十五回写唐敖、林之洋和多九公等人在君子国遇水怪、丈夫岭遇山精；第四十六回写道姑（仙女）与女妖斗法，皆与神魔小说大异其趣，别具风采。第五十一回写大盗妻的一席“讨男妾”宏论，反映了争女权的思想，第九十四回写九位海外才女搭“飞车”回国，诸如此类，即使在《西游记》中也难以找到。第四十六回写“救荒豆面”，其制法和吃法，皆闻所未闻。此等描写都可说是《镜花缘》“全翻旧稗官”的创新之奇。另外，从第九十五回到第一百回，写拥护中宗接位的反武氏义军（众公子、才女及其家属）发兵，与武氏兄弟集团对阵厮打，虽走上了《三国演义》和《水浒传》武打的路子，但对于酉水阵（即酒阵）、火阵和巴刀阵的描写以及义军大破才贝关（才贝者，财也）、青钱阵，作者在“钱”上大做文章，真有点儿匪夷所思、别出心裁，虽属游戏之笔，却不忘针砭时弊。此等写法，突破了明代“四大奇书”的艺术樊篱，不无新奇。

《镜花缘》讽刺色彩浓郁，讽刺的手法也多种多样，不仅常用白描法和对比法，还包括人物言行的违情悖理、讲笑话等。那么，《镜花缘》是否可称之为讽刺小说呢？答案应该是否定的。其一，《镜花缘》讽刺的对象，只是个别人或个别现象，而非整个社会或群体；其二，小说的讽刺常常与针砭时弊相结合，往往就事论事，没有一个中心，又缺乏深度；其三，讽刺只是作者的神来之笔，而非艺术描写的重点。李汝珍创作《镜花缘》，并非为了讽刺社会的阴暗面以及世情、人性的丑恶面（这却是《姑妄言》作者的创作目的），而是通过表彰武则天的开女科以及百名才女的“有色，有才，有技”，鼓吹“巾帼不让须眉”，“灵秀钟于女子”，男女应该平等，妇女可以当政的先进妇女观。

《镜花缘》通过唐敖、林之洋和多九公遨游海外诸国以及百名才女参加女科考试，从各个侧面描写了社会的人情世态，揭露了恶浊的世情和人性的丑恶。但它既不是《金瓶梅》式的世情小说（远离性描写是其特点之一），更非《林兰香》和《两世姻缘》类的世情小说。《镜花缘》和《红楼梦》都是“讨论妇女问题”的小说，《红楼梦》以四大家族衰亡史为背景，着重描写了“群钗”的性格及其悲剧命运；《镜花缘》则以女皇武则天开女科作背景，突出描写了百名才女参加科考的情景，赞美她们的“有色，有才，有技”。在世情描写方面，《镜花缘》也没有走《红楼梦》所开创的世情小说新路，有其独特的个性特色。

《镜花缘》想象奇特，不只创造了幻想世界，也有浓郁的神话色彩，不乏怪怪奇奇的人与事，亦有灵怪、神魔的斗法。但从其大旨和描写重点考量，又不能归之于神魔小说。

《镜花缘》前半部写唐敖、林之洋和多九公的海外漫游，可谓之“唐、林、多游记”，这是小说写得最生动、最有吸引力、可读性最强，也最有美学价值的精华部分，可惜后半部笔锋转向了才艺的罗列，故也难以与《鲁滨孙漂流记》《格列佛游记》和《汤姆·索亚历险记》等世界著名游记相提并论，不能目之为游记小说。严格地说，明清章回小说（晚清除外），尚无可称之为游记小说的作品。明代万历年间罗懋登的《三宝太监西洋记通俗演义》写宝船下西洋，历经三十九国，沿途征战斗法，仍按《西游记》的套路，唯各国进贡之物与史载颇有相符之处，这类作品亦难称之为游记小说。至于有些研究者将《镜花缘》称之为杂家小说，视之为游戏之作或标新立异为游记讽刺小说等，都是抓住一点、不及其余的偏颇之见，均难成一家之言。

笔者以为,《镜花缘》是一部借鉴了明代“四大奇书”、清代的《林兰香》《醒世姻缘》和《姑妄言》,尤其是《儒林外史》和《红楼梦》等章回名著又有所创新的世情小说。它熔历史演义、英雄传奇、神魔小说、讽刺小说于一炉,既有明代“四大奇书”和清代诸奇书之奇,亦不无一家之奇,具有独特的艺术个性。但是,限于诸多因素,比如,作者是位严谨的学者,却不是颇有造诣的小说家;他有创新的勇气,却无实践的经验;他的创作主要依靠书本,缺乏丰富的生活体验;他有先进的思想指导,写作技巧却平平……《镜花缘》在熔诸多类型的小说于一炉,集众奇为一家之奇等方面还极不成熟。作为一部有所创新、变革而艺术个性鲜明的世情小说,其局限和缺憾也是显而易见的,或曰“李汝珍将多种不同的小说类型,诸如历史小说、幻想小说、游记小说、寓言小说、讽刺小说、英雄传奇等融合在一起,从而创造了一种有别于所有‘旧稗官’的完全崭新的小说文体”(陈文新《〈镜花缘〉与儒道文化》)。如此评价未免有拔高之嫌,并不符合《镜花缘》的艺术描写实际。李汝珍确有创造有别于所有“旧稗官”的新章回小说文体的雄心,可惜壮志未酬,原计划写两百回的任务只完成了一半,而在这一百回中又有一半以上远离了章回小说的艺术规律,出现了许多致命伤。应该说,在思想和艺术上,《镜花缘》并没有完成“花样全翻旧稗官”的任务,作者突破章回小说经典之作,另创新体的美学追求以失败而告终。

二

《镜花缘》是一部别具一格的世情小说,这与它讨论妇女问题、鼓吹男女平等的主旨是紧密联系在一起的。胡适在新标点本《镜花缘》卷首《引论》中指出,这是一部讨论妇女问题的小说,并说作者“对于这个问题的答案是,男女应该受平等的待遇,平等的教育,平等的选举制度”。从作者的创作意旨和作品的思想层面审视,胡适此说是极有见地的,完全符合《镜花缘》的艺术描写实际。李汝珍具有儒家思想,这是毋庸置疑的,他在《镜花缘》中多方面地宣扬了儒家的思想(民主性的精华是主要的),这也是事实。但这并不能表明《镜花缘》全书就是鼓吹儒家思想。至于“百个才女人人裹小脚”,也不能表明作者和《镜花缘》根本没有男女平等的思想,正因为“百个才女人人裹小脚”,小说才会描写女儿国国王把林之洋当成女人,为他穿耳和缠足,让男人尝尝缠足的痛苦;正因为社会上存在着种种男尊女卑的陋习,作者才多方面鼓吹男女平等。

为“巾帼奇才”树碑立传和歌功颂德，这是李汝珍创作《镜花缘》的指导思想。第一回开头，作者援引了曹大家《女诫》“女有四行”之后，便指出：

此书所载虽闺阁琐事，儿女闲情，如大家所谓四行者，历历有人。不惟金玉其质，亦且冰雪为心，非素日恪遵《女诫》，敬守良箴，何能至此？岂可因事涉杳渺，人有妍媸，一并使之泯灭？故于灯宵月夕，长夏余冬，濡毫戏墨，汇为一编。其贤者彰之，不肖者鄙之，女有为女，妇有为妇，常有为常，变有为变。所叙虽近琐细，而曲终之奏，要归于正，淫词秽语，概所不录。其中奇奇幻幻，悉由群芳被谪以发其端。

读了这段开场白，使人自然地想起了《红楼梦》第一回有关“闺阁昭传”的“作者自云”。李汝珍的《镜花缘》，写的是“闺阁琐事，儿女闲情”，为的是众多的“巾帼奇才”不致泯灭。第四十八回写唐小山在泣红亭白玉碑上看到镌刻的百名才女名姓之后，泣红亭主人有一段《总论》。作者通过《总论》又一次指出“哀群芳之不传”，故创作这部由“群芳被谪”所引起的奇幻小说。第一百回结尾，作者再次交代了他这个“老子的后裔”，接受了仙猿给他的“泣红亭碑记”，“消磨了十数年层层心血”，才完成了前一百回小说。由此可见，李汝珍创作《镜花缘》，与曹雪芹创作《红楼梦》一样，意在通过小说的艺术描写，讨论妇女问题，借此表彰“巾帼奇才”，使妇女们的色、才、技得到充分的施展，争得她们应有的平等权利。

此外，从艺术结构亦可证明《镜花缘》是一部讨论妇女问题的小说，鼓吹了男女平等的思想，具体表现在待遇、教育和选举制度三个方面。《镜花缘》全书一百回，由三部分组成：

第一回至第六回是楔子。这六回书从神话到现实，从天上到人间，从神仙到女皇，描写了武则天的登基，点出了百名才女原都是被谪红尘的仙女。武则天“挥醉笔”令百花齐放，并怒贬了违旨的牡丹花，宣扬了女皇的威权，感叹妇女的不幸，赞美了女官上官婉儿的才情。可见，《镜花缘》开宗明义就提出了妇女问题，指出了女皇的权威、女官的才情、百名才女的不凡出身以及作为妇女的不幸遭际。

第七回至第四十回，是唐敖、林之洋和多九公游记。通过他们周游海外列国时的所见所闻以及亲身经历，描写了诸多奇国、奇人、奇事，尤其是与中土迥异的民风习俗，借以针砭时弊，抨击了丑恶的世情和人性的丑恶面。这一部分，已经出现了“论学说艺，数典谈经”的描写，唐敖的域外游历，还肩负

寻访当年反武则天的英烈们的后裔(才女)的重任。通过多方面的描写,尤其是用三回书对女儿国进行了描写,深化了小说有关妇女问题的主旨,强调了妇女的天赋和遭遇以及对于男女平等的要求。比如第十二回,不仅对殡葬、风水、大办筵席以及争讼、唆讼、屠宰耕牛、宴客奢华等陋习作了针砭,也提出了妇女缠足、算命合婚等有关妇女的社会问题。第十六回肯定了黑齿国对妇女人“女学塾”以及参加定期考试的做法,该国“每到十余年,国母即有观风盛典,凡有能文处女,俱准赴试,以文之优劣,定以等第,或赐才女匾额,或赐冠带荣身,或封其父母,或荣及翁姑,乃吾乡胜事。因此凡生女之家,到了四五岁,无论贫富,莫不送塾攻书,以备赴试”。第三十九回,通过林之洋与红紫二女辩论学问大败而归的关目,赞美了女子之才学远胜于男子。

第四十回至第一百回为第三部分。第四十回末,由武则天颁布关于妇女的十二条恩旨,小说从正面提出了妇女问题,集中描写了妇女的“有色,有才,有技”,歌颂了百名“巾帼奇才”。其中第四十回至第四十二回,写女皇武则天开女科,海内外百名才女参加考试,被授女学士职。第四十三回至第五十四回,插写唐小山海外寻父。最后几回则写反武集团与武氏集团的争斗结局,太后归政,中宗接位。小说的第三部分,最值得注意的是,众多女学士们在“红文馆”和卞、孟二府欢聚以及大献才艺的故事情节,连篇累牍地介绍各色才艺,大讲学问,尤其是借行酒令,大讲双声叠韵,令人不堪卒读。作者如此卖力地展现才女们的才艺,是为了表彰学问和才情不让须眉的巾帼奇芳,以此否定“女子无才便是德”和男尊女卑的儒家信条。最具有深意的是,武则天命阴若花回女儿国继承王位,并派歧舌国和黑齿国的枝兰音、黎红薇、卢紫萱护送若花回国,还授三人为东宫护卫大臣,分任东宫可卿、少傅少保学士之职。敕命之后,枝、黎、卢发誓,“将来若花姐姐做了国王,我们同心协力,各矢忠诚,或定礼制乐,或兴利剔弊,或除暴安良,或举贤去佞,或敬慎刑名,或留心案牍,扶佐他为一国贤君,自己也落个女名臣的美号,日后史册流芳”。作者如此描写,意在表现其对妇女问题的见解:才女们不仅可以参加科考,当女学士,亦能当一国之贤君和名臣,做出一番为国为民的大事,青史留名。

需要指出的是,李汝珍在《镜花缘》中提出男女平等的要求,是与对女皇武则天的态度和评价紧密联系在一起的。笔者以为,宋元明清时代对女皇武则天的态度和评价,也就是对妇女的态度和评价,如何对待女皇武则天,可以说是其妇女观的试金石。那些把武则天主政当皇帝,视为“牝鸡司晨”的封建顽固分子,绝不可能有开明的妇女观。在明清小说中,以武则天称帝为背景的作品，比如《如意君传》（二十五回，今存）、《则天外史》（二十八回，今存），对武则天皆极尽污蔑攻击之能事，肆意渲染其糜烂的性生活乃是作者惯用的手法。难能可贵的是，《镜花缘》中的武则天，虽只是一个背景人物，却是不可或缺而又有思想的人物形象。作者对武则天称帝明贬暗褒；对武则天“创立新科”“特开女试”热情赞颂；对武则天退位、归政中宗，则持肯定的态度。在第八十八、八十九两回中，长指山人“向众才女口诵的那首阐发元机的长诗，可谓作者奉献给女皇武则天的一曲赞美歌：‘皇唐灵秀气，不仅畀须眉。帝轮咸推后，奎垣乃现雌。科新逢圣历，典旷立坤仪。金轮爰独创，玉尺竟无私。……盛于传三辅，观声动九夷……’”

李汝珍笔下的女皇武则天，关怀妇女，尊重女权，主张男女平等。她所颁布的有关妇女的恩旨十二条，条条都是为了维护妇女的权利。武则天亲自为苏蕙织锦回文《璇玑图》作序。由于才女史幽探、哀萃芳从《璇玑图》演绎出数百首诗，武则天又颁发考才女的恩诏一条，决定“创立新科”“特开女试”，“朕惟天地精华，原不择人而异；帝王辅翼，何妨破格而求。丈夫而擅词章，固重圭璋之品；女子而娴文艺，亦增萃藻之光。我国家储才为重，历圣相符；朕受命维新，求贤若渴……况今日灵秀不钟于男子，贞吉久属于坤元；阴教咸仰敷文，才藻益征竞美。是用博咨群议，创立新科，于圣历三年，命礼部诸臣特开试”。武则天进步的妇女意识由此可见一斑。

从小说对武则天的态度和评价中，也足以窥见李汝珍在妇女问题上的进步观点，他在《镜花缘》中提出妇女问题，倡导男女平等绝非偶然。当然，李汝珍的妇女观亦有其明显的历史局限性。第七十一回师兰言的一席话，就暴露了李汝珍妇女观的历史局限：才女们必须遵循儒家经典的教导，做到“非礼勿视，非礼勿听，非礼勿言，非礼勿动”。因为这四句话“可以做得一生一世良规”，“能依了这个处世，我们闺阁也可算第一等贤人，这是为人存心应该如此，不应妄为的话”。

2010 年，原载《连云港师范高等专科学校学报》

《说倭传》平议

一

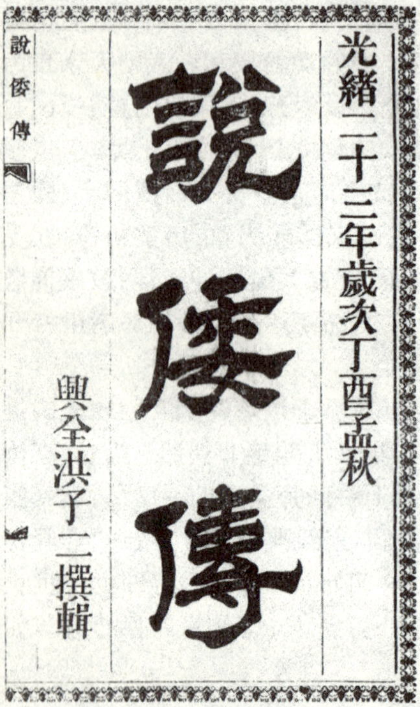

《说倭传》书影

署名兴全洪子二撰辑的《说倭传》，取材于光绪十年（1894）的中日甲午战争，出版于光绪二十三年（1897）。

《说倭传》鲜有书目记载，孙楷第《中国通俗小说书目》和《日本东京所见小说书目》，均未见著录；江苏社会科学院明清小说研究中心编《中国通俗小说总目提要》，亦未见著录。阿英编《甲午中日战争文学集》提及了《说倭传》，并谓作者洪兴全乃“太平天国干王洪仁玕之子”。笔者孤陋寡闻，未见国内有研究《说倭传》的论文，只拜读过骆玉明先生发表于2001年4月11日《文汇报》上的《〈春帆楼〉〈说倭传〉及其他》。骆先生曾在日本九州大学讲学，他所看到的《说倭传》，是该校竹村则行教授所赠影印本，此书附录有竹村教授发现的《中日议和纪略》以及竹村教授所撰有关《说倭传》的研究论文。骆先生的大作虽也对《说倭传》有所评论，但重点论说的，乃是《中日和议纪略》以及有关春帆楼和中日议和的掌故。

笔者手头的《说倭传》，与骆玉明先生一样，亦是竹村则行教授所赠。竹村先生执教于日本九州大学，专治中国文学。由于共同爱好明清传奇，尤其钟情于《长生殿》，我与竹村先生成了朋友，彼此切磋学问，交换学术著作已有十余年。

十多年前，竹村先生在广州购买到《说倭传》，此书出版于光绪二十三年丁酉孟秋，是香港中华印务局承刊的铅字排印本，作者署名兴全洪子二。全书三十三回，前有《自序》，书后附有七页十二则香港广告。由于九州大学的所在地福冈市，就是当年《马关和议》和《马关条约》签定之地，而竹村先生又发现《说倭传》的十九回到二十一回几乎全文载录了《中日议和纪略》，于是引起了他对该小说的浓厚兴趣，作了深入的研究；并将小说交付花书院于2008年8月影印出版。花书院出版的《说倭传》，附录有竹村先生从日本内阁文库复印的《中日议和纪略》以及竹村先生所撰有关《说倭传》的长篇论文。据竹村先生的研究，《中日议和纪略》系李鸿章授意整理的马关中日和议纪要。《清光绪朝中日交涉史料》卷三十八所收第二九九三号史料，题为《呈递钦差大臣李鸿章与日本往来照会及问答节略咨文》，题下注明“又与伊藤五次会议问答节略共订为一本，内多辩论紧要语”，而关一“问题节略”，史料附记称“原阙”。据竹村先生判断，日本内阁文库所藏《中日议利纪略》，应该就是上述史料附记所称“原阙”的李鸿章与伊藤五次会议的问答节略。至于《中日和议纪略》，为何在清廷史料档案中阙如，却收藏于日本的内阁文库；在《马关条约》签定两年之后，又被洪兴全全文载录于《说倭传》的十九回到二十一回中，这是很值得玩味和研究的问题。笔者将在下文中加以探讨。

二

《说倭传》是一部全方位地叙说和评论中日甲午战争全过程的时事小说。所谓“全方位”是因为三十三回书，前半部（一—二十二回）写中日甲午战争，从朝鲜到中国，从朝廷到地方，从前线到后方，从陆上到海洋，从战争到和谈，方方面面部涉及了；后半部分（二十三—三十三回），写《马关条约》签定后，日本割占台湾，以及台湾军民的抗争，同样涉及的方面十分广泛，既有刘永福黑旗军的抗争，汉族士绅和义军的抗争，也有原住民的抗争。全书三十三回，始于1894年朝鲜东学党之乱，结束于台湾军民反抗日本割占斗争，反映了中日甲午战争的完整过程。

在洪兴全创作《说倭传》时，中日甲午战争刚结束两年。对中国和中国人民来说，这是一场丧权辱国的战争，痛定思痛，有许多血的教训需要反思和总结。如何描写才能激起人们对腐败透顶的清政府的痛恨，对日本侵略者的民族义愤，这是作者首先必须考虑的重要问题。关于这个问题，作者在《自序》

中作了思考和阐说。《自序》不长，现录全如下：

> 从来创小说者，事贵出乎实，不宜尽出于虚。然实之中虚，亦不可无者也。苟事事皆实，则必出于平庸，无以动诙谐者一时之听。苟事事皆虚，则必过于诞妄，无以服稽古者之心。是以余之创说也，虚实而兼用焉。至于中日之战，天庄台畏之羞，刘公岛船之丑，马关订约，台澎割地，种种实事，若尽将其详而便载之，则国人必以我为受敌之贿，以扬中国之耻。若明知其实，竟舍而不登，则人又或以我为畏官吏之势，而效金人之缄口。呜呼，然则创说之实，不亦戛戛乎其难之矣！至若刘人帅之威、邓管带之忠、左夫人之节、宋宫保之勇、生番主之横；且其余所载，刘将军用智取胜，桦山氏遣使诈降等事，余亦不保必无齐东野人之言。然既知其为齐东野人之言，又何必连翻（番）细写？盖知其为齐东野人之言，余也，非读者也。然事有闻于前，凡有一点能与中国掩丑者，无论事之是否出于虚，犹欲刊载，留存于后，此我国臣民之常情也。故事有时虽出于虚，亦不容不载。余之创是说，实无谬妄之言。惟有闻一件，记一件；得一说，载一说，虚则作实之，实则作虚之，虚虚实实，任稽古者、诙谐都互相执博，余亦不问也。谨志数言，以白吾志。洪兴全子二自序。

《自序》所论关于小说创作中的虚实关系，对以中日甲午战争为题材的时事小说而言，确实至关重要。洪氏所论，与明清小说论中有关虚实的理论可谓一脉相承，并无多少新的发明。由于作者恪守“虚实而兼用”的创作原则，《说倭传》有关中日甲午战争的大关节目，以及重要历史人物及其作为的叙说描写是符合历史事实的，足“以服稽古者之心”。小说中虽有不少“齐东野人之言”，亦能“动诙谐者一时之听”，“无过于诞妄”的内容，这是首先值得肯定的。其次，作者通过中日甲午战争从发生、发展到结局的全过程的全方位叙说和描写，不仅揭露了清廷朝政和文武官吏的腐败，也如实地反映了部分国民的恶劣行径（比如，小百姓卖国求荣，充当日本奸细；台湾士绅见利忘义，投降日本；伶人媚敌，手执戏单跪请倭人点戏）。最后，小说所叙说和描写的中日甲午战争，虽以中国的失败，被迫签订城下之盟结局，但小说还是大扬了中国之荣——不仅如实描写了中国陆军在朝鲜、辽东英勇抗击日军，北洋海军与日本海军在黄海大战中的殊死拼搏，还歌颂了台湾军民如火如荼的反抗日本割占斗争。通过上述惊天动地的斗争，表彰了英勇奋战为国捐躯的英雄人物（聂功亭、宋祝三、左宝贵、邓世昌、刘永福等），歌颂了台湾人民维护国家主权和领土完整，坚决反抗日本割占的爱国主义精神。

当然，作者在“虚实而兼用”上还存在着明显的缺憾。《说倭传》的艺术描写实际，与作者所认知和阐说的理论相距尚远。在笔者看来，在虚实关系的处理上，小说“实”有余而“虚”不足，叙说多，而描绘太少，显得平庸肤浅，缺乏文学性利艺术感染力。而这也恰恰是明清两代，尤其是晚清时事小说的通病。

三

《说倭传》可分为三大部分：一—十八回写中日甲午战争的缘由、经过和结局，十九—二十一回写马关中日和议历程利结局，二十二—三十三回写《马关条约》签定后列强的干涉和台湾人民反日本割占的抗争。

清光绪二十年（农历甲午，公元 1894 年）朝鲜发生东学党之乱，朝鲜政府请求清政府出兵援助，心怀叵测的日本乘机派人军入侵朝鲜。东学党之乱平息后，日本拒绝清政府关于中日同时撤军的建议，反而继续增兵，蓄意挑起战争。是年七月，日本舰队在朝鲜半岛海面袭击清军远兵船，挑起战端。不久，清军在朝鲜平壤陆战失利，退回国内。随后在黄海大战中，中国损失虽比日方略大，但主力尚存。李鸿章为保船避战，命令北洋舰队退守威海卫港，不许出海迎敌。日军乘机控制黄海制海权，随后进攻中国辽东和山东半岛，占领大连旅顺等地。光绪二十一年（1895）初，日军进攻威海卫，北洋舰队全军覆没，中日甲午战争以清军惨败告终。

从第一回《东学党无端生叛逆　朝鲜国平地起风波》到第十八回《山海关刘岘帅练军御敌　顺天府翁司农请主迁都》，《说倭传》按时间顺序，叙说了上述中日在朝鲜、辽东和黄海战争的重要事件，无情地揭露了清政府的政冶腐败，官吏畏战渎职；大力表彰了英勇抗战的陆海军爱国将士。其中“天妆台畏之羞，刘公岛献之丑”，令人发指；而“邓管带之忠、左大人之节、宋宫保之勇”，振奋人心。

光绪二十一年二月，清政府被迫与日本在马关议和，委派李鸿章为全权大臣。从二月十四日李鸿章利随员到达马关，到三月二十一日，李鸿章与日本全权大臣伊藤博文举行了五次会谈；最后在四月中日签定了《马关条约》。条约规定，割辽东半岛、台湾（及附岛屿）、澎湖列岛给日本，赔偿日本军费二亿两白银；开放沙市、重庆、苏州、杭州为商埠，日本可以在中国通商口岸投资设厂，产品运销中国内地免收地税。

《说倭传》第十九回《请休兵干戈暂息　议和约星使启行》，叙说光绪二十

一年二月十四月午后，李鸿章与伊藤、陆奥在马关会议公所（春帆楼）举行第一次会谈。第二十回《赴和议李相就宾馆　请停战伊侯索要地》，前半回叙说二月十五日午后李鸿章与伊藤、陆奥举行第二次会谈：后半回叙说二月二十八日下午李鸿章与伊藤、陆奥举行第二次会议。第二十一回《出公所倭人谋相国　临驿馆日主送良臣》，前半回开头叙说第二次会谈结束，李鸿章从春帆楼出来，方欲登车，忽遭刺客行刺，枪弹击中李鸿章面颊。于是李鸿章在宾馆调养匝月之久，直到三月十六日伤口痊愈，与伊藤举行了第四次会谈。后半回则叙说三月二十一日午后，李鸿章与伊藤举行了第五次会谈，并交代了李鸿章如期在《马关条约》上签字后，连夜将和约草约送北京以备皇上商酌。随后李鸿章即回天津，请假二十天。此回最后，摘录了《马关条约》的主要内容，叙说了皇上盖用御宝之前，枢臣会议和战二派的争吵以及对李鸿章的弹劾。最后"皇上特命刘岘庄钦差、王文韶制军两帅夤夜参酌，联衔覆奏，由是盖用御宝，和局遂成"。

《说倭传》的第二部分，与第一和第三部分有着明显的不同。其一，这三回书并非作者的小说创作，而是历史文献的迻录（内容与《中日和议纪略》完全相同）；其二，迻录的内容主要是李鸿章与伊藤博文的会谈对话。每次会议四五个小时，通过长达二十岁小时的五次会谈纪要，读者所看到的两位全权大臣的形象，倒相当鲜明，从中不难窥其思想和性格的大概。

作为中日的特命全权大臣，李鸿章是中国的相国中堂，伊藤博文是日本的内阁总理大臣，权势相当。精明干练，娴于辞令，熟谙外交事务，坚定地站在本国的立场，是他们的共同特点。而所处地位和情境的不一样，两人在会谈中的表现又大相径庭。作为战胜国的代表，伊藤显得踌躇满志，趾高气扬，咄咄逼人；作为被迫订立城下之盟的李鸿章，虽老谋深算，但无可奈何，只能忍气吞声，据理力争，有着一种知其不可为而为之的悲剧情怀。李伊会谈，各不相让，可谓棋逢对手，表面上彬彬有礼，温文尔雅，骨子里唇枪舌剑，语带机锋，因此第二部分这三回书，虽非创说，而只是机密档案的迻录，却颇有小说味道，李伊对话引人入胜，耐人寻味。

评说《说倭传》的十九回—二十一回这个部分，有个问题必须加以探讨。那就是李鸿章授意整理的《中日和议纪略》，既是个重要的历史文献，当属机密的档案。那么，《说倭传》作者从何处觅得此机密档案，又为何要在《说倭传》中全文披露呢？马关和议，名曰"和议"，实为签城下之盟，中国只能价还价而已。在割地和赔款等问题上，李鸿章孤心苦诣，据理力争，多少也得到了一些对中国有利的结果。应该说,李鸿章凭其智慧、经验和外交才能,已尽了自己最大的努力,把责任都归之于李鸿章,将丧权辱国的罪名全加在他的头上,这是不公正的。在谈判中,李鸿章悲哀地说:“又要赔钱,又要割地,双管齐下,出手太狠,使我太过不去。”他指责伊藤“口紧手辣”,无奈地说:“讲和即当彼此相让,尔办事太狠,才干太大!”李鸿章清醒地意识到,自己在日方“狠凶条款”上签押,必遭国人的唾骂。为此他强调指出:“总之现讲三大端,二万万两为数甚距,必须再减减;营口还请退出;台湾不必提及。”(以上引语均见二十一回)李鸿章尽其所能,据理力争之苦心于此可见。应该说,任何人当全权大使参与马关和议,都逃不了签定丧权辱国的《马关条约》,落得个卖国贼的下场,这是旧中国落后挨打的历史必然。

《马关条约》草约一经公之于众,李鸿章便成了众矢之的,被视为卖国贼,遭到朝野的猛烈抨击。当时李鸿章的亲信和同情者,无不为李鸿章叫屈,为他开说罪责。《说倭传》二十二回结尾,作者提到徐颂图总宪与诸副宪的奏文说:“按中堂订立此约,苦心孤诣,本系无可奈何之事,国人不谅苦衷,交章弹劾;又有俄德法公使之挠,几至中变。”《说倭传》的作者洪兴全,也应该是位明白李鸿章苦衷的洋务派人物,说不定还是李鸿章的幕僚。从小说的政治倾向性来审视,笔者以为,作者创作《说倭传》,有三个目的:其一表达甲午战争后国内日益高涨的爱国热情;其二总结甲午战争的历史教训,鼓吹从此“鼎新革故,改章变通”“参以西法,走富国强兵”之路(引语见三十三回结束语);其三为李鸿章辩护,骆玉明先生在《〈春帆楼〉〈说倭传〉及其他》中,认为“反映马关和谈艰难过程和李鸿章顽强姿态的《中日和议纪略》很快流播外界,恐怕与李鸿章本人的某种考虑有关——至少是他那一派人的有意行为”。笔者对此分析深表赞同。

《马关条约》签订后,日本立即派兵割占台湾,当时率黑旗军驻台的刘永福表示“万死不辞”,“愿合众志成城”,坚决反对日本割占台湾。台湾各地的汉族士绅(如新竹秀才姜绍祖、苗栗秀才徐骧卓),纷纷散家财,招募义军,组织抗日。徐骧卓率义军与敌人浴血奋战,中弹倒地时仍高呼:“大丈夫为国捐躯,死而无憾!”各地土生土长的原住民,也投入了抗击日本割占的战斗。

《说倭传》第三部分集中叙说和描写了台湾军民反抗日本割占的斗争。二十二回《割台湾土人拒倭生变　辽东省俄国仗义执言》,叙说由于俄、法、德三国的干涉,日本不得不放弃对辽东半岛的吞并,而清政府为此又多赔了三千万两白银。俄、法、德的干涉,反映了帝国主义列强在华利益冲突而引发的

矛盾,谈不上仗义执言。从二十三回《举民主唐总统接印　联生番刘大帅督军》起,直至末回《谈仕途刘将军喜归珂里　息烽火大清主乐享太平》,小说用十一回书浓墨重彩地描叙了台湾人民反对日本割占的斗争,写得可歌可泣。日本割占台湾的过程,就是台湾人民英勇抗战的过程。当时奋起反抗日军割占的台湾人民,有刘永福的黑旗军,有汉族十绅的义军,还有原住民。小说全方位地描叙了这三股抗日力量同仇敌忾的英勇战斗,与第一部分比较,这部分有较多的情节关目和细节描写,人物形象的刻画也有所提高。在小说结尾,作者有段评论云:

> 中国深耻为倭所败,乃将各政事大修,参以西法,又开芦沟铁路,创立银行,设办邮政。政治一新,四方民主皆享升平之世,至今外邦犹未敢犯。想必将来益加强盛,威震五洲矣。识者谓中国不有此败,未必鼎新革故,改章变通,此亦大假日人以成中国自强之道也!

这是作者利李鸿章等洋务派的观点,认识虽有局限。但他们相信,只要认真吸取历史的教训,通过"鼎新革故,改章变通","并参以西法",将来的中国定会"前益加强盛,威震五洲",还是值得赞赏的。

四

在明清戏曲史和小说史上,取材于时事的作品并不鲜见。这类被时人称之为时事新剧和时事小说的作品,历来为研究者所重视。在取材于历史或传说、喜欢借古喻今的作品占主流的明清两代,创作时事新剧和时事小说,无疑具有创新精神和现实意义。从历史的观点来审视,时事新剧和时事小说产生过一定的社会影响,也有一定的认识意义和史料价值。但是,从艺术的观点作评价,明清两代的时事新剧和时事小说显得肤浅、粗糙和平庸,缺乏文学性和艺术感染力。因此流传不广,大多已被时间所淘汰和湮没。究其原因,主要还在于作者对所写的时事和人物,既无亲身的体会,又缺乏深入的调查研究。往往仅凭一时的冲动,借助第二手材料,率尔操觚,仓促成稿。最突出的事例是,晚明魏忠贤和阉党垮台之后,戏曲家纷纷以魏阉迫害忠良,而东林党人拼死抗争的这件重大时事为题材,创作了为数众多的时事新剧,对当时的揭批魏阉及其余孽的斗争起到了一定的作用。可惜由于缺乏文学性和艺术感染力,这类时事新剧大多未能流传下来,人们只能从祁彪佳的《远山堂曲品》和《远山堂剧品》中找到它们的剧本名目和简要评介。明末清初,当天崩地裂之时,又出现创作取材于时事(涉及明王朝和南明小朝廷、清王朝以及李自成等农民起义逐鹿天下的争斗）作品的热潮。有时事小说，也有类似后世的报告文学和纪实小说。与晚明时事新剧一样，这类作品流传至今的也并不多见。晚清，创作时事小说和时事新剧更蔚然成风。但纵观流传至今的作品，由于缺乏文学性和艺术感染力，晚清的时事小说流传至今日的作品，仍然时事的叙说多于艺术的描绘，人物的形象不丰满；虽有正确的政治倾向性，却缺乏文学性和艺术感染力。洪兴全的《说倭传》可谓晚清时事小说中一部具有代表性的作品。

诚如《自序》所说："余之创是说，实无谬妄之言。惟有闻一件，记一件：得一说，载一说。"《说倭传》对于中日甲午战争中所发生的大大小小几十桩事件，主要次要几十个人物，按其发生和出场的先后，一一作了如实的叙说和描述。但缺乏的是精心的剪裁、巧妙的安排和生动的描绘。至于小说中的人物，重在"说"其人其事，而不是将人物放在特定的环境中精雕细刻其思想和性格；既无肖像描写，更无心理刻画；单薄得可怜，殊难立体地站立起来。人们阅读这类小说，虽能得到一些真实的历史知识，却享受不到欣赏故事和人物所带来的愉悦。以笔者之见，《说倭传》这类作品，只能称之为章回体报告文学，与真正的时事小说还有相当的距离。

2011 年，原载《明清小说研究》第 2 期